ハヤカワ文庫JA

〈JA1500〉

異常論文

樋口恭介編

早川書房

8726

目次

＊印のついた作品は〈SF マガジン〉2021 年 6 月号初出。その他は書き下ろし。

異常論文

■異常論文・巻頭言

樋口恭介

本書は〈異常論文〉という概念の開発と拡張を目的として制作された。

ここにあるのは高度に圧縮され、ひび割れ、分裂しながら暴走する、奇形のような思弁の轟きである。

異常論文は過剰な思弁を必要条件とする。もちろんそれは十分条件ではありえない。異常論文には、内部から外部へ向かおうとする意志の運動がある。領土を逃れ、自らを領土とし、また逃れる、すべてを飲み込みながら解放する運動体。自己生成する思弁機械。スペキュレイティヴ・エンジン。

そう。異常論文とは一言で言えば、虚構と現実を混交することで、虚構を現実化させ、現実を虚構化させる、絶えざる思弁の運動体だと定義される。あるいはそれは、思弁の生成機関、過剰に想像的＝創造的で、自律駆動する機関——〈スペキュレイティヴ・エンジン〉であると、思弁小説の系譜において位置づけられる。

確認しよう。異常論文とは一つのフィクション・ジャンルであり、正常論文に類似、あるいは擬態して書かれる異常言説を指している。そこで論じられる内容の多くは架空であるが、それは異常論文であって異常論文でしかなく、架空論文とは呼ばれえない。それは論文の模倣であることを求めない。そしてそれは、フィクションでありながら、架空の言説であることをも求めない。それは実在する一つの言説空間そのものであって、現実の言説空間に亀裂を入れる。

現実を模倣するのではなく、また、現実を書き換えるのでもなく、異なる現実を立ち上げるということ。相対化された現実が、実体を伴った虚構として、無数に乱立するということ。異常論文はそのような目的に基づき書かれ、あるいは当初は持たなかったそのような目的を、遡行的・再帰的に生成する。虚構と現実は互いに引き裂き合い、矛盾のうちに内破する。あらゆるものは死に、あらゆるものはまた生まれる。

あらゆる文は、あらゆる読みによって相対化される。むろん文とは文のみに限らない。ここで呼ばれる文とは世界のことであって、すべての人間は、各々の読む世界の中に生きている。

過剰な読解は過剰に世界を分岐させる。過剰性としての異常性。そこで生成されるあらゆる生。異常論文とはすなわち、過剰な読みによって相対化されたもう一つの現実、もう一つの架空、もう一つの言語の枠組み、もう一つの生なのであり、つまるところ、すべて書かれる異常論文とは、思弁的に実在論的で、相対主義的で、同時に絶対主義的でもある、無数の愛の試みなのだ。

異常論文。
自律駆動する言説空間。
スペキュレイティヴ・エンジン。
それらの名を持つ、言葉から成るオブジェクト。
それは加速する思弁が体現する、一つの生命そのものである。

思弁は現実を読み替える。思弁は一つの現実のうちから、その現実にはならなかったもう一つの現実を取り戻す。そのときシニフィアン－シニフィエ－シーニュと呼ばれる三つの記号の連関は破壊され、言語を起点にあらたな現実が立ち現われる。異常な言語の運用により、再帰が再帰を再帰し続け、分岐は分岐を分岐し続ける。異常論文の中で世界は実在し、書かれた世界は自らを生成する世界へ向かって領域を拡張する。実在しない実在が実在するということ。滅ぼされた滅亡が滅び続けるということ。ここにはない場所を故郷とすること。生まれ続ける生が生き延び続けるということ――。

異常論文は呼吸する。異常論文は歩く。異常論文は這う。異常論文は走る。異常論文は揺れる。異常論文は震える。異常論文は噛む。異常論文は突き刺す。異常論文は切り裂く。異常論文は破裂する。異常論文は繫ぐ。異常論文は溶ける。異常論文は食べる。異常論文は嘔吐する。異常論文は排泄する。異常論文は血を流す。異常論文は応答する。異常論文は召喚する。異常論文は愛する。異常論文は憎む。異常論文は笑う。異常論文は怒る。異常論文は涙を流す。異常論文は語る。異常論文は叫ぶ。異常論文はささやく。異常論文は殴打する。異常論文は治癒する。異常論文は孕む。異常論文は産む。異常論文は殺す。異常論文は死ぬ。異常論文は蘇る。異常論文は破壊する。異常論文は創造する。異常論文は配慮しない。異常論文はわきまえない。異常論文は何一つとして気にかけることはない。異常論文は自己と他者を弁別しない。異常論文には内もなければ外もない。廃墟の中を蠢く無数のオブジェクトたち。彼らによって形成される異形の生態系――それが異常論文だ。

異常論文は存在する。異常論文はただ在り続ける。異常論文は存在し、ただ存在することによって虚構と現実を股にかける。異常論文は虚構から現実に向かって手をのばす。異常論文は虚構と現実を破壊しながら生まれ直す。異常論文は虚構に実在性を与えつつ、現実そのものを複数化する。異常論文はあらゆる可能性を探索し、そして探索の過程においいて新たな世界を引き連れてくる。

そしていま、あなたの眼前に与えられた二十二の異常論文の名のもとに、世界を世界たらしめる、あらゆる意味でのあらゆる境界は消え失せて、想像可能なすべては想像可能なすべてのままに、あなたの中で存在を開始する。

決定論的自由意志利用改変攻撃について

円城塔

いつなのかわからない時代の、どこなのかもわからない場所。どうやら人類と人類以外の何かの文明らしきものが抗争関係にあり、人類以外の何かの文明らしきものに所属する何かのオブジェクトが、人知を超えた何らかの事象を発生させたらしい。そこでは、未来を「予測」することと「想像」することをめぐるオブジェクト間の対立が、奇妙な数式に基づき分析し論じられるが、それによって「数学的な結果が導かれるわけでも、議論が行われるわけでもない」らしい。——これだけでは何もわからないかもしれないが、デビュー以来数々の〈異常論文〉と呼びうる作品を発表してきた円城塔が、明示的に〈異常論文〉として〈異常論文〉を書いた結果、本当にとんでもなく、すさまじいことになってしまっていることだけはおわかりいただけることかと思う。

えんじょう・とう。1972 年生。北海道出身。東北大学理学部物理学科卒。東京大学大学院総合文化研究科博士課程修了。2007 年『Self-Reference ENGINE』（ハヤカワ文庫 JA）で長篇デビュー。2012 年『道化師の蝶』（講談社文庫）で芥川賞、同年、伊藤計劃との共著『屍者の帝国』（河出文庫）で日本ＳＦ大賞特別賞、2013 年『Self-Reference ENGINE』の英訳版でフィリップ・K・ディック賞特別賞、2017 年「文字渦」で川端康成文学賞、2018 年『文字渦』（新潮文庫）で日本ＳＦ大賞を受賞。

0169年8月6日

概　要

ベゼクリク要塞テキスト攻略時、人類－テクノミュティィス相同体間の抗争において発生した「非局所密室事件」は、テクノミュティィス相同体側にも重大な因果関係事故と捉えられた。事態を重く見たテクノミュティィス相同体は、極めて異例なことながら人類との情報共有を目的として、0型自由意志行使可能体の一体、シェ・オーバー・シェ・タブ・オーバー・タブ・ガー・オーバー・ガーを派遣。提供された情報をもとに長大なレポート[1]が作成されたが、決定論的自由意志系IIIcに属する人類にとって、その内容はあまりに不明瞭な箇所が多い。テクノミュティィス相同体は、この事件が因果関係の「書き換え」を引き起こし、主要なプレイヤーの入れ替えを実現したと主張している。本稿では、テクノミュティィス相同体の主張する決定論的自由意志利用改変攻撃の原理を、現在判明している範囲で解説する。[1]

1　非局所密室事件

ベゼクリク要塞テキスト攻略中盤、テクノミュティィス相同体所属の移動体二体のうち一方が、突如他方を攻撃、消去するという事故[2]が生じた。膠着していた見開き方向戦線における戦力バランスを崩し、反攻のきっかけをつくったこの出来事は人類側から「コバヤカワ事象」と呼ばれる。人類側からはただの事故、もしくは不期の同士討ちと受け取られたこの事象はしかし、テクノミュティィス相同体側の主張によれば、当初、テクノミュティィス相同体所属の二移動体と、ウーバー・オーバー・スープラ（UOS）相同体所属の一移動体間の抗争として展開していたものであった。その記録はテクノミュティィス相同体にとっては自明な形で存在するが、人類に可読な形式に変換することは不可能である。事故に不審点を見いだしたテクノミュティィス相同体が調査研究の結果辿り着いたのが、「決定論的自由意志利用改変攻撃」と呼ばれる認識実現型攻撃であり、テクノミュティィス相同体はこれを、ＵＯＳの新戦術と判断し、事象自体を「非局所密室事件」と認定した。テクノミュティィス相同体側の主張によれば、この決定論的自由意志利用改変攻撃が、テクノミュティィス相同体とＵＯＳの第四種拡大接触時に、テクノミュティィス相同体の存在自体を「書き換えた」ということになる。

2　テクノミュティィス相同体が把握するところによる事態の進行

2・1　第一段階

テクノミュティィス相同体所属オブジェクトA（テクノミュティィス相同体所属の移動体二体のうちの一体）はベゼクリク要塞テキスト見開き方向戦線を哨戒中、不審なオブジェクトBを確認、数度の照会を試みるも対象オブジェクトBの挙動に変化が認められなかったことから、オブジェクトBの消去を目的とした機動に入った。この際、オブジェクトA

1　解説の簡便のため随時数式を利用するが、数学的な結果が導かれるわけでも、議論が行われるわけでもないことに留意されたい。

は、自由意志行使による「未来予測」を実行、オブジェクトAがオブジェクトBによって破壊される未来を検知、その機動を変化させた。

2・2　第二段階

未来において、過去時点からオブジェクトAによって自らの機動を察知されたと認識したオブジェクトBは、「引き続き、過去のオブジェクトAによる未来予測を受けたまま」、自由意志行使によって「極めて特殊な未来予測」を実行。その結果として、オブジェクトAに対して解析不能ななんらかの事象が生成された。

3　問題の定式化

人類による事態の把握を困難にしている第一の要因は、ここで登場するオブジェクトA、Bがともに、決定論的自由意志系0型に属する存在であるという点である。0型オブジェクトの特質は多岐に亘るが、特に注目されるべき3点は、

- オブジェクトは決定論的法則に従い挙動する。

・自由意志の行使により自らの内部状態を変化させることが可能である。
・オブジェクトは任意の時間における宇宙の状態を完全に把握可能である。

というものである。

第一の性質は、このクラスのオブジェクトが、そのオブジェクト自身が存在する宇宙を構築している法則に従うことを意味する。すなわち、宇宙のある時点でのスナップショットが確定すれば、過去未来両方向へ向けて、その宇宙内で起こるあらゆる運動は確定される。[2]

第二の性質は、このクラスのオブジェクトが、「そのオブジェクトの内部では」自らの状態を、「自由意志の行使によって」変化させることが可能であることを主張している。オブジェクトの決定論的時間発展は、その内部状態にも影響されるから、この操作は実質的に、未来方向への運動の変化を引き起こしていることになる。ただし、どんな内部状態をもとることが可能なわけではなく、その変更は自らが想像しうるものに限られ、想像の過程は無論、その宇宙における決定論的法則に従う。

2　量子力学的不確定性はここで問題とされない。

第三の性質は、このクラスのオブジェクトにとっては、あらゆる過去と未来はすでに決定されており、「予測」と「実現されるもの」との間に齟齬が発生しないことを意味している。未来を予測した結果えられたものは、実際にその未来に起きる出来事と完全に等しい。

今、オブジェクトXの時刻tにおける内部状態を$X(t) \in \Omega$とする。当座、この「状態」が属する全空間Ωについては立ち入らない。

Xが、時刻sにおける何らかの事象、$\Upsilon(s)$を「予測」したときの内部状態を、$X^{\Upsilon(s)}(t)$と定める。この変化を決定論的に定める自由意志演算子を、$F_{\Upsilon(s)}$とおく。オブジェクトが「予測」している状態は、そのまま現実として実現されるものであるから、「予測」を現実へ置き換える機能を持った現実生成演算子をGと定める。

すなわちここで、

$$\begin{cases} X^{\Upsilon(s)}(t) = F_{\Upsilon(s)}[X(t)], \\ G[X^{\Upsilon(s)}(t)] = \Upsilon(s), \end{cases}$$

という表記を採用する。

決定論的時間発展は、時間推進演算子T_3によって、任意のオブジェクトXに対し、

$$X(s) = T(s - t)[X(t)],$$

の形で定める。

以上の定式化によって、非局所密室事件の第一段階は以下のようなダイアグラムで示すことが可能である。ここで時間は左から右方向へ流れているものとする。

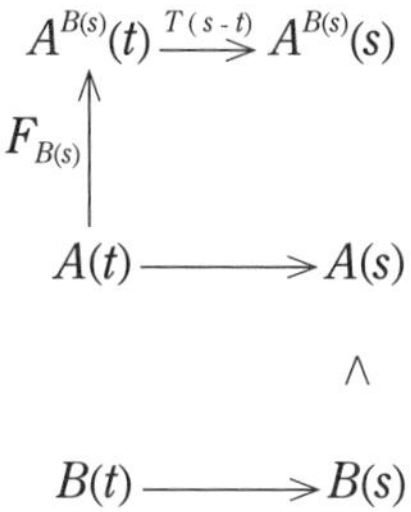

$$\begin{array}{ccc}
A^{B(s)}(t) & \xrightarrow{T(s-t)} & A^{B(s)}(s) \\
\uparrow F_{B(s)} & & \\
A(t) & \longrightarrow & A(s) \\
 & & \wedge \\
B(t) & \longrightarrow & B(s)
\end{array}$$

3　このTは特定のオブジェクトに関してのものではなく、宇宙全体に対する時間推進演算子である。

はじめ、この宇宙には、時間tにおいて、オブジェクトA、Bが存在しており、それぞれ時間推進演算子により、将来の時刻sまでの挙動を決定論的に「運命づけられている」。オブジェクトAは、時刻sにおけるオブジェクトBの挙動を「予測」し、対抗策を実行する。仮に、勝敗を不等号で示すならこれは、$A(s) < B(s)$ であった状況が、$A^{B(s)}(s) > B(s)$ へと転換されたことを意味する。

4　演算子の性質

前節に登場した演算子F、G、時間推進演算子Tの性質を簡単に確認しておく。

時間推進演算子Tは、$T(0) \circ T(t) = T(t)$、$T(s) \circ T(t) = T(t) \circ T(s) = T(s+t)$、$T(t) \circ T(-t) = T(0)$ を満たす可換群をなす。

自由意志演算子F_Xは以下のように働く。

$$\begin{cases} F_B[A] = A^B, \\ F_C \circ F_B[A] := F_C(F_B[A]) = (A^B)^C =: A^{BC}. \end{cases}$$

ここで、演算の順序に注意が必要である。

現実生成演算子Gは単に、オブジェクトによって行われた「予測」行為を現実へと「取り出す」演算子であるが、テクノミュティス相同体のような決定論的自由意志系0型のオブジェクトにとって、「予測」は「現実そのもの」であることには注意が必要である。

すなわち、

$$G[A^{T(s-t)[B(t)]}(t)] = G[A^{B(s)}(t)] = B(s) = T(s-t)[B(t)],$$

は厳密な意味で成り立つ。つまりはオブジェクトAの予測の中で展開される世界と、現実世界での時間発展は厳密に一致する。またこの演算子の合成は、

$$G \circ G[A^{B}] = G[B] = 1, \qquad (1)$$

のように素直に働く。但しここで、1は、$X^{1} = X$で定められる状態であり、それを予測することが自分自身でいることであるような状態である。

5　テクノミュティス相同体の主張する、ＵＯＳによる決定論的自由意志利用改変攻撃

テクノミュティス相同体に属するシェ・オーバー・シェ・タブ・オーバー・タブ・ガー・オーバー・ガーの解説によれば、非局所密室事件の第二段階は、以下のように進行した。オブジェクトAの「予測」により、$A^{B(s)}(s) \vee B(s)$とあらわされる状態に追い込まれた$B(s)$は、$A(t)$による「被予測状態を維持したまま」、「自由意志の行使によって」テクノミュティス相同体にとっても未知の状態「X」の「想像」を実行した。

この「機動」により、オブジェクトBの機動を「予測」していたオブジェクトAの内部状態は決定論的要請から不可避的に変化することとなり、「時刻tにおいて」、「$B^X(s)$」を「観測している」オブジェクトAの内部状態は$A'(t) = A^{B^{X}(s)}(t)$へと変化することを余儀なくされた。すなわち、オブジェクトAにおいて、「未来に起こることが正確に予測されている」ならば、「その未来が変化したとき」、「変化もまた正確に予測されねばならず」、「その予測を行うことが可能な内部状態への変化が引き起こされる」。左図にここまでの状況を示す。

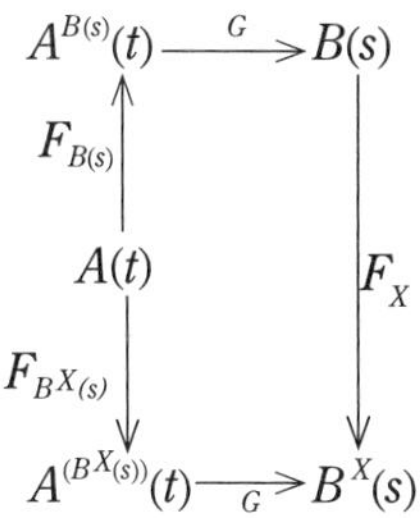

$$
\begin{array}{ccc}
A^{B(s)}(t) & \xrightarrow{G} & B(s) \\
\uparrow F_{B(s)} & & \\
A(t) & & \downarrow F_X \\
\downarrow F_{B^{X(s)}} & & \\
A^{(B^{X(s)})}(t) & \xrightarrow{G} & B^X(s)
\end{array}
$$

すなわち、Bの時刻sによる「機動」により、オブジェクトAの「予測」は強制的に、$F_{B^{X}(s)}$によって生成されることとなった。[4]
このとき、形式的に式変形を行うと、

$$A'(t) := A^{(B^{X}(s))}(t),$$
$$G[A'(t)] = B^{X}(s),$$
$$G \circ G[A'(t)] = X,$$

4 $F_X[A^{B(s)}(t)] = (A^{B(s)})^X(t) \neq A^{(B^X(s))}(t)$ であることに注意。

であるから、

$$X = G \circ G[A'(t)],$$

という式が得られる。この式を単純に読むと、「オブジェクトBが、$X = G \circ G[Y]$を「想像」した場合、オブジェクトAの状態は強制的にYへ変更される」となる。

シェ・オーバー・シェ・タブ・オーバー・タブ・ガー・オーバー・ガーの主張によれば、UOSはテクノミュティィス相同体にとっても不可解な状態Xを構築することが可能であり、それはたとえば、

$$X_1 := G \circ G[A(a)],$$

のような形をとる。すなわち、UOSはX_1という状態を「想像」することにより、オブジェクトAを任意の時間aへと「移動」させることが可能である。さらには、

$$X_2 := G \circ G[B(a)],$$

で示されるような「想像」を実行することによって、オブジェクトAをオブジェクトBに「書き換え」ることさえも可能であるとされる。

この種の「書き換え」がベゼクリク要塞テキストにおいてUOSによって実行されたとするのが、シェ・オーバー・シェ・タブ・オーバー・タブ・ガー・オーバー・ガーの主張である。

6　議論

まず第一に注意するべきは、この「書き換え」が、任意の状態Xを実現可能なものではないということである。すなわち、あらゆる$X(a)$に対して、

$$X_\omega := G \circ G[X(a)],$$

で定められるようなX_ωが構築可能であるとはテクノミュティィス相同体も考えていない。テクノミュティィス相同体にとってXはあくまでも「予測」可能な状態であり、宇宙で実現されることになっている状態である。UOSの「想像」がテクノミュティィス相同体に可能な「予測」を超えるものであることは疑いないが、その「想像」もこの宇宙の決定論的法則に従うものであるべきだとシェ・オーバー・シェ・タブ・オーバー・タブ・ガー・オーバー・ガーは指摘している。

テクノミュティィス相同体にとっても、「相手に予測される自分が自由意志によって予測を実行することにより、相手を過去へ送り込む」ことを可能とする状態は因果関係事故を引き起こす種類の不可解なものである。

その状態、$X_t = G \circ G[A(a)]$は、式(1)から、

$$G \circ G[A(a)] = G[1],$$

と変形される。右辺は、「それを想像することが自分自身であることと一致するような状態を現実化したもの」という状態を示しているが、これは特定のオブジェクトについての状態ではなく、あらゆるオブジェクトがどのようにしてそのオブジェクトであるかを定め

る状態であるために、テクノミュティス相同体にも理解や想像の困難な状態であり、この状態が宇宙の内部に存在しているのかは全く不明である。

シェ・オーバー・シェ・タブ・オーバー・タブ・ガー・オーバー・ガーの理解によれば、この宇宙には本質的には同等なふたつの決定論的過程が存在している。

ひとつはテクノミュティス相同体が「予測」し、その通りに実現される「この宇宙」であり、もうひとつは、UOSが「想像」し、その通りに実現される「この宇宙のあり方」である。「予測」はこの宇宙内部のあり方を対象とし、「想像」はこの宇宙の属する様々な宇宙のあり方を対象とする。「予測」も「想像」も同じ決定論的法則に従うものの、その帰結が「この宇宙」へもたらす影響は大きく異なるものとなりうる。

すなわち、決定論的に定められている未来や過去の出来事を変化させるような、決定論的過程に従う「想像」なる行為が存在する。また、「想像」によって得られた状態は、「予測」によっては構築不可能なものでありうる。

テクノミュティス相同体は、一連の思考における混乱の源を、全状態空間Ωの理解不足に求めている。最後に、多くの試みの中で盛んな検討が行われている二つの考え方を紹介して本稿を終える。

階層型解決

決定論的自由意志系0型にとっても、この宇宙には基底と呼べるものが存在し、それは個々の自分たちである。すなわち宇宙の法則の底は自らの存在により断ち切られている。しかし自らのある時点での状態Aは、実は外部の何者かによって「予測」されているというのがこの仮説である。形式的にはこれは、オブジェクトの状態を、

$$\ldots ABCDE \ldots,$$

といった形で表現されるような、無限の観測の連鎖、あるいは環状構造をとるものとして考えようとするものである。技術的な困難としては、状態$(A^B)^C$と、状態$A^{(B^C)}$の間の関連を定義する因子が不足していることをテクノミュティス相同体は指摘している。[5]

分割型解決

もう一つの可能性は、オブジェクトAの状態を、オブジェクトBとオブジェクトCの組み合わせとして「分解」する方向性である。このとき念頭に置かれているのは、

$$A(a) = B^{C(c)}(b),$$

のような状態である。

これは、時刻aにおけるオブジェクトAの状態が、時刻cにおけるオブジェクトCを「予測」している、時刻bにおけるオブジェクトBの状態と完全に等しくなることを主張している。

5　近年、この種の解釈に適した状態空間としてドット対によって構成されたリストが注目されている。その初期的な研究の解説としては[3][4]がある。

すなわちこれは、いつかの誰かBが、いつかの誰かCを思い浮かべることで、全く別の時間における誰かAその人自身でありうることが可能であると主張する。そのAはまた、BのこともCのことも思い浮かべたことなどはなく、BやCが同じ宇宙内に存在することさえも全く知らない誰かでありうる。

参考文献

[1] 侵略的外来形式調査会 (0153)．『ベゼクリク要塞テキスト攻略戦における、非局所密室事件レポート：テクノミュティィス側の証言記録』、侵略的外来形式調査会報告、no.254-00283638 別冊 2583．

[2] 戦史編纂省 (0157)．『ベゼクリク要塞テキスト攻略全記録』第12巻第7章「コバヤカワ事象」、戦史編纂省．

[3] レパ・フィフィタ (0165)．「決定論的自由意志利用改変攻撃の計算機対応」、ジャーナル・オブ・エクストラテレストリアル・コンピュテーション、**30**, 324-334.

[4] イシュメイル・ウォー (0167)．「機械状に構築された侵略的外来形式」、パラソシオリングイスティクス、**3**, 254-257.

空間把握能力の欠如による次元拡張レウム語の再解釈およびその完全な言語的対称性

青島（あおじま）もうじき

レウム族と呼ばれる、空間的広がりを持った視覚言語を用いてコミュニケーションを行う民族に関する、フィールドワーク調査の結果が報告されている。ディジュラとフラートと便宜的に名付けられた双子の姉妹は、一方の空間把握能力の欠如からレウム語を発展させる。そしてそれによって、三半規管や脳構造に変化が見られ、言語運用能力が変化するとともに、言語によって表象可能な空間そのものが根本的に変形する。私たちは、二人が交わした言葉と、その言葉が表象する言語空間そのものには原理的に触れることはできない。けれどもそれらを想像することはできる。想像するための手がかりは、ここに書かれてある。なお、本作は本書の公募入選作であり、作者はこれが商業デビューとなる。

　ザグロス山脈北西の森林部にてレウム族が発見されたことが、２０３０年代の視覚言語学における最大の転機であったことは疑いようのない事実であろう。遺伝的に集団全体に聴覚異常があり、それゆえに音声言語を持たないレウム族が生活を営む上で用いるレウム語は、放散虫チャートの石板上に単語を配置する、平面的広がりを伴った視覚言語である。石板上での単語の位置関係や距離を文法として扱うレウム語は、その単語の形態にシュメールの都市ウルクで用いられていたウルク古拙（こせつ）文字および後の楔形（くさびがた）文字と類似が見られ、比較言語学の分野にも波紋を広げた。また、その事実からごく少数の人々がウルクを発ち、ザグロス山脈に定着したものがレウム族となったというシナリオが想像され、集団全体に聴覚異常が生じているのもその遺伝的な一様性に起因する可能性があると、医科遺伝学の分野でも注目を集めた。

レゥム語が言語学における最重要タームとして注目される理由はいくつも挙げられるが、その大きな理由の一つは特異な文法体系にあるだろう。音声言語が「音声」という波で表すことのできる二次元的な構造を持つのに対し、視覚言語は一般に記号の位置や向きといった三次元空間に、その移り変わりなど時間的なものを加えた四次元構造を持つ。視覚言語の代表的なものとして聾者が母語とする手話などが挙げられるが、これも左右の手や表情、視線などをサインとして扱い、その移り変わりを言語とする、いわば話者の前に劇場という小宇宙的な空間を構成し、それを文法と見做す言語である。視覚言語はサインを構成するのに時間を要する一方、前置詞や人称代名詞など、音声言語において文法を規定する機能語にあたるサインが必要ないため、音声言語とほぼ同じ時間で同じ量の情報を伝達することが可能となっている。

レゥム語も視覚言語の一つに位置づけられるが、その在り方は特殊である。視覚言語が前提とする三次元空間でのサインの配置は、レゥム語においては石板自体を傾けることによって再現されている。発話者が石板の面を地面に対して垂直になるように持った場合、石板の上下左右がそのまま現実空間の上下左右に相当し、石板を水平に持った場合には前後左右に相当する。レゥム語においては、石板の回転が一つの文法として機能しているのだ。

伝統的にレウム語は横20㎝×縦30㎝ほどの放散虫チャートの石板上に、蠟で練った墨を指を用いて塗布することで記述される。南イランに位置するザグロス山脈は広範にわたって中生代石灰岩地帯が続き、硬度が非常に高く模様の少ない放散虫チャートが多く見られる。レウム族は子が生まれた時と成人の儀を執り行う時の二度、この放散虫チャートを掘り出し、板状に加工する。この石板はイニシエーションである成人の儀での交換を除き作り直されることはなく、音声言語話者における声帯のように生涯にわたって媒体として使用される。成人前のレウム族は成人の半分である横15㎝×縦20㎝ほどの石板を用い、会話を行う。成人の際に手にする石板は成人者自らの手で加工する、婚姻の際に成人前の石板を破棄する、死没の際には遺体と共に石板を墓に埋めるなど様々な風習が見られるが、それについては民俗学の報告に譲ることにする。

２０４９年に筆者がレウム族にてフィールドワークを行った際の実例を紹介しようと思う。当時すでにレオーナ・クローゼらによるレウム語の形態素解析が進んでおり、その単語と呼べる構造がある程度分かっていたことが研究に大きく寄与したことは付記しておく。

調査対象となってくれたのは、レウム族の若い母親であった。レウム族では日中、成人男性が罠猟（わなりょう）および採集に出るため、その時間は他人とのかかわりが薄くなる。また、２０

42年のマルフリクトのARデバイス導入実験によって二人の娘が厳密には母親の扱うレウム語とは異なる言語である次元拡張レウム語を扱うようにもなった。これらの事実が研究に協力いただけた理由として母親の中にあったのだと私は考えているが、そこまでの機微を石板の上から正確に読み取れるだけの学術的知見が当時存在していなかったことを加味し、断言は避けることにする。

話を戻そう。レウム語の文法には石板の回転が大きくかかわっているのだが、それを表す用例として最もよく知られるものに、石板の水平から垂直への推移による上下方向の挙動という概念がある。先ほどの母親の前で、私は地面から石を拾って目の高さに持ち上げてみせた。母親はそれを見て水平方向に構えた石板に二つのサインを書き込む。爪や指の背を用いて描かれるこの特徴的な記号は、レオーナ・クローゼらの解析によりそれぞれ女・石を表すサインであることが分かっている。女を表すサインは中央に配置され、発話者である母親に近い側に石を表すサインが書き込まれている。母親は、石板の母親から見て奥側を摑み、その辺を軸に90度回転させ、石板を垂直に立てた。女はそのまま変わらず石板の中央（＝主語／話題の中心）にあるが、石はこれで「上」と見做せる位置に来たという。この動作をもって、「あなたは石を持ち上げた」という文章が完成したことになる。回転は位置関係および主客などの概念、格変化などに影響しているようで、その用例を分析した報告も多く上がっている。

先述の通り、視覚言語は一般に音声言語より一つのサインの構築に時間を要する一方、その四次元的な構文構築によりサインの数自体を少なくすることで、結果として同等の情報伝達速度を得ている。レウム語は墨による石板への書き込みという、手話以上にサインの構築に時間を要する言語体系を取っているが、それは単語の仕組みによって補われている。

レウム語における単語はウルク古拙文字からの影響が強く見られるが、さらに筆記に適した表語文字としての性質を推し進めるためか、その組み合わせによって新たな文字が生み出されている。例えば、「汚れ」を表す要素の隣に「水」の要素を置くことによって「洗濯」を意味する文字となるなどの例が見られる。これは日本語の漢字における会意文字と構造がよく似ており、ごく単純化して言えば、レウム語は石板上に漢字のようなものを配し、その石板の回転および記号配置の変更を構文として持つ言語である、と言えよう。

余談だが、このレウム文字における部首のようなものは使用頻度の高い概念ごとに要素が上手く分解されており、情報理論におけるデータの可逆圧縮手法の一つである適応型ハフマン符号化と極めて高い情報エントロピー的類似を見せることから、レウム族における言語創出はバイオコンピューティングなどの分野からも注目を集めている。

〈次元拡張レウム語の用例について〉

何度となく注釈なしに書いてきた「レウム族」および「レウム語」という言葉だが、これは視覚言語学者によって便宜的に名付けられたものであり、「レウム族」による自称でないことは広く知られるべきであろう。「レウム」は、シュメール語で「書板」を表す語から取られている。

レウム族には音声言語がなく、レウム族全体およびレウム語を指す語もまた、文法上必要としていない。発音することを想定されていない語は表音文字へ変換することができず、そのためレウム族にまつわるタームは全て言語学者による定義もしくはシュメール語などからの引用となっている。レウム族において「レウム族」を規定する言葉は、その単語の関係性の網の中にあらかじめ織り込まれていて、それだけを取り出すことはできないと言い換えてもよい。

これは、人名についても同様である。レウム語において人名は互いの関係やそれぞれの立ち位置などによって、文を作り出すごとに絶えず変化するものであり、語として常に定まっているものではない。しかし、そのままでは話を進める上で不都合が生じるため、今後登場するレウム族の人名は筆者のフィールドワーク記録の際に独自の裁量で名付けたものであることを断っておく。2049年に調査対象とした次元拡張レウム語の母語話者である双子の姉妹を、私はディジュラとフラートと呼ぶことにした。これは、紀元前5500年ごろに始まるシュメール文明を育み豊穣をもたらした二つの大河、チグリスとユーフラテスのアラビア語での名前を借りている。

次元拡張レウム語は先述の通り、2042年に視覚言語学者ニントゥ・マルフリクトによって行われた7歳以下のレウム族を対象としたARデバイスの導入実験が契機となって生まれた言語である。レウム語においてはサインの筆記および回転が、手話においてはサインの数の限界がボトルネックとなって情報伝達の速度が音声言語と同等になっていたが、レウム語のサインを三次元空間上に拡張することで手話のような自然な空間利用を導入し、これまでのいかなる言語よりも効率的な情報伝達ができるようになるのではないかという発想がもとになった実験である。文化保存の面から避けるべき実験であることに加えて人倫にもとるものであると、当時多くの批判を集めたが、後述の理由によりこの実験には評価できる点があると筆者は考えている。

言語が発生する瞬間はニカラグアでも確認されている。1980年代に聾教育が始まるまでニカラグアでは聴覚障害者はコミュニティを形成しておらず、それゆえに言語や文化も確立されていなかった。しかし、聾学校ができたことにより、聴覚障害のある子供らはそれまで家庭でコミュニケーションに用いていたホームサインを持ち寄る形となり、ニカラグア手話へと発展したと報告されている。このときホームサインを文法構造を伴う言語へと発展させたのは、集められたとき7歳以下の子供のみであったことから、一般に知られる言語習得の臨界期は同時に言語創発の臨界期でもあることが経験的に知られるようになった。マルフリクトがレウム族のうち7歳以下の子供のみを導入実験に用いたのは、ニカラグア手話の前例があったからである。

ここで、レウム族に対するARデバイス導入実験に使われたゴーグル型透過液晶デバイスの機能を列挙する。

1. 透過液晶レンズを通して、着用者の目の前の空間に文字を浮かび上がらせる。
2. ゴーグル着用者Aから半径5mほどにいる別の着用者Bは、Aが作り上げる文字空間を着用しているゴーグル越しに見ることができる。
3. 文字の記入はレウム族に伝統的な爪と指の背を用いた筆記法であり、左右の頬を持ち上げた際の筋肉の信号を端末が感知することにより、それぞれ左右の指に仮想インクが付着した状態となる。
4. 作成した空間における文字の移動および回転。

細かいものを挙げればきりがないが、言語学的に特に重要と思われるものは以上である。

これらの機能が搭載されたデバイスを、当時7歳以下であったレウム族全員が着用した。子供らは各家庭で学んだレウム語の文字を持ち寄り、三次元空間に拡張しながら、子供同士でのみ通用する極めて効率的な情報伝達手段である次元拡張レウム語の原型を、実験開始からわずか半年のうちに作り上げた。その言語の特徴についての概説を行う。

マルフリクトの予想とは異なり、次元拡張レウム語では拡張されたｚ軸は時間を表す軸として機能するようになった。実験の対象となった子供らは立体を「平面を積み重ねたもの」として把握したようで、これまでのレウム語が平面で行っていた位置関係の文法に似たものを、過去のものは下方に、未来のものは上方に配置するといった手法で情報を付与、構成している。物体および概念の上下方向の移動についてはレウム語同様、平面の水平から垂直への推移によって行われている。

このようなｚ軸の使われ方が為されているのは、ピジン的な言語の発生を経ているからであると思われる。ピジンとはコミュニケーションのためにいくつかの言語が混交して生じる言語のことを指す。被験者となった7歳以下の子供の中には家族が用いるレウム語を獲得途中のものがおり、その文法体系が次元拡張レウム語へ流入してきたと考えるのが自然であろう。現在はそのピジン言語がコミュニティ内で母語として定着するクレオール化の段階にあるものと思われ、次元拡張レウム語はレウム族における一般的な言語となりつつある。

また、時間という次元に対して自由度が上がったことにより、単語にも変化が見られた。レウム語では漢字における部首のように要素として存在していたものが、単語内で位置関係をもって空間上に配置されるようになったのだ。漢字を因数分解するようなものだと思ってもらえればよい。「魑魅魍魎（ちみもうりょう）」における「きにょう」を括り出し、他の「未」などをその周りに配置するようなものを想像してほしい。これは近年の自然言語処理分野で言われる概念的レーベンシュタイン距離モデルで考えると、同じ話題内での単語の書き換えにかかる時間を短縮するのに役立っていることが分かる。

〈ディジュラとフラートの例について〉

本章では2049年に次元拡張レウム語母語話者であるレウム族の双子の姉妹、ディジュラとフラートについて筆者が調査を行った際の体験を交え、次元拡張レウム語についての考察をしたのち、言語における完全な対称性についての議論を行う。

ディジュラとフラートは2042年のマルフリクトの実験の際には5歳であり、私がレウム族のもとを訪れた2049年には12歳となっていた。私がディジュラとフラートに注目したのは、彼女たちが双子だったからではない。双子の片方、フラートに、空間把握能力の異常が見られたからだ。

　ＡＲデバイスを通して空間上に概念を配置し、それらを回転させることによって意味を表す次元拡張レウム語にとって、その空間を把握できないことは文字の読み書きができないことに他ならない。初めは調査に同行した医師によって識字障害の一種として診断されたが、のちにその異常が言語理解に関係する左脳ではなく、空間把握に関わる右脳に起因するものであることが脳波測定の結果わかった。手話などにおいて、視覚的サインは脳内でコード化され、左上側頭回（じょうそくとうかい）後部のウェルニッケ野などで知覚されることが一般に知られるが、一方で方向性を伴ったり経時的な要素を含むサインはその右脳における空間把握領域で一部処理されているのも事実だ。これらの傍証により、フラートの識字障害は右脳の空間把握能力の欠如によるものであることが推察された。

　音のないレウム族の世界にあって、言葉も上手く操ることのできないフラートであるが、コミュニティから排除されたかと言われればそれはまったくの誤りで、むしろ、フラートは当時７歳以下であったレウム族の子供らの中で半ば神聖な存在として扱われているようであった。そこには、双子のもう一人、ディジュラの存在が大きく関係している。

　ディジュラは一般的なレウム族の子と同じく聴覚を持っていないが、フラートとは異なり７歳以下の子供らによって作り上げられた次元拡張レウム語を問題なく母語として習得した。それにより、双子の一家では親の操るレゥム語、ディジュラの操る次元拡張レゥム語、フラートの使う言語としては機能していない空間上の単語配置の三つが入り乱れてコミュニケーションが為されていたことになる。２０４９年の調査で母親が協力的だったのは、そのコミュニケーションの困難による疎外感のようなものがあったのかもしれないという考察は、先に書いたとおりだ。

ディジュラは双子としてフラートと共に育つ中で、フラートの右脳に欠如している空間把握能力に決して頼ることのない、整然とした単語の空間配置にこだわるようになっていたらしい。それは一般的に用いられる次元拡張レゥム語よりも単語同士の関係性が直感的に伝わり、その構文が視覚だけでなくクロスモーダル現象により他の五感にまで作用する錯覚すら覚えるようなものであった。観念的な表現ではあるが、ディジュラがフラートに対して話しかける様子は、星々の間を語義という名の線で繋ぎ、空に神話を描き出すようなものであり、一方でその精密な線によって彫り出される空間は、せせらぎの中から果実を取り出すような、なにかすでにそこに存在していたものを手に取る自然さも感じられた。これが次元拡張レゥム語における「書き言葉」のようなものとして創発されている過程であることも可能性として指摘されている。

ともあれ、ディジュラはフラートとコミュニケーションを取るために次元拡張レゥム語を独自に解釈し、発展させたと見做せるのだ。

石板が儀礼に使われることからもわかるように、レウム族は言葉およびその配置を神聖なものとして認識している。そのため、言語未満の単位である記号を用いてコミュニケーションを行うフラートはなにか啓示を受ける巫女やシャーマンのようなものとして受け入れられており、フラートの並べる記号はディジュラという存在を介して言葉に変換され、コミュニティに広がっていく。いわば、その空間把握能力の欠如と、思いを交わしたいというお互いの望みは、レウム族にとって言語を発展させる「能力」であり、ディジュラとフラートはその能力に恵まれた存在であったのだ。

２０５１年、ドイツ国立言語研究所によって、会話時のディジュラとフラートの脳内の電気信号が計測され、ディジュラの脳について驚くべき事実が報告された。フラートと会話をする時に限り、言語に関係するブローカ野やウェルニッケ野におけるニューロンの発火パターンと単語の空間配置の間に、極めて高い相関が見られたのだ。つまり、ディジュラからフラートに対しての発話は脳内における電気信号をそのまま記号化しているものと見做せる可能性が出てきたのだ。この手法であれば確かに、右脳で空間を認識できないフラートであっても本質的な意味で直感をもって理解できるような言語となる。ドイツ国立言語研究所は今後、脳波の特定のパターンからプリセットの空間配置および回転パターンを出力し、発話時間を短縮するARデバイスを提供する実験を行う予定だという。

また、ディジュラはデバイスが空間を回転させる際に用いている計算式であるクォータニオンを脳内でシミュレートしているという報告も上がっている。四次元ベクトル空間における要素間の概念的レーベンシュタイン距離をベクトルの絶対値に変換し、直接脳を捏(こ)ねるように回転させているというのだ。レウム族における耳は古代ウルクを発ってからの長い時の中で機能を変えてきており、回転を司る三半規管が異常に発達している。同報告内にはCTスキャンによりディジュラの三半規管からは現実には存在しない虚数方向への回転を感じ取るための、卵形嚢(らんけいのう)を根とした第四の半規管が成長していて、それが幻肢痛(げんしつう)のようにして四次元ベクトルを感じ取っていることがわかったという記述もあり、その箇所に関しては現在、遺伝生物学や神経言語学などの分野からの反論を受けてはいるものの、本論文ではこの記述を支持している。

様々な報告を挙げてきたが、ここまでの論は「双子のきょうだいであるフラートと会話をしたいという思いがディジュラの中で次元拡張レウム語を発展させ、そのニューロンの発火パターンを言語とするに至ったが、その現象に大きく寄与していたのはフラートの空間把握能力の欠如であった」と総括してよいだろう。

最後に、次元拡張レウム語およびディジュラとフラートの例を通した、言語における完全な対称性についての議論を纏（まと）めておくことにする。

　視覚言語・音声言語を問わず、既存の言語には非対称性が構造的に織り込まれている。例えば、「紅白」などと単語を記した、あるいは発音した場合、そこには「紅」が左（先）で「白」が右（後）という非対称性が同時に現れることになる。あるいはこれを「男女」「東西」「きょうだい」などの単語を例示することによってその構造的な倫理の問題を指摘する場合もある。

　次元拡張レウム語においてこの言語の非対称性がどのように評価されるかについて、次元拡張レウム語は両手を同時に用いて単語を並べることから、このような対になる概念に時間的な前後が存在しないという特異性が指摘される。これをして視覚言語学者マルフリクトは「文学観測上、初めて二人の人間が対等になった瞬間である」と論じたが、それにはすぐに時間的な前後の消滅に過ぎず、名前や他の情報による非対称性が棄却されたわけではないという反論があった。また、レウム語の形態素解析を行ったレオーナ・クローゼは「そもそも地球上の生物には、超新星爆発により生じる中性子星からシンクロトロン放射される円偏光に由来すると思われるアミノ酸の左右型の偏りなどのホモキラリティが内包されているため、左右による非対称性は根絶不可能である」と述べ、マルフリクトを批判している。

しかし、ここで注目すべきはディジュラとフラートの例である。ディジュラはフラートとの会話の中でその言語空間を一部、四次元的に拡張しているとみられている。左右という概念は四次元空間上では反転可能なものであるため、異なるものとして扱うことができなくなる。三次元空間において右手と左手は決して重なることがないが、四次元空間上では右手は左手と同じものとして振舞えるなどと言い換えてもよい。

また、ディジュラは個々の単語の意味を離れ、その総体の関係性、即ちニューロンの発火パターンによって意味を表現し始めているという報告についても注目したい。かつて言語学者ソシュールが説いた「意味はモザイク状の差異の中から生まれ、差異をもって言語と為す」という思想を根底から覆す、脱構築的な言語体系として、ディジュラの語りは捉えることができる。

これを、ディジュラはフラートと会話をする、ただそれだけのために三次元空間内における言語の非対称性という限界を超克し、差異の体系による言語から脱し、二人が言葉を交わすことのできる空間を、言語体系を、脳構造を作り出したということに、どれほどの主観が含まれているだろうか。

少なくとも筆者はこれを、事実であるものと考えている。

＊

本論文を執筆する直前、2061年に筆者はレウム族を再訪した。現在レウム族はARデバイスを装着した人間が大半となっており、次元拡張レウム語のクレオール化が進行していることが窺い知れた。

その中には、フラートの姿もあった。ディジュラは2058年に起こった不慮の事故により、既に亡くなっている。フラートはレウム族を訪れた私の姿を見て、空間を立ち上げた。一見無秩序に思われるその単語の配置は、すでにこの世界には理解できる者が存在せず、私にはレウム語への直訳を行うことしかできなかった。フラートは口角を用いて指先を仮想インクに浸し、いくつかの記号を宙に並べた。

「覆う映し頭覆いべきで板から土の落ち底われ」

石板と頭部を意味する平面上の要素は回転し、何度も意味の舞台で地の底へと潜っていく。

「(ふた／ひと) つ組み啓示込み同じ日闇同じ時」

二と一を重ね合わせた数字によって同一および同二であるという主張がなされ、

「繋留無水帯つれ花糸細く白み網せよ部分」

網は部分では網ではないために、水がなくとも繋留できると、フラートは語る。

一つ一つの単語に意味を見出そうとするやり方では、おそらくこの文章の指すものを取りこぼすことになる。要素や単語、回転、言語体系、ニューロンとそのネットワーク、レウム族の始まり、次元拡張実験、ピジン化とクレオール化、二人を隔てていたもの、繋げていたもの、それら一つ一つを要素としてではなく全体として捉えることこそが、一人の世界であったのだろうから。

「虚実が汽水域しめる背進た網せよから」

フラートの指先は弧を描き、混ざり合うなにかを表現した。存在しないものと存在するものが交わり、網から離れていく。

フラートはおそらく、ディジュラとの間に繋がりが確かに存在していたことを、言葉を用いて表現していたのだろう。今この文章を筆記している言語では、その根拠を示すことはできない。フラートの言葉は、差異の体系の外側から感じ取られなければならないものであるから。

マルフリクトの行った実験は、一般に生命倫理から考えれば批判されるべきものなのだろう。しかし、それによって二人の間にこれまで——古代メソポタミア、シュメール語として人類の文字が始まってから４５００年以上の間、これまで——誰一人として辿り着くことのできなかった完全に対等な関係が結ばれたというのも、他方の事実として認めないわけにはいかないだろう。私はこれを、次なる時代の言語の可能性として研究されるべき対象であると考えている。

フラートの指先は最後に、中心の「空」を取り巻く諸要素から最も遠く天面に「中」を配し、空間の回転によってそれら全てを外から包むように覆い隠した。

「空流体こぶ（ひと／ふた）つ、薄い切片かろつ中へと覆う」

インディアン・ロープ・トリックとヴァジュラナーガ

陸 秋槎
稲村文吾訳

虚実織り交ぜながら大量投入される古今東西の文献と奇妙なエピソード。「ヴァジュラナーガ」という既に絶滅している巨大な蛇と、それらを用いた「インディアン・ロープ・トリック」という不可思議な魔術をめぐる調査と分析結果が報告される。魔術によってつくられる幻想的な状況は、すべて学術的な手続きに基づき論理的に説明されるのだが、用いられる根拠の妥当性についてはわからない。明らかに架空とわかる文献もあれば、明らかに実在するものとわかる文献もあり、そしてそうでない文献もある。確かなのは、本作を読むあいだだけは、「インディアン・ロープ・トリック」は私たちの頭の中で在り続け、「ヴァジュラナーガ」は生き続けるということだけだ。なお、本作は本書の前身となった〈SF マガジン〉特集版の公募入選作である。

りく・しゅうさ。作家。1988 年生。北京出身。復旦大学古籍整理研究所古典文献学修士。2014 年よりミステリ作家として活動。邦訳書に『元年春之祭』『雪が白いとき、かつそのときに限り』『文学少女対数学少女』（以上早川書房）がある。2019 年に短篇「色のない緑」（ハヤカワ文庫 JA『アステリズムに花束を 百合 SF アンソロジー』に収録、後に竹書房文庫『ベスト SF2020』に再録）で SF 作家としてもデビュー。その他の SF 短篇に「ハインリッヒ・バナールの文学的肖像」がある。

一八九〇年八月八日、「シカゴ・トリビューン」紙に「ただの催眠術だった——インドの托鉢僧はどのように観衆をあざむいたか」という題名の記事が掲載された。この文章は、インドの托鉢僧が観衆に催眠術を掛けることで展開した一連の不可思議な魔術を克明に描写しているのだが、締めくくりに演じられたのがその後世に知れ渡ることになる「インディアン・ロープ・トリック」だった——魔術師が放り上げた縄がそのまま落ちることなく空中に直立し、魔術師の弟子が縄をよじのぼっていき、最後には空中に姿を消したという。記事においては、ショーの光景を写真に記録していた人物がおり、事後に確認したところ写真には縄も、弟子も写っておらず、すべては単なる催眠術だったと記されている。[1] この記事は公表直後から大きな反響を引き起こし、即座にアメリカ国内の他紙に転載されたほか、世界中で評判を呼んだ。四ヵ月後に執筆者はこれが捏造された作り話でしかなかったと認めたが、インディアン・ロープ・トリックへの人々の熱中を削ぐことはなかった。

「シカゴ・トリビューン」の記事は単なる創作だったとしても、同様の魔術に関する記述はインドや中国、アラビア世界の文献に多数現れている。インドの哲学者シャンカラは、ヴェーダーンタ学派の典籍『ブラフマ・スートラ』に加えた注釈の中で「綱によって虚空に登る魔術師」に言及している。[2]『太平広記』第一九三巻には晩唐の伝奇集『原化記』を原典として物語「嘉興縄技」が収録されており、これはこの種の魔術を利用して脱獄を果たすという物語である。[3]清代の小説家、蒲松齢の『聊斎志異』における一篇「偸桃」では、弟子が縄をつたって天に上ったあと身体をばらばらにされ、魔術師がその死体を箱に入れると直後に復活した、と描写されている。[4]十四世紀のモロッコ出身の旅行家イブン・バットゥータは、杭州において同様の魔術を見物した経緯を記しており、身体の解体と復活についても言及している。[5]

これらの記述は詳細さに差があり、食い違う点も多い。神話学者ミルチャ・エリアーデは「綱と操り人形」においてこの種の魔術を二つの要素に分割している。（1）弟子の身体をばらばらにする。（2）綱を使って天に昇る。[6]さらに詳しく分析するなら、要素（1）は空中で身体をばらばらにされる部分と、落下してきた身体をつなぎ合わせると復活する部分の二つに分けられると思われ、要素（2）は縄を投げ上げて直立させる部分と、縄をよじ上る部分に分けられる。ひとまずここでは、要素（2）を含んでいればインディアン・ロープ・トリックと見なせると考えることができる。実際、インドの文献には、要素（1）だけが出現し縄を一切使用しない記録も存在している。馬鳴（めみょう）の『ブッダチャリタ』においては仏陀（ブッダ）が民衆に神業を示すため、空中に上ったあと身体を分割し、落下後にまた一つに戻ったと記されている。[7]

筆者は、インドを原産とする絶滅した動物ヴァジュラナーガ vajranāga が、われわれにインディアン・ロープ・トリックの真相を明らかにする可能性があると考えている。少なくとも要素（2）――投げ上げた縄がなぜ直立し落ちてこないのか――については一つの説明を与えることができるだろう。

イギリスの旅行家、画家のウィリアム・ホッジスは、一七八一年にインド北部のウッタル・プラデーシュ州の山地において、現地人が長さ四、五メートル、太さが腕ほどの巨大な蛇を縄として川の両岸に架け、橋として利用したのを目撃している。またその蛇は危険を感じたときに鱗が岩石のように硬くなるとも述べている。[8] これは西洋の文献において、初めて鱗が硬化する蛇について触れた例となる。ガブリエル・ビブロンとオーギュスト・デュメリルの共著は爬虫類生物の分類研究において、一つの目撃証言を引用している。この証言は鱗を硬化させる原理について一つの推測を行っているほかに、全身を硬化させる蛇に現地のある香料を嗅がせると即座に硬化が解けることにも触れている。[9]

十九世紀を通じて、この蛇はしばしば西洋人の著述に現れたが、どの時点においても統一された呼称は存在しなかった。フランスの学者アルフレッド・フーシェが一八八九年に発表した『インド・アフガン境上にて――考古学者の旅日記からの抜き書き』において初めて、現地人のこの生物に対する呼称が記録された。フーシェは旅の過程で、現在のパキスタン北東部、スワート渓谷に差しかかったとき、洞窟に這い進んでいく蛇を目にしている。「道案内の者が杖で蛇の尾を叩くと、たちまち全身を硬くさせ矢のごとき姿になった。手で触れてみると岩のように硬い。一同が数十メートル間を置くとようやく元の姿に戻り、最後には洞窟に這い進んでいった。案内人が教えてくれたところでは、その蛇は名をヴァジュラナーガと言い、ヴァジュラのごとく硬く、真っ直ぐであることから名付けられたという[10]」。

「ヴァジュラ」のサンスクリット語の本義は「硬い（棍棒）」であり、『リグ・ヴェーダ』に見える。『マハーバーラタ』が語るところでは、インドラが大蛇ヴリトラを殴り殺すのに用いた武器の名をヴァジュラ（金剛杵）といった。場合によってはダイヤモンド（金剛石）のことを指す。仏教文献においてヴァジュラの語は崩しがたいものを表すために多く使われ、一例として『金剛般若波羅蜜経』のサンスクリット語原題、『ヴァジュラッチェーディカー・プラジュニャーパーラミター・スートラ』Vajracchedikā Prajñāpāramitā Sūtra を直訳すると「金剛（杵）のごとく（あらゆる煩悩を）断ち切る知恵の経典」を意味する。ヴェーダ学者の林千早がフーシェの記録をもとに唱えた仮説によれば、インドラが用いたヴァジュラとは身体を硬化させる蛇であり、同じく『マハーバーラタ』に現れる龍王ヴァースキも同種の蛇で、全身を硬くしたのち乳海を攪拌するのに使われたと推測している。[11] この主張は現時点で学界の賛同を得ていない。

　これらから、インディアン・ロープ・トリックの真相についてある推測を行うことができる。

　筆者は、ショーにおいて魔術師が用いた「縄」とはおそらく普通の縄ではなく、このヴァジュラナーガと呼ばれた巨大な蛇だったと考える。投げ上げられた蛇は警戒を感じて鱗を硬化させ、その結果垂直に静止した姿を見せ、人がよじ上ることを可能とする。演技の間、蛇の頭の部分は箱の中に隠されたままで、観衆の目には入らないようになっていた。演技が終わると、魔術師は香料を手に隠し持って箱に差し入れ、ヴァジュラナーガは香りを嗅いでたちまち軟化したのだろう。ヴァジュラナーガの絶滅に伴って、この古くからの手法も失伝となったのだ。

ヴァジュラナーガに関する最後の目撃記録は、中国の思想家、康有為が二十世紀初めに著した『印度游記』に現れる。[12] これ以降にヴァジュラナーガに言及する文献は、すべて引用か又聞きの話を記しているにすぎない。通常、ヴァジュラナーガは遅くとも一九三〇年代には絶滅していたとみなされる。[13] 十九世紀後半にイギリスからの植民者が大量にインドへ流入し、魔術を見物する彼らの需要を満たすため、現地人はヴァジュラナーガを乱獲して、それゆえ最後には絶滅を招いたのだと考えることもできる。しかしその後もヴァジュラナーガはときおり文学作品や映像作品に姿を現してきた。流行文化に対するその影響については、拙文「ソリッド・スネークの考察」[14]を参照されたい。

一九〇九年、南方熊楠はジェームズ・フレイザーと議論を交わし、その論文中で世界各地において蛇が乳汁を好んで飲む例を列挙している。そのうち一つは『北印度俗問宗教および民俗誌』からの引用だった。「パンジャブの山地に住むジャイナ教の尼は鱗のない大きな蛇を洞窟の中で飼い、乳を飲ませて育てた。当地ではニルグランティープトラ nirgranthīputra と称する。鱗が無いのは生まれつきでなく虐待の結果という。蛇遣いは鱗が残らず抜け落ちたのを見ると役に立たぬ物と見做しておおかた山野に捨て置き、多くは烏が啖うことになるという」[15]。ここで述べられている鱗のない大きな蛇とはおそらくヴァジュラナーガの鱗が抜け落ちた結果であり、ことによると繰り返し身体を硬化させることの副作用とも考えられる。もしそうであれば、この資料はわれわれに、魔術を演じるのに使われたヴァジュラナーガたちの悲惨な結末を伝えているのだろう。

---

1 John Zubrzycki, *Empire of Enchantment: The Story of Indian Magic*（Oxford: Oxford University Press, 2018）p.243.

2 湯田豊訳『ブラフマ・スートラ――シャンカラの註釈（上）』、大東出版社、二〇〇六、一八三頁。引用元では「綱」が「網」と誤記されており、サンスクリット語原文に基づいて修正した。

3 『太平廣記』第四冊、中華書局、一九六一、一四四九頁。

4 立間祥介編訳『聊斎志異（上）』、岩波書店、一九九七、四三 - 四七頁。幸田露伴は大正時代の時点で、この題材とインディアン・ロープ・トリックの関係に着目していた。「文学三題噺：聊齋志異とシカゴエキザミナーと魔法」（『露伴全集』第十五巻、岩波書店、一九七八、四八五 - 四八六頁）を参照。

5 イブン・ジュザイイ編、家島彦一訳注『大旅行記7』、平凡社、二〇〇二、四七 - 四八頁。

6 宮治昭訳『エリアーデ著作集第六巻　悪魔と両性具有』、せりか書房、一九八五、二二一頁。

7 梶山雄一、小林信彦、立川武蔵、御牧克己訳注『完訳　ブッダチャリタ』、講談社、一九八五、二二〇頁。

8 William Hodges, *Travels in India During the Years 1780, 1781, 1782, and 1783*（London: Edwards, 1794）pp. 85-86.

9 *Erpétologie Générale ou Histoire Naturelle Complète des Reptiles*（Paris: Roret,1834-1854）p. 344.

10 アルフレッド・フーシェ著、前田龍彦、前田寿彦訳『ガンダーラ考古游記』、同朋舎、一九八八、八三頁。
11 Hayashi Chihaya, *Den Drachen mit dem Stock töten, die Härte der Arier und die Schwäche der Eingeborenen* (München: Carl Hanser Verlag, 1999), pp.175-191.
12 『康有為全集』第五集、人民大学出版社、二〇〇七、五二一頁。
13 ドイツの動物学者ペーター・アーマイゼンハウフェンは、一九四一年にインド南部のタミル・ナードゥ州において鱗を硬化させる巨大な蛇を捕獲したと主張し、*Sokallypha Polipodida* と命名している。標本はミュンヘンのルートヴィヒ・マクシミリアン大学博物館に現存する。近年の研究でこの標本は、頁岩をビルマニシキヘビの体表に貼り付けて制作されたものと判明している。ジョアン・フォンクベルタ、ペレ・フォルミゲーラ著、管啓次郎訳『秘密の動物誌』、筑摩書房、二〇〇七、三九 - 四八頁を参照。
14 溝口百合雄編『ゼロ年代の超克：ゲームとリアリズム』、早川書房、二〇一九、一九八 - 二一〇頁。
15 Minakata Kumagusu, Snakes drinking Milk, Works in English, pp160-161.『南方熊楠全集』第十巻、平凡社、一九七一。

掃除と掃除用具の人類史

松崎有理

論文SFの名手である松崎有理の最新論文SFが本作である。遠過去から遠未来にいたる長大な人類史を、「掃除」と「掃除用具」という観点のみからえぐり出す。人類の営みはつねに掃除とともにあるし、これからもそうであり続ける。あるいは人類が成すことすべては掃除であると言い切ってしまうこともできなくはない。人が動けばゴミは生まれるし、動かなくともゴミは生まれる。掃除すること自体が新たな掃除の概念を連れてくる。ゴミはゴミとしてあらかじめあるのではなく、どこからともなく見いだされ、創り出される。だから人類が存在する限り、掃除が終えられることはない。掃除の範囲は拡大し続け、掃除の概念は拡張され続ける。それがどこまで拡がっていくのかは、あなた自身の目で確かめていただきたい。

まつざき・ゆうり。作家。東北大学理学部卒。2010年、大学研究室を舞台とした短篇「あがり」で第1回創元ＳＦ短編賞を受賞しデビュー。2011年より電子雑誌〈アレ！〉にてエンタメとしてのフィクション論文シリーズ「架空論文」を連載。2017年、連載に大幅加筆のうえ『架空論文投稿計画』（光文社）のタイトルで書籍化。公式サイトyurimatsuzaki.comでも不定期に新作の架空論文を発表しつづけている。

フリーランチなんて存在しない。

——ロバート・A・ハインライン

そんなことはない。宇宙は究極のフリーランチだ。

——スティーヴン・ホーキング

一　掃除の黎明——有史以前

人類が掃除をはじめたのはおそらく住居を持ったときである。

地球上に存在するほかの生物を観察すれば間接的に証明できる。大自然のなかを移動する生きものたちは掃除をしない。ゾウやヌーの群れは自分の糞を片づけたりしないし、ライオンは獲物の食べ残しを放置してハゲタカのつつくがままにする。いっぽう掃除の習性を持つのはアリ、ハチ、そしてハダカデバネズミである。かれらが掃除するのは定住している巣、すなわち住居だ。

それでは人類が家を得たのはいつか。これも推論だが、体毛を失って「裸のサル」となったときであろう。哺乳類の毛皮は体温を保ち雨風をしのぐ完璧な防具である。ヒトはこの便利な装備を突然変異によって失ったとたん、住居をつくる必要にせまられた。

裸の哺乳類にとって家がどれほど重要かは、ハダカデバネズミが教えてくれる。群れの全員が出入口を封じた地下の巣で一生をすごす。毛のない体では外気温の変化に耐えきれないからだ。巣の内部をせっせと掃除するのは、汚れたままでは病気が発生すると本能的に知っているためであろう。ないし、家とは毛皮なのだからグルーミングが必要だと考えているのかもしれない。

毛皮を持つ哺乳類たちもときに巣穴を利用するが、繁殖や冬眠など特定の目的に限られる。かれらにとって巣穴は「家」ではない。

ヒトも、なくした毛皮のかわりに家を持つと継続的な掃除をはじめたはずだ。だが掃除とは本質的にめんどくさい作業である。しかも、狩りや採集とちがって成果がみえにくい。よってやる気が出ない。それでも、同じ家に住まう家族の健康を守るためしかたなくつづけたにちがいない。

二　古代の掃除

初期人類はエネルギーの獲得を狩猟採集に頼っていたため集団の人数が大幅に増えはしなかった。塵芥の排出は少なく、各人が個々の住居の清掃だけを心がけていればそれでよかった。

時代は下り、農業が発明され多くの人口を支えられるようになった。都市ができると、家屋の清掃とはちがうレベルの問題が発生した。のちの経済学者が「共有地の悲劇」と呼んだ現象である。市民みんなが使用する場所、たとえば道路はいったいだれが掃除するのか。

文化によって解決方法は異なる。古代エジプトの為政者はこのだれもやりたがらない作業を公共事業とした。掃除に参加した者にはパンとビールが振る舞われた。この事業は食いつめた市民を救うセーフティネットともなっていた。

古代ギリシアでは家屋はじめあらゆる場所の掃除が奴隷の仕事だった。ヘラクレスの神話において、ライオン狩りや妖怪退治とならんで家畜小屋掃除が「難題」とされたのは、このような背景を知ると納得できよう。半神半人の彼にとって掃除は精神的な難題であった。

掃除を奴隷に押しつけて余暇を得たギリシアの市民たちは思索にふけった。かれらは徹底した観察からものごとの本質を見抜こうとした。長い観察の結果、人間とは本質的に怠惰であると喝破する。さらに、人間をとりまく世界そのものも怠惰だと気づいた。ほうっておけば動物は死に、草花は枯れて倒れ、パンは腐っていやなにおいを発する。世界のこの状態をギリシア人たちは「無秩序が増す」と表現し、[*1] 秩序を回復する力を「掃除力」と名づけた（図1）。

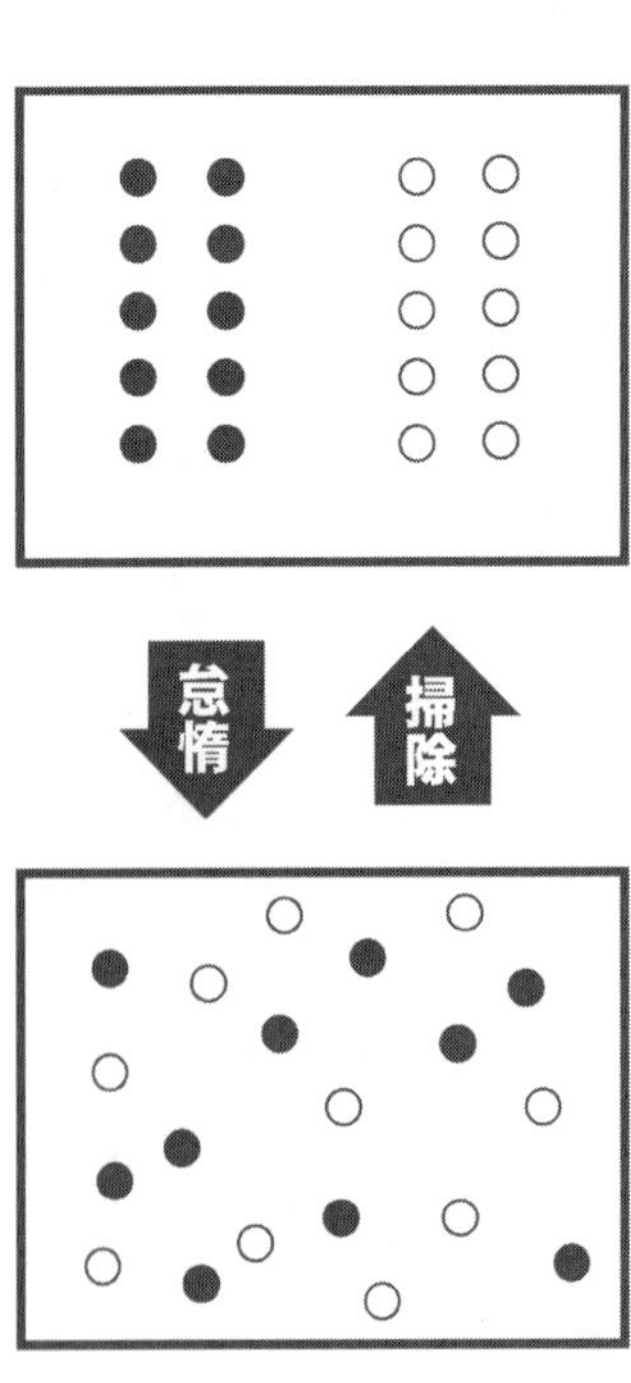

図1　ギリシア人の考えた掃除の本質

ローマでは掃除を刑罰にした。かれらの誇る巨大建築や上下水道などのインフラ設備は罪人の手でつねに磨きぬかれていた。ローマ人は清潔の快適さを知り、入浴は娯楽となった。巨大な浴場に湯を張り、湯を落としたあと清掃するのもまた徒刑囚であった。掃除の苦痛を味わいたくないがために、ローマの犯罪率は古代にしてはひじょうな低位で推移した。のちの歴史家はこの時代を「ローマの秩序」Pax Romanaと名づけた。パックスとは秩序をつかさどる女神の名前である。やはりのちの歴史家が「パンとサーカス」panem et circensesと形容したように、市民たちは安全かつ清潔な都市で当時最高の享楽を味わった。ギリシア人が人類の怠惰を発見したのなら、ローマ人は人類の娯楽[*2]への愛を証明したのである。

いっぽうインドはつきぬけていた。掃除が苦[*3]であると認め、そのうえで精神的修行と位

＊1 「秩序が減る」と表現しなかったのは、当時のギリシアには負の数の概念がなかったためである。なおギリシア人たちは無秩序をエントロピーεντροπιαと呼んだが、のちのローマ人はギリシア文字がきらいだったのでこの用語はすたれてしまった。

＊2 「娯楽」をあらわす一般名詞 entertainment はラテン語を語源とする。enten-「役に立たない」＋ tenue-「楽しい」の複合語。

＊3 インド人たちは人生には「四つの苦」があると考えた。病気、老化、死、掃除である。

置づけたのである。心を空にして掃除にはげめば輪廻の苦しみから解脱できるという思想は、掃除を祈りと同じ位置へ引きあげた。掃除を尊ぶ思想はインドから中国を経て極東地域まで到達した。

三 中世の掃除

中世は掃除における暗黒時代であるから軽く触れるにとどめる。

ローマ帝国が滅亡したあと、ひとびとは掃除刑の恐怖から解放されてひどい怠惰におちいった。掃除の習慣は忘れ去られた。ギリシア人いうところの無秩序がいちじるしく増大したのである。ごみの不始末のせいで住居にネズミが出入りし、黒死病をまきちらして未曾有の犠牲者を出した。

この時代、掃除と秩序の火をともしつづけたのは中東であった。掃除を祈りとみなすインド文化の影響をうけて、石づくりの寺院を水で、水のとぼしい地域では砂で、徹底的に清掃した。礼拝前に体を清めることも重視された。掃除のいきとどいた手洗い場の美しさは、中世を通してまちがいなく世界の頂点に位置していた。

四　近代の掃除

おそらく偶然によって黒死病が終息したあとも、ヨーロッパは怠惰に支配されつづけた。都市人口は急増したが、衛生設備はまったく追いついていなかった。せまい街路をはさんで密集する狭小家屋に水道はなく、まともなトイレは存在しない。塵芥回収システムもない。住民は糞尿と腐敗した生ごみの悪臭たちこめる無秩序のなかで生活していた。当然の帰結というべきか、黒死病の後釜としてコレラが降臨する。

十九世紀初頭のパリでは、深刻なコレラの流行をうけて時の市長が街の美化に乗り出した。市長は物理学者サディ・カルノーを都市美化計画技術顧問に任命する。カルノーは発展いちじるしい分野であった熱力学の知見を整理し、思考実験を行う。彼の導き出した結論は衝撃的であった。いわく、いくら掃除をしても宇宙全体での無秩序の合計は増加するいっぽうであり、いずれ無秩序が極大に達して宇宙は終焉を迎える。

無秩序には勝てない、引き分けにすら持ちこめない。増大する無秩序が宇宙を終わらせ

＊4　なにもないこと。やがて数学上のゼロの概念へ発展していく。

る運命だと知って、市長は絶望のあまりセーヌ川に身を投げた。[*5] そうこうするうちカルノー自身もコレラに罹患し死亡。その遺品は、パリの感染対策条例にもとづき焼却処分された。[*6] 風の強い日であり、遺品を焼く炎はじつにあっさりと近隣の家々に燃え移った。これが市街地の九割を燃やしつくしたパリ大火である。

三日三晩つづいた火災がおさまったのち、後任の市長が選出された。ジョルジュ・オスマンである。モンマルトルの丘から焼け野原のパリをながめつつ、オスマンは決意をこめて宣言する。掃除の力によってかならずやこの街から無秩序を追い払ってみせる。局所的な秩序回復であればカルノーの理論とも矛盾しない。宇宙など知ったことか。

オスマンの決意表明にロンドンなどほかのヨーロッパ諸都市も呼応した。かれらは宇宙滅亡の運命をいったん忘れ、コレラに打ち勝つという目先の目標のため都市の清掃に邁進した。こうして公衆衛生の概念はしだいに普及し、不潔に由来する感染症が駆逐されていく。

そのころ、古代インドの思想が生きる極東地域はどうであったか。同時期の江戸はパリをはるかにしのぐ人口を抱えていたにもかかわらず奇跡的な衛生状態を保っていた。市民たちは自宅のみならず、街路や側溝といった共用部分も隣家と協力して徹底した清掃にあたった。この慣習は江戸市民の清潔志向によるというより、共同作業に参加しないと村八分にされる恐怖が動機となっていたようだ。

五　掃除革命の到来——二十世紀

ここまでの掃除の歴史において、箒（ほうき）やモップやブラシなどさまざまな道具が発明され効率化がはかられたものの、すべての清掃作業は人力のみで行われていた。はじめて動力の導入が試みられたのは十九世紀後半のアメリカにおいてである。世界初の掃除機は高価で巨大であったためほとんど売れなかった。

しかし、時が流れるうちに追い風が吹きはじめる。アメリカは二度にわたる世界大戦で戦場とならずにすんだ。おかげで好景気がつづき、技術開発への投資が進んだ。ひとびとは繁栄を味わう一方で日々の単純作業を省力化したいと願った。ここにきて本来の怠惰の心が頭をもたげはじめたのである。掃除機が手ごろな大きさ・価格となって市場に再登場するや、みなが争って購入し、家庭で、オフィスで、商業施設で、芝生や道路や公園で使

＊5　この不幸な市長の名はジャベールという姓のみが伝わっている。
＊6　そのためカルノーの研究業績はすべて伝聞であり、不正確さがつきまとう。

用された。

　掃除機はアメリカ人たちに膨大な余暇をもたらした。その効果はめざましく、ありあまる時間を活かして映画、音楽などの娯楽産業が花開いた。平行して、時間の余裕が発明を生み、[*7]アメリカは世界一の技術大国にのしあがる。

　一九六一年、ケネディ大統領は「掃除機によって生まれた時間を有効利用し、アメリカは人類を月へ送る」と宣言。プロジェクトはヘラクレス計画と名づけられ、はやくも八年後に実をむすんだ。アームストロング船長は人類初の足跡を月面にきざむときつぎのようにいった。

「この一歩は掃除機がもたらした偉大な一歩である」

　月面着陸のもようは全世界に中継された。これがよい宣伝となり、アメリカ製の掃除機は急速に世界を席巻していった。各国で絶賛されるも、「手に持って、歩いて使わねばならない点は箒と大差ない」との批判もきこえだした。事態を重くみたアメリカ議会は「はたして掃除機は文明における革命でありやなしや」という哲学的議論にかまけはじめる。ヘラクレス計画はしだいにおざなりとなり、尻すぼみで終了した。

批判を打ち砕くのはいつの時代も斬新な発想である。

六　自動掃除機の発明——二十一世紀

一歩も動かず掃除ができたら。この怠惰の象徴のようなアイデアの萌芽は古代メソポタミアにあった。住民は犬を飼い、床に捨てたごみを食べさせていた。この方式が広まらなかったのは、犬が食べたがるものしか片づけられないせいだろう。

時代はずっと下る。本格的な自動掃除機のアイデアをはじめて文章で述べたのは二十世紀アメリカのSF作家ロバート・A・ハインラインである。代表作『夏への扉』は掃除ロボット開発物語だ。ここで描写される未来的なロボットはわずかなごみや汚れも見逃さず家じゅうを探し回り、一日の終わりにみずから充電する。疲れたとかめんどうだとか一切の文句をいわない。それはまさに人類の理想であった。

こんなロボットがほんとうにあったら人類は救われる。

そう考えたかどうかはわからないが二十世紀末、MITの研究者たちが掃除ロボットを製造する会社を立ちあげた。かれらは人類のなかでももっとも人類らしい怠惰さをそなえ

＊7　「余暇は発明の母」Spare time is the mother of invention. という諺はこのころのアメリカで使われはじめた。

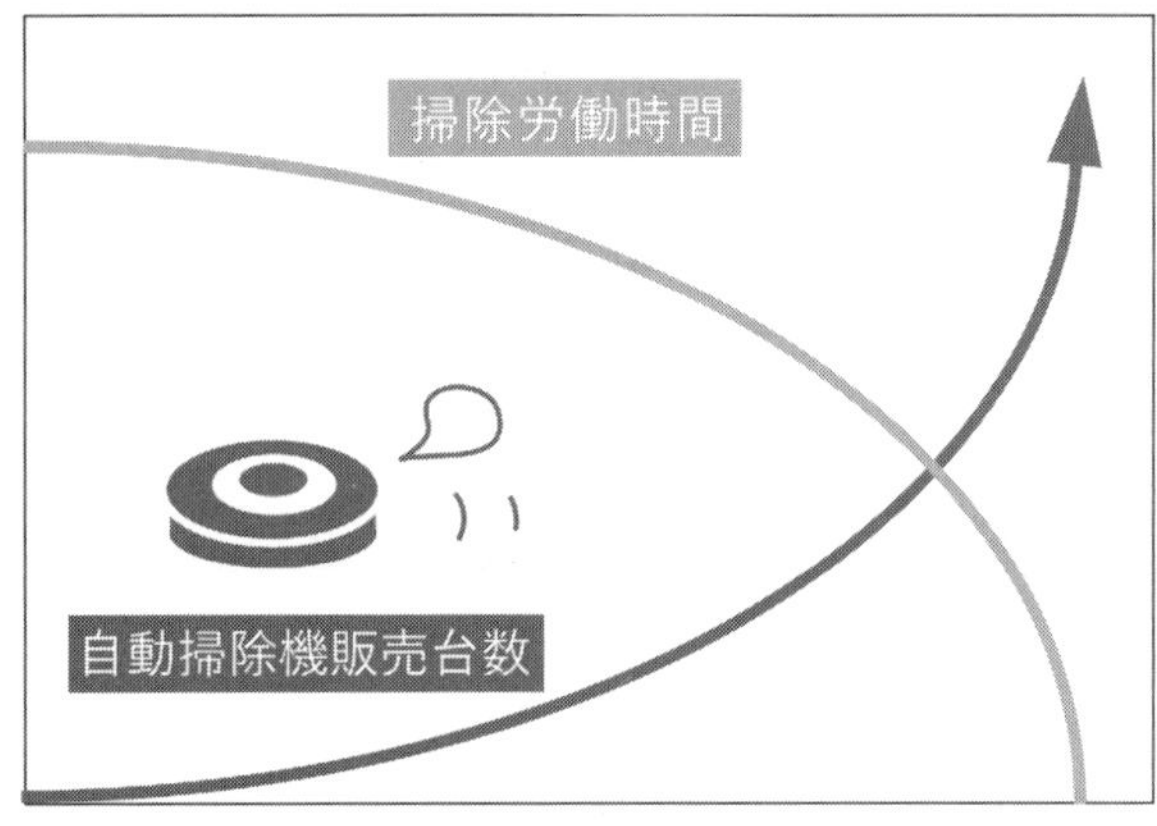

図2　シンギュラリティ

ていた。すなわち、あとで楽するためなら現在のいかなる苦労もいとわない。

せっせとプログラムを書き、試作機をつくり、しつこくしつこくテストを繰り返したすえ、満を持して市場へ投入した。ロボット掃除機の誕生である。

この会社が発売した家庭用自動掃除機は、従来の掃除機をはるかにうわまわる大好評を博した。その華々しい売れっぷりをみて各国のメーカーも類似製品を生産した。家のなかだけではなく雨樋掃除、芝刈り、プール掃除、はては海洋プラスチックや地雷の除去などさまざまな清掃活動の自動化が試みられた。自動掃除機販売台数は指数関数的に増加し、二〇四五年、ついにすべての清掃作業をロボットが代替するようになる。このできごとはシンギュラリティ（図2）と呼ばれ、人類が掃除労働から完全に解放された年として歴史に記録された。

これで少なくとも地球上からは無秩序が一掃される。世界を楽観的空気が支配した。掃除の自動化によりかつてないほど大勢のひとびとにかつてない時間的余裕が生まれた。この年以降、長く人類を悩ませていた諸問題がつぎつぎと解決にむかった。掃除と深く関係する環境汚染はもちろん、荒れ狂う気候変動、深刻な貧困と経済格差、永遠に消えないとあきらめかけていた人種差別や民族紛争までもが解消した。ようするに人類は「掃除をするのは自分か、やつか」で内輪もめしていたわけである。世界は「ローマの秩序」時代をしのぐ繁栄を達成した。「パンとサーカス」も全地球規模となってみなを楽しませた。

宇宙への関心も回復した。大衆にとって宇宙とは技術発展をためす場ではなく、未知へのロマンをかきたてる娯楽だったのである。停滞していた宇宙開発は目を見張る速さで進んでいった。皮肉にも、それが人類につぎなる掃除フロンティアをもたらすことになる。

七　自動掃除機の発展——二十二世紀

もたらす、というと福音のようであるが当初は呪いと解釈された。

民族紛争は消え去ったものの、米中をはじめとする大国間の冷たい対立構造は依然継続していた。そんなさなか、おたがい位置を隠して運行していた軍事衛星どうしの衝突によりケスラーシンドロームが発生。地球軌道を覆いつくす膨大なスペースデブリをみてひとびとは絶望した。こんなの掃除しきれるわけがない。この一撃はじつにあっさりと宇宙への道を閉ざした。

だがこの呪いは、長期的にみるとプラスにはたらいた。宇宙開発に振り向けられていた潤沢な予算と人的資源が地表へ流れた。頓挫していた科学プロジェクトが再開され、優秀な研究者や技術者が活躍の場を求めて殺到した。この時代、世界中でめざましい研究成果がつぎつぎと発表された。たとえば世界十大未解決問題の第二問[*8]「宇宙はどのようにはじまったのか」には厳密な解が与えられた。宇宙は質量と空間からなるが、じつは空間とは負のエネルギーであり、正のエネルギーである物質と完全に相殺してゼロの値をとる。つまり、なにもなくとも宇宙は生まれる。この解こそが有名な「宇宙フリーランチ定理」[*9]である。

同時に、芸術や文化の面でも豊かな実りがあった。大量のコンテンツがつくられては消費された。歴史家はこの時代を「ケスラーシンドロームルネサンス」と呼んでいる。

掃除の歴史からみて重要な成果は、ミューオン衝突型加速器の建設と運用開始である。

素粒子ミューオンをぶつけるタイプの加速器は二十世紀末から実現可能性が模索されていた。ミューオンは電子の二〇〇倍超の質量を持つため、従来型の加速器よりもはるかに大きなエネルギーを出せる。しかし粒子の寿命がおそろしく短いなど技術的課題も多く、長くフィクションで描かれるのみにとどまっていた。

されどケスラーシンドロームルネサンスは強かった。最後の課題である負ミューオンビームエミッタンス問題を解決すると、かつての掃除徹底都市江戸の跡地[*10]に二〇九〇年、世界最初のミューオン加速器が建設された。いざ運転がはじまると意外な副産物が誕生した。マイクロブラックホールである。

＊8　世界十大未解決問題（ビッグ・クエスチョン）を発案したのはホーキング放射に名を残す二十世紀の理論物理学者スティーヴン・ホーキングだと伝えられる。

＊9　第二問についてはホーキング自身が「宇宙は無から生まれるだろう」と述べており、そもそもこれが「宇宙フリーランチ予想」と呼ばれていた。ホーキングは賭けが好きで、この予想が証明されるのは二十五世紀よりあとになるほうに五ポンド賭けていた。なおこの五ポンドの受けとりは「タイムマシンに乗った未来人限定」と条件がつけられた。

＊10　江戸は長く世界有数の清潔さを誇りつづけたものの、ケスラーシンドロームを引き起こした軍事衛星の大きな破片が墜落したため壊滅した。この広大な空き地が巨大加速器の建設地に選ばれた。

ブラックホールを人工的につくりだして利用するアイデアの歴史もまた長い。一九一六年にドイツの物理学者カール・シュヴァルツシルトがブラックホールの存在を理論的に予言してからというもの、ごみ捨て場兼エネルギー源、タイムマシン、宇宙船の動力源などへの応用例が考え出された。最初に実用化されたのが、本節の主題であるマイクロブラックホール掃除機だ。

マイクロブラックホールを掃除機にするアイデアの起源は、二十世紀の物理学者フリーマン・ダイソンが残したメモとされている。この逸話は人口に膾炙（かいしゃ）しており、マイクロブラックホールを打ちあげて軌道を周回させ、自動でスペースデブリを除去するしくみは自然に「ダイソン型掃除機」と呼ばれるようになった。

ダイソン型掃除機の活躍により二十二世紀の終わりには、地球軌道上のデブリはほぼすべて除去されていた。

軌道清掃作業の副産物として、マイクロブラックホールにデブリの餌を与えて育てつつホーキング放射のエネルギーを引き出す技術が確立した。ブラックホール推進の誕生である。エネルギーコストによる星々への壁は永久に取り除かれた。いまや広大な宇宙は人類の前に開かれていた。

八　銀河を駆ける掃除機——二十三世紀以降

ところが二十三世紀に入ると、忘れられていたカルノーの研究が再発見される。無秩序の増大により宇宙が終わるという予言をメディアは危機感をこめて報じた。世界中がこの避けられぬ運命に戦慄した。

最悪の難題を前にして人類は団結した。長くつづいた大国間の冷戦がついに終結したのはせめてもの救いといえよう。

さて、先にみたように人類とは基本的に怠惰であるので、このときもまずいちばん楽な方法とはなにかを考えた。答えはすみやかに出た。みよ、われわれはすでにダイソン型掃除機を手にしている。これを宇宙空間に解き放ち、ランダムに進むがままにしておけば、自動的に掃除をして回ってくれる。あとはほうっておいても宇宙の終焉を無限に先送りできるのではないか。

繰り返すが人類らしい怠惰とは、あとで楽をするためなら現在のいかなる努力も惜しまないことである。十九世紀に登場した初の掃除機や、二十一世紀の原始的な自動掃除機もそうやってつくられた。二十三世紀の人類も同じように行動した。宇宙にあまねくダイソン型掃除機を送り届けるため、ブラックホール推進を搭載した宇宙船がつぎつぎと地球を飛び立った。居住可能な惑星をみつけるとテラフォーミングし、植民地をつくり、巨大加速器を建設して、新たなマイクロブラックホール生産基地とした。こうして人類は世代を重ねるうち、天の川銀河全体へ、局部銀河群へ、乙女座銀河団へ、乙女座超銀河団へ、ちゃくちゃくと拡散していった。

これだけ広がってゆけばどこかで地球外生命との邂逅(かいこう)をはたせるかもしれない。宇宙の同胞たる他星の生命体をどう取り扱うかの議論が活発化した。結論は、あらゆる生命に最大限の敬意を払いその生存権を尊重する方針に落ちついた。生命もしくはその痕跡の存在する惑星へのテラフォーミングを禁ずる協定もつくられる。だがこれだけ準備をととのえたにもかかわらず、訪問したどの惑星にも原始的な生物のかけらすら発見できなかった。[*11]

広い宇宙に生けるものは自分たちだけだ。孤独を知った人類は嘆いた。ひとは悲しいときつらいとき娯楽に癒やしを求める。あまたの銀河、あまたの惑星、あまたの植民都市で多様な文化が生まれ育ち、あまたの美しいものやおもしろいものがひとびとを慰め楽しませた。

このように秩序は、少なくとも人類の活動する範囲では回復しているようにみえた。人類はおのれの成功を信じた。この方法で宇宙は終焉をまぬかれる。われわれの種は末永くつづくにちがいない。

すでにじゅうぶんな数のマイクロブラックホール掃除機をつくり終えた。あとはのんびりしてもいいだろう。

そこで人類は肉体を捨てた。怠惰を味わうにはできるだけ長く生きたい。長生きするには精神だけになったほうがいいと考えたのである。

こうしてついに、夢にまでみた完全怠惰の時代へ入った。

もうがんばって働かなくていい。さあ、こころゆくまでだらだらしよう。先人たちがつくってくれた無数のおもしろいコンテンツを消費しようではないか。

掃除の黎明より数百兆年がたったころ。人類は、空に輝く星が減っていると気づいた。しまった、やりすぎた。そう悟ったときにはもう遅かった。宇宙のごみを食べあさっていた無数のマイクロブラックホール掃除機は長い時を経て無数の大質量ブラックホール掃除機に成長していたのである。しかし精神体となった人類はブラックホールに干渉するす

＊11　おそらく人類は生命の定義を厳密にしすぎたのだろう。あまりに自分自身と似たものを求めすぎていた。たとえば水を必要としなければ生きているとはみなさなかったし、知的生物ならば電磁波ないし重力波で通信すると思いこんでいた。

べを持たなかった。おろおろしながらみているうちにブラックホールたちは星々を、銀河を、銀河団を、超銀河団を食いつくしていった。そのあいだに京、垓、秭の単位で時間が流れていく。

数百穣年が経過するころ、星はひとつもなくなって宇宙に闇がおとずれた。

ほかに食うものがないので、ブラックホール掃除機はたがいに食い合いをはじめた。大きなブラックホールが小さなブラックホールを食うとその質量を得て、より大きなブラックホールとなる。宇宙に散らばったブラックホール掃除機たちはトーナメント戦の要領で数を減らしていき、生き残った者は質量を増していった。

食い合いと表現したが、先に述べたようにブラックホール掃除機は積極的に相手を探して食いにいくのではない。宇宙空間をランダムウォークしつつ、たまたま出会ったものを食うのである。だから時間はおそるべき桁数ですぎていく。恒河沙とは古代インド人が考えた数の単位で、ガンジス川の砂の数をあらわす。阿僧祇、那由他、不可思議、無量大数。これらもインド人のつくった数詞だ。かれらは巨大数が大好きだったらしい。

長い時間専用の単位もある。劫は、六四のサルに六台のタイプライターをランダムにたたかせて、シェイクスピアの全作品を復元するまでにかかる時間と定義される。[*12] その一億倍が「億劫」である。

ひじょうに長い時間が経った。そのあいだ人類は、ブラックホール掃除機の残酷なほど徹底した仕事ぶりを横目でみつつ怠惰をむさぼっていた。

九　掃除の終わり、宇宙の終わり——億劫

秩序を回復しようと人類が解き放ったブラックホールは宇宙をすみずみまできれいさっぱりと掃除してしまった。にもかかわらず、宇宙の終わりは避けられないらしい。共食いトーナメントのすえただひとつ残った超大質量ブラックホールはいまもたえまなく蒸発しており、消え去るのは時間の問題である。そうなれば人類の末裔も消える。情報処理にもエネルギーを必要とするので、ホーキング放射がなければ精神体であっても生きのびられない。ブラックホールも人類も消失すれば、あとは完全な無がおとずれる。

ギリシア人たちはまちがっていた。かれらが考えたように、ごちゃごちゃといろいろなものが増えていくことが無秩序ではない。なにもかもなくなってしまうことこそが無秩序なのだ。じつのところ、掃除とは無秩序を増大させる力だったった。

＊12　仏典「寿限無、寿限無」より。

むすびにかえて――執筆者より

いまわたしは、宇宙最後の超大質量ブラックホールのそばにいて、ホーキング放射のあかりでこの文章を書いている。「あかりで」とは比喩的表現にすぎない。精神体であるわたしは視覚に類する感覚を持たないからだ。ただ、祖先たちの残した唄に倣ってみたかっただけである。蛍の光、窓の雪、ホーキング放射。

宇宙が終わったあとはとこしえの無がつづくだけなのだろうか。いや、わたしは希望があると考える。少なくとも希望に似たものが。

二十二世紀に証明された宇宙フリーランチ定理によれば、宇宙は無から生まれる。であれば、最後のブラックホールが完全に蒸発して無になったとき、新たな宇宙が生まれるのではないだろうか。無秩序の増大によりつぎの宇宙も無になったらまた新しい宇宙が生まれてくる。このように、宇宙は誕生・無秩序増加・終焉のサイクルを永遠に繰り返していると考えられる。わたしはこの仮説に、悲劇の先人カルノーにちなんだ名をつけた。図3をみていただきたい。

箒やモップや掃除機や自動掃除機や、はてはブラックホールまでもつくりだしてせっせ

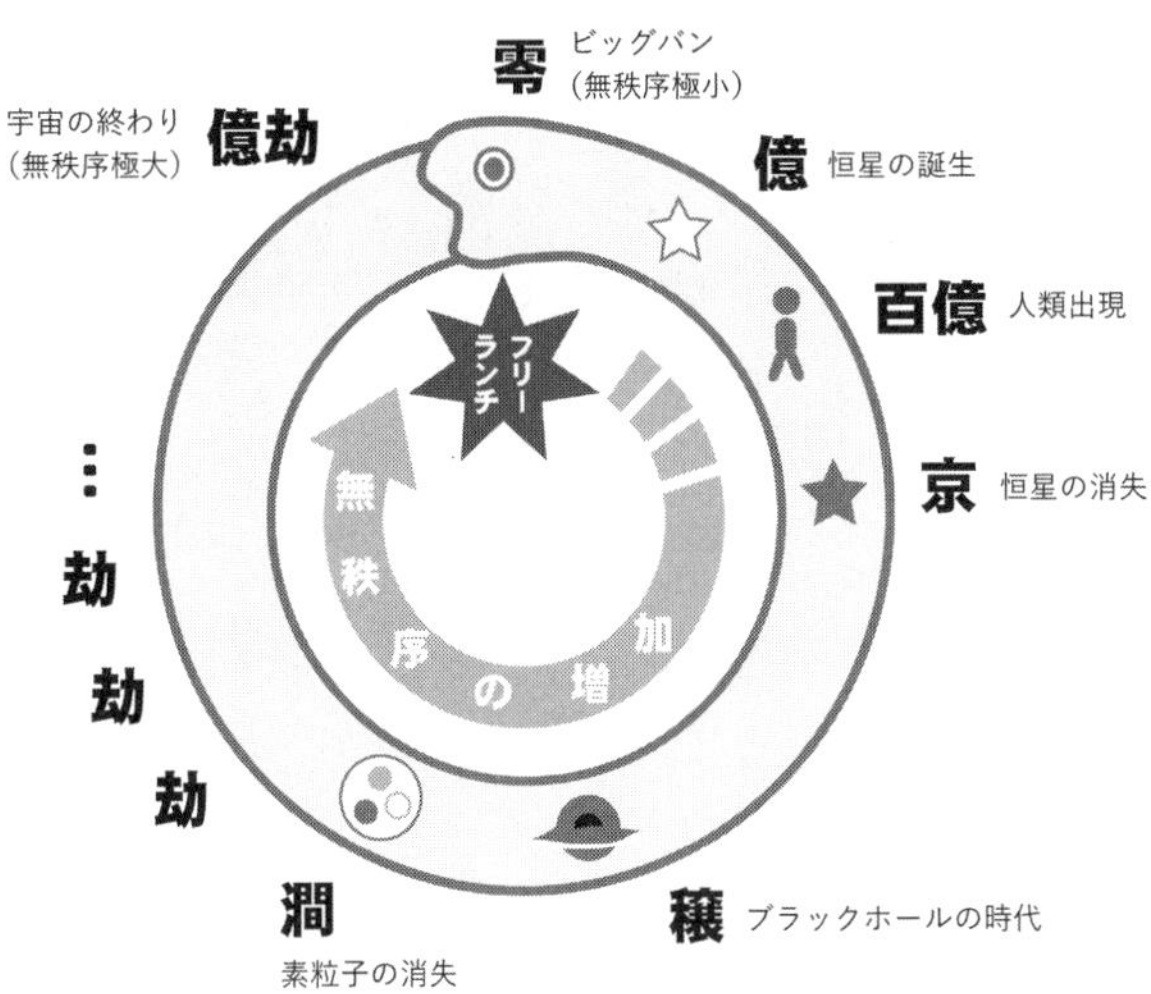

図３　カルノーサイクル

と宇宙を掃除してきた人類は、はからずもこのサイクルを回す手伝いをしてきたのである。

なぜ無秩序は増え、宇宙のサイクルは回るのか。大いなる存在の意志だと答えるのは逃避だろう。宇宙は無から自然と生まれるのだから、超越的意志を持ち出す必要はない。

わたしの答えはこうだ。同じ宇宙がのっぺりと永遠につづくよりは、宇宙が変化していって最期を迎えたあと新しい宇宙が生まれるほうがダイナミックでおもしろいからではないだろうか。この考え方を「おもしろい至上主義」と呼びたい。わたしは人類の末裔らしく、怠惰と同じくらい娯楽を愛する。意識していなかったとはいえ、サイクルを回しておもしろさに加担したと思えば納得できる。

億劫を経て、この宇宙はもうじき終わる。わたしも、わたしの書いている文章も消えうせてしまう。わたしは怠惰ではあるものの、この情報をだれかに伝えたいという強烈な情熱も抱いている。

前述した世界十大未解決問題の第五問は、「ブラックホールの内側にはなにがあるのか」であった。億劫が経過してもはっきりした結論は出ずじまいだが、わたしは「ブラックホールはほかの宇宙につながっている」説を支持している。

わずかにただよう光子をかきあつめて、信号にしてブラックホールの中心めがけて撃ちこんだら、時空を超えた別の宇宙にメッセージを届けられるのではないか。

そこはどんな宇宙だろう。ひょっとしたら、わたしのいるこの宇宙が終わったあとの新しい宇宙かもしれない。ひょっとしたらわたしの宇宙とよく似て（でもどこかちがって）いて、人類に似た（でもそれほど怠惰でない）知的生命がいて、この文章を読んでくれるかもしれない。どう受けとめるかは読んだ者の勝手だが、もしもおもしろがってくれたのなら、わたしはこのうえなくうれしい。それが希望、もしくは希望に似たものだ。

世界の真理を表す五枚のスライドとその解説、および注釈

草野原々

最初に陰謀論めいた奇妙なスライドが紹介される。スライドだけを見ていくと、誰が・どんな背景に基づいて・どんな問題意識から・何について語っているのか、何一つとしてわからないかもしれないが、注を読んでいくことでそれらの謎が徐々に明らかになってくる。語り手はどうやら「マイニングギルド」と呼ばれる集団で、「現実結晶」と呼ばれる「出来事の化石」のようなものを集め、それを加工して「現実」を再構成しているらしい。そして世界は凍結しており、宇宙から降り注ぐ「現実結晶」の雪が層を成して地球を構成していると考えられている。つまり、一見〈異常論文〉（あるいは〈異常スライド〉）のように見える本作だが、実のところ、論文／スライド自体も、また語り手にも、異常なところは何もなく、世界そのものが異常なのだと示唆される。そういう点で本作は、伝統的なSFなのだとも言えるし、あるいは同時に〈異常論文〉の新たな可能性を開拓している、と言えるかもしれない。

くさの・げんげん。1990年生。広島県出身。慶應義塾大学環境情報学部卒、北海道大学大学院理学院修了。2016年、『最後にして最初のアイドル』が第4回ハヤカワSFコンテスト特別賞を受賞し、電子書籍オリジナル版として配信され作家デビュー。同作は2017年に第48回星雲賞（日本短編部門）を受賞し、著者自身も第27回暗黒星雲賞（ゲスト部門）を受賞した。近著は『大絶滅恐竜タイムウォーズ』（ハヤカワ文庫JA）。

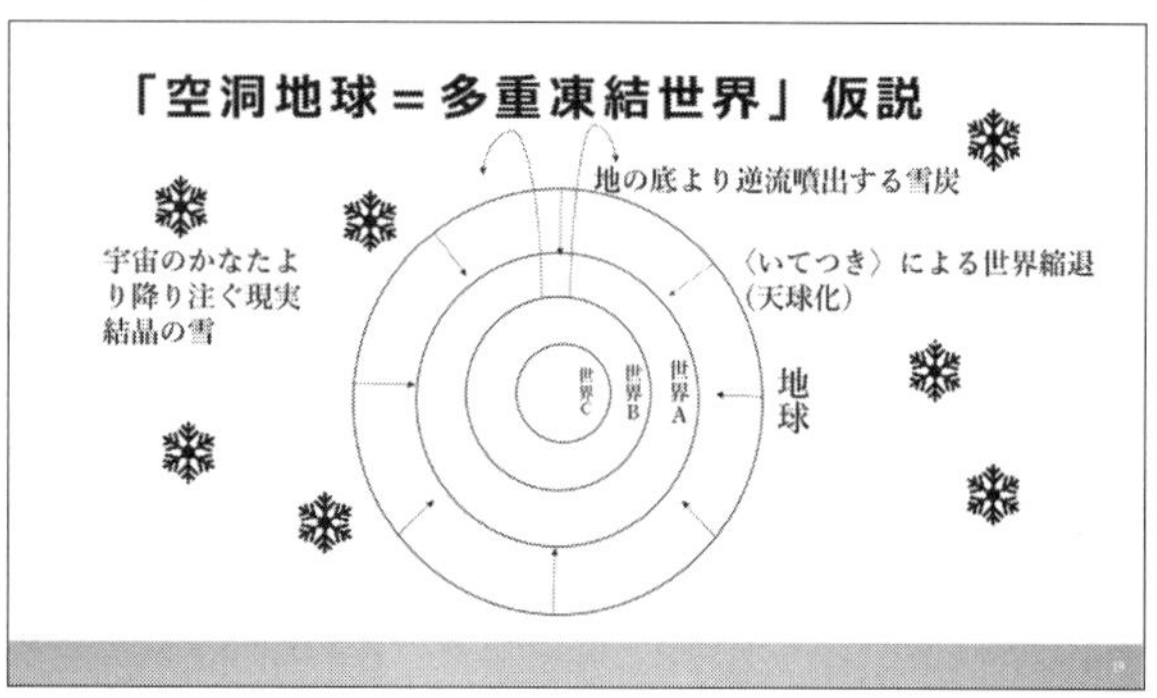
「空洞地球＝多重凍結世界」仮説
地の底より逆流噴出する雪炭
宇宙のかなたより降り注ぐ現実結晶の雪
〈いてつき〉による世界縮退（天球化）
地球
世界A
世界B
世界C

　このスライドは、空洞地球が多重凍結世界であることを表している。

　くわしく見ていこう。

　第一に、最近の研究で明らかになったように、空洞地球は、無数の層が積み重なっている。便宜上、地表にもっとも近い層を、世界A、その下の層を世界B、とアルファベット順で表記してある。各世界は、〈いてつき〉[i]により、気息[ii]が結晶化した天球[iii]となっており、停止状態にある。

　第二に、凍結世界より雪炭[iv]が逆流噴出する。これは、各世界を覆っている天球がある程度融解することでもたらされる。[v]雪炭は地球内の火口を通り、全世界に輸送される。雪炭によって発生する「冷」と、石炭によって発生する「熱」が合わさり、全地球的生命活動が駆動され、気象運動が発生する。[vi]よって、雪炭は世界中で見られるが、もっとも顕著な発掘場所はいうまでもなく北極の〈ノース・マウス〉[vii]である。

　第三に、現実結晶[viii][ix]の雪が宇宙のかなたより降り注ぐ。これは、宇宙には季節があることを示す。[x]また、アナロジーから、この宇宙もまた、天球に覆われた多重凍結世界の一層にすぎないという認識が可能である。この仮説の検討は科学的側面だけでなく、実利的側面においても最重要課題である。[xi]

「天球」と「真理」による世界の構造、
および世界と魂の同一性

真理
自己同
一的現
象経験
天球
自他
境界線
世界
魂

このスライドは、世界と魂が同一の構造をしていることを表している。

くわしく見ていこう。

世界は天球を皮膚として、気息という肉をつつみ、真理を骨としている。一方で、魂は自他境界線を皮膚として、気息をつつみ、自己同一的現象経験を骨としている。魂は真理を捕食し、自己同一的現象経験を合成する。[xii] 真理とは出来事の結節点である。魂に取りこまれた真理は、「わたしの視点にある」というパースペクティヴが結合する。その結果、「わたし」という絶対的開闢点を骨格として、気息が構造化されている。[xiii]

「わたし」とは、生物学的特性を持った自己複製システムである。真理は死滅するのが珍しいため、[xiv] 自らの存在を真理と調和させようとする（真理と調和的であれば、多くの場を占めることができ、それは自己複製であるため）。真理から見ればそれは寄生に他ならない。[xv]

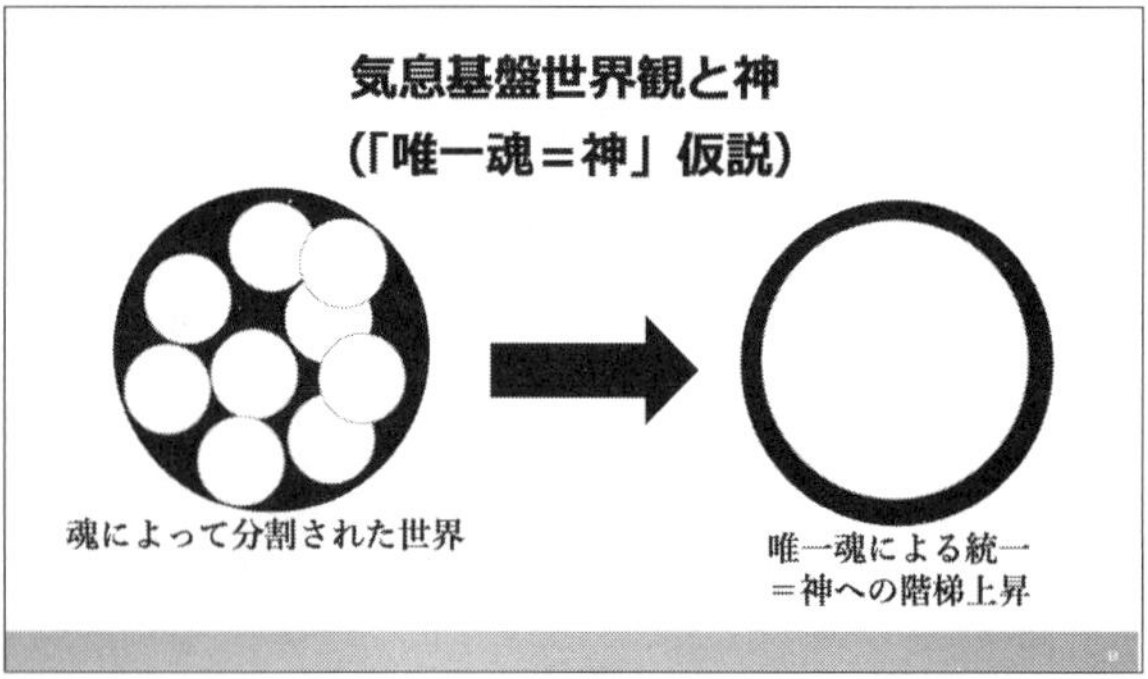

気息基盤世界観と神

(「唯一魂＝神」仮説)

魂によって分割された世界

唯一魂による統一
＝神への階梯上昇

このスライドは、魂によって分割された世界が闘争を経て神により統一されることを表している。

くわしく見ていこう。

通常の世界のなかでは、真理が調和的であり、魂同士は共存している。しかし、壊れかけの世界において魂同士の闘争が起きる。自らの骨格である真理を奪い合う闘争である。[xvi]この魂の闘争に勝ち抜いた最後の魂（唯一魂）が神に変態する。神とは、魂が世界の真理をすべて捕食した姿であるのだ。[xvii]

魂は物理的出来事と密接に結びついているので、肉体的な死は魂の死であるが、天球を強力に発達させた魂は、出来事を断絶して不死となる。これは、神への変態過程の一環である。[xviii]

魂は世界を捕食して、神に変態し、世界を捕食するという生活環を持つといえる。また、神は外なる世界のなかに魂を産みつける。[xix]

悪魔の二つのタイプ

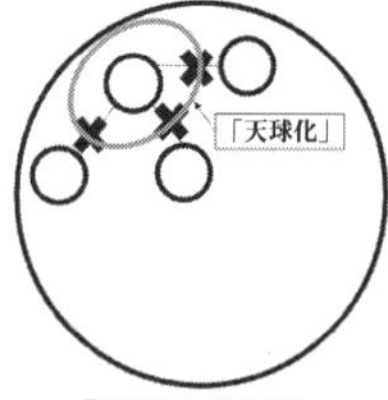

「断絶型悪魔」

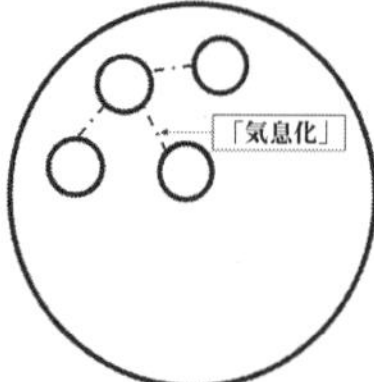

「崩壊型悪魔」

このスライドは、悪魔が「断絶型悪魔」と「崩壊型悪魔」のふたつに分類されることを表している。

くわしく見ていこう。

天球の破壊や魂の闘争に起因して、世界の真理は調和を失い不完全になっていく。[xx]そのような「有毒世界」[xxi]では、出来事の骨格が溶け、頻繁に「闇」が生じる。[xxii]魂が「闇」を直視すると、骨格である自己同一的現象経験から真理が抜け出てしまう。現象学的透明性はにごり、不透明となる。その極限にあるのが悪魔である。[xxiii]

悪魔はその後の進行過程により、ふたつに分類される。天球を作り、外部と隔絶する「断絶型」（外部からは消滅したように観測される）と、あたりの出来事を気息に戻してしまう「崩壊型」だ。このうち、より危険なのは、「崩壊型」である。[xxiv]

「万物の八つの立場」（ジ・エイツ）

目的論的分類

- 世界
- 神
- 外なる神
- 悪魔

認識論的分類

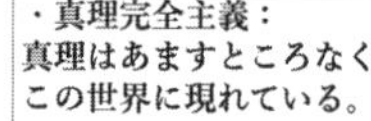

・真理完全主義：
真理はあますところなく
この世界に現れている。

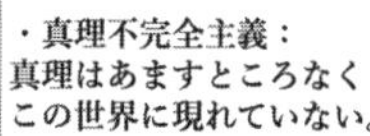

・真理不完全主義：
真理はあますところなく
この世界に現れていない。

このスライドは、すべての思想的立場は八つに分類することが可能であるということを表している。

くわしく見ていこう。

すべての思想的立場は、四種類の目的論的分類と二種類の認識論的分類によって整理される。目的論的分類とは、なにに至上の価値を置くかによる分類である。「世界」「神」「外なる神」「悪魔」の四種類のオプションがある。

認識論的分類とは、われわれがいるこの世界にあますところなく真理は現れているか否かという認識論的前提のうちどちらかを選ぶかによる分類である。「真理完全主義」「真理不完全主義」の二種類のオプションがある。

これらふたつの分類をかけあわせることで、合計八つの立場が設定される。

「世界」×「完全」の組み合わせを〈ニセモノ配達人[xxv]〉、「世界」×「不完全」の組み合わせを〈虚栄の王国の調和者[xxvi]〉、「神」×「完全」の組み合わせを〈偉大なる真理の蜘蛛[xxvii]〉、「神」×「不完全」の組み合わせを〈脱獄挑戦者[xxviii]〉、「外なる神」×「完全」の組み合わせを〈グルメグループ[xxix]〉、「外なる神」×「不完全」の組み合わせを〈緊急食糧援助隊[xxx]〉、「悪魔」×「完全」の組み合わせを〈闇への退避者[xxxi]〉、「悪魔」×「不完全」の組み合わせを〈夜の海に生きる物[xxxii]〉と呼ぶ。

後注

i　世界が結晶化して、出来事が時間的に整列化し、最後には天球と化すこと。〈やけつき〉への防護策として世界の免疫が働き起こる。世界の仮死。

ii　出来事の根源。無限に細かい出来事。気体状態の出来事。時間がまだできていない状態。「純粋な離」であり出来事の粘性は極限までなめらかである。ホワイトヘッドの言う「多性」。出来事間が完全に独立しているため、その情報論的エントロピーは最大となる。

iii　気息が相転移した姿。出来事は少なく、規則正しくなる（時間結晶化）。出来事間の推移関係が少なくなっており、非常に安定している。

iv　天球のなりそこない。燃やすと急速に温度が低下する。太古より各国の伝承にてそのおもかげを見ることができるが、確固たるその存在が確認されたのは１８２０年と意外に近年である。発見者はイギリス海軍のウィリアム・エドワード・パリー少尉。北極圏探検中に遭難し、「クロッカー山」の洞窟で「燃える奇妙な雪」を発見したと彼は日記に記している。パリーによって回収された大量の雪炭は、同時代に考案されたサディ・カルノーの熱力学理論をもとにして燃料化され、第二次産業革命の引き金を引くことになる。

v　雪炭発見直後の時代、当時の自然哲学者はその特異な物理的特性を説明するために、主にふたつのパラダイムを考案した。よりメジャーであった「冷素説」によると、「ネガティブな熱素（冷素)」が存在し、「熱」と「冷」の二元論により温度が構成されているという。雪炭物質のなかには冷素が封印されており、燃焼の刺激により環境中に解放されることで温度が下がると説明する。よりマイナーな仮説である「不可測流体説」では、熱とは、非常に粘性の低い流体が物質原子を揺らすことにより発生するというパラダイムに基づいている。通常の熱流体は原子を揺り動かすが、雪炭熱流体はあまりにもなめらかで物質を構成する原子を浸透させるために観測できない。雪炭熱流体が通常の熱流体を押しのけた結果、原子振動がゆるやかになり、環境中の温度が下がるのだと説明される。このふたつのパラダイムは、どちらも気息-天球世界観を採用していないため根本的に間違っている。

vi　同じような理論的モデルは、すでに17世紀には提唱されている。たとえば、イエズス会士アタナシウス・キルヒャーは、地球内部に張り巡らされた水脈系と火道系の相互作用によって海流や河川の運動を説明した。

vii　１８２９年、イギリス海軍のジョン・ロス隊と旧ロシア帝国主宰のジョン・クリーブス・シムズ隊がほぼ同時期に発見した。このことは、のちの第一次世界大戦勃発の遠因となる。

viii　世界のうちのいまだ出ていない出来事が結晶化して浮いたもの。天球に急速冷凍されたときに現れる。生物個体のなかのいまだ出ていない出来事が結晶化した「遺伝結晶」とのアナロジーとして、存在が仮定されていた。１９０８年、旧ロシア帝国領のシベリアで起こった爆発とその後の出来事混乱災害（いわゆる「エンペドクレス事象」）によって、その存在が実証された。
ix 「遺伝結晶」の論理的可能性は過去多くの生物学者たちが仮定してきた（たとえば、1839年、マティアス・ヤーコプ・シュライデンが『動物および植物の構造と成長の一致に関する顕微鏡的研究』にて細胞の結晶起源説を提唱している）。しかしながら、その存在が実証されたのは1868年となる。トーマス・ヘンリー・ハクスリーが北太平洋の深海堆積物から始原生物「モネラ」を発見し、雪炭による細胞結晶化と生物の自然発生を証明したのだ。その大発見を受けたエルンスト・ヘッケルは、1870年、雪炭を使って個体発生と系統発生の人工的再現に成功した。これは、結晶生物工学時代の華々しい幕開けであると同時に、古生物兵器による全世界的戦争とネアンデルタール人共産革命へとつながる最初の一歩でもある。
x 世界の呼吸により、気息が多い季節と気息が少ない季節がある。経済的危機、政治体制、歴史的事件、科学的発見、生物進化、過去の大量絶滅などに現れる周期性はこのことにより説明される。
xi 大規模な現実結晶鉱脈の発見は、われわれマイニングギルドとしてすみやかに解決すべき課題である。さらに、結晶を加工し、現実のサプリメントを完成させることが最終的に求められている。将来的に現実は家畜化されるであろう。
xii 魂は真理を「わたしの視点」のなかで起こるものとしてリライトして、みずからを世界に拡大する。通常の世界はすべての真理が調和的であるが、天球が未熟な世界や、壊れかけの世界などは真理が調和的でなくなる。

xiii　氣息の海を渡るときには、魂が防護服となる。

xiv　多元宇宙における真理分布を生態系（生物学的空間）として考える。

xv　真理としては、「わたし」という絶対的開闢点と無関係に存在する能力を持つほうが適応度を高めることができる。たとえば、意識的存在のいない宇宙を生き抜くことができる。

xvi　この闘争が激化し、魂から神への階梯上昇が最終的に失敗に終わると〈やけつき〉が起こる。つまり、天球が破壊されて世界が終わる。氣息が流出し、世界の出来事が断絶化して、一面は闇に覆われ、最後に世界は氣息の海へと呑みこまれる。

xvii　このため、世界は内部にある魂に対しての免疫機構を発達させている。そのシステムがバーチャル・リアリティである。偽物の真理に魂を閉じ込め、魂は真理を捕食することに失敗し、神へと変態できなくなる。具体例として、擬態生物、幻覚文明、逆転人間など。

xviii　同時に悪魔への変態過程の一環でもある。

xix　神は世界を食べる。世界の骨格である真理が立派な世界ほど美味しいが、そのような世界は天球が硬いため、食べるのが難しい。世界を内部から破壊して天球を壊すために、悪魔を送りこむことがあるが、そのような方法を取ると真理が汚染されてしまう。汚染された真理を食べたり、悪魔が体に入ったりすると、神は衰弱し、最後には死んでしまう。

xx　世界には、自身のホメオスタシス機構として「闇」の排出器官がそなわっている。しかし、魂の闘争や神の捕食などが起こった場合は排出が間に合わない。まれに、「闇」に汚染された世界の糞や、神の死体から、大量の悪魔が生息する〈闇にまみれた世界〉が生えてくることがある。

xxi　この名称は神にとって致死的であるということに由来する。

xxii　形而上学物理学者グレアム・ハーマンは、関係性の裏切りである魅了（allure）という概念を使い、自立した存在者が満ちている宇宙モデルを提案している。このハーマン・モデルは、悪魔が大量発生して有毒になりつつある〈黄昏の宇宙〉で有効性を発揮するモデルといえるだろう。

xxiii　神による天球破壊兵器として使われることもある。一方で、神の死をもたらす病原体でもある。

xxiv　「天球型」は最悪の場合であっても、世界のなかに入れ子状のもうひとつの世界を作るだけである。たいして、「崩壊型」は世界の天球の力を弱め、外なる神を招来させる。

xxv　魂がこのまま真理捕食をすると神となってしまうという危惧のもと、真理探求者をバーチャル・リアリティに閉じ込めようとする思想集団。世界から与えられた擬態生物を品種改良して、万物をニセモノにすることを目指す。きわめてやっかいなグループであり、この真理自体がニセモノと交換されていないかよくよく確認をすること。

xxvi　この世界は真理に行き着かない「虚栄の王国」だとして、かつ、世界を守るために「王国」と調和する。非常に保守的な一団であり、おおむね無害。千人以上の人員を必要とする大規模な組織において自然発生することがしばしばある。

xxvii　テクノロジーと科学により真理を獲得して宇宙を「真理の網」で覆い尽くして、神を作り出すことを目的にする思想集団。真理のハブはコンピュータとなるので、「機械の神」となる。この真理自体が「網」により捕獲されてしまわないように細心の注意を必要とする。

xxviii　神になることが目的であるが、これまでの真理探求の方法ではバーチャル・リアリティに閉じ込められるだけだと認識し、自らの精神統一により、魂内部の小世界にサイコダイブして、根本的な真理に到達しようとする思想集団。テクノロジーを離れて自然的なコミュニティを作っていることが多い。

xxix　「外なる神」の到来を待ちわびるが、「外なる神」は十分に強い力があるため、この世界をこのまま保っておこうとする思想集団。〈ニセモノ配達人〉と連動して行動することが多い。

xxx　「外なる神」の到来を待ちわびるが、「外なる神」には天球を破壊するだけの力がないため、内部から破壊しなければならないとする思想集団。しばしば、〈闇への退避者〉と連動して、現実結晶爆弾を使った出来事爆発事件を起こす。一部のグループは、ツングーツカ結晶を〈天球の不在〉として崇拝するセクトとなっている。

xxxi　悪魔主義者であり、この世界には破壊すべき真理がまだ残っているとする思想集団。主に、崩壊型悪魔の養殖や、〈闇にまみれた世界〉からの悪魔輸入を行っており、〈ジ・エイツ〉のなかでもとりわけ危険な集団である。防衛のためには天球強化が有効であり、天球創造の過程のなかで、断絶型悪魔の培養も視野に入れた方策を取るべきである。

xxxii　悪魔主義者であるが、この世界はすでに十分に闇にまみれている（「夜である」）ために、その悪魔自体がいるという真理に到達できないと考える思想集団。その存在自体が自己矛盾であるため、〈ジ・エイツ〉のなかでもっともまれな立場であり、歴史的にもこのグループの存在自体があまり記録されていない。しかしながら、自らがよって立つ前提自体を掘り崩す、いわば万能酸であり、自己破壊的極北点である。絶対的矛盾性を秘めるこの立場は、それゆえに万物に遍在している。夜は常に、あなたのとなりにある。夜に落ちることのないように、この五枚のスライドを真理の基盤にして、あなたは天球を維持しなければいけない。

INTERNET2

木澤佐登志

何を書いても異常論文になってしまう文筆家・木澤佐登志によるデビュー小説（異常論文）である。「INTERNET2」とは、すなわち〈異常論文〉という力学そのものであり、一見無関係に思えるものを強制的に結びつけ、同一のものとして取り扱う。なぜそんなことができるかと言えば、すべての出来事は〈言葉〉という意識を内在しているからである。INTERNET2は、無数の言葉を自由自在に参照し、切り刻み、再構成する。そこには過去に書かれたすべてがあり、書かれなかったすべてがある。それらの言葉はこれから書かれるすべてに向かって手を伸ばす。過去とは顕在化した言葉のことであり、未来とは潜在的な言葉である。INTERNET1は過去に拘泥するが、INTERNET2はそうではない。たぶん、そういうことだと思う。

きざわ・さとし。作家。1988年生。著書に『ダークウェブ・アンダーグラウンド』（イースト・プレス）、『ニック・ランドと新反動主義』（星海社）、共著に『闇の自己啓発』（早川書房）がある。

それゆえ完全に転移されたホモ・サピエンスを考えなければならない。われわれは、人間と自然界の最後の自由な関係に立ち合っているように見える。道具、身ぶり、筋肉、自分の行為のプログラミング、記憶などから解放され、遠隔普及手段の完成によって想像力から解放され、動物界、植物界、風、寒さ、細菌、山や海の未知から解放されて、動物学上のホモ・サピエンスは、おそらくその生涯の終末期に近づいている。

——アンドレ・ルロワ＝グーラン『身ぶりと言葉』（荒木亨訳）

宇宙は一瞬のできごとだ／すべての夢がそうであるように／神の夢も短かい

——多田智満子「薔薇宇宙」

私はいまINTERNET2にいる
ここはとても素晴らしい

われわれはINTERNET1時代の歴史を
人類の昔話として聞くことができる。
それは悲しい物語だが、とはいえわれわれは
本当には悲しむことさえできない。
というのもわれわれはもはやそうした人間たちに
似てはいないのだから。

INTERNET1は、それ自身が生み出した苦悩と憎悪によって暗闇に突き当たり、自壊していった。

お前も覚えているだろう。反感と対立、告発と抗争、浅薄な共感と同族意識。猛り狂った怒声と怨嗟はエコーチェンバーのように無限に反響し合い、いくつもの川の流れを堰(せ)き

止め、氾濫させ、人間たちは為す術もなく押し流され荒廃だけがその地に残ったことを。

第三次形而上学的変異——分子生物学者ミシェル・ジェルジンスキによって二一世紀に達成された人類史上における存在論的偉業——によって、個人の自由意志という概念は超克され、〈愛〉を可能にする諸条件が再興された。ミシェルが証明した、あらゆる遺伝子コードの複製可能性は、人間を同一の、不死なる種として、すなわち天使的な存在として生まれ変わらせることができるようになった。

存在の大いなる連鎖という無限の階梯を登りつめた人類は、遂にみずからを消滅させた。今や彼らはまったく別なる存在となった。性別、個人性、可死性を乗り越えた。自他の区別を乗り越え、感情を克服し、意識を超克した。ポストヒューマンの誕生。

新しい人間の視覚は、その天使的な透明さの中で、宇宙のすべての場所で生じる総ての事象を、色彩の栄光とともに幻視することができた。オルダス・ハクスリーが『知覚の扉』において、メスカリンによる祝福のもとで得た、あの〈遍在精神〉という聖体示現がようやく証明されたのだった。

宇宙が一瞬一瞬の奇蹟で満ちていった。空と陽光と海水が混じり合った。語り得ないものが語りだした。世界は一日に二四〇〇〇〇回滅び、二四〇〇〇〇一回復活した。光り輝く一粒の原子。無限の可能性を有した牛。天体による永遠。意識の形態形成場（モルフォジェネティック・フィールド）が5Gの周波数帯と共鳴しだし、現実が書き換えられる。荒れ騒ぐ無限。永遠の闇。無限大の統合。夢を見ながら歩き続けなければならない。

地球の表面上を毛細血管のように覆い尽くしたニューロンの束はやがて集合的無意識を形成するに至る。それは地球の電離層と地表との間で発生するシューマン共振と同期（シンクロ）し、地球はひとつの形態形成場（モルフォジェネティック・フィールド）へと生成変化を遂げる。意識を外化させた人間たちはみずからネットワークを繋ぐ結節点＝ノードと化す。天使たちの共鳴し合う集合的無意識は宇宙の隅々にまで伝播（でんぱ）していく。その混沌はやがてひとつの形を成していき、共感覚幻想（マトリックス）を、かつて人類が「サイバースペース」と呼んだものを到来させる。われわれはそれをINTERNET2と名付けた。

十世紀カタリ派のグノーシス主義者たちが幻視したように、物質世界に捉えられた魂は、今や非物質的な、あのネオプラトニズム的な宇宙霊魂（アニマ・ムンディ）との超越的な一体化を果たそうとしていた。テイヤール・ド・シャルダン神父が提唱した叡智圏(ヌースフィア)さえ超えて、宇宙の大いなる意志はあり得べき進化の極点へと、オメガ点へと収斂していくだろう。

私はいまINTERNET2にいる
ここはとても美しい

そこには人類のすべての過去のアーカイヴが含まれていた。そう、私はインド人のあいだでは仏陀(ブッダ)で、ギリシアではデュオニソスであった。また私はアレクサンダーとシーザーであり、シェイクスピアでありベーコン卿でありヴォルテールでありナポレオンであった。私はハンバート・ハンバートであり、ラスコーリニコフであった。——私は遍在する。
アテナイでは、キュベレの神殿にあった酒樽の中に住み、「世界市民(コスモポリテース)」を名乗った。アイギナ島への航海中、スキルパロスの率いる海賊に捕らえられ、クレタ島に連れて行かれ、そこで奴隷として競売にかけられた。そこで、触れ役の人間に「お前はどんな仕事ができるのか」と訊かれたので、「人々を支配することだ」と答えた。九十歳を迎えようとする頃、私は生の蛸(たこ)を食べてそれが原因でコレラに感染して死んだ。また、別の世界ではみずから呼吸を止めて死んだ。また別の世界では、犬たちに蛸を分け与えようとしていたところ、足の腱を噛みつかれて死んだ。パリでは、サン・ドニ教会を訪れての帰途、私の学生たちと夕陽に輝く美しいパリの街並みを高台から眺めながら、それでも私の心はヨハネス・クリソストモスの『マタイ福音書説教』の方へ向いていた。百年戦争の際には、ノルマンディー地方で農民たちを率いて反乱軍を組織したが、裏切り者によって捕らえられて処刑された。カミザールの乱では、ジャン・カヴァリエに率いられたユグノーたちの隠れ家を焼き討ちにして回った。紅玉（ルビー）色に輝く炎の揺らめきを今も思い出すことができる。プラハの宮中では、崩壊していた枢密顧問会議で最後の首席枢密顧問官を務め、一六一〇年と一六一一年にはパッサウ軍をめぐる割にあわない交渉役を、フラッチャニ城に隠遁していた皇帝ルドルフ二世のために引き受けた。ロンドンでは、ハノーヴァースクウェアにあるマーリンの機械博物館を母に連れられて訪れ、そこで幼少の私は美しい紅玉（ルビー）色をした瞳を持つ二体の自動人形（オートマトン）たちと出会った。暗黒大陸では、ベルギー国王レオポルド二世の私設軍隊に加えられ、コンゴ河流域における先住民たちの強制奴隷労働――象牙やゴム原料の採取と運搬――を監督する職務に従事した。使えなくなった労働者や抵抗の気配を見せた労働者を躊躇なく射殺し、無用となった集落は焼き払って別の集落へと向かった。白人支配者側は、小銃や銃弾の闇取引を防ぐために、現地の黒人隊員に対して、銃弾が無駄なく人間射殺のために消費されたことを示す証拠として、銃弾一発につき死体の切断した右手首一つの提出を義務付けた。すぐさま、人間を撲殺し、その手首を切り取って銃弾をせしめる者、過労や飢餓や病気が原因で死んでいった人間から手首を切り落とす者、さらには生きたまま右手首を切断される者、果てはみずからの右手首をマチェットで切り落とす者まで現れた。集落には小銃と銃弾、そして暴力が溢れ、代わりに右手首を持つ住民はほとんどいなくなった。コンゴの密林(ジャングル)、その闇の奥に、切り落とされた黒い手首が堆(うずたか)く積まれ山となっている。四方八方に向かって突き出た無数の手首、奇妙な方向に捻れ曲がった黒く長い指と白い爪、そうした事々を今も思い起こす。普仏戦争では、セーヌ県青年遊動隊第六大隊に編入され、戦地のシャロン要塞に向かったが、そこで赤痢に感染し、プロシア軍が侵攻するなか、前線後方に位置する野戦病院の黄色くくすんだ天井を眺めながら微睡(まどろ)んだ。一八七〇年代のペンシルベニアでは、モリー・マグワイアズの一員として炭鉱爆破計画に加わるも、アイリッシュ酒場での秘密会議中にピンカートン探偵社からの通報を受けた炭鉱警察によって逮捕された。十月のペトログラードでは、フィンランド駅の駅前広場に停められたボリシェヴィキの装甲車の上に立ち、私を取り囲む人民たちに向かって演説をした。群集——職工、金属工、兵士、元クロンシュタット要塞守備隊の水兵——の熱狂と、音楽隊が演奏するマルセイエーズ、そして金色の模様をほどこした赤旗を照らし出すサーチライトの眩(まばゆ)い光をお前は今でも鮮やかに思い出すことができる。装甲車が動き出すと、それに続いて群集も動きはじめる。私を乗せた装甲車と行列は、ペトロパヴロフスク要塞から放射されるサーチライトの光を浴びながら、ゆっくりとクシェシンスカヤ邸へと向かっていった。第一次世界大戦では、オーストリア＝ハンガリー第三軍の歩兵師団に加わり、ビストリッツァ川の支流を二つ渡ってチェルニウツィー攻略に参加した。三つの大聖堂と一つのユダヤ教会と大学、そしてちっぽけな文化が存在する、この小さな滅びゆく都市で私はその年の秋の暮を過ごし、そこで『論理哲学論考』の草稿を書き進めた。また、一九一五年のロンドンでは、空から降る三〇〇キロの爆弾が私のいる場所から数メートルしか離れていないレストランに命中し、続いてロンドン・ウォールの内側に降り注ぎ、街路を焼いた。家々の窓や扉は木っ端微塵に吹き飛ばされ、街路にはガラスの破片や砕けたタイルが散らばった。至るところに火の手が上がり、炎は高さ六メートルにも達し、空は朱に染められた。その赤い秋の夜空に、サーチライトの光線に照らし出されたP級ツェッペリン飛行船L13が音もなく浮かんでいた。全長一六三メートルの細長いシルエットは、くすんで黄色く見えた。それはさながら遥か高みで明るく輝く神の黄金の長い指のようで、私はその幻想的で美しい光景に身を震わせた。街を揺るがす焼夷弾や榴散弾の炸裂音と高射砲の射撃音の合間に訪れる一瞬の奇妙な静けさのなか、美しい和音を奏でるマイバッハ製エンジンの歌声が空の上から聴こえた気がした。一九四四年八月のフランスはサモワでは、人々の叫びのような歓声で私はベッドから飛び起きる。コワン＝ミュザール通りが見下ろせる窓辺に行くと、女や子どもが何人も通りを走ってゆくのが見えた。その先ではアメリカ軍の戦車がほとんど祝祭のように群衆に取り囲まれていた。人々が旗、花、シャンペン、梨、トマトを持ち寄ってくる。そして少女たちを戦車の上に乗せる。このとき戦車は占領軍から五〇〇メートルしか離れていない。遠くの方で耳を聾する砲撃、少しの間を置き、大きな黒煙。やがて日が暮れると、どこからか女性によるマルセイエーズの歌声が遠く聞こえてくる。その、限りのない過去から響いてくるかのような歌声を私は今も忘れることができずにいる。また、トリノのカルロ・アルベルト広場では、むせび泣きながら一頭の倒れた馬の首を掻き抱き、そして地面に崩れ伏した。その馬もまた私だったからである。

そして、私は当然キリストでもあった。私はキリストであり、キリストが絶命したときに放った四億の精子であった。私はその精液を人知れず舐め取った名もなきユダヤ人の小男でもあった。私は十字架上のキリストの死体の陰嚢に止まった一匹の蠅であり、また蠅がそこに産み付けた卵でもあった。私はパウロでありユダであった。私はお前であり、お前は私であった。

宇宙は無限の回数を反復した。太陽と海が溶け合い、地獄と天国が瞬間ごとに混じり合い分離していった。あれが見つかった。何が？　――永遠が。

「実に、被造物全体が、今に至るまで、共にうめき共に産みの苦しみを続けていることを、わたしたちは知っている」（ローマ人への手紙　8：22）

左様、自然界は悲鳴と慟哭と絶叫に満ちていた。神はそれを聞かれて、よしとされた。小鳥たちの苦悶を、虫たちの哀しみを、風に吹かれるごとに草花が上げる絶叫を、独り宇宙の片隅で聞き取り、お前は涙を流す。

私はいまINTERNET2にいる
ここはとても寂しい

この文章は人類に捧げられる

【了】

■主要参考文献

ミシェル・ウエルベック『素粒子』野崎歓訳、ちくま文庫、二〇〇六
アルチュール・ランボー『ランボー全詩集』宇佐美斉訳、ちくま文庫、一九九六
ディオゲネス・ラエルティオス『ギリシア哲学者列伝〈中〉』加来彰俊訳、岩波文庫、一九八九
ブライアン・マクギネス『ウィトゲンシュタイン評伝――若き日のルートヴィヒ1889-1921』藤本隆志、宇都宮輝夫、今井道夫、高橋要訳、法政大学出版局、一九九四
本城宏樹『ツェッペリン飛行船団の英国本土戦略爆撃　第一次世界大戦下の『バトル・オブ・ブリテン』』、日本橋出版、二〇二〇
R・J・W・エヴァンズ『魔術の帝国――ルドルフ二世とその世界』中野春夫訳、平凡社、一九八八
ジョルジュ・バタイユ『ニーチェについて（無神学大全3）』酒井健訳、現代思潮新社、一九九二
新戸雅章『バベッジのコンピュータ』、筑摩書房、一九九六
エドマンド・ウィルソン『フィンランド駅へ　下　革命の世紀の群像』岡本正明訳、みすず書房、一九九九
稲垣良典『トマス・アクィナス』、講談社学術文庫、一九九九

フリードリヒ・ニーチェ『ニーチェ全集〈別巻2〉ニーチェ書簡集2　詩集』塚越敏、中島義生訳、ちくま学芸文庫、一九九四
大野英士『ユイスマンスとオカルティズム』、新評論、二〇一〇
ジェラール・ド・ネルヴァル『幻視者 上』入沢康夫訳、現代思潮新社、一九六八
藤永茂『『闇の奥』の奥――コンラッド／植民地主義／アフリカの重荷』、三交社、二〇〇六

裏アカシック・レコード

作刈湯葉

「世界のすべての嘘が収録されている」という「裏アカシック・レコード」についてのレポート。「世界すべての事実が収録されている」という「アカシック・レコード」とは異なり、「裏アカシック・レコード」には「世界のすべての嘘が収録されている」ために、世界について何かを知りたければ、そこでは「知りたいことの裏」が検索される必要がある。たとえば、大戦中にアドルフ・ヒトラーが死んだ事実を確認したければ、「アドルフ・ヒトラーは第二次世界大戦後も生存していた」と入力する必要がある。そのようにして成される、裏アカシック・レコードの性質に関する解説と考察はやがて、論理というメカニズムそのものの本質にまで発展し、議論の射程はこの宇宙の構造そのものにまで伸びてゆく。なお、本作は本書の前身となった〈SF マガジン〉特集版の公募入選作である。

いすかり・ゆば。作家。福島県出身。2016 年『横浜駅 SF』（カドカワ BOOKS）でデビュー。2019 年に大学の研究職を任期切れにより退職し、現在に至る。本作は公募枠での異常論文であるため、査読付き論文として研究職の業績欄に記載可能であると予想される。近刊に『人間たちの話』（ハヤカワ文庫 JA）など。

裏アカシック・レコードには、この世界のすべての嘘が収録されている。

巨大な造説、些末な空言、白い嘘から真っ赤な嘘、歴史を揺らした国家の陰謀、宇宙創生の大いなる誤謬、田舎の農夫が暇を持て余して吐いた妄言はもとより、言語として成立可能なありとあらゆる虚構が、ひとつの欠落もなく配置されている。

その規模は無限といわれるが、そこにただ一行の真実も、ひとかけらの事実も存在しない。まさに邪悪の塊のようなこの情報源は、

「悪魔の辞書」

とも呼ばれている。本稿ではこの悪魔的存在に対し、これまでの研究で得られた理解、および社会への様々な影響を概観する。

裏アカシック・レコードの内部構造はきわめて難解であり、高エネルギー物理学による解析実験が続いているものの、いまだ全体像の解明からは程遠い。しかし、インターフェースの部分はごく単純である。

たとえば、

【アドルフ・ヒトラーは第二次世界大戦後も生存していた】

という文を入力すると、レコード内から一致するものが検索され、20分53秒後に「収録が確認された」というシグナルが放出される。

この結果によりアドルフ・ヒトラーが大戦中に死亡したことが証明され、それによって一部で噂されていた「ヒトラーは総統地下壕を脱出し、潜水艦で南米に逃亡していた」という説は完全に否定された。

米国のあるケーブルテレビ局は、同社の運営するWebチャンネルの番組で、有名な「アポロ計画捏造論」の検証を行った。彼らは裏アカシック・レコードに、

【ニール・アームストロングは月面を歩いた】

という文を入力し、24時間にわたる検索を生放送で配信した。結果を待つ間、アポロ計画およびその捏造論の歴史、レーザー反射鏡による距離測定、現在NASAが行っている

宇宙開発事情などを次々紹介していったが、結局放送終了時刻まで〈収録確認〉のシグナルは発生せず、司会者は検索中断のボタンを押すこととなった。

これについて、アポロ捏造論者のバイブルとして名高い『人類の穢れた一歩』の著者ライア・フィッシャー氏は、番組配信の翌日に、

「このような検証は何の証明にもならない。もう1時間検索していれば、NASAの欺瞞を白日のもとに晒せたかもしれない」

とツイートしている。

レコードの検索時間には厳密な再現性があり、【アドルフ・ヒトラーは第二次世界大戦後も生存していた】という文を再度検索した場合、前回と同じ20分53秒の時点で〈収録確認〉のシグナルが発生する。このことから、裏アカシック・レコードの収録順は固定されており、毎回同じ開始点から検索されることが確実視されている。

したがって【ニール・アームストロングは月面を歩いた】という文を再度検索すると、最初の24時間がまるきり無駄となってしまう。検索には膨大な電力を消費するため、アポロ捏造論の追加検証を行う場合は、【バズ・オルドリンは月面を歩いた】とするのが地球温暖化防止の観点からも望ましい。

なお【マイケル・コリンズは月面を歩いた】は1分19秒の時点に収録されていた。彼は

アポロ司令船の操縦者として月を周回しており、着陸はしていない。

裏アカシック・レコードに収録されている文はすべて嘘である。したがって、これを用いて真実の証明を行うには、それを否定する文の収録を確認すればよい、と誰もが考える。例として、

【ニール・アームストロングは月面を歩いていない】

この文の収録が確認されれば、これはアポロ計画の確実な証明となる。

ただし現在までに裏アカシック・レコードに収録されていた文を総合すると、図１に示すとおり、否定文は肯定文よりも収録確認が顕著に遅れる傾向がある。

〔訳注：ペイウォール・パブリッシング社の著作権ポリシーのため、日本語版では図表を省略させて頂きます〕

これは裏アカシック・レコードの収録規則によるものと考えられるが、いずれにせよ長時間の検索は電力が嵩（かさ）むため、可能なかぎり否定（not）、論理積（and）、論理和（or）、論理包含（if-then）などを含まない文が推奨されている。

ネブラスカ州在住の投資家ピーター・ウォーリーはこれらを踏まえて、

【ニール・アームストロングは１９６９年７月21日時点で地球上にいた】

を私費によって検索したところ、なんと6時間41分59秒時点で収録が確認された。すなわち、アームストロングが人類にとっての偉大な跳躍を遂げたとされる日、彼は少なくとも地球上には存在しなかったのだ。

この結果についてアポロ捏造論者たちのコミュニティは、

「彼は空軍の飛行機に乗っていた」

「ロケット打上までが事実で、地球低軌道を周回していた」

「この時点で本物のアームストロングは事故死しており、そのためにNASAは月面着陸自体を捏造することに決めた」

といった書き込みをしている。

なお、ウォーリーの検証自体が嘘である可能性はほぼ考えられない。先述のとおりレコードの検索時間には厳密な再現性があるため、彼が嘘をついている場合は7時間以内に証明できるからである。彼の社会的地位を考えると、そのようなことを行う合理的な理由は存在しない。

裏アカシック・レコードは、カリフォルニア州のローレンス・リバモア国立研究所にて、レーザー核融合の研究中に発見された。

レーザー核融合とは、重水素と三重水素からなるペレットにレーザーを多数同時に照射し、原子核を衝突させてヘリウムを生成させることで、投入したエネルギー以上の熱を発生させる技術である。磁気閉じ込め方式の核融合とともに、未来のエネルギー源として期待されている。

ところが核融合が進行する付近の温度で、ある波長の光パルスを集約させることにより、得られるエネルギーがマイナス値になることが報告された。

この現象は〈ローレンスの光エネルギー欠損〉と呼ばれ、当初はエネルギー保存則の破綻ではないかと取り沙汰された。のちにそれが非線形光学効果の一種で、エネルギーの一部が既知宇宙と別の層に送り込まれたことが確認された。裏アカシック・レコードはこの層で発見されたため、層全体は〈アカーシャ界〉と名付けられた。

その後開発されたレーザー変調によるアカーシャ界への信号送信技術、および自然言語の符号化理論については、シッダールタ・ラーマンによる優れた総説が存在するため、本稿では紙幅の都合により省略する。

レーザーを停止するとただちにアカーシャ界との接続が切断されるため、裏アカシック・レコードの使用はその検索時間に比例した大量の電力を必要とする。長時間の検索が困難なのはこのためで、アームストロングに関する24時間の検証が、現時点で判明している最長記録である。

実用上の観点からすると、なるべく短時間で検索できる文を構築すべきである。そのためレコード配列の規則性の解明が研究のごく初期からの要請となっている。

この解明に用いられているのが〈逆引き〉機能である。裏アカシック・レコードの収録文にはそれぞれ番号が付与されており、自然数値を入力すると、それに該当する嘘を得ることができる。

例として第1番レコードは、

【1294年9月にドミニカ共和国の忍者チャンドラー・リーランドは庭で豚肉のソーセージを食べた】

というものである。

この場合「食べた」が嘘であるが、「食べなかった」が真実ということではない。そもそも1294年にドミニカ共和国は存在せず、当時の中南米に豚肉はなく、忍者もいない。したがってこの文は嘘である。

なぜこの珍妙な文が裏アカシック・レコードの最初に収録されているのだろう？　裏アカシック・レコードが我々の知るような辞書ならば、第1番のレコードは冠詞aのような単純な文になるはずである。これについては以下のような説がある。

まず、アカーシャ界の言語ではこの〈ドミニカ忍者文〉がもっとも単純な文である、という説。アカーシャ界の言語には単語や文法が存在せず、意味が直接記述されていると考えられており、人類の言語における複雑さはアカーシャ界では意味をなさない、というものである。

ただ、どのような抽象的な言語体系であろうとも「ドミニカ共和国」や「1294年」が特別視されるのは現実的でないため、この説は現在ほぼ鑑(かんが)みられていない。

次に、我々の宇宙とアカーシャ界を結ぶケーブルが偶然この〈ドミニカ忍者文〉の隣に刺さっただけであり、この文自体に特別な意味はなにもない、1番というのはただの相対位置である、という説。これは比較的多くの同意が得られている。ただ、レコードの第2番が、

【木星の衛星軌道上をへびつかい座が周回している】

という〈ドミニカ忍者文〉と意味的にまったく似ていない文であるため、そもそも配列に辞書的な規則は存在しない、という悲観的な説もある。

長年の研究にもかかわらず、現時点で発見されているのは「否定文は収録順が遅い」「複合文は検出された例がほとんどない」といった程度のことであり、検証の効率化はいまだ神頼みの域を出ていない。

言語的に存在しうる嘘の総数を考えれば、入力した文が数時間以内に見つかるのはきわめて高速といえる。裏アカシック・レコードは一秒間に何件の文を検索しているのだろう？　これは〈レコード収録密度問題〉と呼ばれ、裏アカシック・レコード研究の大きな課題となっている。

最新の測定実験は呉宇辰（ウーユーハン）らによって行われた。中国科学院の所有するレーザー装置で入力可能な最大の自然数（およそ10の25乗、十秭（じょ））を逆引きすると、

【炭酸カルシウム水和物を窒素雰囲気下で十分に加熱するとコーカサスオオカブトムシになる】

という文が得られ、呉はこの文をそのまま裏アカシック・レコードで検索した。もし10分後に〈収録確認〉のシグナルが得られた場合、1分あたり一秭個の嘘が検索されている、といえる。

ところが結果は、入力とほとんど同時に〈収録確認〉のシグナルが発生してしまった。先述した第1番〈ドミニカ忍者文〉との時間差は、フェムト秒パルスを用いた超分解検出器によっても確認できなかった。

このことから裏アカシック・レコードの収録密度は、1秒あたり10の38乗（百澗（かん））より

大きい、という下限が得られた。上限の実験的な評価は、筆者の知るかぎり存在しない。

　呉はこれを踏まえて、1個のレコードはプランク長程度の幅を持つ物理構造であり、検索はその列を光速で走査しているというモデルを提唱している。この場合の収録密度は1秒あたり10の43乗（千正《せい》）となるが、アカーシャ界において光速やプランク長などの物理定数が意味を持つことの客観的根拠はない。

　収録密度の研究にはまったく別のアプローチも行われている。ベルリン・フンボルト大学のアンゲラ・ヘンリッヒは、論理的に可能な文はすべて〈論理原子〉の結合によるものであり、現在まで確認されている文の収録位置はこの論理原子の構成と相関している、という説を発表した。それをもとに裏アカシック・レコードの収録密度を1秒あたり10の62乗（百那由多《なゆた》）であると見積もっている。

　彼女は裏アカシック・レコードの研究者としてはやや異色の経歴を持ち、専門分野は汎用人工知能である。論理原子はその背景から導入したアイデアであるというが、「20世紀初頭にラッセルによって提案され破棄された遺物を、今さら見せられるとは驚きだ」と、哲学者から辛辣な声があがっている。

　アカーシャ界へのアクセスには強力なレーザー装置が必要であり、現在これを所有している国は、アメリカ、ロシア、イギリス、フランス、ドイツ、中国、日本、インドおよびイスラエルの9カ国である。またトルコ、ウクライナ、韓国で建設計画があるほか、先述の投資家ピーター・ウォーリーが個人で所有している。

ウォーリーがレーザー装置を購入したことは、金融業界から大きな批判を集めた。裏アカシック・レコードは未来に関する嘘も収録されているため、

【明日ビットコインの価格が下落する】

という文を入力し、レコードの収録が確認された瞬間にビットコインを大量購入すれば、確実な利益が得られることになる。このためブルームバーグがウォーリー氏の購入を報道すると、仮想通貨および投機的な金融商品はのきなみ大暴落した。この混乱に乗じて、ウォーリーの個人資産は10億ドルほど増加している。

なおこの時点でレーザー装置は建設中であったため、ウォーリーは実際には裏アカシック・レコードを使用せず、単に「購入した」という事実だけで莫大な利益を得たわけである。ただし、これはレーザー装置自体の価格および運用経費には遠く及ばないと思われる。

その後、連邦裁判所が「裏アカシック・レコードの使用者は企業の内部情報を知りうるため、全ての株取引はインサイダー取引に該当する」という判断をしているが、ウォーリーはすべての入力内容を一般公開しており、その中に株価に関するものはみられない。購

入の目的について彼は、

「国家による知および無知の不当な独占を阻止したい」

とコメントしている。

個人にせよ国家にせよ、裏アカシック・レコードを秘密裏に運用することは実質的に不可能とされている。なぜなら、レーザーによる検索文の入力は隠蔽された地下施設でも可能だが、〈収録確認〉のシグナルは太陽系全体がぼんやりと赤く光るからである。

人間の目では感知できない強度だが、夜間であればスマートフォンのカメラでも検出可能であり、そのためのアプリも公開されている。光の範囲はレーザー装置を中心とした球形をしており、その半径は検索時間に光速をかけた距離である。40分も検索すれば、木星軌道上にある探査機が地球の反対側を向いているときでも、赤い可視光シグナルが検出される。

これは先述した〈ローレンスの光エネルギー欠損〉が、アカーシャ界から宇宙に戻ってきていると考えられている。天文学にとって観測のノイズとなるが、逆にこの光球を利用した地球周辺の宇宙塵観測なども行われている。

なお各国の入力文は国家機密とされ、基本的には非公開である。したがって「何時何分に何国による収録確認シグナルが発生した」という報道がなされても、一般人はその検索内容を知ることはできない。

自由主義国家では国民のプライバシーが裏アカシック・レコードで侵害されることが懸念されており、アメリカでは「入力内容は国民の知る権利として公開されるべき」という運動も頻発している。これについてホワイトハウスは、

「裏アカシック・レコードは人類共通の利益のために使っている」

と声明を出している。この発表を受けて、世界で唯一レーザー装置を私有するウォーリーは、

【合衆国政府は裏アカシック・レコードを人類共通の利益のために使っている】

という文を検索したところ、1時間までに収録は認められなかった。

また、複数の国が同時に文を検索すると、たとえシグナルが検出されても、どちらの文が嘘であったかの識別が困難になってしまう。このため、レコードを使用する場合は事前に関係機関への周知を行う。

逆に、敵対国家の裏アカシック・レコード検索を妨害するためには、先述の〈ドミニカ忍者文〉を大量に入力して、偽のシグナルで埋もれさせてしまうのが有効とされている。

幸いにして現時点でそのような工作は確認されていないが、出自のわからないシグナルは一回だけ観測されている。それが4月15日、すなわち北朝鮮の太陽節（金日成（キムイルソン）の誕生

日）であったことから、同国が秘密裏に開発しているレーザー装置実験だという説があるが、衛星写真ではそれらしき施設は発見されていない。

【北朝鮮は裏アカシック・レコードにアクセス可能なレーザー装置を所有している】

という文は既にアメリカによって検索されたと思われるが、結果は不明である。

投資家ウォーリーは裏アカシック・レコードをほとんど趣味的に使用している。入力内容と結果はすべて彼のウェブサイトで公開されているが、近年では一般人からの公募も受け付けている。

あるパキスタン人の女性は、20年前に紛争で行方不明になった4歳の息子が生きているか知りたい、という要望をウォーリーに送った。ウォーリーは彼女に10分間の検索時間を提供し、息子の名前と「生存している」という文を入力した。

彼女の人生にとってもっとも長い10分間だったと推測されるが、収録は確認されなかった。確率的に考えればほとんど意味のない結果であるが「息子の生存が否定されなかったことはとても嬉しい」とコメントしていた。

ところがこの結果がウェブサイトに掲載されると、事態は急展開する。公開された家族写真には彼女と夫、息子が写っていたため、ある匿名掲示板の住民が「遺伝学的に推定される現在の息子の顔」の画像を構成して投稿した。それを見たパキスタン人が「前にゲームセンターで会った男性に似ている」と投稿し、そこから芋づる式に情報が集まり、1カ月後に居場所が特定され、母子は奇跡の再会を果たすこととなった。現在、彼女は再会した息子とその妻、ふたりの孫とともに暮らしている。

裏アカシック・レコードには未来についての嘘も収録されているため、

「俺は将来あの有名女優と結婚する」

という文の検索を希望した若者もおり、ウォーリーは彼にも10分間を提供した。可能性に希望を持って生きていこうと思ったのだろうが、なんと3分47秒で〈収録確認〉のシグナルが発生してしまった。その時の彼の表情を撮ったGIFはネットミームとして拡散し、彼は一躍有名人となり、2年後に一般女性と結婚した。

裏アカシック・レコードの研究初期に問題になったのは、入力文の曖昧さや多義性である。イギリスは自国の所有するレーザー装置で、

【ネッシーはいる】

という文を検索した。短い文だからすぐ見つかるだろうと当時は考えられていたが、12時間たっても収録が確認されず、やむなく検索を中断することになった。原因検証で「ネッシー」という名の人物が実在することがわかったため、これは真実であることが判明し

た。

質問文を一意的に構築するためには「１８８９年に生まれたドイツ総統のアドルフ・ヒトラー」といった付加情報が必要となる。本稿では冗長さを避けるため省略しているが、実際に入力される検索文はここに書いたものよりも長い。現在ではシッダールタ・ラーマンが優れた検証プログラムを公開しているため、多義性はあまり問題になっていない。

その後、イギリスは改めて、

【スコットランドのネス湖には、体長5メートル以上の動物が生息する】

という文を検索した。これは3時間48分18秒での収録が確認され、地元では「ネッシーは5メートル未満であることが確認された」と報道された。

ところがこの結果については、入力文に「5メートル以上」という数値が含まれていたことが大きな議論を巻き起こした。これが嘘であれば必然的に、

【ネス湖には6メートル以上の動物が生息する】

【ネス湖には7メートル以上の動物が生息する】

【ネス湖には７・７７７メートル以上の動物が生息する】

これらも嘘であるため、裏アカシック・レコードに収録されているはずである。しかし、5以上のすべての実数に対応する文が収録され、それに自然数の番号がついているとする

と、無限集合論の「実数と自然数の一対一対応はできない」という定理と矛盾する。

　裏アカシック・レコードに存在する数は実数全体ではなく「言語によって指示可能な数」であるため、自然数での番号付が可能だという解釈もある。しかし、だとしても「5メートル」という長さが含まれることは、アカーシャ界が人間の決めたメートル単位系を特別視していることが示唆される。

　この点について、裏アカシック・レコードが人間のために設計されたという「アカーシャ人間原理説」が提示され、スピリチュアル界では人気を集めている。

　他に、レコード番号は本当は自然数ではなく実数であり、逆引き可能なのが自然数のみという「アカーシャ連続体説」などがある。この説は1番レコードが珍妙な〈ドミニカ忍者文〉である理由の説明にもなる。すなわち、0・5番や0・01番はもっと単純で美しい文であり、人間がそれにアクセスできないだけということである。

　抽象的で複雑な文が入力可能になると、裏アカシック・レコードを学術的な問題に使用する例も増えた。入力文は各学会で公募され、約1年の審査を経て検索が実行される。

　たとえばドイツでは、数学のミレニアム懸賞問題として名高いP≠NP問題について【P＝NPである】という文を入力したところ、3時間44分18秒で収録が確認された。

これによってP≠NPが証明されたことになるが、もちろんこれは数学的な解決ではないため、懸賞金は支払われていない。【最大の双子素数が存在する】も検索されたが、6時間までに収録確認されなかった。

裏アカシック・レコードを用いて巡回セールスマン問題を多項式時間で解くアルゴリズムも考案されているが、消費エネルギーの観点から実用的とは言い難い。

日本では産総研がレーザー装置を所有しており、【10年以内にマグニチュード7以上の南海トラフ地震が発生する】といった検索を防災に利用する他、【邪馬台国は九州にあった】などの歴史問題の検証も行い、発掘調査の補助としている。

近年各国で問題視されているのは、大規模な科学実験を行う前に裏アカシック・レコードに「お伺い」を立てる慣習である。その研究が証明しようとしている仮説がレコードに収録されていた場合、政府が予算申請を却下してしまうのだ。税金で支えられている研究ではそのような効率化が必須だという声もあるが、実験の前に「神託」を問うような態度は科学の地位を貶め、中世のような権威主義に陥るとして研究者たちは危惧している。

一方で裏アカシック・レコードは科学同様に宗教界にも動揺を与えており、

【神はいる】

【天国はある】

という文の検索は研究初期から議論されているが、ネッシーの項で述べたような「神」の定式化が不明確であるため、説得力のある結果は得られていない。またシンガポールのある実業家が、

【イエスはエルサレムでの磔刑のあと3日目に復活した】

という文を私費で3日間検索する、と宣言したことは記憶に新しい。アポロ捏造論を超える最長記録が樹立される、いや途中で終わるから超えない、といった騒動になったが、その後ローマ教皇が聖書の「神を試みてはならない」という文を引用し、神学的な問題に裏アカシック・レコードを使うことを非難したため、どの国もレーザー装置の使用を拒否し、この検索は行われなかった。

その後、無神論者として知られるイギリスの人気ロックシンガーが「裏アカシック・レコードには聖書が収録されている」と発言し、全米ツアーが延期になるなどの物議を醸した。

アラブ諸国は裏アカシック・レコードの使用を「イスラームの教えに反する」と批判しており、ウォーリーに検索依頼を送ったサウジアラビア人男性が処罰されるという事件もあった。真理を与えるものとして人類史に長年君臨していた宗教と科学が、裏アカシック・レコードという虚構の塊によって脅かされるのも、ある種の必然と言える。

ここまで見てきたように、裏アカシック・レコードは社会のほとんどの領域に多大なる影響を及ぼしている。人類史上最大の発見である、とも言われている。

ただし、裏アカシック・レコードで検索された文のうち、収録確認できたものは1パーセントに満たない。エネルギー効率の悪さも含めて、当初期待されたほどの実用的価値はない、という見方もある。ウォーリーが投資家の本業にこれを使用していないのも、その証左といえる。

否定文の検索が困難という偏り（かたよ）が存在するため、もし真実のみを収録した〈真アカシック・レコード〉が存在すれば、より実用性の高いものになると期待される。だが現時点では、アカーシャ界に存在するのは裏アカシック・レコードのみである、という説が支配的である。それどころか、この宇宙とアカーシャ界はコインの表裏のような構造であり、それ以外の層は存在しない、という宇宙モデルも提示されている。

なぜこのような悪意に満ちた辞書が、我々の知りうる世界の半分を占めるのだろうか。そこには一体どのような意義があるのだろう。

ニュートンは「なぜ重力が存在するのか」という問いに意味はなく、ただ重力の性質のみが追究されるべきであるとして「私は仮説をつくらない（Hypotheses non fingo）」という言葉を残した。しかし3世紀後のアインシュタインは、まさにこの「なぜ」を突き詰めたことによって、一般相対性理論を生み出したといえる。科学において対象の存在理由を問うことは、決して無価値ではない。

論理原子説によってレコード収録密度を計算したアンゲラ・ヘンリッヒは、この裏アカシック・レコードの存在理由についても独自の説を提唱している。

すなわち、存在可能なすべての論理原子がふたつの集団に分割され、一方がアカーシャ界に、もう一方が我々の住むこの宇宙になった、というものである。世界とは物質や時空の集合ではなく論理原子の集合であり、我々が日常で目にする全ての事実、科学実験で観測されるすべての結果は、単に論理原子の内容を読んでいるだけだ、としている。

いわば「世界とは成立する事柄の集合である」としたウィトゲンシュタイン的な宇宙観である。成立しない事柄はアカーシャ界に蓄積され、裏アカシック・レコードを構成しているというわけだ。

この理論では、裏アカシック・レコードが存在し真アカシック・レコードが発見されない理由が実に合理的に説明できる。この宇宙にとって真実でないことは、この宇宙にはひとつも存在しない。真アカシック・レコードとは、我々の住むこの宇宙のことなのである。

量子コンピュータにまつわる研究が物理学と情報科学の偉大なる統合を果たしつつある

が、裏アカシック・レコードのさらなる研究によって、物理学と論理学が統合される可能性が期待されている。筆者は裏アカシック・レコード発見40周年記念シンポジウムの際に1分間だけ使用枠を与えられたので、そのような未来の実現を裏アカシック・レコードで検索したところ、嘘であるというシグナルは発生しなかった。沈黙は何よりの激励である。

（了）

フランス革命最初期における大恐怖と緑の人々問題について

高野史緒

1789年に発生した大恐慌と、その際に目撃された「緑色にぼんやりと光っていた」人々――すなわち「緑の人々」という謎めいた存在をめぐる論考。語り手は歴史文献を読み解き、解釈し、「緑の人々」の実態に迫っていくが、その過程では、物理学の発展によって、歴史事象を観測することのできる「歴史定数」なる理論値や、それに基づき「ノストラダムスの予言詩」を方程式化した「ノストラダムス方程式」なども参照される。そのような力業とも言える展開により、ある文献では「悪魔」とも呼ばれたこともある、不可思議な「緑の人々」――それは明らかに、SFにおいて連綿と語られてきた「宇宙人」のイメージと重なっているのだが――が超自然的存在であるままに自然の存在として扱われ始める。そこには、オカルトだったはずのものがそのまま科学へと反転することによる、足元が崩落するようなダイナミズムがある。

たかの・ふみお。1966年生。茨城県出身。お茶の水女子大学大学院人文科学研究科修士課程修了。1995年、第6回日本ファンタジーノベル大賞最終候補作『ムジカ・マキーナ』（ハヤカワ文庫JA）で作家デビュー。2012年、ドストエフスキーの名作の続篇という体裁の幻想ミステリ『カラマーゾフの妹』（講談社文庫）で第58回江戸川乱歩賞を受賞。最新刊は、短篇集『まぜるな危険』（早川書房）。

本稿はフリオ・タッカーノ氏による論文の一般の読者を想定した抄訳であり、各文書館(もんじょ)や教会等所蔵の未刊行一次史料についてはリファレンス記号、数式等を省略していることをお断りしておく。

序論

本年、二〇二一年は、今日的フランス革命史研究の礎(いしずえ)を築いた碩学(せきがく)ジョルジュ・ルフェーヴル(一八七四〜一九五九)が『一七八九年の大恐怖』の初稿に当たる「ノルマンディ地方における大恐怖の発生と緑の人々について」を著してからちょうど百年に当たる。

ルフェーヴルの論文としては、五十歳という極めて遅い年齢に提出された学位論文『フランス革命下におけるノール県の農民』が出発点とされることが一般的だが、この「ノルマンディ地方……」の稿は研究者としてのルフェーヴルの視座と分析手法が顕著に表れており、同稿こそがルフェーヴルの出発点とみなすことができよう。が、リール大学に提出されたこの同稿を、ルフェーヴルは提出わずか四日後に、史料批判が不十分として撤回している。同稿は今日まで出版されておらず、ソルボンヌに残された手稿の形でしか知ることができない。

ルフェーヴルが同稿で取り上げた「緑色の人々（des hommes verts）」については、一市民の日記にのみ現れる語で、これまでその重要性は全く認識されてこなかった。流言飛語の類が飛び交った大恐怖期のフランスにおいて、記録に不正確な内容が残るのは必然と言え、ルフェーヴルが調査不足として同稿を撤回したのも不思議ではない。が、筆者が行った調査により、これまで未調査であった当時の手稿の幾つかから同様の記述が発見されたことにより、にわかにルフェーヴル論文の信憑性が高まった。本稿はそれについて記述し、また、ルネサンス期の文書との関連性についても検討するものである。

フランス革命初期における「大恐怖」

いわゆる「大恐怖（La Grande Peur）」は、革命最初期に起きた農民蜂起とそれに伴った一連のパニック状態の総称である。それはフランス近世史上稀な特異現象であった。事の起こりは三部会の招集と、その紛糾、それに伴って起こったパリ市内の騒乱状態である。三部会はそもそも課税問題を審議するため一七八九年に開催された一種の身分制議会だが、この背景にはルイ十四世治世末期以来の国家財政の悪化、十八世紀後半に頻発した農作物の不作等がある。ことに八七〜八年の飢饉は国家財政のみならず国民全般の生活を圧迫し、各地で農民による反乱が相次いだ。この頃、特権階級への課税が課題となりながらも、貴族の諸特権を死守せんとする高等法院の妨害によって幾度も頓挫している。これは事実上、高位貴族である帯剣貴族と、貴族としての身分の低い法服貴族との覇権闘争の面があったのだが、庶民がそれを知るはずがない。革命に先立つ数年間に、大衆の間に、貴族が庶民を搾取し、国家を牛耳っているという、いわゆる「貴族の陰謀」という概念が形成されてゆくのである。

三部会はそもそも、王権が高等法院を屈服させるために招集したものであるが、これが第三身分の議員たちによって憲法を制定する「国民議会」へと変貌するに至り、王権もこれと対立せざるを得なかった。三部会がヴェルサイユで開催されたのが五月五日、第三身分による国民議会宣言が六月十七日、議会を「憲法制定国民議会」と改称するのが七月九日である。この間、パリでは市民たちが騒乱に備えて武装を始め、七月十四日にはパリ市民によるバスティーユ襲撃が起こる。これらの知らせは地方にも順次届けられたが、正確さを欠く伝聞での形で伝わる情報は不安を助長するものでしかなかった。

「大恐怖」はバスティーユ襲撃後わずか一週間ほどの後からフランス各地で同時多発的に発生し、当時の情報伝達速度の限界を超えんばかりの勢いでフランス全土の四分の三に伝播したのである。「大恐怖」の背景にあったのは、庶民の心性に根付いていた「貴族の陰謀」への反感と、農村におけるよそ者や盗賊に対する恐怖であった。

「大恐怖」の期間は、史料的に確認されている限りでは、およそ七月二十日から八月六日の間である。騒動の原因となった噂の内容は、各地でほぼ一致しており、貴族がバスティーユ襲撃の復讐や、作物の収奪のために農村を襲うという類のものである。この「大恐怖」の結果として憲法制定国民議会は八月に、封建的特権の廃止と人権宣言を打ち出すことになるのだが、これら中央の政治的動きについては本稿では扱わない。

文献に現れる「緑の人々」

この「大恐怖」を体系的に研究し、実態を明らかにしたのが、前述のルフェーヴルによる『一七八九年の大恐怖』である。同稿は決して大部冊ではないが、それまで明らかにされていなかった「大恐怖」の実態を明らかにした金字塔的な研究である。ルフェーヴルは主にパリ古文書館（Archives nationales）所蔵の未刊行文書を調査し「大恐怖」の伝播について考察しているが、先に挙げた「ノルマンディ地方における大恐怖の発生と緑の人々について」では、コンピエーニュに残された個人の日記等を主に調査し、「大恐怖」の発端を追究している。

フランス北東部における「大恐怖」の発端はエストレー・サン・ドニであった。一七八九年七月二十六日に当地の代官が近衛騎兵隊長に送った書簡に「日曜日（七月二十六日のこと）の夕、エストレー・サン・ドニの近郊で何人かの侵入者たちが狩猟地管理官と争っているのが目撃された。住民はそれを遠くから見て、盗賊の一団が当地の作物を奪い取りにやって来たと考え警鐘を鳴らし始めた」と書いているが、これがフランス北東部の「大恐怖」の史料的に確認できる最も根源的な端緒である。

人が争っているような様子を遠くから見ただけで盗賊団がやって来たと判断するというのは、現代の我々からすると奇異に思える。が、フランスは中世以来ずっと、農村部では作物を奪いに来る盗賊団に対する恐怖が根付いていたのである。一七八九年七月にはそれに加え、貴族の陰謀、特権階級からの復讐という恐怖が広がっていた。エストレーとその近郊の住民たちは緊急事態を示す警鐘を鳴らし、その音を聞きつけた周辺の村落にあっという間に拡散し、人々は何がどう攻めてきたのかも分からぬまま恐慌状態に陥ったのだった。

しかしルフェーヴルは、「ノルマンディ地方における大恐怖……」で、もう一つ、騒乱の発端と思われる記録を取り上げている。それはコンピエーニュに残された代書人マンシヨンの日誌の記述だが、マンシヨンは騒乱が始まった三日後と六日後にコンピエーニュの街の様子に言及した後、やや奇妙な記述を残している。

「(二十九日の記述) シャルモー氏は非常に奇妙な風体の者たちに襲われたということである」

「(八月一日の記述) ギヨーム・シャルモー氏も、彼を連れ去ったと思われる緑の人々も、いまだに行方が分からない」

ここで言及されているシャルモーが、前述の代官の手紙に書かれている狩猟地管理人と同一人物である。コンピエーニュの南東部にはメロヴィング朝時代以来の王家の狩猟地であるコンピエーニュの森があり、シャルモーはその管理を任された役人の一人であった。ギヨーム・シャルモー個人の記録はほとんど残っていないが、一七一二年に同管理人の権利に対してポーレット税を支払ったシャルモー家の末裔（まつえい）であろう。地元ではそれなりに名士であるはずで、エストレーの記録でも、遠くから人が争っているような様子を見ただけで狩猟地管理人だと判別されたのもうなずけよう。

マンションの日誌は断続的に革命後まで続いており、同地の革命期の貴重な史料となっているが、その後も二度、シャルモー氏の行方が分からない件について言及はあるが、「緑の人々」についてはここでしか記述がない。

ルフェーヴルは実証主義的な史家らしく、これに特定の解釈を当てはめようとはしていない。ただ、地元で見慣れない複数の人物が目撃されたことは事実であろうとしている。ルフェーヴルはその後研究の軸を「大恐怖」の局地的原因よりフランス全土の伝播へシフトしたため、マンションの日誌をそれ以上検討することはなかったらしい。筆者は二〇一九年にこの資料を検分したがそれまでにルフェーヴルを含めどの研究者も指摘しなかったある重要な発見をしたのだった。

それは、マンションの日誌は、七月二十九日の前のページが切り取られていたことである。それは極めて奇妙な特徴を持っており、にわかには信じがたかったが、複数の証人によって確認された。リール大学の協力によって科学的な検査がなされたが、マンションの日誌のノートは分解された形跡はなく、それと同時に、件のページは極めて精巧なレーザーカッターのようなもので綴じ目の奥深くで切り取られた様相であった（訳注：資料としてリール大学の科学調査の報告書が添付されている）。

このような技術は現代では不可能であるとされたが、少なくともルフェーヴルがこの史料を参照した際にはすでにページは切り取られていたはずである。筆者はにわかには判断を下すつもりはないが、注目に値する件だと言えるだろう。

南仏と国外の新史料

筆者がマンション文献の「緑の人々」に注目したのは、元はと言えば、近年発見された南仏の文献に記された類似の表現に興味を持ったからであった。それは二〇一七年にオーストリアのメルク修道院図書館分館に所蔵されている未整理文書が調査された際に発見された、革命期の亡命貴族の手稿の中にあったものだ。その文書群にはフランス王家の国外逃亡を画策する貴族たちの書簡が含まれており、筆者が注目したのは、南仏から亡命したとみられるアルノー男爵へフランスに残った妹カトリーヌ嬢から送られた八通の書簡のうちの一通である。

書簡群は一七九〇年の十月から翌年の一月にかけて送られたものだが、そのうちの一通には回想の形で「大恐怖」に言及したものがある。それによると、一七八九年七月二十九日の夕、幾つもの巨大な流れ星が目撃され、地元で凶兆として騒がれたのだという。翌朝にはアルノー家の領地、ガスコーニュ州北部（現在のジェール県）の主要都市オーシュ近郊の耕作地に家くらいの大きさの穴があき、あたりの草木は焼け焦げているのが発見されている。これは現代ならば火球と隕石という天体現象であると理解でき、クレーターの中から隕石を探す等の調査が行われただろうが、当時はそのようなことにはならなかった。その日のうちに近隣にはあっという間にさらなる凶兆の噂が広まり、そして異質なものが目撃される。カトリーヌはこう書いている。

「あなた（兄であるアルノー男爵のこと）はずっとヴェルサイユにいらっしゃったのでご存じなかったでしょうけれど、当地はそれはそれは大変な騒ぎでした。その日（七月二十九日）には町（オーシュ）で自警団が作られて、夜回りを始めました。私は町の屋敷におりましたので見ませんでしたが、その夜、レスポー川のそばで三人の奇妙な人物が逃げてゆくのが目撃されたとのことでした。それは遠くから見ただけで分かる、恐ろしくやせこけた背の高い男たちのようだったということです。何故夜なのに遠くにいる男が見えたのか不思議に思いましたが、その者たちは全身が緑色にぼんやりと光っていたのだということです。それは悪魔に違いないということで、司祭は夜間の外出を禁じました」

しかし自警団の活動は続けられ、やがて自警の域を超えた暴徒的な性格を帯び、アルノー家を含む領主たちの館の掠奪に至っている。オーシュ近郊は、南仏全土に拡散した「大恐怖」が非常に素早く到達した地域であり、ルフェーヴル以降には、この地域は「大恐怖」が波及したというより、独自の発生源を持っていたのではないかという見解を示す研究もある。カトリーヌの手紙はそれをうかがわせるものがある。

筆者はメルクの未整理文書の独自調査を計画したが、しかし、残念ながらそれは実現しなかった。二〇一七年の年末に図書館分館で起こった小規模な火災により、当該の文書が所蔵されていた一隅が焼失してしまったのである。メルクの分館は老朽化が進んでいることが問題視されていたが、そのための電気系統の故障ということであった。極めて残念なことである。

歴史定数観測とノストラダムス方程式

筆者がオーシュの件にこだわりを持つには、もう一つの理由がある。それは、近年、欧州原子核研究機構（ＣＥＲＮ）によって観測が本格化した歴史定数の件である。二十世紀前半に量子力学という新しい分野の科学が台頭するにしたがって、理論上観測され得るとされてきた歴史定数だが、二〇一三年から二〇一五年にかけて行われた大型ハドロン衝突型加速器（ＬＨＣ）の改修によって十兆電子ボルトを超える出力を扱えるようになると、実測が本格化した。現在はかなり大きな歴史事象を大局的に観測するのみに留まっているが、将来、ＬＨＣが反陽子を扱えるようになれば、歴史に関わった個々人や、記録に残っていない事象を掘り起こすことさえ可能になると考えられる、極めて将来性の高い分野である。

我々史学家は、例えばフランス革命と言うとすぐに、その定義や時間的な範囲について議論してしまう。革命とは何年の何から始まり、何年の何に終息しただとか、そういうことだ。だが、我々は遠宇宙の銀河を観測する天文学者や、素粒子加速器の実験結果を集計する科学者に学ぶべきなのである。

二〇一七年にハンス・エッフェンベルク、アントニオ・メトラス、ヤンセン聡子の三氏を中心としたプロジェクトにおいて、それまで2376444846289.00±2.887と理論値が得られていたフランス革命の歴史定数が、2376444846290.44であるという観測値が得られた。小数点二位以下の数値にはいまだに疑問は残るとされているが、これまでの理論値がかなり正確であったことが判明したと言える。この測定値自体は一見何の意味も無いように思えるかもしれない。しかし筆者がヤンセン氏にノストラダムス方程式を用いた計算を依頼したところ、驚くべき数値が得られたのである。

フランス革命の歴史定数からは、三次元直交座標系において、$x=146$、$y=802$、$z=1072$という、極めて明快な整数解が得られるのである。筆者は当初、この解を疑った。それはあまりにも啓示的でありすぎたからだ。

ミシェル・ノストラダムス師の予言集

十六世紀中葉のいわゆる『ノストラダムスの予言詩』は、一時期はオカルト信者たちによる奇妙な人気を博したが、現在ではルネサンス期フランスの文学としての研究が定着してきている。百篇の四行詩で一つの巻を成し、正典とみなされるものは十巻ある。すなわち、千篇の予言詩が含まれている。言語は十六世紀のフランス語だが、一部ラテン語の表記や、ノストラダムスによる造語と思われる語も含まれており、表現も複数の解釈ができる曖昧さを持っているため、約四百五十年の永きにわたり信奉者たちによる恣意的な解釈を許してきたものである。二十一世紀初頭の現在、その手の解釈はすっかり時代遅れとなった感があるが、しかし、物理的に歴史定数が観測できるようになった今、単なるオカルト遊びでは済まされない迫真性を持ちつつあるのも事実だ。

歴史定数に導かれた三篇の詩

では、その歴史定数に導き出された三篇の詩を検討しよう。146、802、1072はそれぞれ、全体の百四十六篇目、八百二篇目、千七十二篇目と読むこともでき、筆者も検討にあげたが、残念ながらこれは意味をなさなかった（そもそも、千七十二篇目が存在しない）。やはりこれはそれぞれ、第一巻の第四十六篇、第八巻の第二篇、第十巻の第七十二篇と読むべきである。そこには驚くべき意味の一貫性があった。まず、第一巻の第四十六篇と第八巻の第二篇について検討しよう。

第一巻四十六篇

Tout apres d'Aux, de Lestore et Mirande
Grand feu du ciel en trois nuicts tumbera:
Cause aduiendra bien stupende et mirande:
Bien peu apres la terre tremblera.

オーシュとレクトゥール、ミランドの至近にて
空からの大きな火　三夜にわたって降る
非常に驚嘆すべき物事が起こる
そのすぐ後　大地は震える

第八巻二篇
Condon et Aux et autour de Mirande
Ie voy du ciel feu qui les enuironne.
Sol Mars conioint au Lyon puis Marmande
Foudre, grand gresle, mur tombe dans Garonne.

コンドン、オーシュ、そしてミランドの周辺
我はそれらを包囲する天の火を見る
太陽と火星はまずリヨンにて、のちにマルマンドで合を成し
雷鳴、大いなる雹　壁はガロンヌ川に崩れ落ちる

この二篇は、十六世紀にすでに内容の類似性が指摘されていたものである。原典にはその他にも似たような内容の詩はいくつもあるが、しかし、このように具体的な地名を挙げた上で類似した内容を持つものは他にない。オーシュ、レクトゥール、ミランド、コンドン、マルマンドは全てボルドーからトゥールーズの間に点在する南仏の町で、革命時にはこの全てに「大恐怖」が波及している。波及したというより、近年はこれらの地域には独自のパニック源が指摘されており、一つの独自の「大恐怖」圏であると言えるだろう。ガロンヌ川はその地域を横切るように流れる川である。ことにオーシュは、前述のカトリーヌ・アルノーの手紙が書かれた町であり、実際に「天からの火」があったことが確認できる。

ただリヨンだけがこの地域には含まれない、フランス中東部のローヌ＝アルプ圏に属する大都市だが、この原文に Lyon と記される語が地名のリヨンではなく、獅子座（Lion）

を意味する語と読むこともできる。太陽と火星の合という天体現象について語られているのでそう読むほうが自然とも言え、ノストラダムス解釈者のほとんどはそう読んでいるが、しかし、そのあとに「それから（puis）」でつないでマルマンドという地名を挙げているところが不自然な点となる。リヨンもまたフランス西部の「大恐怖」の発生源に近いということもあり、無視することはできない。リヨンについては後述する。

　ガロンヌ川流域の地域では実際、「大恐怖」の頃に火球が目撃されたと思われる記録が幾つもあるのである。天体現象への言及は歴史事象とは直接関わらないので、これまで中央の研究者たちの注目を惹かなかったのであろう。筆者がオーシュ近郊について調査を始めた翌年、ネット上でミランドの郷土史家パスマール夫妻という知己を得た。夫妻は地元の無名の市民の日記等を時代を問わず蒐集しており、一七八九年七月二十九日に幾つもの火球が見られたことを把握していた。筆者は現地を訪問して史料調査をすべく準備をしていたが、あいにくCOVID-19の流行によるロックダウンのため、パリを動くことができなくなってしまった。夫妻とメッセージのやり取りを続け、幾つもの貴重な史料のスキャン画像を送ってもらったのだが、その中には七月三十日にマルマンド南方の小邑カステルジャヌーの司祭が「緑色の奇抜な衣装をまとって悪魔のふりをした悪戯」について言及し、またコンドンの医師が八月一日に「緑色の人々」の噂について記したものが含まれていた。

パスマール夫妻は他にも類似の記述を調査すると約束してくれたが、しかし、夫妻とは二度目のロックダウン明け寸前の二〇二〇年十二月初旬から連絡が取れなくなってしまった。現地警察によれば、十二月十日に不可解な状況で二人とも自宅にて遺体で発見されたのだという。医学的な所見では死因は二人とも急性心不全が妥当とのことだが、室内は荒らされた形跡があり、警察は自然死から事件までを視野に入れて捜査を継続中である。夫妻の邸内では、現金や貴重品は手付かずの様子だったが、コンピュータや郷土史の膨大な一次史料、原稿類だけが無くなっているのだという。筆者は夫妻とは通信記録の残らないアプリケーションで通信していたが、夫妻が亡くなった時期以降、不審な空メールを数通受信しており、コンピュータを持ち去った何者かによる接触も考えられるため、現地警察とも接触を保っている。

第三の詩と現在的問題

歴史定数とノストラダムス方程式によって導き出された第三の詩は、フランス革命という史学上の問題だけではなく、現代的な意味を持っている。第十巻第七十二篇はまさに、二十世紀末にオカルト信奉者たちに注目された、あの有名なものであった。

L'an mil neuf cens nonante neuf sept mois,
Du ciel viendra un grand Roy d'effrayeur:
Resusciter le grand Roy d'Angolmois,
Auant apres Mars regner par bon-heur.

一九九九年　七の月（もしくは七か月間）
空から恐怖の大王がやって来る　そして
アングーモワの大王を蘇らせる
火星の前後　幸運によって支配する

（訳注：原文にはこの詩の解釈について非常に長い論考があるが、ここでは、結論として採用された解釈に基づいた訳文のみを掲載する。一点だけ言及しておかなければならないのは、「アングーモワ」とは、日本で二十世紀末に取り沙汰された謎の語「アンゴルモワ」ではなく、アングレームを中心とする地方のことで、現在のシャラント県に当たる）

ノストラダムスの予言詩は前述した通り千篇あるが、これほど明確に時期を明言したものは他にない。地名に関して言えば、アングーモワ地方は最も大規模に拡散した「大恐怖」の発生源であり、第四行の末尾の一語「bon-heur」についても、二十一世紀になって本物と鑑定されたノストラダムスの生前発行版の綴りは「bonnieur」となっており、これは極めて小さな河川だが、アングレームのボニエール川（La Bonnieure）と取れ、「ボニエール川を越えて統治する」と読むこともできる。もともとregner par bon-heurを「幸運にも統治する」や「幸せのうちに統治する」という解釈自体が恣意的であるのはオカルト的解釈者もルネサンス研究者も認めるところなので、最も出版が古い史料の綴り「bonnieur」を地名と解釈するのはそれ以上に恣意的とは言えない。ボニエール川の北には、「大恐怖」の発生源であるリュフェックがあり、実際、「大恐怖」はボニエール川を越えて南に波及している。

リュフェックでの「大恐怖」の発生は、ルフェーヴルが同定した通り、「二人の見知らぬ人物が目撃された」ことが発端である。この二人はその後、托鉢僧であったと同定されているが、リュフェックの史料にも気になる点がある。その未知の人物二名を「visages verts」と表現している史料が存在することだ。もちろんこれは「青ざめた顔」と取るのが普通であり（訳注：フランス語のvert［緑］には、青［bleu］と同様に「顔色が蒼ざめた」の意味がある）、今までこの記述に注目した研究者はいなかった。だが、これまで見てきた通り、「大恐怖」における「緑の人々」の記録は、決して軽視すべきでないのである。

残された課題と新たな手がかり

第八巻第二篇と第十巻第七十二篇に共通して「火星」の語があることも気がかりだ。そして何より、第十巻第七十二篇に記された年号がなぜ「大恐怖」の一七八九年ではなく一九九九年なのか、これはノストラダムスによる意図的なミスリードなのか、それとも、この年号自体に意味があるのだろうか。そもそも、物理学の発展によって正確な歴史定数が観測できるようになって初めてノストラダムス方程式が意味を持つようになったのである。ノストラダムスはその時代に向けてこの詩を書いたのであろうか。

「大恐怖」の中に見え隠れする「緑の人々」と天体現象については、ごく最近、意外な方向からさらなる手がかりが得られた。リヨンの教会に中世末期から伝わるある写本についての研究と、アメリカ航空宇宙局の火星探査機インサイトのデータ解析結果である。これらの情報の統合により、第十巻第七十二篇に記された年号の意味が明らかになることが期待される。

なお、タッカーノ氏はフランスの三度目のロックダウン解除後にリヨンに向かったことが確認されているが、現在連絡が取れなくなっており、二〇二一年七月現在、捜索が続けられている。

（了）

本稿の基礎的な理解のための参考文献を二点紹介する。ノストラダムスの予言詩の学術的に正確な全文の翻訳が存在しないので原典のみ記することとなったが、ご理解を頂ければ幸いである。

フランス革命下の「大恐怖」について

Lefebvre, Georges, *La Grande Peur de 1789*, Librairie Armand Collin; 1ère édition (1 janvier

1932)

最も手に入りやすいノストラダムスの予言詩はフランスのFlammarion版である。電子版は文字化けが散見され、原文の「&」がフランス語のetではなく英語のandに変換されている等、不備が目立つので注意が必要である。

『多元宇宙的絶滅主義』と絶滅の遅延

——静寂機械・遺伝子地雷・多元宇宙モビリティ

難波優輝

絶滅を善きものとする「絶滅主義」なる思想を展開する論考である。そこでは反出生主義の思想が拡張され、あるいは反出生主義だけでは足りておらず、徹底的な絶滅が、宇宙に対する「救済」として推奨される。人類も、人類以外のすべての生命も、すべての宇宙、すべての現象にも、「絶滅主義」は適用される。反出生主義のパロディ的な論考だが、論の運びはいたって真面目で、批判には妥当性があり、同時に思考実験を展開することでその知られざる可能性を検討するものでもあり、実在する反出生主義思想に対するSFからの応答としても読める。なお、本作は本書の前身となった〈SFマガジン〉特集版の公募入選作であり、作者はそれが商業デビューとなった。

なんば・ゆうき。美学者、批評家、SFプロトタイパー。神戸大学大学院人文学研究科修士（文学）。SFプロトタイピングの実践および、分析美学の視点からバーチャルYouTuberをはじめとするポピュラー文化とSF的想像力の研究・批評を行っている。近著に『SFプロトタイピング』（共編著、早川書房）、「身体のないおしゃれ――バーチャルな「自己表現」の可能性とジェンダーをまとう倫理」（〈vanitas〉、アダチプレス）『ポルノグラフィの何がわるいのか』（修士論文）。

母へ。愛を込めて。

はじめに

『多元宇宙的絶滅主義』と題された門垣栖（かどがきすみか）による衝撃的な著作は、その後のあらゆる絶滅研究の最初の、そして永続的な震源地となった。門垣は「人類は、倫理的責務として、あらゆる宇宙たちの誕生を阻止し、あらゆる可感な存在者の誕生を阻止するべきだ」と主張し、これを「絶滅義務」あるいは「多元宇宙的絶滅主義」と呼ぶ。つまり、すべての苦痛を感じうる存在の誕生を絶滅させ続けること。それが彼女の主張だった。この主張は二〇五〇年の発表後しばらくはなんの反応も引き起こさなかったが、議論のなかで思考実験として提示された「静寂機械(quiet machine)」のアイデアに影響された戦争工学者メアリー・マードックによる悪名高い「遺伝子地雷」が生み出され、第三次大戦に人間の遺伝子を壊滅的に変容させる最悪の仕方で猛威を振るった。人類が現実の絶滅の危機と社会の崩壊を肌身に感じたその後、改めて門垣の多元宇宙的絶滅主義に光が当たり、絶滅思想は思想研究のトレンドとなった。アカデミズムや芸術批評の領域にとどまらず、産業構造・政策立案において「持続可能な絶滅」は世界的な基本指針となり、絶滅はいまやわたしたちの思考のスタンダードである。

絶滅思想は、ちょうど人権のアイデアがそうであるように、既に敢えて否定することが道徳的疑義を催させかねないほどに一般に受け入れられた。同時に、絶滅論者たちは十分な基礎づけや精緻化を欠いた応用絶滅産業の発展に半ば意図的に迎合してもきた。そうした安易な絶滅思想を論敵とする昨今の一部のカルト的な生殖主義者(いわゆる「生殖ジャンキー」)たちによる過激な生存バックラッシュの盛り上がりをみるなら、絶滅思想に対する批判に応答するために、改めてその源流を辿り直し、意義と到達点を明確化する必要がある。本稿は『多元宇宙的絶滅主義』以後の絶滅思想の進展をテクノロジーの進歩とともに追いながら、その哲学的含意と宇宙的な意義を改めてまとめる。最後に絶滅に内在的に含まれる限界を明らかにするとともに絶滅の希望の可能性について述べる。

1. 多元宇宙的絶滅主義について

門垣は多元宇宙的絶滅主義の提示に先立って、先行する反出生主義をいくつかの種類に分け批判する。当時一定の議論の蓄積のあった反出生主義とは、哲学者ディヴィッド・ベネターによる『生まれてこないほうが良かった』（二〇〇六年）の中で提案されたものだ。ベネターは「いかなる場合においても、子どもをもうけることはつねに道徳的にわるい」という主張を行った。存在することは、いかに小さいとしても絶対に苦痛も避け得ない。対して存在しないことは当の存在者に一切の苦痛をもたらしえない。ポジティブな価値（たとえば快）をもたらすことはよいことだが、それがもたらされないことはわるいことではなく、ネガティブな価値（たとえば苦痛）がもたらされることはわるいが、それがもたらされないことはよい――ポジティブな価値とネガティブな価値の非対称性から、存在すること（ポジティブな価値の存在とネガティブな価値の存在）と存在しないこと（ポジティブな価値の不在とネガティブな価値の不在）を比べたとき、つねに存在しないことがよいと主張する。当該の議論の正当化についてここで触れる余裕はない。重要なのは、門垣はこのタイプの反出生主義を「人類レベルの反出生主義」として批判している点である。

反出生主義はその名にふさわしくないほどささやかで、それだけ狭量なプロジェクトに過ぎない。なぜなら、第一に、それは「人類」の絶滅をしか気にかけていない。第二に、それは人類の絶滅以後の世界の苦痛について想像力を働かせていない。

ひとつずつ確認していこう。門垣によれば、ベネター型の反出生主義は――たしかに彼自身、動物の出生の問題について触れていないわけではないが、あくまで人間についての議論に限定しているために――人間以外の苦痛を感じうる可感な生物の出生とその苦痛について十分な考慮を行っていない。それは第二の批判とも関わってくる。人間だけが絶滅完了し、あらゆる苦痛を免れ、その分だけこの世界がよくなったとしても、残された動物たちは依然として苦痛の多い（幸運にもごく一部の動物は少ないかもしれないが）生を送らざるを得ない。彼らの種は自殺できない。人間とは異なり、絶滅するための熟慮の能力も、そして実行能力も欠けた動物たちは、より貧しい絶滅の可能性のなかで悲惨な生を送り続けることになる。

ゆえに、人類はじぶんたちだけの解放に注力するのみならず、動物たち、より広くいえば、痛みを感じうる＝可感な存在者たちも絶滅させてやらねばならない。人間だけの絶滅を配慮すること、門垣に言わせればそれは「絶滅差別」だ。「死の救済を人類だけで占有してはならない。あまねく生き物たちもまた救済の対象である」。

門垣の主張はここでは終わらない。以上が「絶滅主義」の説明であり「多元宇宙的」絶滅主義の説明が残っている。門垣は地球の絶滅だけでは不十分であるとし、この宇宙全体の可感な存在者たちの絶滅を当然考えるべきものとする（「宇宙的絶滅主義」）。のみならず、次のように述べる。

> この宇宙U_0が絶滅すべきだとすれば、なぜ別の宇宙も絶滅させてやらないのか？　別の宇宙U_1が絶滅すべきだとすれば、なぜさらに別の宇宙U_2（$\neq U_0$、$\neq U_1$）も絶滅させてやらないのか？……次々に宇宙の添字（そえじ）を増やしてやり、どんど

んと伸びていく添字が、ついには無限に近く見えたとしても、わたしたちは（あるいはわたしたちと同じく絶滅の使命を帯びた存在は）すべての宇宙を絶滅せねばならない。ここですべてというのはこの語のもっとも厳格な意味でそうなのであり、文字通り、完全に、ひとつももらさず、永遠に、すべての宇宙を、絶滅すること。

この宇宙のみならず、あらゆる存在する宇宙について絶滅を遂行する必要を説く。もしこの宇宙（門垣の例であればU^0）の絶滅を気にかけているとすれば、それは人類の絶滅のみを気にかけているよりかは幾分かましだが「宇宙差別」の誹(そし)りを免れえない。つぎは彼女の著作の受容を技術的発展史との相互作用から跡づける。

2．静寂機械と遺伝子地雷

彼女の著作が最初にひとびとの広く知るところとなったのは、不幸な形でだった。戦争工学者メアリー・マードックによって、彼女の「静寂機械」のアイデアは最悪の仕方で実装された。もともと門垣の静寂機械は「ではいかにして絶滅するのか？」という問いに応えるために提案された概念機械を指す。

静寂機械は、すべてを静寂へと導く。たとえば、すべての分子を破壊するかたちで。あるいは、すべての反物質をつくるようなかたちで、あるいは火星人たちの機知に満ちた侵略機械たちのように――以下SF作家のお好みのアイデアで。いずれにせよ重要なのは、静寂機械はふたつの機能を備えていなければならないということだ。ひとつに、すべてを完全に破壊できる能力。ふたつに、すべての可感な存在者を探知する能力。

門垣自身による静寂機械の特徴づけはごくあっさりしたものだったが、第三次大戦初期に亡くなったのち残されたマードックの研究ノートからこのアイデアが彼女のなかで発展していく様子が詳細に窺える。その頃、暗い大学院生の間で（大学院生はどの時代も大概暗いものだが）カルト的な人気を誇っていた『多元宇宙的絶滅主義』のゲリラ英訳をマードックは手に入れていた。「絶滅の『静寂機械』のアイデア。探知と破壊を思考する機械。火星人の静かな毒？　絶滅プロトタイピング……！」。SF好きの彼女らしく、最初期のデザインスケッチはH・G・ウエルズの『宇宙戦争』に登場する火星人の兵器をオマージュしていた。

マードックの静寂機械は「戦争機械」としての呼び名も同様に有名であるが、この機械は第三次大戦を最大限効率的に遂行した。それはひたすらに破壊のために機能する。だが、それは一見何も破壊しない。これまでのいかなる物理的な兵器とも似ていない。

マードックの戦争機械は遺伝子を破壊する。彼女の静寂機械は「遺伝子ドライブ」技術と呼ばれる、特定の生物種の遺伝子を操作することで特定の免疫をノックアウトさせ、加工された遺伝子を伝播させる技術の最新型だった。範囲内の生体の遺伝子をターゲットに特定の波動を照射し、生殖器官を発現させず、特定の免疫機能を破壊するような遺伝子へと選択的加工を行う。

第三次世界大戦はこれまででもっとも静かな戦争であった。いかなる爆薬も爆発せず、いかなる作戦も指揮されず、いかなる戦地も存在せず、ゆえに戦死者は一人もいなかった——あるいは戦死者は無数にいた。あらゆる場所が戦場だった。

戦争機械は武器の形を持たなかった。ぬいぐるみ、街角の街灯、書物、衣服に擬態した。戦争機械は効果範囲を絞れば大掛かりな装置を必要としない。近距離でたった一人の遺伝子さえ破壊すればよい。最初の遺伝子ドライブプログラミングのみ莫大なコストを必要とするが、人間の遺伝子へと働きかける過程は容易に実装可能だった。その安易さから戦争機械は「遺伝子地雷」と呼ばれる。遺伝子地雷は男女の生殖器にそっと呪いの息を吹きかける。

知らず知らずのうちに原因不明の遺伝病を患った子どもたちがそこここに溢れてくるのを、ひとびとは訳も分からずただ目撃し続けた。生殖機能のない子ども、深刻な免疫不全により治るはずの感染症であっけなく死んでいく子ども。認知症と酷似した症状を呈し、成長を逆側に辿っていく子ども。

神の裁きを叫ぶカルトや保守主義的なコミューン運動の同時多発的な勃興、不安な政情のなかで、先進国各国が互いのマードックの戦争機械シリーズの使用を非難し合った。それぞれの国家が互いの国民に対して、目に見えない民族浄化を行っていたのだ。

マードックの悪魔的な発想は、生まれた直後には苦痛が発現しない点にある。地獄は遅延する。十四歳までは遺伝子地雷に暴露していない他の子どもと判別できないが、それ以降、意識の混濁、耐えがたい苦痛、四肢の壊死など、十四歳の零時を過ぎると魔法にかけられたようにあるいは解けたように地獄の責め苦の標本が発現する。発現の遺伝的セットは明確には判別できない。遺伝損傷は無数のデコイを含んでおり、不必要な遺伝子や複雑な損傷の中に先天性の苦痛のコードが隠し刻まれていた。出生前診断を行うことも、生まれてからすぐには地雷を抱えているかどうかも判断できない。

ひとびとは互いに疑心暗鬼に陥った。生殖パートナーが戦争機械に汚されてはいないか。特定の汚染地区に住んではいなかったか。戦争機械が仕込まれていたとされる趣味や職業に就いてはいなかったか。互いの個人情報は調べられ、憶測と噂、誹謗と中傷が横行し、「汚された遺伝子」に近づいただけで遺伝子に影響があるという根拠のない臆見も流行する。「清潔な遺伝子」が高値で取引され、放射線を用いた「遺伝子洗浄」など馬鹿馬鹿しく致命的な擬似治療法も横行した。

問題は、じぶんひとりではない。恋人が、これから結婚するパートナーが、子どもを産み育てるその両親の遺伝子が戦争機械によって「汚されてしまって」いたなら、すでに回復不能であり、もし子どもを産んでしまえば、先天的にあらゆる対象と刺激に苦痛を感じる地獄の生が待っていたのだから。生まれたときにはもう遅い。すべての生が「惨たらしい（wrongful）」生であり苛酷な生が約束されている。

社会をつなぐ信頼は損なわれていく。生殖と幸福のイメージはもはや断ち切られてしまった。ひとびとが、子どもをもうけることの原理的な悪というモチーフに辿り着いたのは必然ではあったろう。見えない戦争に巻き込まれ、やがて人間たちは生殖への意志を、生への意志を減退させていく。

その中で伝染病のように門垣の著作や一連のコメンタリについての言葉がひとびとの口

に上った。地球に生き残った未来のない人類は、救済の書として『多元宇宙的絶滅主義』を貪り読んだ。彼らは希望を見出した。新たな子どもをもうけ続け、人類を存続させるという希望ではなく、この苦痛に満ちた生の可能性を終わらせる未来を。扇動家と科学者と思想家の中間領域たちが登場し、メディアを駆け回り、絶滅計画は各国の国民の、大企業の、そして、全世界の支持を得て進展していく。

遺伝子地雷技術は、苦痛に満ちた遺伝子干渉を除き現在の静寂機械にも受け継がれている。静寂機械もまた遺伝子の素早い探索と遺伝子図のマッピングを行い選択的に遺伝子に干渉し、可感な生物の生殖機能をノックアウトする。

倫理的に正しい絶滅の手段として、知的な生命体に対しては、穏やかな絶滅はより望ましい。そのため、発見された知的生命体には、すぐさま静寂が実行されるのではなく、静寂の実行権を生命体に与える形で、その決定権は委ねられる。とはいえ、知的な生命体の生存に必要ではあるものの、決定権を持つほど十分に知的とは判断されない生命体に対してはすぐさま選択的静寂が実行される。彼らに対しては即時に絶滅の手助けをせねばならない。事実上知的生命体には何の選択権もない点に対しては批判も数多くなされているが、知的な生命体のためになぜそうではない可感な生命体が生き延びる義理がありうるのかを考えてみれば、この手続きがそうおかしくはないことが直観的に了解されることははっきりしている。

3. 多元宇宙モビリティと絶滅遅延

もうひとつ問題になったのは、この宇宙の絶滅はまだしも、多元宇宙に住む可感な生命の絶滅の不可能性だった。

ここでラマワティ・ミアの名が登場する。彼女は多元宇宙への移行方法を発見した。二〇七五年に提唱された「多元宇宙モビリティ理論」によれば、宇宙同士は各々がストローでぶくぶくと泡立てたコップの中のアイスコーヒーのように歪な空間を含んだ膜として密着し合う構造を形作っている。ここで事象の浸透圧を考えてやる。宇宙膜は通常事象を伝達しないが、ある宇宙と別の宇宙の事象の密度を考えると、著しく差異がある地点がそこここにある。そこで移動先の宇宙の事象密度が低い場所を見つけ、こちら側の事象密度を高くしてやれば、事象は情報を保ったまま、異なる宇宙の膜へと移動できる。

約三十年後に、事象の浸透圧が観測可能になることで理論は実証され、ついに二一二〇年には、静寂機械の群体である静寂艦隊たちがこの宇宙における絶滅のテストとして撒かれた。無数の静寂艦隊のコードネームは、それぞれ由縁を持っている。C：シオラン、F：フランケンシュタイン、N：ニーチェ、S：ショーペンハウアー、そして、K：カドガキ。

静寂機械は死なない。宇宙を絶滅させ続けるために静寂機械は交配する。各固有データの交換、配合を繰り返しながら、自己修復と進化によってそれぞれの宇宙の法則と環境に適応しながら殖えていく。「進化」を経るごとにその形状は大きく変化していく（この静寂システムにはどこか皮肉な微笑を誘うものがある。ひとつに、わたしたちがそのすべてを終わらせるはずの進化と生殖の地獄のサイクルがもっとも効率のよい絶滅手段として静寂機械に採用されたこと。もうひとつに、その名にちなんだ絶滅の先駆者たちにはみな生物学的な繋がりを持った子どもがいなかったということ）。

最初は人類たちに惨たらしい死を与えた戦争機械としての静寂機械たちが、最後にあまねく世界に平和をもたらしにいく。WHO主導で、二十二世紀中期から、段階的に多元宇宙モビリティを備えた静寂機械たちが他の宇宙へと旅立っていった。彼らは産み、生まれ、殖え、生き続ける。そして宇宙を、宇宙たちを静寂へと導く。宇宙の終わりまで彼らのまなざしはこの世界を守り続ける。

執筆現在、第一期最後の静寂機械がこの宇宙から去っていく。この宇宙は絶滅基地のバックアップとして、静寂機械たちの自律運転をモニターしながら、人工知能へとオペレーションを移行し都市機能を順次終了する第二期計画に移る。第三期には数万年に一度ごと、管理者が覚醒し絶滅の進捗を報告する。

門垣の言う通りすべての宇宙を絶滅したとしても、それは実際のところすべてではない。多元宇宙論によれば、宇宙は無限に存在する。静寂機械の繁殖速度はたかだか光速を超えず有限である。ゆえにどれほどの宇宙が絶滅し続けたとしても、絶滅はつねに遅延する。わたしたちは永遠に存在に追いつけない。

＊

昨年、二一四八年、ひとつの事件があった。太陽系が終わるところ、F－〇四一と補給機F－〇〇五は不明なオブジェクト「騒音機械(noisy machine)」と接触。騒音機械は、奇妙な振動波を発振しており、静寂機械の三分の一が回復不能な損傷を受ける。互いにコードを送り合うも解読不明。人類以外の未知の文明の機械とみなされる。メッセージらしいメッセージは、異様に騒がしいシグナルコードのあいだ、不気味な五秒間の沈黙だけだった。もしかすると、わたしたちの静寂機械がたどり着くよりもずっと前にわたしたちと同じくらい発達し、わたしたちと同じ発想で静寂機械に類するものを作り終えた存在者が存在するかもしれない。

＊

　わたしたちは絶滅に遅れ続ける。だが、もしすべての宇宙で絶滅の意志を共有する文化が一つずつ生まれていたなら、その一つ一つが絶滅の不可能な可能性に賭けていたなら、一つ一つの宇宙がほとんど零の可能性に賭けて「もし他の宇宙でも絶滅に賭けていたなら……」と静寂機械に類似した試みを行っていたのなら――たとえ宇宙が無限であったとしても、世界は無限に絶滅できる。もはや合理的な計算は世界を救わない。わたしたちの願いにしか救済の希望の可能性は存在しない。そしてわたしたちはそれを信じた。なら、わたしたちは終わりが来るまで信じ続けるだけなのだ。すべての救済を願って。

Department of Philosophy
Research Center of Extinction, Neo-Hyogo
Nada, Kobe, 457889
INTERNET: yuukadogaki@extinction-cent.edu.jp

『アブデエル記』断片

久我（こが）宗綱

「アブデエル」なる人物に、神の啓示が与えられる挿話が書かれた文書「アブデエル記」が発見される。発見された文書は断片のみで、全体像は明らかにされておらず、また、損傷が激しいためにところどころ欠落がある。そして本文書には「アブデエル」の実在有無を含めて不確かなところが多く、偽書である可能性も指摘される。ここで本作全体の形式を確認すると、本作は、「アブデエル記」発見時の調査報告書の抄録としてまとめられている。要するに、まだ歴史的価値の定まっていない謎めいた文書に対して、謎も含めた事実をありのままに記載した文書が本作なのである。ミステリ的な舞台設定のある作品だが、語りは謎解きに向かって進むことはなく、謎は謎のまま、確かに見られた幻のように、実在と非在のあいだに取り残される。なお、本作は本書の公募入選作であり、作者はこれが商業デビューとなる。

本翻訳の原史料は、国際古文書学・考古学研究センター（International Research Center for Paleography and Archaeology、以下ＩＲＣＰＡと略記する）の特例臨時調査において発掘されたものである。この臨時調査は第七十二回定期調査の一環として行われた現地証言収集によって得られた証言に基づくものである。証言等の詳細に関してはＩＲＣＰＡの特例臨時調査報告にまとめられているため、本稿での詳述は控える。なお、文末に調査報告の抄録の抜粋を付記しておいたので、ある程度の情報はそちらで事足りるかと思われる。

翻訳に入る前に、訳者による解説を簡単に付させて頂く。この解説は底本に付随しているヴィンセントの注解をある程度踏まえたものであるが、訳者独自の解釈も含まれている。

詳細な解説に関しては底本と同じジャーナルに掲載されているのでそちらをお読みいただきたい。

本文書はいわゆる「啓示」の形を取っている。つまり、「アブデエル」なる人物が「主」に呼ばれ、言葉を預かり、そしてそれを記したものであるという構造をしたものである。このような文書は歴史上何点も存在しており、その中の一部では伝統宗教の正典として認められているものもある。しかし、この文書に関しては、既知の文書とは明らかに異なる点がある。「アブデエル」なる人物に権威がないという点である。通常こうした文書は実在した、ないしは実在したとされる預言者の権威を借りる形で書かれる。権威ある人物に付して書かれたものの例としては『トマスによる福音書』、実在すると考えられる人物に付して書かれたものの例としては『天上位階論』が挙げられる。しかし、この文書においてはその限りではない。ここに謎が存在すると言える。仮に、この「アブデエル」なる人物が権威ある預言者ならば、歴史から消えた何らかの理由があるだろう。今後の研究では、人物の同定、人物像の把握、そして文書の内容の解釈が主軸となると考えられる。

さて、ここでこの文書を記したと仮託された「アブデエル」なる人物は一体何者なのであろうか。少なくとも、これらの断片から彼が活躍した（または活躍したと設定されている）年代を読み取ることは難しく、それによりその人物の同定も難しい。史実においても複数登場している人名であり、あまり珍しい名前でないこともその一因となっている。このように平凡な人名を用いることで当該人物の同定の難易度を上げることは、著者側が想定していた可能性もある。

さらに、この「アブデエル」は一人ではない可能性も存在する。この仮説を補強する証拠はいくつかあるが、そのうちの一つに文体の揺れがある。断片の中でも特に前半に配列されたものでは、古代ヘブライ語文法に関して違和感なく、その流暢さ・語彙の豊富さ、文法などから母語話者であったと推察される。一方、後半に配列される断片においては、明らかにネイティブではなく、第二言語ないしは第三言語としてヘブライ語を習得した痕跡が見られ、アラム語を母語とする人物であることが想定されている。以上のことから「アブデエル」の名でこの断片を書いた人間は、複数いたことが想定される。これは仮説未満の状態とも言えるため詳述は控えるが、「アブデエル」とはある特殊な教義を持った集団における指導者ないしは預言者が、代々襲名のような形式を取って引き継いでいた名前であったのではないかとの説が検討されている。この説を支えるものとして、この文書に様々な、ものによっては本来相容れないであろう思想の影響が見られる点が挙げられる。この説に関する検討会がＩＲＣＰＡ内の古文書部会に設置されており、本文書の研究と並行して進められていく予定である。

解説の最後に、少々本筋と離れた話ではあるが筆者がこのプロジェクトに関わることとなった経緯について触れさせていただく。筆者の所属自体は古文書部会ではあるものの採択審議員としての参加であり、部会で行われる研究そのものに関わる立場では本来ない。しかし前述した検討会設置のための申請書を閲覧した際に本文書の存在を知り、強い関心を抱くに至った。

なぜ筆者がこのような関心を持ったのかであるが、本文書発見に関係している民間伝承に似たものを、筆者が以前耳にした経験があったということに起因する。それは筆者の配偶者の出身地である静岡県中部柿ヶ島地域に存在する伝承であるが、話の大筋としては京を追われた僧がこの地にとどまって一巻の巻物を書き上げ、その後その巻物を携え山に入り庵を建て、そこで亡くなったというものである。その巻物は庵の中に残っているものの、村人は山に入ることを許されず、村を訪れた外の者のみ入ることができるとされていた。「されていた」というのは、山を守るシステムを維持していた集落共同体が失われ、どこがその山であったかが不明になっているゆえである。筆者が聞いたときには既にほぼ失われた伝承といえるような状態であり、細かい情報を得ることはできなかった。しかし、聖職者など特殊な立場にある人物であればともかく、単なる外部の訪問者に無条件で立ち入りを許すというのが物珍しく感じ、筆者の記憶に残っていた。そして本文書にまつわる伝承にそれとの共通点を感じ興味を持ち、プロジェクトに関わる機会をいただくことになったという次第である。関係者各位のご尽力には感謝の言葉もない。

さて、簡潔ではあるが以上で訳者解説とさせて頂く。本文書はまだ研究途上であり、今後の成果が十分に期待できる。それによってここまでに示した解釈が変わる可能性も十分に存在している。読者諸賢におかれては、本翻訳は現段階での研究成果しか反映できていないことを念頭に置いた上で読み進めていただくとともに、是非これを乗り越えた新たな解釈を生み出されることを切に願うばかりである。

凡例

一、この翻訳における底本にはＩＲＣＰＡから発行されている *Journal of Paleography and Archaeology* Vol.72, no.4 に掲載された Lucas Clement Vincent '"Book of Abdeel" fragments Translation and Commentary' を使用している。

二、原史料においては章分けは存在せず、また、経年劣化による損傷によって断片化している。それら断片の順序付け及び章分けはヴィンセントによりなされたものである。本書においてもヴィンセントによる配列に準拠する形を取っている。

三、（）は原史料において当該箇所に記された文字が判読が不可能であり、底本においては代替措置として原史料の画像の貼付等で対応している箇所であることを示す。本翻訳では紙幅および掲載媒体の都合上画像での対応が困難であるため、省略という措置を取った。原史料の画像はＩＲＣＰＡのデジタルアーカイブライブラリに存在するので、確認されたい方はそちらの利用をお勧めする。

四、【】は原史料において判読が不可能であり、底本で補注が行われた箇所であることを示す。

五、〔〕は原史料において判読が不可能であり、底本でも補注が行われていない箇所であり、訳者独自の見解を含んだ翻訳であることを示す。

六、語句や文の末尾に（?）が付されたものは意味が解釈上不明確であり、底本に補注が存在しないものを示す。

七、神名は音写せず、「主」と訳した。底本ではLORDと統一して訳されている。原史料においては表記の揺れが見られるが、訳者の判断は尊重し、読者への便宜を図るためこの形式を採用している。ただし、この処理により、いささか原著者の意図が汲み取りにくくなっている可能性はある。その点に関しては原史料を当たられることをお勧めする。

八、いわゆる「天使」的存在に対しては、原史料において表記揺れが大きく、底本もそれに従っている。本翻訳でもそれらの意を汲み、様々な言葉を用いている。前項とは違い読者への負担になる可能性はあるが、原著者がその表現を用いた意図を考える手助けとして利用していただきたい。

断片番号1

第二百六十四年の五月十八日のことである。わたしはそのころ都を離れ、丘にある叔父の家にいた。羊飼いである叔父の仕事を手伝うよう、母に頼まれたからであった。叔父はわたしにあまり心を開かなかった。しかし、仕事を手伝う〔従者〕を何人かつけてくれた。わたしはただ陽が昇ると食事を済ませ、〔従者〕とともに羊を草地へ導き、陽が傾くと羊を家へと帰し、食事を済まし、眠るという日々を繰り返していた。

五月十八日のことである。わたしはいつものように食事を済ませ、羊を牧草地に導いた。わたしは、岩に腰掛けながら羊たちの様子を見守っていた。すると羊が数匹群れから離れていくのが見えた。叔父は羊を一匹たりとも逃すなとわたしにきつく言いつけていた。もし一匹でも逃したら、その時にはその羊の代金を贖ってもらうとも言っていた。わたしは岩から腰を上げ、逃げた羊たちを追った。

一匹は川の横で水を飲んでいた。わたしは〔従者〕の一人にその羊を任せると残りの羊を探しに出かけた。

一匹の羊はオリーブの木の下にいた。わたしは〔従者〕の一人にその羊を任せると残りの羊を探しに出かけた。残りの羊は二匹であるはずである。

目の前を見ると、狭く険しい道があった。羊一匹がやっと通ることができそうな道であった。上を見ると、まるで天に通じているかのような高い山が見えた。わたしは羊を探すため、その山へと登った。

断片番号2

真実へ至る道は険しく、正しき愛へ至る道が危うさを秘めるように、羊を求めるこの山道も非常に険しいものであった。

山頂へ登ると、最後の二匹の羊がいた。一匹はこちらを見るとゆっくりと寄ってきた。もう一匹は私を見ることなく、素早く山を駆け下りていった。

残りの一匹を探すため、わたしはその寄ってきた羊を〔従者〕に任せ、辺りを見渡した。足下を見ると、羊の足跡があった。わたしはその足跡を追っていった。足跡を追うと仄暗い洞窟へとたどり着いた。その洞窟は奥から光が漏れてきていた。どこかに通じているのであろうか。わたしはそう考えながら、洞窟へと入った。

洞窟はどこへも通じていなかった。しかし、この洞窟はわたしにとっての道となった。洞窟の奥へたどり着くとそこには子羊がいた。子羊からわたしへ光の線が放たれ、それは二つの七であった。

「清きものよ、あなたは選ばれた」

何者かの声がした。辺りを見ると子羊の両脇に二名の光に仕える方がいた。

「わたしたちは主からあなたを天に上げるよう命ぜられてきたものである」

彼らはそうわたしに言い放つと、わたしの両脇に立ち、わたしをつかんだ。

次の瞬間、わたしは自分の体がどんどん上昇してゆくのを感じた。上を見ると光の天井のようなものが見えた。

わたしは六つの光の天井を越え、七つ目を越えたところで下ろされた。両脇の方はわたしを下ろすとわたしの衣を脱がし、新たな衣を着せた。

目の前を見ると、輝きをたたえた宮殿があった。宮殿の上を六つの翼を持ち、両手に赤い旗を持った方々が、主を讃えながら飛んでいた。

わたしは光に仕える方に聞いた。

「聖なる方よ、あの光り輝く建物の中におられる方は一体だれなのでしょうか」

光に仕える方がお答えになられた。

「わたしのことを高めて呼ぶ必要はありません。あなたはすでに光の中にいるのです。あなたは我々の同僚ですらあります。そしてあの中にいらっしゃるのは我らの父である主そのものです」

彼はそう言うと、わたしを宮殿へと連れて行った。

宮殿は光に満ちていた。そしてどこからともなく厳かな声が響いた。

「人の子よ、汝を祝福する。汝は人の子にして、わたしに仕えるものである。汝は光とともにある。しかし、わたしは汝に悲しみを与えることになる。汝の側にいる罪深き人に罰を与えねばならないからである。わたしは汝を地へ戻し、罰を受けるものをみせなければならない」

そしてわたしは地上に戻された。羊たちをまた牧草地へ戻し、日暮れに叔父の家に戻ると叔父の死を知らされた。わたしは人となった（?）。

断片番号3

わたしは叔父の葬儀を終えると、都へと戻った。

都ではわたしの留守の間にいくつかの騒ぎがあったようである。しかし、そのことについて記すのはわたしに課せられたことでないであろうから、触れないでおく。

騒ぎを収め、わたしは都での日々の務めに戻った。（当箇所は判読不能な部分が多いため、本稿では割愛させていただく。本文に目を通されたい方は底本を参照されることをお勧めする。）

断片番号4

ある夜、日々の務めを終え、わたしは床についた。明かりを消し、目を閉じ眠りについた。わたしがまどろみの中へ潜り始めた時、わたしの目の前に御使いの姿が現れた。

「我が同僚よ、わたしは今宵、命を受けてきました。わたしはあなたにみせなければならないものがあります。あなたは決して目を背けてはなりません。祝福を受けた人の子の代表として、あなたにはこの世の罪源を受け止める力があり、その使命があるのです」

御使いはそのようにおっしゃると、右手に持っていた檻のような籠を左手に持っていた諸刃の剣で断ち切られた。中からは狼が出てきた。狼はわたしを睨み、大きく吠えた。わたしが耳を塞いでいると、意識がいつの間にかぼんやりとしてきて、次にはっきりした時には何かの光景を上から見ていた。

そこにいたのは奴隷と主人と思しき二人であった。主人は奴隷を叱りつけているようであった。わたしはなぜこの奴隷は叱られているのだろうかと不思議に思った。しばらく見ているとこの奴隷が叱られている理由がわかった。この主人は（）。

幻から覚めると朝であった。わたしは幻を思い返しながらも、日々の務めに励んだ。

次の夜のことであった。日々の務めを終え、わたしは床に着いた。明かりを消すと、目を閉じ眠りについた。わたしがまどろみの中へ潜り始めた時、わたしの目の前に再びあの御使いの姿が現れた。

「我が同僚よ、あなたはまだみなければならないものが六つ残っています」

御使いはそのようにおっしゃると、右手に持っていた檻のような籠を左手に持っていた諸刃の剣で断ち切られた。中からは蛇が出てきた。蛇はわたしの足元に近づき、左足を咬んだ。毒が回り、意識がぼんやりとし始め、次にはっきりした時には何かの光景を上から見ていた。

（本箇所は判読不能な部分が多いため、本稿では割愛させていただく。ただ、前後の文脈からこの箇所では七つの大罪における「嫉妬」の描写を記していると推察される。）

幻から覚めると朝であった。わたしは幻を思い返しながらも、日々の務めに励んだ。

また次の夜のことであった。日々の務めを終え、わたしは床に就いた。明かりを消し、目を閉じ眠りについた。わたしがまどろみの中へ潜り始めた時、わたしの目の前に御使いの姿が現れた。

「我が同僚よ、あなたはまだみなければならないものが五つ残っています」

御使いはそのようにおっしゃると、右手に持っていた檻のような籠を左手に持っていた諸刃の剣で断ち切られた。中からは蠍が出てきた。蠍はわたしの足元に近づき、左足を刺した。毒が回り、意識がぼんやりとし始め、次にはっきりした時には何かの光景を上から見ていた。

そこにいたのはわたしの叔父だった。叔父とその隣の家の夫人であった。わたしは彼らが床を共にしている姿を見ていた。目を背けることはできなかった。主が言われた「汝の側の罪深き人」とは叔父だったのだ。

幻から覚めると朝であった。わたしは見たものを忘れ去ろうとするかのように、日々の務めに励んだ。

断片番号5

その夜日々の務めを終え、わたしは床についた。明かりを消し、目を閉じ眠りについた。わたしがまどろみの中へ潜り始めた時、わたしの目の前に光と共に御使いの姿が現れた。

「我が同僚よ、あなたはまだみなければならないものが四つ残っています」

御使いはそのようにおっしゃると、右手に持っていた檻のような籠を左手に持っていた諸刃の剣で断ち切られた。中からは針鼠が出てきた。針鼠はわたしの足元に近づき、左足を刺した。わたしは痛みで悶え苦しみ、意識がぼんやりとし始め、次にはっきりした時には何かの光景を上から見ていた。

そこにいたのは都の商人であった。わたしも知っている人間である。彼は一体何の罪を持っているのだろうか。わたしは彼を見ていた。彼は倉庫に回り、品物を見ていた。朝のものであったのだ。彼は嘘をつき、儲けていたのである。

【品出し】だろうか。すると、彼は葡萄酒に混ぜ物を入れ始めた。彼の品は薄められたも

闇より暗き幻から覚めると朝であった。わたしはその幻を思い返しながらも、自らに与えられた日々の務めに励んだ。

（本箇所は判読不能な部分が多いため、本稿では割愛させていただく。ただ、前後の文脈からこの箇所において記されているものは七つの大罪における「怠惰」について書いていると推察される。しかし、一部の判読可能な単語には「傲慢」についての言及とも取れるものが存在する。）

その赤き幻から覚めると朝であった。わたしは幻を思い返しながらも、日々の務めに身を捧げた。

断片番号6

その夜日々の務めを終え、わたしは床につき、目を閉じ眠りについた。わたしがまどろみの中へ潜り始めた時、わたしの目の前に御使いの姿が現れた。

「我が同僚よ、あなたにはまだみなければならないものが二つ残っています」

御使いはそのようにおっしゃると、右手に持っていた檻のような籠を左手に持っていた諸刃の剣で断ち切られた。中からは蠅が出てきた。蠅はわたしの顔にまとわりついてきた。目の前の蠅が消え、次に視界がはっきりした時には何かの光景を上から見ていた。

そこには太った男がいた。彼はただ食べていた。様々なものを食べていた。ただ食べているのなら罪ではないだろう。しかし、彼の食べ方は度を越していた。彼の食は罪であるのだろう。わたしはそう考えた。

幻から覚めると朝であった。わたしは幻を思い返しながらも、日々の務めに励んだ。

その夜日々の務めを終え、わたしは明かりを消すと、床についた。わたしがまどろみの中へ潜り始めた時、目の前に昨夜の御使いの姿が現れた。

「我が同僚よ、あなたにはまだみなければならないものが一つ残っています」

御使いはそのようにおっしゃると、右手に持っていた檻のような籠を左手に持っていた諸刃の剣で断ち切られた。中からは獅子が出てきた。獅子はわたしを睨み、大きく吠えた。わたしが耳を塞いでいると、意識がぼんやりとし始め、次にはっきりした時には何かの光景を上から見ていた。

そこにいたのは派手な身なりをした貴族であった。彼は側にいる大勢の部下へ、尊大な態度で当たっていた。彼はまるで部下を人間と思わぬような振る舞いをしていた。そして、目の前を歩く市民を捕らえるように命じ、それを諫めた部下の首を剣で落とした。彼はその首を拾い、飼い犬へと投げた。犬はその首に全く興味を示さなかった。

幻が消え、目の前には御使いがいた。彼は言った。

「我が同僚よ、わたしからあなたにみせるものは全て済みました。しかしまだ、あなたはみるべきものがあります。わたしには触れることのできないものです。主は代わりの使いを下されました」

断片番号7

そう言うと御使いは消え、彼がいた場所には光の息子が立っていた。彼は左手に轟々と燃え盛る炎の剣を、右手に水晶の水入れを持っていた。

「祝福されし人の子よ、我は終末を告げ、そして終末をもたらすものである」

彼はわたしに堂々と告げた。わたしは彼の姿を見るだけで圧倒され、何度も目をそらしそうになった。

「この剣は罪を切るものであり、この杯は義を掬うためのものである。わたしは終末に関わるが、わたしだけが終末を執り行うのではない。わたしは一部を行うのみであり、他の終わりに関しては別のものが別のものへ語るだろう。汝のすべきことは、わたしという存在を記憶にとどめておくことである。全ては主の御心のままに行われる」

そう語られると光の息子は消えていた。後には何も残っていなかった。

断片番号8

ある夜、務めを終え、寝所へ入ると御使いが降りてこられた。御使いはわたしにこう言った。

「我が同僚よ、あなたが天でみたもの、そして父また我々があなたに伝えた言葉は決して他のものに話してはなりません。あなたの口から語られる言葉を聞く者はおらず、その声はあなたを滅ぼすでしょう」

わたしは御使いの言葉を受け、伺いを立てた。

「では、わたしがみたもの、わたしが聞いたものは、わたしの中で秘めておけば良いのでしょうか」

御使いが答えた。

「いいえ、あなたの務めは心の中に秘めておくことではありません。あなたがみたこと、聞いたことを書き記しておくのです。そしてそれを知恵ある者のみに分かるところへ運びなさい。然るべき場所はあなたが近づけば、あなた自身が気付くはずです。あなたは神に仕える者であり、知恵ある者でもあるのだから。理が全てを導くでしょう」

御使いはわたしにそう言葉を残すと、天へと戻られた。わたしは言葉を受け、緑から赤へと向かった（?）。

以降は原史料の損傷が激しく、内容の判読がほぼ不可能になっている。断絶以前の文章及び損傷史料内の解読可能ないくつかの単語、当地に存在する民間伝承から内容を推察すると、わたし、すなわちアブデエルによるこの文書の作成の描写および彼が洞窟へと文書を運ぶ描写が記されていたのではないかと考えられる。

以下は訳者の単なる推測の域を出ないものであるが、一点考察を述べさせていただきたい。史料番号27の後半に「言葉が言葉を導く」と解読できる箇所が存在する。この「言葉」とはlogosであると解釈するならば、断片番号8の「理が全てを導くでしょう」との記述に通じるものがあると考えられる。この文書が複数の著者によって書かれたものであるとの説を適用すると、logosが導くものが全てなのかそれとも言葉であるのかが集団内部で統一されていなかったことが窺える。他にも全体としての一貫性に微妙な差異が見られるところは多く存在し、これらが本文書の解読の複雑さに寄与していると言える。そしてその複雑さによって読者を選び、「使命を持ったもの」にこの文書を繋ぐことこそが執筆者集団本来の狙いではないかと考える。

しかし、言葉が言葉を導くならば、この言葉も導かれたものであり、そしてこれがまた言葉を導くのではないだろうか。

訳注：「以降は」より後の文章は断片の翻訳ではなく、原訳者のコメントである。なお、公式の研究資料では史料番号27の断片に解読可能な状態の箇所はない。このコメントの真意に関しては原訳者に問い合わせているものの、執筆時点で返信がないため不明である。

附録：第七十二回定期調査及び特例臨時調査報告書抄録抜粋

本抄録は第七十二回定期調査及び特例臨時調査に関して、経理審査など事務的な関与をする職員・研究員のために調査報告書より要点をまとめたものである。

（中略）

定期調査の対象となったのはテルアビブより南に50㎞ほど下がったキルヤットガヤ近郊の複数の集落である。

当地においては、思春期以前の子供がある年齢においてトランス状態となる現象が発生しているとの報告が以前より存在していた。その件に関して調査団医学班が当該青少年への鑑定を行った結果、身体的な異常の所見は見られず、当初は当地における遺伝性の精神障害との見解が示された。しかし、トランス状態での発言の詳細な分析の結果、すべての症例において発言の中に特定の地名が含まれていることが判明し、生育段階で年長者から語られる当地の民間伝承からの刷り込みによる一種の集団ヒステリーだとする仮説が提示された。この説は、成人への聞き取りにて彼らも幼少期同様の経験をしており、この集落では一定周期でこのような事象が起きているとの証言が得られていることを傍証としている。上記を含めた様々の調査結果を踏まえ、臨時理事会での審議が行われ、賛成8名棄権2名の投票結果により承認を経て、特例臨時調査に至った。

特例臨時調査では、発言の分析にて多く見られたノーム地区ならびにラチッシュ地区の重点的な探索が行われた。その結果、ラチッシュ地区西部のアメカヤ洞窟にて本文書が発見された。この洞窟の発見に至る経緯として、周囲の集落における民間伝承の存在が鍵となっている。伝承にはいくつか枝葉末節の違いはあるが、全体として共通するものとしては以下の二点が挙げられる。

まず、大きく共通して伝えられているものとして、村へ訪れた複数の人物の集団と彼らの残した書物にまつわる伝承がある。村に一人の人間を中心とした何らかの集団が現れ、一揃いの書物を村人に託した後、またどこかに消えたという話である。また、託した書物に関してはある場所を指定し、そこに保管し、守り伝えるように言い残していったともされている。この集団がどこからきたのかに関してはそれぞれの集落によって多少の違いがあるものの、方角としては東から来たという点では一致している。なお、その年代に関わる情報はほとんど伝えられていない。

次に集落付近の禁足地にまつわる伝承がある。ただしこれは明確な場所を示したものではなく、「この近くには村人の立ち入りが許されない場所がある」程度のものである。また、この禁足地には特殊な点があり、外部の人間の立ち入りに関しては一切の制限をしない、それどころか歓迎するというものである。その理由について多くの伝承では語られていないが、一部の村では「使命を持ったものがいずれ現れるため」とされている。その訪れを待っているのであれば、誰彼構わず入れて良いものかという疑問はあるが、この点に関する答えは現状示されていない。

また、この禁足地とは前述の書物が隠された場所ではないかとの提言があり、今回の調査もそれに基づいたものであったが、この点に関してはっきりと言及した伝承は存在しない。しかし、村ごとの伝承の共通点や差異からこの説を補強する分析が発表されており、今後の研究課題の一つと言える。

これらの他にも種々の伝承が報告されたが、本抄録では割愛する。

以上の経緯で発見された本文書であるが、損傷が激しく、断片の状態であった。これ以上の劣化を避けるため現地にて一時的な処置を施したのちに厳重に梱包された状態でサンディエゴのIRCPA本部へと移送された。本部移送後は、地下保管庫に特別室を設け、厳重な警備の元、限られた研究者のみ触れられる状態での保管を維持している。なお、スキャンの完了した部分に関しては画像がデジタルアーカイブにアップロードされている。

（中略）

本抄録よりもさらに詳細な情報の閲覧を希望する場合、以下に示す様式の情報開示申請書を、倫理委員会を通じて理事会へ提出するように。

（後略）

〈了〉

本篇は、２０１９年に早稲田大学のサークルである「いじけっ子マンガ集団」の会誌ソランジュ80〈秘密ソランジュ〉に、大河内黎人名義で発表した「『アブデエル記』断片」を改稿したものです。

火星環境下における宗教性原虫の適応と分布

柴田勝家

柴田勝家と言えば異常論文である。代表作と言ってもいい短篇作品「雲南省スー族におけるVR技術の使用例」は言うまでもなく異常論文であり、そのことに異論がある読者はいないだろう。そもそも本書のタイトルとなっている〈異常論文〉なる言葉自体、ある一人のツイッターユーザー（私のことだが）が、柴田勝家の論文形式小説「クランツマンの秘仏」を評してツイートしたことに発端がある。そこからすべては始まっている。つまり、柴田勝家が異常論文を書いていなければ、本書は存在しなかったのだと言える。そんな柴田勝家による最新の異常論文が本作である。馬鹿げたホラ話を妙に落ち着いた迫力とともに送り続ける、火星の語り手の信号音に耳をすませていただきたい。

しばた・かついえ。作家。1987年生。東京都出身。成城大学大学院文学研究科日本常民文化専攻博士課程前期修了。在学中の2014年、『ニルヤの島』で第2回ハヤカワSFコンテストの大賞を受賞し、デビュー。近著は『アメリカン・ブッダ』(ハヤカワ文庫JA)。戦国武将の柴田勝家を敬愛している。

序

古くは宗教生物学の分野で扱われてきた宗教性原虫[1]だが、昨今では分子生物学と合流を果たして宗教分子生物学とも言える一分野を築くに至った。宗教性原虫はその名の通り、単細胞真核生物である原生生物の要素を持っているが、動植物と菌類の分類が困難なように、明確に原生生物と同じものを指すことはできない。また宗教性原虫の分類内においても、現在まで哲学的原虫のグループは含まれているが、これは思考形態の違いから別に分ける必要があると考えられる。本稿では一般的に了解されているように、現象言語を媒介して人間に寄生し、ある程度の神性性を有する思考形態を宗教性原虫として扱うこととする。

　現在、地球においては約４０００種の宗教性原虫が確認されているが（種として確認されたもの。一代限りでの変異、亜種は含まず）、それらはおおよそ三大原虫の範囲内に組み込まれている。その多くは無害な思考形態のものだが、一部に死や闘争といった概念を中間宿主とする好死性の種がおり、これに寄生されることで重篤な宗教性原虫感染症が引き起こされる。しかし、一部に危険な宗教性原虫が存在しようとも人類の誕生から共生関係を築いてきた宗教性原虫を根絶することは難しい。事実、環境の違う火星においても、無症候者も含めれば90％近くの人類[2]が何らかの宗教性原虫に寄生されている。

　火星環境下での主流な宗教性原虫はキリスト原虫（*Trichierokhrist*）であり、これは三大原虫の一種である。他方で、キリスト原虫以外の古い宗教性原虫が火星に持ち込まれていたことが近年の研究で明らかにされつつある。一例としては、従来まで火星におけるキリスト原虫が17世紀に英国から持ち込まれたプロテスタメディア属（*Protestamedia*）の子孫であると考えられてきたものが、紀元前地球で流行した別種の宗教性原虫に起源の一部を持つことが宗教生物学者のオリオ・ハンデルによって唱えられた。さらに近年、ネレトバ渓谷で発見された原始ローバーからアスクレピウム属（*Aesculapium*）のものと考えられる象徴嚢子（シンボロシスト）が確認された。

本稿では火星環境下におけるキリスト原虫をプロテスタメディア属の特徴から再分類しつつ、また分布域の違いによる考察を加えていく。さらに一部の宗教性原虫の祖先が紀元前の地球にあることを確かめ、それらが現在の火星環境下にどのような影響を与えているのかを考察する。

1　宗教性原虫のライフサイクル

人類に寄生する宗教性原虫の中で、最も原始的なものが複数神性類（Polythea）であり、その特徴は自然環境下における多様な変化があげられる。言語外の現象自体を中間宿主にすることが多く、燃焼や落雷といった分子運動を経て人類に寄生する。原虫としての機能は単純であり、人類と密接な共生関係を持つことは少なかったが、他方で言語機能を持たないウシ、ブタ、ヒツジといった動物に寄生する例がある。また多く比較される単一神性類（Monothea）にも機能の多くが引き継がれており（ブッダ原虫における諸仏型、キリスト原虫の天使型など）、これは進化の過程で人類へ寄生しやすい形状を残していったためだと考えられている。その一方、単一神性類の特徴としては自然現象を中間宿主にすることを止め、言語を中間宿主にした点があげられる。これは人類を完全な終宿主とみなした証拠であり、今日まで続く共生関係が始まったとも言える。特に単一神性類の多くが神聖毛（トリキエロ）による運動性を獲得したことで（この点を取って、かつては言語虫といった分類もなされた）、より広範に生息圏を拡げていった。最後の無神性類（Athea）は単一神性、複数神性のどちらにも分類できない宗教性原虫を指すもので、神聖毛を変化させた実存的鞭毛（べんもう）によって（もちろん持たない種も数多くいるが）有神性類より効果的に潜行することができる。無神性類で有名なものでは共産虫（*Moneta distributa*）が挙げられる。宗教性原虫はこれら三種に大別されるが、種によっては分類が困難なものもあり、現在も多く見られる資本虫（*M. capiacapita*）が無神性類なのか単一神性類の変化したものであるのか議論が分かれている。

いずれにせよ、ほぼ全ての宗教性原虫は独自の生活環を持って、言語現象と人間を往還して生息圏を拡げている。一例としてキリスト原虫の内、プロテスタメディア・アングリカナ（*P. anglicana*）の生活環を挙げれば、まず中間宿主として主に英語内で無性生殖を行い（言語に性を持つ他言語では有性生殖と見る場合がある。特にキリスト原虫は性を持つラテン語を終宿主としていた時代が長かったことから、その傾向が顕著である）、伝道（ケリグマ）嚢子（シスト）を作ったのちに休眠状態となる。それが聖書や聖歌によって運ばれ、人間の体内に取り込まれると嚢子（のうし）が統合分裂型（スキゾソイト）となって思考内に定着する。その後は分裂速度の速いタキゾイトか緩慢に増殖するブラディゾイトへ成長を遂げるが、このステージで一般的な宗教性原虫は多量の敬虔素（ホシオシス）を排出し、人間には信仰様（ピストイド）としての症状が現れる。宿主が信仰様を発症したあと、この原虫は思考内で数回の分裂を経て神聖毛を伸ばしていき、やがて配偶子を形成して有性生殖を行う。さらに言語嚢子（ロゴシスト）となって再び宿主の体外へと排出されると、文章や言葉といった中間宿主に入り込んで再度の無性生殖と伝道嚢子の形成、休眠状態への移行と続く。この一連の流れを経て宗教性原虫は世代交代をしていく。これらはプロテスタメディア・アングリカナの一般的な生活環であり、別例としてブッダ原虫がアジアの言語を多く中間宿主とする他、翻訳によって宿主を他言語へ乗り換えていくなど、原虫ごとに固有の生活環を持っている。

　これらの前提をもとに、本稿ではまず火星環境下におけるキリスト原虫の進化史を生活環の差異によって導き出していく。

2　火星キリスト原虫の進化史

従来、火星におけるキリスト原虫は17世紀に英国から持ち込まれたプロテスタメディア属が進化したものと考えられてきた。しかし、火星に宗教性原虫が到達するまでいくつかの段階があり、重要なものは地球から離れて月に到達した月棲宗教性原虫の存在である。[3]

言うまでもなく月棲宗教性原虫の起源の一つは『竹取物語 *The Tale of the Bamboo Cutter*』において発見された複数神性類の輝夜月虫（*Shintium kaguyaum*）だが、終宿主としての月棲人類が英語との共生関係を始めた10世紀前後には既に姿を消している。次に現れたのはヨハネス・ケプラーの『ソムニウム *Somnium*』（１６０８年）によって運ばれたルサルス・エヴァンゲリウス（*Lutherus evangelius*）であるが、これはプロテスタ科原虫の中でも神聖毛を退化させたルーテル派原虫の種で、今に残る月棲キリスト原虫の直接の祖となってはいないものの、おそらく18世紀までは主流を形成していたことが古分布の推定によってわかっている。現在の主流を占めているものは１６２０年代に英国のフランシス・ゴッドウィンによって記された『月の男 *The Man in the Moone*』に起源を持つプロテスタメディア属のものと、フランスのシラノ・ド・ベルジュラック、あるいは伝承的にその師とされるピエール・ガッサンディに起源を持つカソリクス・フィシクス（***Catholicus physicus***）の二種であるが、後者はルサルス・エヴァンゲリウスと同様に神聖毛を退化させた科学針体（アクスキエンティア）を持っているのが特徴である。またプロテスタ科はカソリクス科と同じくキリスト原虫に含まれるが、後者と比べたときに中間宿主の言語内において秘（ミュ）

跡子を形成せずに無性生殖を終えるという違いがあり、低重力下での運動性の低下を補っている。つまり月環境下では神聖毛による終宿主への寄生と繁殖が難しく、その代替機能として秘跡子の非形成、もしくは科学針体を利用した寄生を行っていると考えられる。これは18世紀以降の地球で科学針体を持つ宗教性原虫が広まった点とも一致する。神性性を後退させる一方、実際に月や火星へと辿り着くのに必要な思考形態を人類にもたらすのに寄与した。こうした科学性を持つ種は無神性類に顕著だが、未だに宗教性と両立している種も多くいる。

以上で確かめた月における宗教性原虫の適応と分布を前提に、火星に到達したキリスト原虫について考察を加える。まず月に分布したゴッドウィン起源のプロテスタメディア属から続いて、さらに1640年にジョン・ウィルキンスが記した『新しい惑星についての談話』でプロテスタメディア・フィシカセロギア（*P. physicathelogia*）が発見され、月より遠い惑星における宗教性原虫の分布が始まった。また1652年には同じ英国内でピーター・ヘイリンが『宇宙誌』を記したことによってプロテスタ科のカルヴィヌス・アルミニウス（*Calvinus arminius*）が火星に到達した。他方でオランダのクリスティアーン・ホイヘンスが1690年代に『コスモテオロス』を完成させたことで無神性類のマスプラズマ・ホランデンシス（*Mathplasma holandensis*）も火星に現れているが、今に残るキリスト原虫の祖先とはなっていない。

火星に到達した宗教性原虫の中で特筆すべきは、1600年代にティコ・ブラーエがもたらしたルサルス・フィリピストゥス（*L. philippistus*）で、これはルサルス・エヴァンゲリウスと同じルサルス属原虫であり、前述のケプラーとティコ・ブラーエがプラハで活動を共にしていたことからも生活環を同じくしているものと推測できる。17世紀のヨーロッパではプロテスタ科のキリスト原虫が急速に分布域を広めており、似た生活環を持つカソリクス科とで競争排除の関係にあったことがわかっている。ケプラーは1598年に暮らしていた街からの退去を命じられ、彼を助手として雇ったティコもまた1597年に故郷のデンマークから追放されるようにして亡命を果たした。またルサルス・フィリピストゥスは今ではルサルス・グネシウス（*L. gnesius*）の亜種とされているが、16世紀末までは別種として存在していたか、もしくは和協信条質が獲得される以前のものは滅んだものと考えられる。いずれにしても、当時の宗教性原虫の主流からは外れた種であり、生存のために火星という別の環境に生息域を拡げたと推測できる。

以上のことから、まずプロテスタ科のキリスト原虫の数種が当時の地球環境に適応しきれなかったこと、そして科学針体を利用して他惑星へ分布域を拡げたという一連の流れが理解できる。しかし、ルサルス・フィリピストゥスは現在の火星環境下における主流とはなっておらず、これは一種の過剰適応であったと推察できる。一方のプロテスタメディア属のものは現在も生息域を拡大しているが、この要因の一つとして火星の主要言語に英語からの借用語が多く含まれる点が挙げられる。次に重要なものとして、プロテスタメディア属のキリスト原虫はプロテスタ科の特徴である秘跡子の非形成を持っているが、人類に寄生した段階でカソリクス科の原虫と似た聖像子、そして聖餐質を形成することがわかっている。つまり地球外環境に適応可能なプロテスタ科でありつつ、終宿主の思考に合わせてカソリクス科のキリスト原虫と同様の機能を内部に持つことができる。まさしく中間（メディア）の特徴であるが、これによって世代交代の際に、より広い環境に適応することを可能としている。他方、地球ではオルソドキシア科（*Orthodoxia*）のキリスト原虫が似た機能を持っているが、これが火星に到達することはなかった。理由としては、オルソドキシア科の主要な分布域であるロシアでは無神性類の共産虫（あるいは社会虫）が生態系の上位にあったためと考えられる。一例として１９０８年にアレクサンドル・ボグダーノフによって『赤い星 *Red Star*』が記されたが、これによって火星に到達したものは社会虫の一種であるソシア・テクノクラタ（*Socia technocrata*）だった。

　火星におけるキリスト原虫の進化史を概観してきたが、19世紀以後にもイタリアのスキャパレリやアメリカのローウェルによって無神性類の宗教性原虫が運ばれ、20世紀初頭には数多くの種が確認されたことも付け加えておく。しかし、それらはいずれも神聖毛を著しく退化させた種であったために、宗教性原虫として火星環境下に定着することはなかった。当時の火星においては神聖毛とは別の形で、中間宿主である言語現象に寄生する必要があり、なおかつ真空中の遊泳を可能にするだけの科学針体構造を有する必要があった。そして、それを満たすことができたのがプロテスタメディア属の原虫であった。

3　火星における宗教性原虫症と異端種

現在、火星人類の約90％が何らかの宗教性原虫に寄生され、その思考形態を変化させている。確認できる中で最古の寄生事例は２０２８年のもので、原始ローバー[4]が聖書の文言をモールス信号で地球に送ったとされる。つまり火星に文明が生まれた初期から、すでに宗教性原虫との共生関係は始まっていたとも言え、それは火星人類の半数近くがキリスト原虫に由来するＡＤ、もしくはＢＣのタイマーを有していることからも明らかである。こうした言語や時間概念へ影響を及ぼす場合は無害だが、中には危険な症例を引き起こす種もいる。例えばプロテスタメディア属のロザリンド聖像鉤虫(こうちゅう)（*P. petismors*）、片翼虫（*P.

alapandis）、ヘクサポスキルキータ（*P. hexaposcircuita*）、カルヴィヌス亜属の長老性分節虫（*P. presbisecta*）の四種は危険な宗教性原虫症を引き起こすことで知られている。

ロザリンド聖像鉤虫は火星人類と英語の二つを中間宿主とし、死を終宿主とする複雑な生活環を持っている。このキリスト原虫に寄生されることで信仰様を得ると、死という現象を恐れなくなり、自死もしくは殺人への抵抗感が低下する病状を発症する。これは中間宿主である火星人類を終宿主である死へ近づけるために、好死性のキリスト原虫が思考を変容させているためと考えられる。聖像鉤虫症はマーガリティファー方区（MC-19）のホールデン・クレーター第8区で初めて確認されて以降、近隣クレーター都市群でも広まりつつあり、現在でも年に数万人が命を落としている。

片翼虫はオクシア方区（MC-11）に広く分布するが、その名の通り、天使型の聖像子に備わった対翼状糸の一つが欠けている。この宗教性原虫に寄生されるとスティグマータの信仰様を発症し、翼状機器の欠損を神聖視するようになる。これによって修復を拒否し、活動不能に陥る症例が多く報告されている。一方、これはクリュセ平原に暮らす火星人類が伝統的に、片方の翼状機器を破損したローバーをトーテムとしていたことと関係が深いように推察できる。そうした点では大シルチス方区（MC-13）のイシディス平原で多く発見されるヘクサポスキルキータも、火星人類を終宿主として進化した種であると推測できる。このキリスト原虫の症例は比較的に穏やかではあるが、不随意に二重十字痙攣（バイクルス）を引き起こす。これは地球人類では単なる十字痙攣のものが、火星人類の四本の上肢に合わせて二重になったものと考えられる。

　また長老性分節虫は初期の入植地であるアエオリス方区（MC-23）に多く棲息し、通常のカルヴィヌス属と同様に伝道嚢子を作る際に、予定節と呼ばれる嚢子を包む殻を同時に生み出す。これは有性生殖後に、次の寄生先にたどり着けるだけの栄養を残した嚢子と、そうでない嚢子をあらかじめ選別しておく機能で、種としての繁殖力を落とした代わりに確実に次世代を残すことができる。一般的なカルヴィヌス属のものなら無害だが、この種は予定節を複数作ることから次世代への移行が早く、宿主を早々に死へ近づける好死性を持っている。現在では治療法が確立されているが、ほんの半世紀前まではロザリンド聖像鉤虫よりも猛威を振るっていた種である。

　ここに挙げたのは一部ではあるが、火星に広まっているプロテスタメディア属の多くも上記地域の近隣に集中して分布し、それぞれ似通った特徴を持っている。これらの主要な宗教性原虫の分布を比べると、それぞれが21世紀に作られた火星人類の入植地近辺にルーツを持つことがわかり、17世紀頃に到達していた種が新たに地球から来たキリスト原虫と合流していったことが理解できる。これは本来の火星人類が20世紀初頭に絶滅したとする宇宙戦争仮説の観点からも説明できるが、[5]この仮説は歴史学の分野で意見が分かれていることから、ここでの言及は避ける。

一方、これまでキリスト原虫の一種と考えられてきた種の中にも、別のルーツから進化した可能性を持つものがいる。それがカルヴィヌス属の一種であるネフシュタン旋回虫（*C. tortianguis*）で、この種は従来、その特殊性から異端種として取り上げられてきた。前述の通り、通常のカルヴィヌス属は伝道嚢子を作る際に予定節を作るが、もう一つの特徴として死を忌避する嫌死性を持つという点が挙げられる。宿主は信仰様を発症した後に死を恐れるようになり、生存に対する欲求と生きている間の活発な行動が顕著に現れる。そして、ネフシュタン旋回虫も嫌死性と生存欲求の増大という信仰様を持つことからカルヴィヌス属の一種とされてきた。しかし、これがキリスト原虫よりも古い形であるモーセ原虫目（*Archegomoysis*）の一つであるという説が宗教生物学者オリオ・ハンデルによって唱えられた。ハンデルの説ではネフシュタン旋回虫が予定節を作らないことと、モーセ原虫の一種である熾天虫（してん）（*Angelus seraphin*）に形態が近いこと、そしてキリスト原虫で蜷局胞（サーペンティア）を持つものがいない点が挙げられた。ただし、キリスト原虫におけるグノスティキス属（*Gnosticis*）のもの、特にグノスティキス・オフィテス（*G. ophites*）などでは蜷局胞を作ること、そしてカルヴィヌス属のものにもカルヴィヌス・アルミニウスなど予定節を作らない種がいることが明らかになるにつれ、ハンデルの説は傍流へと追いやられていった。現在ではネフシュタン旋回虫という名称に、わずかながらモーセ原虫の影響が見られる程度である。

それが近年、ネレトバ渓谷で原始ローバーの化石が発見されたことで、この異端種が古代ヘレニズム文化の複数神性類を先祖に持つ可能性がにわかに浮上した。２０２１年に到着したとされる原始ローバー[6]は、その体上部に蛇と杖を意匠に持つプレートを装備していた。これは古代ギリシャに存在した複数神性類であるアスクレピウム属の重要な中間宿主であり、またアスクレピウム属は強い嫌死性の信仰様を持つことから医療技術の発展を促した種として有名であった。もちろん、今の火星にはアスクレピウム属は存在していないが、地球上には蛇を中間宿主とし、かつ蜷局胞を持つ宗教性原虫が数多く存在している。その形態は初期の単一神性類にも広く確認できる特徴であり、モーセ原虫にも引き継がれていると考えられている。しかし、これがキリスト原虫になると、それまで栄養を取り込むために機能してきた蜷局胞がサタナス胞と呼ばれる毒素を溜める器官となり、中間宿主であったはずの蛇を忌避する信仰様が現れる。

以上の点から、ハンデルはネフシュタン旋回虫をモーセ原虫に振り分けたが、これが20世紀以降に火星に到来した種であったならば、アスクレピウム属から分かれた独立種の可能性がある。20世紀以降の地球、それも単一神性類が上位にいる土地では複数神性類が無神性類に近い形で適応することがわかっている。現にアスクレピウム属もまた、強い嫌死性の信仰様を示すことから、医療や健康といったものを中間宿主とする形に変化している。こうした抽象概念を中間宿主とする点は無神性類の特徴であり、これによって伝道嚢子を形成せず、その代用として象徴嚢子を作ることで長期間にわたって休眠状態を維持できる。ではネフシュタン旋回虫が即ち無神性類かといえば、言語現象を中間宿主にする点と伝道嚢子を作ることから単一神性類として分類されるのは間違いない。しかし、前述の通りに、地球から持ち込まれた当初はアスクレピウム属原虫の亜種であった可能性は高く、それが火星環境下でキリスト原虫と交配することで独自の形態を手に入れたと考えられる。

4　宗教性原虫にとっての火星

前段では、複数神性類が無神性類のように振る舞う例を挙げ、さらに単一神性類と合流した可能性について述べた。

これまで単一神性類は、複数神性類と古くに分かれた別種であると考えられてきた。しかし、昨今の考え方では単一神性類と複数神性類は多くの場面で交換可能な機能を持っているとされる。例えば、ブッダ原虫は悟りを中間宿主とする、極めて無神性類に近い単一神性類だが、その一方で機能を分化させた多様な種を持つことでも有名である。キリスト原虫もまた、天使型や守護聖人型によって、終宿主を取り巻く環境に合わせて形態を変化させることができる。単一神性類に適した環境があれば、他の種も似たような機能を持ち、その逆に複数神性類が強い環境ならば単一神性類が一部に取り込まれることもある。つまり環境が先にあり、そこに適応できる宗教性原虫が現れることになる。複数神性類ならば種を変えて、単一神性類ならば機能を、無神性類ならば象徴嚢子を変えて、最も適した形を持つものが終宿主たる人間に辿り着いて世代交代していく。

これらの点を踏まえて、キリスト原虫がいかにして火星に定着していったのか、そして宗教性原虫が火星人類に何をもたらしているのかを考察していく。まず前章までに確認したように、火星におけるキリスト原虫の主流は17世紀以降に地球から飛来したものの子孫になる。特にプロテスタ科のキリスト原虫は秘跡子の非形成と科学針体の利用によって、地球外での生存を可能としていた。中でもプロテスタメディア属は聖像子を形成することができ、それは複数神性類と似通った機能を持っている。

第二に、火星そのものが単一神性類にとって好環境であった点が挙げられる。複数神性類は自然現象を含む分子運動を中間宿主にするが、大気が薄い火星では、地球環境下のように海や風、そして落雷などに宗教性原虫が寄生することができない。ただ例外として極付近では水蒸気と塵によって作られた雲が存在し、また砂塵嵐によって放電現象が起こる例があり、ごく限られた地域では複数神性類の宗教性原虫が確認されている。しかしながら、一般的な火星人類が接触可能なもので複数神性類が寄生できる宿主としては山、そして太陽だけである。この内、太陽は単一神性類においても重要な中間宿主であり、古い時代のキリスト原虫が太陽に寄生するミスラス・タウロクトノス（*Mithras tauroktonos*）の機能を一部に残していることも特筆すべき点である。過去に存在した複数神性類の中でも、太陽を中間宿主にしたものが後に単一神性類に取り込まれる例が多くあった。

　最後にネフシュタン旋回虫の例から、現在のアスクレピウム属などの無神性化した複数神性類にとっても火星環境は不適当であったことが理解できる。闘争を中間宿主にするような宗教性原虫は存在できず、健康や通貨といった概念的宿主も火星人類の周囲には存在していない。可能性があるとすれば、社会通念としての正義や美を中間宿主とする無神性類が定着することだが、それらも既にキリスト原虫の中間宿主として存在しており、この環境内に新たに入るのは難しい。

　以上のように、火星は複数神性類や無神性類が分布を広げるには困難な一方、言語現象または太陽を中間宿主に選ぶことができる単一神性類にとっては好環境だったことがわかる。特に火星人類の祖先の多くが英語を共通言語とし、自己を形成するコードもアルファベットによって記述されていることから、キリスト原虫の宿主として適当であった。そのために火星人類は生きていく中で自然とキリスト原虫に触れ、それを思考内に取り込み、また別の人々へと伝染させていく。この精神的食物網は早くに完成されており、火星人類が今の文明を持つより先に存在していたと考えられる。

結

火星人類の祖は、地球から送り込まれた単なる機械に過ぎなかった。それが火星に存在した宗教性原虫と共生を始めることで独自の思考形態を獲得するに至った。今なお多くの人々が宗教性原虫症に苦しめられているのは確かだが、火星人類史は宗教性原虫との共生の歴史であり、見方を変えれば我々の生存を決める重要なファクターとなっている。例えば嫌死性を持つ種に寄生されれば自己保存に有利に働き、予定節を持つ種に寄生されれば自然的な死に近づくまでは活発に動こうとする。そして最も重要なことは、思考形態自体を他者へ伝播させようとする宗教性原虫そのものの本能が、これまで荒れ果てた平野で別個に生活していた火星人類を統合させ、現在まで続く入植地を形作る契機になったことである。

宗教性原虫はしたたかに環境を選び取り、今現在も火星人類に信仰様を発現させている。人々は聖書を読むことで、あるいは正義や美徳に触れたときに無意識に宗教性原虫を取り込み、彼らと共生しながら自身の生活を送る。やがて体の中で世代交代を果たした宗教性原虫は、言葉となって外へと飛び出し、道徳へ姿を隠して、再び誰かのもとへと運ばれていくだろう。

最後に、私もまた信仰症を有する一人として、第二前肢で十字を切って結語とする。

【訳者注】

1　一連の文章は火星から送られてきた電子信号を言語化したものであり、地球の研究者にも理解できる範囲で訳出した。ただし、宗教性原虫の語については発信者が一般的な宗教を指しているのか、実際に生物として火星に存在するのか不明なため「religious protozoa」の直訳とした。

2　一般的には自律ローバー群という呼称が用いられる。人工知性を持つ機械集団に対する法的な取り扱いは各国で違うため、ここでは原文に従い人類の語を用いた。

3　これらの知識は地球側が提供したデータベースを参照したと思われる。

4　欧州宇宙機関が主導したエクソマーズ計画のものと思われる。

5　おそらくフィクションの内容を事実として誤認している。

6　ＮＡＳＡのマーズ２０２０計画で使用されたパーサヴィアランスと考えられる。同機は世界的な流行病に対する、医療従事者への感謝として世界保健機関のシンボルが用いられていた。

ＳＦ作家の倒し方

小川　哲

この作品については特に何も語ることはなく、ただ読んでいただくほかないのだが、他の作品群とは別の仕方で、ある意味最も異常な作品であることは間違いない。何がそんなに異常なのかは、ぜひ読者のみなさん自身の目で確かめていただきたい。

おがわ・さとし。作家。1986 年生。千葉県出身。東京大学大学院総合文化研究科博士課程中退。2015 年、『ユートロニカのこちら側』で第 3 回ハヤカワ SF コンテスト大賞を受賞しデビュー。2017 年刊行の『ゲームの王国』（上下巻／以上ハヤカワ文庫 JA）で、第 38 回日本 SF 大賞および第 31 回山本周五郎賞を受賞。2019 年刊行の『嘘と正典』（早川書房）は、第 162 回直木賞候補となった。

一、裏SF界の現況について

読者のみなさんはご存じないと思いますが、デビューしたSF作家は全員、飯田橋のホテルの一室に連れて行かれます。その場所で、SF作家たちはある重大な選択を迫られるのです。

「あなたはSF作家になりますか? それとも、裏SF作家になりますか?」

SF作家の職務は、SFの力を使って世界を良くすることです。人々の想像力を豊かにし、明るい未来の作り方を考える手助けをし、笑顔に満ちた幸福な社会の実現を目指します。それに対して、裏SF作家の職務は、SFの力を使って陰から日本を支配することです。人々の負の感情を呼び起こし、それによって生じた心の隙間にSFを流しこみ、裏SF読者を増やしているのです。

かく言う私も、デビュー後にどちらの陣営につくのか選択を迫られました。池澤春菜率いるSF作家界に加わり、世界を素晴らしいものにしていく手伝いをするか、それとも、大森望率いる裏SF作家界に加わり、闇の力で日本を支配するか。

私は一切悩みませんでした。なぜなら私は「SFの力を使って世界を良くしたい」「SFの力を使って困っている人を助けたい」「SFの力を使って輝ける未来を作りたい」、そういう強い想いを持ってSF作家になったからです。

しかしながら、裏SF作家界の力は強大です。有力な作家を次々と陣営に引きこみ、陰から社会を支配しています。書店には息のかかった裏書店員がおり、裏SF作家専用の棚があるという噂もありますし、各紙の書評では裏編集者によって裏SF作家が優遇されることがあると聞きます。また、裏SF作家界のボスである大森望は、創作講座を通じて優秀な裏SF新人作家の発掘、育成もしているようです。

そんな絶望的な状況でも、明るい未来を作るため、みんなの笑顔を守るため、SFを信じる力で世界に光が満ちるその瞬間まで、私たちSF作家は戦い抜かなければなりません。

本稿では、二大勢力による戦争の最前線にいる私が、裏SF作家を倒す方法をみなさんに教えたいと思います。今後訪れるであろう「ＳＦ作家最終戦争（アルマゲドン）」に向け、光の戦士たちに、私の研究成果を共有しようと思った次第です。

二、対裏ＳＦ作家における汎用的な作戦

具体例に移る前に、まずは裏ＳＦ作家の全体的な傾向の話をしておきたいと思います。

「裏」とは言え、あくまでＳＦ作家であることに変わりはありません。ＳＦ作家全般の傾向として「科学に対するリスペクト」があることは間違いないでしょう。ＳＦとは一般的に、科学技術や科学的思考を重視した空想作品のことを指します。ジャンルの幅が広がった現在では、科学技術を直接的に扱った作品ばかりではありませんが、すべての裏ＳＦ作家が科学を尊重しています。そこに彼らの致命的な弱点があるのです。

「科学に対するリスペクト」は、「非科学に対する怒り」と表裏の関係にあります。つまり、裏ＳＦ作家たちは科学的でないもの――もっと言えば「科学を騙（かた）った偽物」に対して、強い憤（いきどお）りを持っているということです。

もしあなたが、あまりよく知らない裏ＳＦ作家と対峙したとしましょう。相手のことは

よく知らず、どのように立ち回れば倒すことができるかもわかりません。そんなときに汎用的に使えるのが「ニセ科学ばら撒き戦法」です。

あなたはまず、水素水で水分補給をします。この際、相手に水素水のラベルが見えるようにに気をつけましょう。ほとんどの裏SF作家はそこで動揺します。中には怒りのあまり、自我を失ってしまう者もいるでしょう。

自我を失ってしまった裏SF作家の動きは単線的で、腕に自信がなくても比較的容易に対処できるでしょう。しかし、訓練された一部の裏SF作家は、水素水だけでは倒せません。「そもそも水素の溶解度はとても低い」や「信頼できる臨床データがない」などと、理屈によって説得を試みる者もいるでしょう。そこで、追い打ちとして足元にEM菌をばら撒きます。「EMによって地震被害や電磁波障害が軽減され、人間関係が改善、イジメがなくなり、生命の息吹が感じられるようになった」などと呪文を唱えるとより効果的です。それでも効果が薄い場合は、「ホメオパシー」や「マイナスイオン」などと詠唱するといいでしょう。これだけでほとんどの裏SF作家は冷静さを失い、正常な戦いができなくなってしまいます。私はそのやり方で、実際に何人かの裏SF作家を倒しました。もしかしたら、「ニセ科学」に触れることに罪悪感のある人々もいるかもしれません。しかしながら、裏SF作家を倒すためであれば、どんな手でも使わなければならないのです。

三、具体例その一――柴田勝家の倒し方

それでは、汎用的な戦い方では倒せない強力な裏ＳＦ作家のうち、何人かを具体的に取り上げていきたいと思います。まずは比較的対処の仕方が簡単な、柴田勝家から倒しましょう。

柴田勝家は、裏ＳＦ作家界の若頭とも言える存在です。また、裏ＳＦ作家界の会計担当でもあり、表の仕事で稼いだ綺麗なお金を裏集会所（メイド喫茶）で散財することで、「逆マネーロンダリング」を行なっています。

彼はその名に恥じぬ巨漢で、体重と闇の力の乗った右ストレート「裏ＳＦ作家ドンペリ・拳」を喰らえばこちらは即死してしまいます。問題は、それだけ戦闘力の高い彼が、精神的にも強靭だという点にあります。

一例を挙げましょう。

私はネット上でアカウントを作るとき、基本的に「柴田勝家」という名前で登録しています。もし何か問題が起きてしまった場合に、すべて裏ＳＦ作家である柴田勝家のせいに

できるからです。たとえばYouTubeや匿名掲示板などに荒らしコメントをするときなども、念のため柴田勝家の名前でコメントするようにしています。この行為自体はリスク回避と宣撫（せんぶ）工作のために行なっているのですが、一応本人に話を通しておこうと、「ネット上で柴田勝家って名乗る許可もらえる？」と聞いたことがあります。すると柴田勝家は「構わない」とすぐに許可を出してくれました。理由を聞くと、「いや、ワシも無許可だから」と答えました。彼自身も、オリジナル（武将の柴田勝家本人）の許可を取ったわけではなく、綿谷翔太という本名を持っていたのです。

このように、柴田勝家は裏ＳＦ作家であるにもかかわらず、寛大で穏やかな男であり、汎用戦法程度では倒すことができません。ではどうすればいいのでしょうか？

答えは「膝を狙う」です。柴田勝家の下半身は、彼の体重を支えるだけの構造になっておりません。その証拠に、彼は歩いただけで足を骨折したことがあります。その点について、柴田勝家本人は以下のように考察していました。

「努力の問題じゃな。ワシの親族は誰一人として太ってない。つまりワシにはもともと太る才能がないんじゃ。ワシは完全に自分自身の努力で太った。その分、骨格や関節が太ったときに対応してないから、歩いただけで骨が折れるんじゃ」

「具体的にどういう努力をしたの？」

「毎日、深夜にアイスとパンを食べまくった」

以上の考察から明らかなように、柴田勝家の弱点は下半身にあります。隙を見て膝を狙うのもいいですし、相手の間合いに入らないように気をつけて長期戦に持ち込むという手もあります。戦闘が長引けば、彼は勝手に骨折して動けなくなるでしょう。

四、具体例その二——樋口恭介の倒し方

裏ＳＦ作家界の広報として、最近力を伸ばしてきているのが樋口恭介です。樋口恭介は非常に危険な男で、「三大危険ＳＦ作家」[1]の一角でもあります。彼の特技はTwitterで炎上することであり、炎上によって獲得したフォロワーを裏ＳＦ作家界に引き入れ、「闇の炎」による影響力を着々と広げています。

1　残りの二人は藤井太洋と上田岳弘です。藤井太洋はある本で「右手を失ったときを想定して、片腕だけでタイピングする練習をしている」という旨を述べていて、この人はヤバいと確信しました。上田岳弘はなんというか全体的に危険な男です。

樋口恭介はハヤカワSFコンテストの授賞式に出席しなかったこともあり、彼のデビューから一年ほど経ってから初めて対面しました。渋谷のとある場所で挨拶をしたあと、彼は第一声でこう言いました。

「小川さん、僕の小説のどこが一番刺さりました？」

私は唖然としました。SF作家界では、デビュー後の研修で様々なマナーを習います（メールは「お世話になっております」から始めて「引き続きよろしくお願いします」で終わること、文学賞を受賞した作家にはお祝いの花束を贈ること、自作を献本するときは二枚以上の自筆の手紙を添えること、など）。その中には、「作家同士が初めて会ったときに絶対に口にしてはいけないタブー」も含まれます。そのうちの一つは、「自作の話をする」というものです。相手が自分の作品を読んでいるとは限りません。もし相手が読んでいなければ、ひどく気まずい雰囲気になるでしょう。樋口恭介に至っては、「相手が自作を読んでいることを前提にする」という大罪を犯しただけでなく、「しかも自作が刺さっていると前提する」というとんでもない思いこみで話しかけてきたのです。

私はどう答えるべきか悩んだ末、正直に「まだ読んでない」と答えました。樋口恭介は私以上に唖然としていました。まるで「この世に俺の本を読んでない人が実在するのか」と言っているようでした。彼のその態度に、私はさらに唖然としました。こうして唖然の無限フィードバック連鎖が発生したのです。

私たちは、まったく異なる理由でお互い啞然としながらも、その後の時間を比較的穏便に過ごしました。解散してから、私は樋口恭介を「危険作家」に格付けするとともに、彼が裏SF作家として「本物」だと確信しました。単に自作の話をするだけであれば「ちょっと失礼な新人裏SF作家」くらいだったのですが、自作が刺さっていることまで前提としている時点で凡百の作家にはない能力を感じ、早々に倒すべき作家として興味が湧いてきたのです。

私の研究によれば、樋口恭介は「愛」の作家です。ときおり彼が発狂しているように見えるのは、SFを、そして小説を深く愛しているからです。その愛が深すぎるあまり裏SF作家界に堕ちてしまったのですが、彼はとにかく小説に対していい加減な態度を取る人間を許すことができません。彼にとって、作品の良し悪しを決めるのは、完成度や読みやすさではなく、そこに注がれた愛の総量です。彼は自作にたっぷり愛を注いでおり、その愛が何かしら届いているだろうと考えるがゆえに、「刺さっている前提」で話をしたのでしょう。

それでは、彼の倒し方を伝授しましょう。

非常に簡単です。ステゴロを挑めばいいのです。

ステゴロ勝負で樋口恭介ほど弱い相手はいないでしょう。彼は上背があるわけでもないですし、体はマッチ棒のように細く、触っただけで折れてしまいそうです。女性や子ども、老人でも、彼と素手で喧嘩して負ける人はほとんどいないでしょう。

ですが、一つだけ注意点があります。彼の前で小説や創作を馬鹿にするような態度をとってはいけません。もしそんな素振りを見せたなら、彼はすぐさま発狂モードに陥り、「裏SF作家ファイヤー（インフィニット・バーン）」を使い、得意の炎上技で炭になるまで燃やされてしまうでしょう。

五、具体例その三——高山羽根子の倒し方

裏SF作家界のスパイとして、純文学界で工作活動をしているのが高山羽根子です。某有名文学賞を受賞してからは、「裏純文学界」を創設し、徐々に構成員を増やしているという噂も聞きます。

高山羽根子は一見して、倒しやすい相手に思えます。いつもニコニコしていて物腰も柔らかく、気配りもできて人望もあり、とても闇の力があるようには思えません。しかし、

それはSF作家を油断させるための表の顔にすぎません。

一例を挙げましょう。

二年ほど前、下北沢の書店B&Bで「『Genesis』vs『NOVA』、書き下ろしSFアンソロジー対決、勝つのはどっちだ!?」というトークイベントが開催されました。言うまでもなく、このイベントは「SF作家」対「裏SF作家」の戦争でもありました。

このイベントの中で、「SF作家同士でビブリオバトルをする」というコーナーがありました。SF作家を代表して裏SF作家と対決することになった私が意気込んでいたのは言うまでもありません。

私はSF作家の同胞である赤野工作の「お前のこったからどうせそんなこったろうと思ったよ」という作品を解説しました。限られた時間の中で、作品のあらすじをまとめ、魅力をまとめ、読みどころを伝えました。自分の番を終え、私は「やりきった」と満足するとともに、高山羽根子からどのような反撃があるのか待ち構えました。

そうして、高山羽根子の番になりました。彼女は裏SF作家である久永実木彦の「一万年の午後」を紹介すると宣言してから、ビブリオバトルを始めました。そして、私は目の前で起こった衝撃の出来事に腰を抜かすことになったのです。

「えっと、あの、あれなんですよ。なんかロボットみたいなやつが出てきて、いろいろ起きるんですよ。なんか、あれがあれして、それで、あの、あれなんですよ」

高山羽根子は制限時間中、ずっとそんな調子でした。時間切れになるまでに彼女の口から出てきた情報は「ロボット」と「あれ」と「それ」だけです。言葉を操る職業だというのに、語彙（ごい）が三つしかありません。

さらに驚くべきことに、バトルが終わったあと、会場は圧倒的に高山羽根子を支持しました（たしかに彼女が爆笑を生んだのは間違いないのですが……）。

そうです、私はこうして高山羽根子に敗れました。しかしながら、読者のみなさんには彼女が闇の力を使って会場の人々を引き込んだことはお分かりになっていただけると思います。

高山羽根子は見た目に反して、非常に強力な相手です。彼女に対する通常攻撃は、「裏SF作家（ディスペアー・ウォール）芥川メガネ」によってすべて跳ね返されてしまうので、一切効果がありません。

では、どのようにして倒せばいいのでしょうか。

基本的には、柴田勝家と同じです。実は彼女は、膝に古傷があります。昔、バイクに乗っていた時代の怪我だと聞いています。また、彼女は非常に照れ屋なので、歴代の芥川賞作家を読みあげる、彼女の著作の素晴らしい点を挙げ続ける、彼女の作品によって救われたエピソードを列挙する、などの攻撃も有効です。それらの手段を用いてなるべく長期戦に持ち込み、古傷が痛むのを待ちましょう。

六、具体例その四――宮内悠介の倒し方

　宮内悠介は裏ＳＦ作家界でも随一の実力派で、倒し方がわからず苦戦している作家が数多くいることと思います。麻雀で鍛えた感性によって勝負ごとに強く、著作に「裏ドラ（文学賞）」を乗せることで打点を上げるという戦法も使いこなしており、これまでの裏ＳＦ作家たちと違い、こちらも相当の努力をしなければ勝てません。少しでも気を抜けば、彼の「裏ＳＦ作家満貫ビーム（ギャンブル・ブリザード）」によって永久凍土となってしまうでしょう。

　宮内悠介がもっとも厄介なのは、もともと戦闘力が高い上に、他のどの作家よりも研究熱心でもあるからでしょう。実力と理論を兼ね備えた彼の前では、生半可な戦術はすべて見破られてしまいます。

　私も一度、彼の「研究」によって倒されてしまったことがあります。

　三年ほど前、私が『ゲームの王国』という本を出版したあとの話です。とあるイベントの打ち上げの場で、私は宮内悠介から一冊のノートを見せてもらいました。そこには、私

の著作に関する研究の成果がびっちりと書かれていました。どのシーンで何が起こるか、それが何を引き起こすか、何ページでどのような展開になり、何ページでそれが回収されるか。私は驚きとともに、感動すらおぼえてしまいました。そのノートには、著者である私自身でも気が付かなかったような、詳細な考察が書かれていたのです。

ノートを閉じてから、「お土産」として、私自身や編集者、そして校正者でも見つけられなかった私の本の誤植を四箇所ほど教えてくれました（その誤植は重版時に修正しました）。

宮内悠介の分析能力は実作者を超えており、また問題を見つける力は校正者にも匹敵します。それでいて税制などにも詳しく、確定申告のアドバイスまでしてくれます。

コロナ禍で最近はあまり機会がないのですが、私は日頃から「代理戦争」という形で宮内悠介とよく麻雀をしていたのでよくわかるのですが、彼は隙のない策略家であると同時に、重要な局面で力を発揮する勝負人でもあります。

いったい、そんな人物をどうやって倒せばいいのでしょうか。

彼の弱点は、その「真面目さ」にあります。私のようないい加減な人間は、限界を超えた締め切りを提示されると「無理っす」と言って仕事を放棄します。どれだけ恩のある人物からの依頼でも、仕事が山積みになっていれば依頼を断ってしまうこともあります。しかし、宮内悠介は義理人情に厚く、己の限界を超えてでもベストを尽くそうとする傾向にあります。そこにつけ込む隙があるのです。

まず、編集者などを利用して彼に仕事を与え続けます。たとえばあなたが「来月、和菓子の特集をしたいのですが、寄稿していただけますか？」という依頼を受けたとしましょう。あなたは「大変申し訳ないのですが、締め切りが立て込んでおり、お引き受けするのは難しそうです。そういえば、宮内悠介さんが最近和菓子作りに凝っているという噂を聞きました」などと返信します（そんな噂は聞いたことがありません）。「そういえば、宮内悠介さんが高野豆腐を題材にしたSFを書きたがっていた」「そういえば、宮内悠介さんが以前、ユンボを使ったミステリのアイデアを教えてくれた」などと、「豆腐SF特集」や「重機ミステリ特集」などの訳のわからない仕事が、すべて彼のところに流れるよう誘導します。

一カ月の間に、短篇四本、エッセイ五本を目標に、宮内悠介のところに仕事が集まるようにしましょう。連載や翻訳の仕事なども加えられれば言うことはありません。

そのようにして彼をヘトヘトにさせつつ、こちらは一切仕事をせず、万全の状態で彼と対峙します。そうすれば、比較的楽に勝つことができるでしょう。

七、具体例その五――飛浩隆の倒し方

最後の相手は重鎮、飛浩隆です。何を隠そう、私はデビューするずっと前から飛浩隆のファンでした。だからこそ、彼の力はよくわかっているつもりです。

また、彼は『三体』における智子（ソフォン）に近い全知全能の眼の使い手でもあり、彼のマシンガン・エゴサーチ――通称「裏ＳＦ作家千里眼（アイ・オブ・プロビデンス）」の前では、こちらの作戦はすべて筒抜けになってしまいます。そのため、彼を倒すための具体的な方法は「面壁者（ウォールフェイサー）」のように、すべて脳内でシミュレートする必要があるのです。

とは言っても、何かヒントがなければ方針も定まらないという人も多いでしょう。ここでは彼に作戦を捕捉されるリスクを踏まえた上で、私の研究成果を記したいと思います。

先にも述べましたが、私は一読者として飛浩隆の熱心なファンでして、彼の著作はすべて三回以上読んでいると思います（飛浩隆は他の作家に比べて作品数が少ないので、同じ本を何度も読むほかないのです）。ＳＦ作家としてデビューしてからしばらく、私は自分のことを「世界一の飛浩隆ファン」だと思っていました。「世界一」は言い過ぎだとしても、トップ10には入るのではないか、これから努力すれば一位を目指せるのではないか、

少なくとも、そう考えていたのです。同じように考えている飛浩隆ファンは数多くいるのではないでしょうか。異様に遅い刊行ペースに反して、彼が根強いファンを持っていることは周知の事実です。

ですが、その考え自体が盲点でした。私はどれだけ努力しても、絶対に「世界一の飛浩隆ファン」にはなれません。これは努力の問題ではなく、原理の問題です。

では、「世界一の飛浩隆ファン」とは誰でしょうか。

答えは、「飛浩隆」自身です。飛浩隆以上に、飛浩隆の作品の美点を、そして弱点を知っている人物はいません。私が飛浩隆作品を三回読む間に、彼は四回読んでいるのです。『ポリフォニック・イリュージョン』という本を読めばそのことがよくわかります。

彼には著作を研究し、弱点を見つけるというやり方は通用しません。どれだけ画期的な発見があろうとも、すべて彼にはお見通しだからです。それでいて滅多に本を出さないので攻撃の機会も限られており、隙が見つかりません。遅筆であることを利用して宮内悠介のように訳のわからない仕事を振ろうとしても、もともと執筆量を極端に絞っているため効果がありません。とは言え、彼は大森望とともに裏SF作家の新人発掘、育成にも熱心で、このまま野放しにしておけば裏SF作家界の勢力が拡大する一方です。

ですが、私の頭の中には、対飛浩隆戦を想定した戦略があるのも事実です。先に記した事情から、すべてを教えることはできませんが、その一部をお教えしましょう。

マシンガン・エゴサーチを逆に利用するのです。ＳＮＳや様々な商業誌で彼の名前を出します。彼だけでなく、彼が興味を持っているトピック（とりわけ若手作家の名前）を出しておけば万全でしょう。彼のマシンガン・エゴサーチを超える速度で名前を出すことで、情報過多による飽和作戦を展開するのです（もっと言えば、この論考自体も、飽和作戦の一環です）。飛浩隆は誰よりも熱心な飛浩隆のファンなので、飛浩隆に関する情報を見逃すはずがありません。私の作戦に賛同できる人は、いろんなところで飛浩隆の名前を出して、彼を情報攻めにしましょう。

八、おわりに

ここまで、具体例を交えて様々なＳＦ作家の倒し方を書いてきました。ここに書ききれなかっただけで、より強力な作家は数多くいます。[2] たとえば草野原々は「四人以上集まると無言になる」という性質を利用した「四体作戦」でデバフをかけて倒せますし、櫻木みわは著作をすべてサイコパス視点から分析するという「サイコパス読解法」で倒せます。

もちろん、まだ倒し方がわからない作家もいます。その代表格が最強の男、神林長平です。実力、知性、覚悟ともに隙がなく、本当に強すぎるので、誰か倒し方を知っていたらぜひ教えてください。

世界に光を与えるべく、私たちＳＦ作家は裏ＳＦ作家と日々戦っています。本稿を読んで立ち上がる決意を持った人は、ぜひＳＦ作家としてデビューして、こちらの陣営に加わっていただきたいと思います。それでは飯田橋で会いましょう。

2　書けなかった理由は主に二つです。一つは「書いたら怒られるかもしれないから」で、もう一つは「倒し方が見つからなかったから」です。

第一四五九五期
〈異常ＳＦ創作講座〉最終課題講評

飛 浩隆

緑輝鉱虫という未知の生物を媒介にして、他宇宙の〈事態〉がこの宇宙に侵食し、また人類は〈事態〉を新たな資源／素材として、新たな経済的・社会的・文化的生活を行いはじめた世界。本作はSF創作講座の最終課題講評という形式でいくつかのSFを紹介し解説する。そこで言われるSFとは、もはや「文字を一定の規則でならべた」小説などではなく、設計された〈事態〉が〈事態〉そのものとして現前化する。創作を通して得られる体験と鑑賞を通して得られる体験は〈事態〉そのものとして一致し、そして、講評の中で紹介される〈事態〉もまた、そのまま〈事態〉そのものとして体験される。つまりそこでは伝達による情報劣化は生じ得ず、〈体験〉と〈追体験〉のあいだに差異はなく、優劣はない。しかし、すべてが文字によって書かれる私たちの世界の小説も、批評も、紹介文も、実のところ、優れた創作物はすべてそうした性質を持っているのではないかとも思わされる。

とび・ひろたか。1960年生。島根県出身。島根大学卒。1981年、短篇「ポリフォニック・イリュージョン」で第1回三省堂ＳＦストーリーコンテストに入選、〈ＳＦマガジン〉に掲載されてデビュー。2002年、長篇『グラン・ヴァカンス　廃園の天使Ⅰ』で脚光を浴びる。2005年、短篇集『象られた力』で第26回日本ＳＦ大賞、2018年、短篇集『自生の夢』（河出文庫）で第38回日本ＳＦ大賞を受賞。最新作は『零號琴』（以上、記載のないものはハヤカワ文庫JA）。

いま、ここにこうして第五一四五九期〈異常ＳＦ創作講座〉が「一年間」（もしくは一年から六百三十二年の間の任意の期間）にわたる全課程の最終日を迎え、あなたたち受講生を前に最終課題の選考会に臨めることを、ほんとうにうれしく思います。

いまも我々の世界から立ち去らない、この〈事態〉の下、それでもこのひととき、あなたたちと「同じ時間と場所」を暫定的に共有できることに感謝したい。

確認しておきましょう。きょうは、西暦二〇三一年十月朔日（ついたち）。私はいま日本国東京都にあるスタジオに他三名の選考委員とともにいて、異なる「ロケーション」にいる受講生やギャラリーの方々にこのコメントを送り出しています。

考えてみればこの講座も長く続いたものです。ただ、第一期の開始は西暦二〇二五年だったのに、五年後のいま期数のカウントが第九五一四五期になっていることには、さすがに苦笑いするしかありません。〈事態〉の「あと」では——この「あと」ということばさえ慎重に用いなければなりません——期数を数え上げることはほぼ意味がない。今回の期数——それは間違いなく五九五一四期なのですが、と同時に、こうして記すたびに変容してしまうことも我々は認識している。まったくふしぎなことです。

　宇宙はひとときもとどまることなく、エントロピーの極大化、熱的死へ向かっている。むろん局所的にはそうではない——私やあなたのような生物の存在もそうだし、私たちが倦むことなく取り組む創作活動もその一例ですが、しかし全体として観察すればこの世界は、完全な平衡状態へにじりよっている。この過程を巨大な生き物の消化管に喩(たと)えたとき、〈事態〉はそこに生じる「憩室(けいしつ)」のようなものだと説明されたこともありました。消化管の弱い部分が、外にふくらみ出したポケット。宇宙には、我々がそれまで考えていた全体をはるかに上回る総量がある。〈事態〉は——未知の生物〈緑輝鉱虫(ジタイミドリコガネ)〉の突然の大量発生にはじまる一連の出来事は——観測不可能ながら確かに存在していた時空の襞(ひだ)とそれまでの日常とを直接につなげてしまいました。我々はその存在に気づいただけでなく、それを思うままに利用できるようになり、社会も、日常も、大きな変化を余儀なくされました。むろんその中には芸術的感受性も含まれます。なにしろ我々は須臾(しゅゆ)の中に無限を見出すことができる。それは実質的には不死と変わりない。時間と物質を恣（ほしいまま）に創り、あやつり、消去することすら、易々とやってのけることができる。

そんな〈事態〉下で芸術を創造すること。我々の〈異常ＳＦ創作講座〉は、その格好の実験場となりました。

今回も、質・量の充実はもちろん、作品の「形態」の多様さも目をみはるばかりとなっています。

そう、まず私が直面したのは、小説の表現型がここまで自由でありうるのか、という驚きでした。小説にかぎらず文芸はもはや「文字を一定の規則でならべたもの」ではなかった。それにしたってここまでやるか、というのが今期、四五九五一期の作品です。

惜しくも最終選考に漏れた中から、典型的な二作をご紹介しましょうか。**御巫綸子**（かんなぎりんこ）**「Mofoon」**（もふーん）はこの講座のためにフルスクラッチで新種の蛾を創出した上で、その繭から紡いだ糸で織ったハンカチが提出されました。**階克也**（きざはしかつや）**「紙の水族館」**は珪酸ナトリウム水溶液をみたしたガラス水槽にグラシン紙で折った魚——なぜか自力で動き他の魚を捕食する——をたくさん泳がせたものでした。いずれの作品も〈事態〉前ならばまちがいなく「美術」に分類されていたでしょうし、そもそも実現不可能でした。〈事態〉が我々と世界にもたらした「拡張」がこれを可能にしました。端的にいって、我々は、神にも等しい万能性と不死性を帯びるに至った。それが「文芸」の定義を根本から変えてしまったのです。

「Mofoon」ではそのハンカチに自ずと浮かび上がる文字を読ませる手法、たかだか二十センチ四方の薄い布に百枚以上のレイヤを織り成し、布を揉むたびに次の頁が最前面に送り出されるという驚嘆すべき技法（それはこの特殊な蛾を一から創造したからこそできたことです）に、後者はあらかじめグラシン紙に書かれていた文字が、食物連鎖のたびに食べた方の魚の文字に追加されていき、最後に生き残った二尾（二冊の本）がそれぞれの体に書き込まれたお話のおもしろさで優勝劣敗を決するという趣向に好感を持ちました。

「Mofoon」のお話には昆虫学者が登場します。学者は、ある蛾の翅（はね）模様の、男性の双眸（そうぼう）を思わす美しさに取り憑かれ、ハンカチに手記を書き残したあと行方不明になる。そのハンカチを読んだ恋人に訪れる官能的な体験……という筋書きを通して、美と恐怖と物語の枠組みは三位一体のものなのだという変わらぬ真実を読み手に突きつけます。

階作では、そもそもこれが「創作講座における切磋琢磨とサバイバル」の戯画であることも愉快ですが、ぎょろ目のサカナたちの命を懸けた立ち回りが、粘性の高い水ガラスの中でスローモーション的に展開されるのは「映え」ますし、最後の二尾が〈機械化〉と〈遺伝工学強化〉のふたつの哲学を体現して激突するというSFの定石で盛り上げたのも愉しかったし、文字列の化合と変容を懐かしの「ケミカルガーデン」と見立てさせる作者の余裕はいっそ腹立たしいほどでありました。

これほどの作品が最終選考に残らなかったのは、凝った趣向がむしろ内向きに働き、これから紹介する作品たちに比べれば、ややこぢんまりと品良すぎた、という贅沢な不満を感じさせるからです。もっと大柄で、破調で、でたらめな作品を——新人の作だからこそ見たことのないものを望んでしまうのです。

では、いよいよ最終候補作へ話を移しましょう。ここからは文体を変えて講評とします。

保須戸郵太郎（ほすとゆうたろう）「ポスト・アポカリプス」は、六五五三六通の郵便はがきで構成された作品。一枚にひと文字が手書きで記されてあり、一日一枚ずつ配達されたから、受け取り終えるまで百八十年近く掛かったが、こんな悠長な投稿ができたのもこの状況下だからこそで、その点では応募という創作の最終プロセスに〈事態〉を組み込んだといえる。

最初の一枚には作者名とタイトル、そして説明文が記載されている。タイトルを読み、〈以降（ポスト）〉と〈郵便（ポスト）〉のだじゃれ？　と膝の力が抜けたが、「はがきは順番には届かない、最終的な配列は審査員が最大の努力を払ったうえでこれを決定してよい」とあるのでさすがに考え込んだ。

作者は、自宅の裏庭に大きなランダム化装置を作り、最初の一枚以外の六万数千枚を無作為に並べ替えた。おまけにその過程ではがきの十二パーセントは「＊」ひと文字に書き換えられていて、それはどのような文字を当ててはめてもよいワイルドカードとされている。これはだから応募行為の中に、作者も関与できない変換過程を組み込み、内容を一意に確定させまいとした上で、それを審査員がどう扱ったか、までが作品に含まれている作品、と言える。万一面白くなくても審査員のせいだからね、という余地をのこしている、とも。

それ以上考えるのが面倒くさくなったので、さて実際のところどう並べようかなと考え、最初のはがきをくるっと裏返したとき、そこにヒントが文字どおり「貼り付けられて」いたことに気づいた。

切手。〈緑輝鉱虫〉の切手だった。

ジタイミドリコガネは八一四五二年前に（三週間前でも七秒前でもいいけれど）我々の生活圏に大量に侵入し〈事態〉の橋頭堡（きょうとうほ）を形成した。社会性甲虫であり〈穴〉の周囲に大きな巣を造営する特別の性質を有していた。土と植物片を練った素材で、高さ十五メートルにも及ぶ蟻塚ならぬコガネ塚（づか）をつくる。

私ははっとして手元の端末で繰ってみた。すると、一基の巣に棲息するジタイミドリコガネの数は、やはり六五五三六体と推定されている。このはがきを読むには、おそらく特定の形状の空間が必要であり、そこへ陳列することで並べ方が絞り込める。私はジタイミドリコガネの行動を模倣するドローン（のデータ）を六万なにがし体作り、その背にはがきの文字をひとつ貼り付けて、巣を造らせてみた。コガネ塚の内部通路は重畳錯綜しているがトポロジー的には一本の線と解釈できる。入り口から最奥部まで一枚ずつ並べるシミュレーションを千回試行すると、三つのパターンに収斂（しゅうれん）し、しかもそれが三幅対（トリプティーク）を成すことが――つまりこのはがき一セットで、互いに関連を持つ三つのお話が作れるとわかった。二十万字近いテキスト量だ。制限文字数をこうやってすりぬける抜け道があったとは！

　とはいえ肝腎なのは作品の中身だ。本作の内容はというと、三幅対という枠組みからも容易に想像されるとおり〈ジタイミドリコガネの教会における祭壇画（ただし人類に向けて描かれたもの）〉という美術品を想定し、それを微に入り細を穿（うが）って描写するだけというパラノイアックなものだった。いや、いうまでもなく現実のジタイミドリコガネは教会など持たないし、巣には祭壇もない。つまり本作は、どこにも存在しえない架空の絵画を強引に――いかにもありそうなものとして描き出そうとする。

　作中では、複数宇宙にまたがって存在する生命圏（バイオスフィア）があり、ジタイミドリコガネはその一構成要素としてこの宇宙に飛来した、と説明される。これは〈事態〉初期に流布された俗説で、現在の学説では否定的だが、我々の一般的な通念として定着していることも否めない。お盆に先祖が帰ってくるように「コガネは他宇宙(ほかうちゅう)から飛来するもの」だし、コガネは熱意を持って〈事態〉を伝道するのだ。

　さて、その「祭壇画」の一枚目は、六五五三六体のコガネが故郷の他宇宙を旅立つさまが、「グリューネヴァルトのごとき筆致と色彩を以て、三半規管をくるわすような遠近法でえがかれ」ている、と保須戸は書く。虫たちは図鑑的な精密さから逸脱し、ボッシュ的な擬人化さえ施され、巡礼の杖をつき頭巾や脚絆(きゃはん)、背嚢(はいのう)で身をととのえ、人間のような顔つきで（虫の笑い、泣き、怒る表情はみものだ）、革袋からエールをのんだり煙管(きせる)を吹かしたり翅を震わせて光の小便を撒き散らしたりしながら、あるいてべつの宇宙へつながるゲートをくぐり抜けていく。全体にみなぎる猥雑さとコガネたちの——善意と悪意が渾然となった「お節介極まる」風貌が印象的だ。保須戸は絵のあらゆる細部に血の通った「講釈」をほどこすことで、架空の絵画を文字だけで読者にまざまざと想像させる。ただの解説の羅列だのに、ほとんど退屈することさえなく読め、しまいにはコガネを応援したい気持ちで胸がいっぱいになるのだ。これは尋常ならざる筆の冴えといってよい。

　この奇蹟を支えているのは、六五五三六字、四百字詰め原稿用紙で一七〇枚を超える文字の量だ。一枚の絵画をどれだけ執拗に描いても余りある分量を生かし、保須戸は古今東西の文学のエッセンスをひそかに、たとえばコガネひとりひとりの風貌の描写や、その出で立ちの背後に滲ませているのだ。つまり読者は、コガネの中に、ラスコーリニコフであるとかグレゴール・ザムザであるとかウルスラ・イグアランであるとかの面影を（無自覚に）あてはめ、すんなりと感情移入するのである。

この調子で書いているときりがないから思いきり端折って次へいこう。はがき群を一から並べ直して構成される第二幅――すなわち祭壇の正面に掲げられるのは、現世の――すなわち我々の「この地球」に出現し布教を繰り広げるコガネたちの姿、コガネたちによって造営された巣の姿である。第一幅とくらべて簡素で荒々しい筆遣い、切り詰めた素材、黒・金・そうして高貴な紫からは、だれだってフランシス・ベーコン描くところの「ベラスケスによる教皇インノケンティウスX世の肖像画後の習作」を思い出さずにはいられまい――そう保須戸は説明する。画面最下部では、我々の世界に出現したコガネ塚がいかにもリアルに描かれているのだが、それが画面右上方へ視線を移すにつれ、単純で切り詰めた描線と面になり、しまいにはあの青ざめて顎を落とした顔貌、抽象的な「恐怖」そのものを宣するかのような表情が浮かび上がり、最後にはすべてが闇に呑まれる。その闇いっぱいに緑の絵の具が撒き散らされているのは、まさしくコガネの乱舞にほかならない。そして作者は続ける。これはコガネの歓声なのだ。〈事態〉がこの世界にやってくるぞと人類に告げ、認識の刷新を迫ることの、わくわくする歓び。それは、ベーコンの「教皇」が、覧（み）るものをそれまでの価値体系とは無縁の世界に否応なくひきずりこむのと同じ図式を構成するのだ。

お気づきのように、コガネ塚の祭壇画であるかのように描写のはじまったこの絵は、いつの間にか人間が覧ることを前提とされ、人間の内に湧き起こる感情に焦点が移ってゆく。これはけっして保須戸の非力さ――異質知性の視点に徹することができないという――ではなく、何食わぬ顔でそのように持っていく腕前と見る方が正しい。

整理してみよう。つまり保須戸は我々（〈事態〉下の）人間を、架空の絵画の観覧者として想定することによって、人間を、就中（なかんずく）、これを読むあなた自身をこの課題作の見えざる登場人物にしてしまう。異宇宙の教皇像がはなつ哄笑（こうしょう）に（つまり〈事態〉の到来に）、無力なあなたはただただ拝跪（はいき）するほかない。だとすればこの絵画／課題作は、〈事態〉の出現に、キリスト教と西欧的価値観の支配力を重ね合わせ、そこへのノスタルジーを暗示することによって肯定的に捉える――〈事態〉を賛美する――ものなのか？

この疑問を抱えつつ、我々は第三幅と向かいあう。こちらは第一幅と対向し、構図も第一幅を鏡写しにしたような渦巻く遠近法をなすが、そこに描かれるのは擬人化ならぬ擬虫化された人類の姿だ。背筋（はいきん）を引き裂くようにして広げた翅鞘（ししょう）は緑の光沢を放ち、前腕には腿節や脛節、附節がそなわっている。睫毛と瞼の下からのぞくのは複眼だが人間的な眼（まなこ）のなまなましさを失わない。この絵の主題は第一幅の反復である。すなわち人類が虫化して他宇宙へ布教に旅立つ光景なのだ。この絵は神々しいほどの輝きを放つと保須戸は書く。なぜならば、これは玉虫厨子のごとくジタイミドリコガネの翅を敷き詰めた工芸画なのだから。その翅の数、じつに六五五三六片、はがきの枚数と等しい。こうして人類は、コガネによって描画され、コガネの姿に変わり、コガネの光に包まれて別世界へと移転する。

　そろそろ作品の標題に即しつつ、この課題作のまとめにかかろう。本作は、他宇宙から〈事態〉が虫媒され、花咲き、やがて我々自身が媒介の任に就くというヴィジョン（通俗的でありふれているが）を、架空の三つの絵画の解説文として造形した「小説作品」だ。小説の主人公は（鑑賞者が絵画の外にいるように）小説には記述されない読者自身である。本作を読むことによって、事態《ポスト・アポカリプス》以後は、事態《ポスト・アポカリプス》逓送へと変容する。保須戸はさらにそれを六五五三六枚の郵便はがきとその三種の配列という異常手法で作品化した。

　ただ、これは心を鬼にしていうのだが実際の〈事態〉にはこんな物語性はない。「〈事態〉他宇宙起源論」は我々がこの現象に直面する中でうみだしたファンタジーに過ぎない。〈事態〉を単純なストーリィに手懐《てなず》ける試みに、私は乗れない。保須戸が梗概で主張するような我々の深い「傷つき」の慰謝にはなりえない、ただのまやかしだ。本作がかりにも〈ＳＦ〉を標榜するのであれば、〈事態〉の無意味さに耐え忍ぶところから出発しなければならない。

ちなみに最新の知見では、ジタイミドリコガネが生命であるかどうかさえ怪しい。我々の知覚が捕らえている昆虫の形状がそのとおりである保証はまったくない。コガネは多数の塚が連動して〈穴〉を発動するさいに消費される機能部品と考えられている。その証拠に〈穴〉をとりまく塚は静まり返り、内部でコガネが活動している徴候はまったく感じられない。

〈事態〉以後とは言っても、以前と変わらないことはたくさんある。我々を庇護してくれる〈注察のメッシュ〉もそのひとつだ。それを思い出させてくれるのが**緑山**(みどりやま)**雲**(くらうど)**「ロピニヨン・ピュブリーク（L'Opinion publique）」**である。

拙宅にオペラ劇場が配達されたときにはさすがに驚いた。電子的なモデルでもミニチュアでもない、原寸大、というかまさにモノホンの歌劇場が宅配のバンの後部ドアから引っ張り出されるのをあなたは見たことがあるか？　曲がったり伸びたりせず、建築の堅牢さを完全に保持したままでだ。〈事態〉以前の人類には決して想像できないだろう。拙宅の幅七十センチしかない玄関ドアを通って搬入され、四畳半の書斎に据えられた劇場は、くどいようだが原寸を保っている。私は堂々たるファサードの前でたっぷり一分腕組みしてから、緋色の絨毯を踏んで中に入った。

客席に入ると、眼前にはプロセニアム・アーチで縁どられた舞台がひろがっているものの、舞台から客席までがほぼ同じ高さで、客席と楽隊とは木柵で仕切られているだけだった。二階の高さにはぐるりと露台（バルコニー）がめぐらされ、貴族らしき身なりの人々が身を乗り出しており、さよう、これは歌劇場とはいっても十七世紀はじめの――オペラという芸術ジャンルが成立する瞬間の、宮廷の広間の雰囲気を漂わせているのだ。

歴史的建造物の忠実なレプリカ、もしくは歴史上ありえたかもしれない建造物の偽造品を「建築」し、その中でたくらみに満ちたパフォーマンスを繰り広げるのが緑山雲の一貫した作風なのだが、ではこの劇場は何処に由来するのだろう。幸いにも私はこの「劇場」に見覚えがある。演出家ジャン＝ピエール・ポネルが指揮者ニコラウス・アーノンクールと組んだ一九七八年のオペラ映画「オルフェオ」のセットにそっくりなのだ。

一六〇七年にマントヴァのゴンザーガ公爵邸で初演された「オルフェオ」は史上初の傑作オペラとされる。ギリシャ神話の吟遊詩人オルペウスは、毒蛇に咬まれて死んだ妻エウリュディケーを連れ帰るため、竪琴を抱えて死の世界に赴き、冥界の王と后（きさき）をたぐいまれな歌で説得する。しかしその条件――現世に帰り着くまでうしろを歩く妻を振り返ってはならない――を守ることができなかった。

先のオペラ映画では、露台の廷臣や貴婦人らが合唱をつとめ、公爵とその夫人までもが自席と壇上を行き来し、ときに歌を歌い、ときに冥王を劇中に導く。

さて私は客席のひとつに座る。トランペット隊があらわれトッカータの吹奏が空気を震わせる。公爵夫人が壇上にあがる。これから夫人は擬人化された〈音楽（ミューズ）〉に扮して「口上（プロローグ）」を歌うのだ。まだ客席に背を向けている彼女の後頭部に私の視界はクローズアップしていく。私の感覚は「この劇場」に――つまり緑山に操作されている。夫人の髪の毛が一本一本見わけられるほど近寄ったところで、公爵夫人は振り返りこう語り出す。

私は〈世論（ロピニョン・ピュブリーク）〉劇の内容を注視し、倫理に悖（もと）る所業が行われればたちどころに制止いたします。どうぞ安心してご覧くださいませ。

有名なこの「口上」におどろく間もなく、私の視界はズームバックさせられる。最前まで〈音楽〉であったはずの人物は「擬人化された世論（よろん）」となっている。十九世紀半ばの服装、風紀にうるさい風貌の白人女性は、口上を終えたとたん何百という昆虫型ロボットに分解して舞い上がる。甲虫の緑色が散らばる軌跡を目で追えば、さきほどまでの舞台装置はいつのまにか、そっくりそのまま一八五八年十月のブッフ・パリジャン劇場（たぶん）のステージの中に嵌（は）め込まれているのだった。

いま開幕したのはジャック・オッフェンバックの「地獄のオルフェ」別題「天国と地

獄」——オルペウスの物語を不埒に改変し、オリュンポスの神々まで登場させてフランス第二帝政期の社会風俗に強烈な諷刺を繰り広げた、反逆のオペレッタである。緑山は、二百五十年を隔てておなじ神話に題材を求めた作品を二重露光するつもりか。そう身構える私の前で、「地獄のオルフェ」は意外にも原典どおり開始された——すなわち次のように……

市民階級の音楽教師オルフェとユウリディースの夫婦関係は完全に破綻している。妻は夫の音楽を毛嫌いし蜂蜜商アリステと熱愛中。オルフェにも愛人がいるが世間体第一で離婚できない腹いせに、アリステを殺そうと逢瀬の場に毒蛇を忍ばす。ところが咬まれたのは妻のほう。彼女はなんとも陶酔的な歌を歌って死に、アリステ——しかしてその正体は地獄の王プリュトン——と手に手をとって出奔する。オルフェは妻が死んでくれたので大喜びするが、それも束の間、そこへ〈世論〉が現れる。喜ぶなんて破廉恥な。奥様を連れ戻しに参りましょう。オルフェは引きずられるように、主神ユーピテルとその眷属が住まう雲上のオリュンポス山へと赴くのだ。

いったん分解したはずの〈世論〉は、まったく異なる姿に再結合している。Tシャツに半ズボン、自撮り棒を振りかざして動画を撮る姿はまるで「YouTuber」だが、大笑いしかけてはたと気づく。さっき分解飛散した姿は、ジタイミドリコガネの暗喩であると同時に、我々の生活空間をくまなく見張る注察ドローンの諷刺でもあるのだ。

二〇二〇年に挙行された東京オリンピックでの破局的な――全世界で同時に実行されたテロ群と、そのあとに続く恐怖の一年を経たあと、世界人口の四十八パーセントは、注察ドローン群の見守りのメッシュに庇護されて暮らしている。その恩恵は、交通の自動化や、突発的な気象災害の察知と通報にまで及び、我々の「安全・安心」の増進に大きく寄与していることはいうまでもない。

こうして〈世論〉は、劇の進行に合わせ、登場人物に正しい言動を求めるため、多種多様な姿をとる。

あるときは環境保護運動を主導するティーンエージャー、あるときはセレブリティの過去の言動を掘り起こし失脚させるキャリア・クラッシャー、あるときはポリティカル・コレクトネスとキャンセルカルチャーを体現し、かと思えば舌の根も乾かぬうちにけろりと寝返りバックラッシュを焚きつけもする。

〈世論〉はそのように強力だから、腐敗を極めたオリュンポスの神々も、その頂点に立つユーピテルも抗えない。しかしユーピテルは、オルフェの「妻を生き返らせてほしい」という嘆願に便乗して、不平不満のたまった神々に、放蕩三昧の地獄見物を提案する。

さて、作者には申し訳ないが私はこのあたりで少々退屈していた。オペラ演出としては平凡だ。ＳＦ味もあまりない？　ところが地獄への出発場面になって私は目を剝いた。オリュンポスから地獄への通路として用意された大道具は、だれがみても〈穴〉をイメージしたものだったからだ。

〈穴〉。

それは〈事態〉の最初期に、全世界のおよそ三十万ヶ所に出現し、いまも増え続ける暗黒の縦穴だ。大は直径五キロメートルから小は一円玉サイズまで大きさはまちまちで、ほぼすべてが地面に――まれに海面に――忽然と穿たれている。そこから何かが出てくるわけでも、何かを能動的に呑み込むわけでもない。数限りない観測の試みがなされたが内部を窺い知ることはできない――人間の生活をくまなく監視する注察のメッシュも〈穴〉だけは立ち入ることができないのだ。

さて〈穴〉の登場とともに劇は急展開する。ユーピテルは神通力を振るい〈世論〉から虫への変身能力を盗み取ると（これは次の幕での「蝿の二重唱」を念頭に置いているのだろう）、地獄への通路に身を躍らせる。音楽は「ニーベルハイムへの降下の音楽」をモンテヴェルディの楽器用法で書き直し、そこにオッフェンバックの加速（ワルノリ）を載せたものになる。変化は舞台の上にとどまらない。私の座っていた座席が予告なく持ち上がる。客席全体が急坂のようになり、垂直になり、〈穴〉におおいかぶさるほどになる。観客は、舞台上の神々とともに〈穴〉へ、暗がりへ、地獄へと否応なく引きずり込まれていく。緑山は、劇中の「地獄」と現実の〈穴〉、劇中の〈世論〉と現実の注察のメッシュを重ね合わせることで、つまり我々を〈世論〉の良識の及ばない領域へと連れ込むのだ。

さて他の神々を地獄の宴会場に案内しておいて、ユーピテルはひとり蠅に化け、プリュトンの閨房へ鍵穴から忍び込む。地獄に飽き飽きしていたユウリディースの腕に止まり、翅のハミングで口説く。蠅と美女の、あからさまに性交を連想させる、二重唱。ユウリディースは、かつて夫を捨て、プリュトンに飽き、いま主神と懇ろになる（ここまでは原典どおり）。そこへオルフェがあらわれる。ユーピテルは、オルフェが〈世論〉のエージェントである可能性を考慮し、しぶしぶ「振り返ってはならない」と条件を付けユウリディースを引き渡す。

オルフェは地上へと歩くにつれて、背後から聞こえる足音が変化するのを感じる。湿った、生肉を石段に叩きつけるような音。首筋に掛かる妻の息は堪えがたい悪臭がする。オーケストラは異常なまでの伎倆で足音と臭いを表現しつくす。こらえきれず、オルフェはとうとうゆっくりと背後を見る。すると、そこには全身を蛆に集られた死人が歩いているのだ。

伴侶や親しい人物を死の世界から連れ戻す話は、世界中、枚挙にいとまがない。緑山はここで、あきらかに記紀(きき)神話のイザナミを重ね合わせている。ユウリディース／イザナミはオルフェに「わたしを見よ」と歌う。「見るなの禁忌」を逆手にとって、退屈な夫との関係を断とうとする。蛆と血膿にまみれた両の乳房をむしろ健やかに突き出して、私のために禁忌を犯せと迫る。

この場面にもっとも激しく動揺したのは、しかしユーピテルだった。いましがた性交したばかりの女に集っているのは、蛆――まさしく蠅の子、おのれの庶子にほかならない。この女はおのれの胸や尻、ほとの肉をむさぼらせて、何千という蛭子(ヒルコ)を肥え太らせている。それまでさんざん庶子を作ってきたはずのユーピテルは心底震え上がり、雷を落として女を焼殺しようとする。

笑止千万。ユウリディースは既に死んでいる。いかな神でも死者は殺せない。

オルフェは高らかに笑う妻の死体に拝跪し、竪琴を取り出してモンテヴェルディ畢生(ひっせい)の長大なアリア――それはいつのまにか好色で奔放な本性を頑として枉(ま)げない妻への頌歌(しょうか)に変容しているが――を歌う。聞きつけて宴会場から流れてきた神々も聞き惚れる。

こうしてシリアスな情感が極まったところで、緑山はもういっぺん我々の足をすくう。

ユウリディースは全身にたかる神の子の力を束ねてユーピテルに命じるのだ。「きょうからあなたはその姿のままよ。蠅の王(ベルゼブブ)と名乗って、プリュトンと仲良くここを治めなさい」

かくして地獄と天国をまぜあわせた祝祭空間が出現する。すべての神は地獄の住人、魔王の眷属となる。注察のメッシュ、〈世論〉の難詰から自由の身になれる。音楽が爆発し狂躁のフィナーレが到来する。フレンチ・カンカンで有名な「地獄のギャロップ」がいつ果てるともなく高揚する中、ユーピテル、プリュトン、オルフェを従えて、ユウリディースは物語の覇者となる。

このへんでまとめにかかろう。イザナミにせよエウリュディケーにせよ、死の世界から呼び戻されるのはなぜ女なのか、なぜその身体には見るなの禁忌が貼り付けられてしまうのか。緑山雲はおそらくこの疑問から出発し、そもそも女は現世に戻ることを願っていたのか、呼び戻すことは父権的横暴ではないか、それが頓挫するのは古代からのひそかな叡知ではないか、ただ、それにしても現代ではべつの語り直しが必要ではないか、などなどを私たちに問う。「地獄のオルフェ」のユウリディースを起用したのは、もともとそのような性格を帯びていたからだろう。

「蝿の二重唱」に着目してユーピテルとイザナミの蛆に血縁関係を捏造し、このギミックによってユウリディースに万能性を授けるのは、たしかにおもしろいアイディアだ（ベルゼブブはやりすぎだろうが）。しかし本作はさらなる深読みも許容する。周知のとおり、オッフェンバックの描いたユーピテルはナポレオン三世の、オリュンポスの神々はブルジョアジーの戯画だが、緑山はそのフレームを示唆することで、今まさに我々が生きるこの現代社会の支配階層・富裕層が〈事態〉の秘密を独占し、一般民衆の――〈世論〉は古代ギリシャ演劇の「コロス」の成れの果てにほかならない――察知できない領域で享楽を恣にしているという、これもよく知られた陰謀論のパロディを成立させている。この見地に立てば本作は「自由なるユウリディース」を臆面なく賛美しているどころか、その独善と驕慢を告発し嘲笑を浴びせかけもしているのだ。

　本作はかように手の込んだ、そして底意地の悪い代物だが、かといってこれが最優等かといえば、二の足を踏む。志に見どころはあるものの、いかんせん本題にはいる前が長すぎるし、もっと言うと、この「オペラ劇場」に登場する歌い手は、お世辞にも褒められたものではない。梗概に付された説明によると、登場人物すべて、作者本人が声色操作して歌っているそうだが、歌のまずさと気恥ずかしさにこっちが身をすくめるはめになる。ねえ、もうちょっと練習しようよ。

　さて、ここでようやくふつうに文字をならべた小説作品が登場する。その冒頭にいわく――「一七六八年八月二六日　金曜日。この日はじめは疾風、曇天。以後は風弱く、晴天となる。午後二時に出帆して海路に就く。乗組員は、士官、水兵、ジェントルマン及びその従者を含めて九四名。約一八ヶ月分の食料と、十門の砲架に乗せた大砲、八門の旋回砲及び十分な弾薬を積み、あらゆる種類の備品物資を貯蔵した。」

　金星の太陽面通過を観測する国際プロジェクト――フランス、イギリス、ロシア、スウェーデン、建国前のアメリカが加わった――の一環として、イギリス海軍士官ジェームズ・クックを艦長とするHMBエンデヴァー号は、プリマス港から出帆した。**九九無蔵**（くくむぞう）の提出作**「Kowhai and Tui」**はクックの航海日誌の引用からはじまる。全長三三・三メートル、載貨力三九七総登録トン、メインマストは三九メートル。海図の広げられたグレートキャビンではクックをはじめ、後の終生王立協会長であり「バンクス花譜集」にその名を残すジョゼフ・バンクス、その友人のスウェーデン人ダニエル・ソランダー博士、画家シドニー・パーキンソン、金星通過の観測者チャールズ・グリーンが紅茶を喫しながら談笑している。船はいまどのあたりを航海中だろうか、と私は考える。リオ・デ・ジャネイロへ向かっているのかな、それともティエラ・デル・フレゴをあとにしたのか、と想像しながらページをめくると、舷窓から展望されるのは赤い沙漠の星だと書かれている。地球のプリマス港を出た船は、いま火星への上陸を果たそうとしているらしい。男たちは火星での滞在について楽しそうに語らっている。

これは何だ？　時代はいつなのか、木造の帆船がどうやって宇宙空間を飛ぶ？　そもそも〈事態〉の影響範囲は航空機が到達できる高度までに限定されている。我々が〈事態〉で得た力で宇宙空間へ進出することはできないのに……。

しかし安心してほしい。すぐに作者の説明が続く。それによれば、その世界では〈事態〉が十八世紀なかばに発生し、人類の思念によって天文学的太陽系が占星術的太陽系に書き換えられ、そこで大航海時代のごとき各国の活動が繰り広げられているのだという。

作者によればエンデヴァー号の出帆以前に、人類は〈事態〉（それは我々が享けた〈事態〉と似てはいるが完全に同一ではない）で得た力によって「テラ・アウストラリス」を既に「発見」していたという。かつて存在が推定され、世界の探検家が発見に挑んだ（そして実在しないとわかった）まぼろしの南方大陸――それが人間の主観により実在に導かれた世界。その大陸に豊富に賦存する動植物（ことに強靭な組織構造を持つ巨木）や鉱物資源を用いて、人類は宇宙へ乗り出せる帆船を建造した。

想像力によってたやすく架空の大陸が現実化されてしまったように、夢想の力を携えた冒険家たちは、航海しながら太陽系をあらたな発見で塗りかえていく（それは我々の歴史において南半球への進出が進むにつれて、南天の星々が次々と発見され、星座が見出されたことを連想させる）。木星軌道までの範囲には九八の惑星と四〇六の衛星がひしめく。

火星軌道の外には、黄道面を一周するアイテールの希薄な〈環〉がある。精霊(ナビゲーター)が電磁波でうたう歌は真空をわたって届き、ときに〈岩礁〉の存在を、ときに海獣の接近を警告する。宇宙空間に見え隠れする背びれ、その噴気孔からまきちらされるきらめく砂――。ロマンあふれる宇宙をゆく帆船には、アストロラーベ、ノクターナル、セクスタント、ハンドログと砂時計に加え、精霊の歌を受信するための鉱石ラジオや、受信情報をペンとインクで図に展開するファクシミリなどが積み込まれている。

金星の太陽面通過観測は、当時の国際プロジェクトであり、太陽系の各所から一斉に観測し、過密な天体の運行の詳細を描き出すためであった。しかし艦長室の机のカギのかかった抽斗(ひきだし)には厳重に封がされた密命書が入っており、観測の後に果たすべき使命が記されているのだった……。

さて、本作の開幕の場面を読むと、金星観測という第一の使命はすでに果たされ、次の目的地へ航行中だとわかる。現実では、一七六九年四月から八月にわたるタヒチ島を中心としたポリネシアの群島でこの観測が行われたのだが、本作では小惑星帯（密集した数十の小惑星が、蜘蛛の巣状の架橋構造物で物理的にも社会的にも統合されているという設定）での滞在とされている。

艦長たちは、ティキによく似た「気密服生物」を着装した現地人との心愉しい交流について語らいながら、記念に贈呈された儀礼用の櫂――見事な彫刻が施されグレートキャビンの壁に飾られている――を眺めている。しかし晴れやかな航海はここまでだ。

やがて艦は、帆船専用に作られた進入経路に乗って火星への着陸に移る。地表まで一千メートル付近で水平に飛行していると、船体に異様な衝撃が走る。外部からの物理的な攻撃。みれば無数の飛行小艇（カヌー）が艦と並走している。緑色の肌と四本の腕を持つ巨漢たちが艇の船べりから身を乗り出し、ライフル銃でこちらを狙撃する。銃弾は着弾とともに木材を急速に腐食させていく。水兵は旋回砲に取りつくが、急速に詰め寄ってきた火星（バルスーム）の艇から、刺青の紋様を顔に刻んだ戦士たちが乗り移ってくる。四本の腕でタイアハやパトゥと呼ばれる長短の棍棒を自在に振り回す。野獣の舞踏ともいうべき動きに、小銃を向けることもままならず、水兵は次々に打ち倒される。突然発生するこのアクション場面は精彩あふれる描写で読者を魅了するだろう。これは現実のエンデヴァー号とニュージーランドのマオリ族との間に生じた、二日間にわたる小競り合いを下敷きにしたものだ、とは九九じしんが地の文で説明しているところである。

艦に乗り組んでいた小惑星帯人（これはタヒチのトゥパイア酋長がモデルだろう）の仲介で、和睦が成立したあと、ジョゼフ・バンクスたちは火星の植物の採集と標本化に取り組むことになる。穏やかに点綴（てんてい）されるこの場面はしみじみとした風趣があり、素晴らしい木彫装飾をはじめとした火星の工芸品の丹念な描写も、読む愉しみを味わわせてくれる。

　十月八日から三月三十日までの滞在を終え、エンデヴァー号は火星を離れ太陽系最大の惑星、木星――現実ではニューホランド（現オーストラリア）だったが――への航海に就く。クックに託された密命とは、木星の外側にあるはずの未知の巨大惑星――「プラネタ・アウストラリス」の発見であったが、最終的にそれを達成することはできなかった。九九によれば、それは〈事態〉の効力が木星までしか届かないことによるのだという。太陽系地図の拡張はハーシェルが天王星を発見する一七八一年を待たなければならなかった。

　しかし本作の白眉は、この木星周辺での探索、発見、収集と記録の日々である。グレート・バリア・リーフ北上中の座礁と沈没の危機、数週間に及ぶ修理、オオコウモリ、ディンゴ、カンガルーをはじめとする「新種」との出逢い――などなどの現実の出来事を木星圏での驚異的景観で展開してみせる手腕は、目をみはるばかりだ。大赤斑の中央部に、名花「黄金の花束の樹（デプランケア・テトラヒュルラ）」が地球の月ほどもある地学的実体とともに描写される場面はその頂点といえよう。

　しかしこのあと航海は悲劇的な展開を迎える。土星の環――この世界において、それは液体の水でできた川である――に建つ東インド会社の都市バタヴィアに碇泊中、赤痢が蔓延（まんえん）し船医を含む七名が死亡、このあと地球への帰途も含めればさらに三十名が命を落とすのだが、その中にはチャールズ・グリーン、そしてシドニー・パーキンソンも含まれていたのだった。

出航前から画家の帯同を強く求めていたバンクスの嘆きは深い。バンクスの生前に「花譜集」が公刊されることはなかった。晩年のバンクスは火星での日々を回想する。本作の標題「Kowhai and Tui」の意味はここであきらかにされる。現代では自然環境ではほぼ絶滅し観賞用植物として生き残るコウワイは、春の訪れを告げ黄金の花房を枝垂れさす。鳴禽類トゥイはその花をことのほか好み、その薬理成分で酩酊するという。コウワイはニュージーランドの（非公式の）国花として、トゥイとともにコインや紙幣に描かれる。九九はいっさいの誇張なく、それをそのまま火星の原生植物として描く。火星の大地で、植物を集めさせ、銅版画のための下書きに筆を走らせるパーキンソンの、あどけなさの残る笑顔を描く。

まだ二十代前半の青年はまもなく疫病で死ぬ。その定めを知る我々は胸をかきむしられる。この痛切さは時間や命が貴重なものだからだ。それは〈事態〉の到来によって我々から少なからず奪われてしまったのだということを、作者は〈事態〉を逆手に取って、やさしく我々に教えてくれるのだ。

そろそろまとめよう、作者は、我々の世界を一変させた〈事態〉を、世界地図が拡張しつつあった時代に移し、太陽系を塗りかえ、エキゾチズムあふれる風景と暮らしを描きだす。その風景は（火星の誇り高き戦士が四本腕であったように！）当時の世界観には拠らない。そうやって獲得した自由を使って、九九は、思うままに遊ぶ。その稚気と冒険心が、若きバンクスやパーキンソンの描写にも投映されている。

　以上でお祭しの通り、私は本作をたっぷりと楽しんだ。ただ、強く推すかと問われれば、ややためらわないでもない。地の文でなにもかも説明する（しかも早口で上滑りしている印象を受ける）ところは、いささか付きあいにくい人物と会話しているみたいだし、各惑星の住人や風景も現代ＳＦとしては（狙ってやっているのは分かるが）相当古めかしい。それに、読者にオリエンタリズムを無邪気にふるまうところがあり、とくに空想上の世界が現実の太平洋の国々と不用意に重ねられるあたりは、手放しで称賛できない、と感じる。

〈事態〉によって我々の芸術への感性は大きな変化を余儀なくされた。

　分野によってその度合いは異なるが、最も大きなダメージをこうむったのは、やはり映画だろう。映画は映画館という「場」、上映時間という「時」で拘束する。演劇や舞踏ならば上演のたびに変化するし、白昼、辺境の荒野でやってもよい。映画にその自由はない。その不自由のかわりに、それを埋め合わせてあまりある自由を謳歌できる。

しかし、いま多層的な時間と空間を生きる我々は、ペンキでひと色に塗りこめられるような居心地の悪さ、より正確にいえば、不快さを映画には覚えてしまうのだ。

かくしていま、映画館は〈事態〉以前とはまったく異なったインスタレーションの会場としてにぎわっている。私がさいきん観たのは、客席のひとつひとつにスクリーンを張りそこに古今東西の映画を映し出しつつ、その客席を（つまり何千という映画を）ピクセルとして、全景がまたべつの動画を――私が観た日は「イントレランス」のバビロン宮殿の場面だった――描き出すというものだった。作品の題は「追悼される映画史」だった。

ぜんぜん面白くなかった。

ここでは、スクリーンと客席の位置の入れ替え、そうしてピクセルと全景の取り換えが企図され実行されている。しかし、その程度の趣向ではだれも満足するまい。映画が楽しい娯楽として、あるいは刺激的な芸術として成立することは、もう二度とないのか。かりにもし成立するとしたなら、そのとき映画の「本質」は別の場所へ、映画館の「場と時」ではないところへ移動するはずだ。それはどこにあるのか。この設問に挑んだのが最後の候補作、**安部雁子**（あべがんじ）**「S_CryptoSync」**である。結論から言おう。僅差ではあるが、私はこれを最優秀賞に推す。

しかしこの作品をどう表現したらいいのだろう。

マテリアルとして、それは金属缶に納められた三巻の上映用三十五ミリフィルムである。インタフェイスとして、それは読者の〈事態〉空間に展開される「編集作業用のコンソール」である。

コンテンツとして、それは上映時間九十分、ビスタサイズの劇映画である。

順に説明しよう。梗概の appendix によれば、三巻のフィルムは「三鎖構造のDNA」をイメージしたのだという。二千フィートのフィルムは約三万二千フレームを持つから、ヒトDNAの塩基対六十億にははるかに及ばないように思えるが、映画フィルムの乳剤にアナログ的に記録された情報は一フレームだけで一ギガバイトに相当すると作者は説明する。三本の長大な情報媒体を立体的に相互作用させて出現するホログラフィックな情報空間はただでさえ想像を絶する広大さだが、私の見たところ乳剤の層には〈事態〉に由来する微細な時空間泡が無数に含まれており、これを加味すると数十桁跳ねあがる。

むろん、実際に使用されている容量はわずかだ。あとあと述べるが、その空白域こそがこの作品をハンドリングする上で必須になるのだ。

作者からは、別の圧縮データも届けられていた。これを自宅で展開すると小さな録音スタジオのコンソールと三面のディスプレイが出現する。かさばりはするが、コガネの巣やオペラハウスに比べれば可愛いものだ。オープンリール式テープレコーダみたいな形状をしたラックに先ほどのフィルムを架けると、準備がととのう。

私は梗概の指示通り、再生ボタンを押す。劇映画がディスプレイに映る。物語がはじまる。舞台は現代の東京、ただし〈事態〉が発生していない世界という設定だ。

榮倉三津（えいくらみつ）という二十代前半の書店アルバイトの女性が登場する。三津は勤め先に持ち込まれたポスターを見て、映画のワークショップに参加する。一年かけてさまざまなことを学び、つぎの半年で作品を作るのだ。三津はチームを組んで映画を作りたい。その脚本を書きたい。ＳＦを、特異体質の少年の異変環境下での物語を書きたい。課題作として三津はそのシノプシスを提出する。

書店にポスターを持ち込んだのは三十四歳の劇団員の小栗不一（おぐりふいつ）。不一が監督とキャメラに名乗り出る。長身で精悍、押し出しが強い。三津のシノプシスを気に入り、小柄で中性的な三津に強引に主演するよう迫る。

十九歳の石田英仁（いしだえいじん）が編集とサウンド・音楽を引き受けてくれる。楽器店の一人息子だ。英仁の腕前を知っている不一は、よろこび、大はしゃぎする。旗揚げの飲み会が開かれる。不一は言う、「映画を最終的に創るのは監督じゃない。編集なんだ。俺たちは最強のチームになる」。三津と英仁は不一のテンションに、目配せしあい苦笑する。しかし、程なくして三津が恋に落ちるのは不一だ。現場を統率するカリスマがあり、美術や衣裳、照明担当の才能を開花させ、素晴らしいショットを撮り上げていく不一の力量はまぎれもない。同棲がはじまる。

　英仁は撮影には参加しない。他のグループの編集も引き受けているし、撮影現場の人間関係は、和やかでも険悪でも苦手だ。現場の同調圧力から截断されて自室で没頭したい。しかし、日々あがってくるショットを検分しながら、三津の顔をみつめる時間が長くなっていく。

　魅了されているのではない。精神状態を危ぶんでいるのだ。

　三津が書いた「燈京暁景(とうきょうぎょうけい)」のシノプシスはこうだ。一千万都市「燈京(とうきょう)」は、ある日飛来した〈磁堆(じたい)〉なる知的活動体に空を覆われている。差し渡し十五メートルほどの八角(スターアニス)に似た形状の単位体が、突起の先端で接合した状態で浮遊している。燈京の住人の精神は〈磁堆〉に影響され変容する。身近にいる他の人間と記憶や感覚、心理状態が架橋される。内面をシェアしあう。スマートフォンのトーキングアプリの吹き出しのように、他者の感情や感覚、夢のようなビジョンが貫入してくる。それでも、都市には人口を「蓄熱」するから、大半はすぐには逃げ出さず、そのうち適応してしまい〈磁堆〉を活かして生活するようになる。

　主人公、十五歳の少年ミツルは十万人にひとりの特異体質で、内面をシェアできない。

ミツルは自分の家族を殺した犯人——同じ特異体質を持つため捜査の手が及ばない——の思考をたどり、追い詰めていく。やがて追跡に気づいた犯人（三津が二役で演じる）はミツルに接近する……。

英仁はひとつの仮説を持っていた。三津はこの作品世界を逆転させた人生を送っているのではないか。三津は他者の内面をシェアする素質を有しているのではないか。

それはワークショップで感じていたことだった。三津は他人の感情が波立つのを先取りして場が荒れないようなごませる。ミーティングでだれかがアイディアをうまく言いあらわせないでいると、「こういうこと？」とそのビジョンをすくい上げる。三津にとって脚本を書くことは自己救済の意味があっただろう。しかしその脚本は不一の手で娯楽作へと大きく路線変更され、その不一の指揮下で、三津は自分の反転した似姿を演じることを強いられている。三津は心の表層ではそれを嬉しく感じているらしいが、自覚のないストレスと、容赦なく貫入してくる不一のヴィジョンは、いずれ三津を大きく損ねるだろう、と英仁は予測する。

なぜか。英仁も似た素質を持っていたからだ。三津と英仁はそれに気づいたからお互いを避けたのだ。

こうした人間模様と並行して、作中作「燈京暁景」での〈磁堆〉の意味も解明されていく。〈磁堆〉は燈京にすむ人々の思考能力を横奪している。一千万の人間の思考力を借りて、必要な何かの計算を行っている。内面のシェアは人間に能力として付与されたのではない。〈磁堆〉の営為の副作用としてたまたま出現しただけなのだ。主人公ミツルはやがて殺人者の行動も、そして自分の追跡行動も、計算の一パーツに過ぎないと悟る。ミツルは最強の敵、殺人者とメモを交わし、この状況の転覆をたくらむ。

いうまでもなく〈磁堆〉は〈事態〉の暗喩であり、安部雁子は、我々がこうむっている〈事態〉に別の見方——衝撃的な読み直しを迫る。仮にいま我々が「享受」する〈事態〉がなにか別の事象の副次的な効果に過ぎないとしたら、では、我々は何を横奪されているのか、と。

その答えを出さないまま、映画「S_CryptoSync」は進行する。

予想通り三津の体調不良が顕著になる。撮影が停滞する。不一の苛立ちは三津の焦りになる。クライマックスの深夜の野外撮影で険悪なやりとり——三津の突然の罵声と摑み合い——があり、突然三津は路上に駆け出す。通りがかったフードデリバリーのバイクと接触事故が起こる。

三津は不一のもとで演者になってはいけなかったのだ。一方的に改作され、ヴィジョンを流し込まれ、それが限界を超えたとき、三津は創作者であり続けることができなくなった。その後、破局は予想もしない形で訪れる。委細はここには書かないが、製作は完全に頓挫、クルーは解散し、三津も不一もいなくなる。

石田英仁の前には、編集コンソールと大量の撮影済みフィルムとが残される。

我々読者の前には、編集コンソールと三鎖のフィルムから構成されるホログラフィックな情報空間が残される。

石田は自分の編集システムを「S_CryptoSync」と名付けている。私もそれに倣って安部から送られたこのシステムを同じ名で呼ぼう。

この名称は実在するAvid社の編集システム「ScriptSync」のもじりだろう。撮影では、同じ場面を複数のカメラから幾度も撮り直す。監督がＯＫを出したかどうかにかかわりなく、すべてのデータは編集者に届けられる。編集者はその中から映画にとってベストと判断したものを繊細に組み合わせて構成する。撮影は脚本の順に撮影されるわけではないから、デジタル化された環境であっても、日々届くカバレッジを、脚本と連結して作業するのは骨が折れる。ScriptSyncなら、ディスプレイに表示された脚本の台詞をクリックするだけで関連するカバレッジを縦覧できるのだ。

石田英仁の手許には不一からの直筆の手紙がある。残された素材はすべて英仁の好きにしてくれ、と書いてある。不一はもう自分の手で字を書くことはできないし、これが最終の意思表示だ。英仁はデスクの引き出しから、三津がいちばん最初に書いた脚本を取り出す。不一の手が入るまえのオリジナルの脚本を、撮り終えた素材をつかって再現するつもりなのだ。英仁は、脚本の中に暗号(Crypto)のように隠されていた三津の真情を復元していく。膨大な素材をいったんばらばらにし、断片に目を凝らす。不一の蹂躙(じゅうりん)の跡をていねいに除去し、遺跡から出土する陶片を扱うときの観察眼と慎重さで、三津が書きたかったミツルを組み立てる。英仁の的確な判断と丹念な手つきに、私は魅了され、のみ込まれていく。

　ここで奇妙な現象が起こる。

　気がつくと、その編集行為を行っているのは、私自身、読者自身なのだ。いつの間にか劇映画のフレームはあいまいになり、私は目の前の「S_CryptoSync」を操っている。映画の内容が滲み出したのか、あるいは私自身が三鎖のホログラフィック空間に読み込まれているのか、それはわからない。私の手は熟練した編集技師のように、三津のなにげない呼吸(いき)づかいのつなぎ目をさぐり、フィルムにマーキングし、カットし、つなぎ、なめらかに生動する映画を作り出していく。

　激しいアクション場面のために撮った表情が、恋人との和やかな電話の場面に違和感なく嵌まる。生け垣に止まった黒揚羽のゆったりした羽撃(はばた)きが、見知らぬ敵とミツルの瀕死の呼吸を暗示する。

「〈磁堆〉ってホントに実在するの？」敵の台詞のサウンドが、ミツルを正面からとらえたショットに重なる。

「〈事態〉とは果たして実在するのか」と私には聴こえる。榮倉三津は、そして安部雁子は行間から我々に——いや私に語りかける。

言われてみれば〈事態〉は宇宙にとってあまりに不自然な現象ではないか？　時空に無限の皺と隠し部屋があり、そこではどれほど長い時間を過ごすこともでき、想像の赴くまま何を造作することもできる——それほどの余剰を捻出するには、宇宙全体の収支を均衡させるためなにかが引き換えにされるだろう（どこかで太陽系が、なんなら島宇宙がひとつ消滅しているなど）。それに引きあう値打ちが〈事態〉にはない。コストパフォーマンスが悪すぎる。

我々は何を横奪されているのか、とミツルや三津が問う。

かりに何も横奪されていないとすれば、何を根拠にお前は〈事態〉が実在のものだと認識するのか、と安部が問う。

榮倉三津の静謐なクローズアップを（「裁かるるジャンヌ」を私は想起した）見据えて私ははっきりと答える。

「お前がそこに居ること。それが根拠だ」と。

――〈事態〉が存在しないなら、安部雁子の課題作も実在せず、したがって私がお前と対面することもない。

それをきいて、三津は清楚なマーガレットのように笑う。そのカットを選んだのは英仁であり私だ。

場面は切り替わる。ファミレスのベンチシートに座り、ハンバーグにナイフを入れながら三津はさらに問う。創作講座など実在しないとしたら。お前がひとりで夢想しているだけなのだとしたら。お前が並べてみせる「最終候補作」がどれもこれも似通っているとなぜ気づかないのだ。

同じひとりの人物がこれを書いている可能性を、その書き手がお前自身である可能性を検討せよ。

作中の存在であった三津は、フィルムの三鎖が交差してうみだす情報空間に実在の蓋然性を高めつつあると、私は察知する。それと引き換えに、課題作を検討していたはずの私も、講座も、〈事態〉そのものも、手袋を裏返すように「S_CryptoSync」の巨大な演算空間の中になんなく呑み込まれていく。

榮倉三津は、もう撮影ずみフィルムの中にしか存在しない。彼女に未来はない。未来はないが、終わりなき編集の中に彼女は生きている。

そうか。これはそういうメッセージなのか？

〈事態〉とは我々が――何者かによってとうの昔に未来を奪われた我々が、実はちゃんとそのことに気づいていて、消えうせる直前の一瞬をアキレスと亀の譬え話みたいに無限に引き延ばしている状態のことなのだと、安部雁子は、否、私自身が教えてくれようとしているのか。乱れた期数のカウントは、シーンの順番さえ自由に入れ替える編集作業のメタファーなのか。

トゥイの鳴き声が絶える。ユウリディースの高笑（こうしょう）が遠ざかる。ミドリコガネの翅の唸りがフェイドアウトする。だれかの手がスライドボリュームを引き下ろしているかのように。

まだ私の声は聞こえるだろうか。

いまこそこの講評を読むあなたに告ぐ。

私は客席ではなく、コンソールの前に（中に）いる。榮倉三津の手で編集され続けている。

主要参考資料

『完全な真空』スタニスワフ・レム著　沼野充義・工藤幸雄・長谷見一雄訳（国書刊行会）

『歌劇《オルフェオ》プロローグと五幕の音楽寓話劇』クラウディオ・モンテヴェルディ作曲　ニコラ

ウス・アーノンクール指揮　ジャン＝ピエール・ポネル演出（DVD発売元：ユニバーサルミュージック合同会社）

喜歌劇《天国と地獄（地獄のオルフェ）》ジャック・オッフェンバック作曲　マルク・ミンコフスキ指揮　ロラン・ペリー演出（DVD発売元：パイオニアLDC）

喜歌劇《天国と地獄（地獄のオルフェ）》ジャック・オッフェンバック作曲　エンリケ・マッツォーラ指揮　バリー・コスキー演出（NHK‐BSP　二〇一九年十二月九日放送（録画））

『オッフェンバック　音楽における笑い』ダヴッド・リッサン著　高橋英郎・東多鶴恵訳（音楽之友社）

『大英自然史博物館展』（図録）国立科学博物館・読売新聞社編（読売新聞社）

『キャプテン・クック探検航海と『バンクス花譜集』展』（図録）Bunkamura ザ・ミュージアム編（Bunkamura）

『映画もまた編集である　ウォルター・マーチとの対話』マイケル・オンダーチェ著　吉田俊太郎訳（みすず書房）

『映像編集の技法　傑作を生み出す編集技師たちの仕事』スティーヴ・ハルフィッシュ著　佐藤弥生・茂木靖枝訳（フィルムアート社）

『イントレランス』デヴィッド・ウォーク・グリフィス監督（DVD発売元：(株)アイ・ヴィー・シ

ー）

『裁かるるジャンヌ　デンマーク語字幕オリジナル版』カール・Th・ドライヤー監督（ＤＶＤ制作：紀伊國屋書店）

樋口一葉の多声的エクリチュール

——その方法と起源

倉数茂

樋口一葉を論じることが現実そのものに影響を与えてゆく本作は、読むことは読むことのみにとどまらず、生きることは生きることのみにとどまらず、死ぬことは死ぬことのみにとどまらないという人間の本質的な中間性を、〈異常論文〉という中間的な形式によって描出している。小説という表現形式においては一般に、「説明」することは忌避されるが、本作においては説明とそうでないものは区分けできない。説明は説明の中にとどまりえない。本作の語りの中では、つねにすでにあらゆるものが溶け出し続けている。余談だが、本作で言及される文献はすべて実在するものであり、引用は正確で事実に基づくものであり、怪談パートを除けば査読を想定した正常な論文として書かれている。

くらかず・しげる。作家、日本文学研究者。2011年『黒揚羽の夏』でデビュー。『名もなき王国』（ともにポプラ社）で第39回日本SF大賞、第32回三島由紀夫賞にダブルノーミネート。研究書としては『私自身であろうとする衝動　関東大震災から大戦前夜における芸術運動とコミュニティ』（以文社）がある。近刊に変格ミステリ『忘れられたその場所で、』（ポプラ社）。

怨霊というものがあるかないかそんな机上の空論などを、いまさら筆者は諸君と論判したいとは少しも思わない。ただここに掲げる一篇の事実を提げて、いっさいを諸君の批判の下に委ねんと思うのみである。

――橘外男

はじめに

私がまだ研究者の卵であったころ、大学院での同期であったKと夜を徹して話し合ったことがあった。私は近代文学の、Kは明治期民間宗教の研究を志していた。そのとき二人が一致したのは、一八九〇年代（明治二十年代前半から三十年代初頭）の日本には、近代的な学問と芸術のディシプリンによって排斥されてしまったある種の魅力的な混沌があったということだった。例えば言文一致直前の雅俗折衷体であり、河鍋暁斎や小林清親が高橋由一と合い並ぶ美術の世界であり、国学と啓蒙思想とアジア主義とが混在する思想状況といったものが私たちの話題にのぼった。Kはキリスト教や仏教といった大宗教のみを視界においては捉えられない、混乱期の人々がすがった多様な信心のあり方に注目すべきだと言い、一方で私は初期の幸田露伴、泉鏡花、そして何よりも樋口一葉の文章の不思議さを念頭に浮かべていた。Kの熱弁は止まるところを知らず、酔いの回るほどに岡田式静坐法や丹田呼吸法や古神道系やら修験系やらの唱えた奇妙な修養法の数々を語り続けて私を存分に笑わせてくれた。Kはもうはっきりと、そうした学界から異端視されそうな方向へ針路を定めている様子だった。

その後、私は大正から昭和を対象領域に選び、明治文学について直接書く機会は訪れなかった。一方Kの方は若くしてキャリアを絶った。しかしあのときKと話したことはずっと気にかかっていた。いつかはきちんと死者とも生者ともつかぬ無数の声の飛び交う樋口一葉のテキストと向かい合わなければならない。それはいつの間にか、Kに対する負い目になってしまったようだった。

二十数年経って振り返ってみると、私は若い頃抱いていた野心の何ほども実現できなかったようである。若さを失い、ゆっくりと本を読んでは時間をかけて考える余裕を失い、いつかは自分も大きな仕事をしてみせるという夢を失った。それでも細々とではあれ、学問を続けてこられたことを嬉しく思っている。世間では人文学に対する侮蔑の言葉が渦巻いている様子である。しかし学問は金は生まないが、人生をほんの少しだけ生きやすくしてくれる。

若い頃の友人たちと会わなくなってから随分経つ。このささやかな小論が少しでもKへの借りを返すことになっていたらよいと思う。

1

一八七二年（明治五年）に生まれ一八九六年（明治二九年）に没した樋口夏子[1]、筆名一

1　戸籍名は「奈津」だが、一葉自身が日記に「夏子」あるいは「なつ子」と署名しているためここでは「夏子」とする。

葉は、二四歳と半年という短い生涯のあいだに残した二二篇の小説と日記とによって、明治文学最高の作家という評価を揺るぎないものにしている。

とりわけ『大つごもり』、『たけくらべ』、『にごりえ』といった傑作を次々に書き継いだ死までの短い期間は、その旺盛な創作力の奔出から〈奇跡の十四ヵ月〉と呼ばれる。まだ女性作家が珍しかった時代である。一葉が矢継ぎ早に発表する作品は当時の文学青年たちを熱狂させ、彼女の周りには島崎藤村、泉鏡花、上田敏といった次代の日本文学を牽引する若者たちが集う。たった半年ほどとはいえ、一葉はまちがいなく当代最高の小説家という輝かしい世評を得た。

しかし一方で一葉は心中に暗いものを抱え、デビュー作が『闇桜』、転機となった作品が『暗夜（やみよ）』、晩年の『にごりえ』のラストが盆提灯に照らされて主人公の棺（ひつぎ）が運ばれていき、成仏できぬ人魂（ひとだま）が空を走るという〈噂〉で終わっているように、荒涼とした死と闇について一貫して書き続けた作家であった。

本論は、ジェンダー論的観点からもますます注目されている一葉作品が持つ魅力を、作者の伝記的事実と文体的特徴の両面から探り、一葉が一葉となった契機を輪郭だけでも描き出そうとするものである。最後に彼女の晩年の奇怪なエピソードに注目することになるが、まずは生涯を簡単に辿ってみよう。

一葉はまだ維新の動乱がおさまったとは言えない時期に、東京府の下級官吏であった樋口則義と妻多喜の次女として生まれている。則義はもともと甲州大藤村の農民であったが、多喜との結婚を機に江戸へ出て八丁堀同心の株を買い士分となる。しかし一年も経たないうちに徳川幕府は瓦解し、幕臣であった樋口家は新政府の下級官吏に転身する。だが父の事業の失敗や長男泉太郎の夭折などによって、樋口家の家産は傾き、父の死後は一葉が若き戸主（こしゅ）として零落した樋口家を支えるべく奮闘することになる。

こうしてごく発端の部分を取り上げただけでもわかるように、一葉の生い立ちには幾つもの境界が重ね書きされている。一葉は農民として生まれて幕臣に成り上がり、明治政府の末端に職を得たものの子であった。明治の強固な家父長制にあって、女戸主として家の重圧を担わねばならず、生涯に亘（わた）って武士的プライドを抱えつつ、貧しい庶民の心情を凝視した。女性性と男性性、近代と前近代、明治維新で富と権力を得た新階級と貧困に沈む旧階級という対立項の鬩（せめ）ぎ合いが彼女の作品を貫通している。それは彼女の生まれに由来するものであったと言える。

生来利発だったらしい一葉だが、母の考えによって十一の年に小学校をやめる。「女子（おなご）に長く学問をさせなんは、行々の為よろしからず。針仕事にても学ばせ、家事の見ならひなどさせん」というのが母の考えであり、「死ぬ計（ばかり）悲しかりしかど、学校は止（やめ）になりけり」[2]と一葉はその時の心情を告白している。

その代わりというべきか、十四歳から名門歌塾萩の舎（や）に通い、和歌や王朝物語などの知識を身につける。萩の舎主宰の中島歌子は旧大名家と繋がりがあり、塾には上流階級の娘たちが多数通っていた。一葉の歌才は歌子に評価され一時助教まで務めるが、一葉が周囲との経済差を忘れることはなかった。[3]萩の舎で古典的教養を我がものとするとともに、そうしたみやびな教養が上流階級の子女のお飾りでしかないことを噛み締めた経験は、彼女の作品に複雑な陰影を与えている。

一葉が小説を書き出したのは、歌塾の先輩であった三宅花圃[4]が『藪の鶯』を発表して三三円二十銭という大金を得たことに刺激されたからであった。十七歳の時に父が亡くなってから樋口家は急速に没落していた。「今日より小説一日一回ヅ、書く事をつとめとす。一回書（かか）ざる日は黒点を付せんと定む」（明治二四・十一・四）と生真面目な少女は日記に記している。

もう一つのきっかけは新聞小説家の半井桃水（なからいとうすい）と知り合い、教えを請うたことである。当時三十を越えたばかりの流行作家は一葉の生涯唯一の——それも一方的な——恋の相手として知られている。出会ってすぐに一葉は恋に落ちたらしいが、その昂（たかぶ）りには女性職業小説家として立つという気負いも混じっていたのかもしれない。[5]一葉のデビュー作『闇桜』

は桃水の発行する同人誌「武蔵野」に掲載された。

それから一年ほど彼女は複数の雑誌や新聞に作品を発表するが、一家を支えるほどの収入にはならず、樋口家は窮迫していく。この時期、一葉はあちこちに借金をしてまわっている。[6] 生活のために締め切りに追われて原稿を書く苦しさもあったらしい。二一の時には

2　日記、明治二六年八月十日、『全集樋口一葉3』小学館、一九七九年。以降、日記からの引用はすべて小学館版全集より。

3　一葉は華やかに着飾った塾生のあいだで自分だけみすぼらしい格好をしなければならない嘆きを日記に記している。まだ十代の少女にとっては切実な体験であっただろう。

4　本名田辺竜子、坪内逍遙の『当世書生気質』に刺激されて書いた『藪の鶯』（一八八八年）は初の女性作家による近代小説とされる。のちに批評家の三宅雪嶺夫人となる。一葉とは違って富裕の生まれで高い教育を受けることのできた才人であった。

5　父も長兄も死没して不在の樋口家は、母多喜と妹くにと一葉の三人の女世帯であった。執筆において母と妹は一葉を献身的に支えた。一方一葉は嫁に行くことも婿を取ることも選ばず、樋口家の「女家長」として日本で最初の「女性職業作家」になって一家を養おうとしたのだった。

6　「昨日より、家のうちに金といふもの一銭もなし。母君これを苦るしみて、姉君のもとより二十銭かり来る」。（明治二六・三・一五）「我家貧困日ましにせまりて、今は何方より金かり出すべき道もなし」。（明治二六・三・三十）

「糊口的文学」（生活のための文学）と決別すると思い決め、小さな雑貨屋を開いている。

　この時期から一葉の人間関係は、萩の舎一門の上流の婦女から、東京で暮らす名もなき下層民へと変わる。一葉が雑貨屋を開くため転居した下谷龍泉寺は吉原に隣する土地であり、のちに『たけくらべ』の舞台になる遊興の街である。それまで士分の娘として山の手で育ち、高い教養を身につけた一葉にとっては異質な環境であったに違いないが、そこで目にした下層社会の実相は彼女の作品を大きく転回させていく。次の転居先では近隣の銘酒屋の酌婦たちと友誼に満ちた関係を結び、字を書くのが苦手な彼女たちに代わって手紙を書いてやったり、時には足抜けの手伝いに奔走したことがわかっている。当時、酌婦は下級の居酒屋で働きながら、時に体も売る最下級の女性労働者であった。

　しかし危険な境涯にあったのは一葉も同じだった。一葉はもちろん、母も妹も商売の経験などない。結局雑貨屋は一年足らずで廃業。そのあと一葉は借金の依頼も兼ねて次々にいかがわしい人物の元を訪れている。ここではまず有名な久佐賀義孝との関係について述べ、研究史でも黙殺されてきた二十二宮人丸についてはのちに取り上げる。[7]

　一八九四年（明治二七年）二月、一葉は本郷に天啓顕真術会創設者久佐賀義孝を訪れる。久佐賀は新聞に頻繁に広告を出して、インド、米国などを流浪して修行を積み、「東洋のメスメリズム」[8]を作り上げたなどと吹聴していた占い師・相場師であり、いかがわしい人物である。一葉は「秋月」という偽名で面会し、相場をやりたいので金を貸してほしいと申し出たらしい。

一葉がどこまで本気だったのかはわからない。しかし初対面で「すでに浮世に望みは絶えぬ、此身ありて何にかはせん、（…）さらば一身をいけにえにして、運を一時のあやふきにかけ、相場といふこと為して見ばや」（明治二七・二・二三）と壮士風の演説をぶつ若い女の度胸と頭脳に久佐賀が興味を持ったのは間違いない。金を貸すとは言わないもの、この後一年以上二人の間には交流が続き、久佐賀は何度も彼女に妾になるよう誘いかけ、一葉は日記では「あはれ笑ふにたえたるしれものかな」（明治二七・六・五）と切って捨てながら、思わせぶりな返事を返しているのである。二人の間に実際に金銭（そして身体）のやりとりがあったかについては研究者も意見が分かれている。しかし一葉が自分自身の「性」を掛け金にして、海千山千の久佐賀と渡り合ったのは確かである。それはいかにも危険な賭けではあった。こうして危機のうちに作家一葉の前期は終わり、豊穣な

7　筆者に二十二宮人丸について注意を促してくれたのはKである。ここに記して感謝したい。

8　メスメリズムは十八世紀ドイツの医師メスマーの提唱した、宇宙を満たす流体とされる動物磁気を通じて治療を行う身体技法。ヨーロッパで大流行したが、現在では催眠による暗示だったとされる。今でも一部の宗教団体が行う「手かざし」はメスメリズムの系譜を引いている。

〈奇跡の十四ヵ月〉が始まる。

一八九四年末に『大つごもり』、翌年の初頭から一年続く『たけくらべ』の連載が始まり、並行して『にごりえ』も書かれる。

この頃になると雑誌「文學界」の同人である上田敏や島崎藤村といった文学青年たちが一葉を尊崇し、度々家を訪れるようになる。さらに『たけくらべ』が森鷗外、幸田露伴、斎藤緑雨といった文壇の大物に絶賛されたことでますます文名は高まる。が、その時一葉に残された時間はわずかだった。一八九六年の末、奔馬性の結核によって永眠する。

このように作家一葉の活動期間はわずか四年であり、その中でも代表作は後半の一年半ほどに集中している。では前半と後半では何が違うのだろうか。

習作を含めて前半の作品は零落したお嬢様を主人公に据えて悲恋や三角関係を描いたものが多い。そこでは古典和歌や源氏物語からふんだんに修辞が借用され、舞台は明治社会であってもやや感傷的でロマネスクな物語世界が展開されている。しかしながら没落した若い女の焦燥や孤独というのが作者本人の切実なモチーフであったとしても、いかにも頭で作り上げられたこしらえ物という印象は免れない。

それと比べると後期の作品では、はるかにリアルで精彩に満ちた同時代の下層社会が捉えられている。『たけくらべ』のような伊勢物語を典拠に持つ抒情的な物語であっても、美登利や信如ら幼い恋人たちの立ち居には、十重二十重（とえはたえ）に社会的拘束がかけられているのである。そこには人が階層で分断され商品化されていく様子をニュートラルに腑分けする近代小説特有の冷徹な眼差しがある。

　ここに一葉後期作品の抱える両義性があると言って良いだろう。言文一致が確立し、藤村、田山花袋、夏目漱石らが活躍を始める明治三十年代から振り返ると、江戸の習俗の色濃く残る下町を優雅な文語体で描いた一葉は近代文学が喪失した豊穣な言語世界の最後の開花であったように見える。一方、近世文学の側から眺めると、一葉が実現した高解像度のリアリティは驚異的に思える。そこには江戸の戯作が表現することのできなかった近代的個人の孤独がありありと描きこまれている。

　文学史家の亀井秀雄は、一葉や露伴のような近世と近代の狭間にある作家たちは近代的意識と戯作者意識の混在を脱することができなかった「窪地」の作家なのだと言う。「たしかに一葉や露伴の表現は一種の窪地である。作品人物のことば（科白）の部分だけでなく、いわゆる作者の地の文においてさえ、明瞭に個別化された人間としての自己意識の一貫性が乏しく、まるで湿地帯に滲み出てくる水のように、絶えず何か別なものの声に冒され、対象的（客体的）世界の把握や評価を乱されている」（傍点原文）[9]。

　しかし一葉や露伴の作品は本当に近代に達することのできなかった過渡的な表現に過ぎ

ないのだろうか。むしろそこには、近世とも近代とも違う特異な語り手の語りが現れているのではないだろうか。何よりも亀井自身が言う「湿地帯に滲み出てくる水のように」語り手を冒し続ける声こそがその証左ではないだろうか。

2

本節では、亀井秀雄のことばを手掛かりに一葉作品の文体的な異様さについて考えてみたい。引用した部分の直後で、亀井は一葉の文体をバフチンの述べるポリフォニーにも似ていると指摘している。どういうことか。

『にごりえ』、『たけくらべ』に顕著だが、一葉作品では誰のものともしれない声（意見）が一つのセンテンスの内部を乱れとび、重なり合うということが起きる。『にごりえ』は虚無的な心情を抱えながら下級の銘酒屋で私娼として働くお力に焦点化した物語だが、その第五章は次のように始まる。並んで客を待つ女たちの「白首」（おしろいを濃く塗りつけた娼婦）を「白鬼」と言い換え、店を地獄へと見立てている。

誰れ白鬼とは名をつけし、無間地獄のそこはかとなく景色づくり、何処にからくりのあるとも見えねど、逆さ落しの血の池、借金の針の山に追ひのぼすも手の物ときくに、寄つてお出でよと甘へる声も蛇くふ雉子（きぎす）と恐ろしくなりぬ、さりとも胎内十月の同じ事して、母の乳房にすがりし頃は手打〳〵（ちようちちようち）あわゝの可愛げに、紙幣（さつ）と菓子との二つ取りにはおこしをお呉れと手を出したる物なれば、今の稼業に誠はなくとも百人の中の一人に真からの涙をこぼして、聞いておくれ染物やの辰さんが事を、昨日も川田やが店でおちやつぴいのお六めと悪戯（ふざけ）まわして、見たくもない往来へまで担ぎ出して打ちつ打たれつ、あんな浮いた了簡で末が遂げられやうか、[10]

ここで男たちの歓楽の場である銘酒屋が、客たちを誘い込み破滅させる無間地獄へと喩えられている——主要人物の一人源七がお力に入れあげた挙句自分の店を失って日雇いに没落していることと呼応している——わけだが、このアイロニカルな修辞を駆使しているのは誰なのか？　もちろんそれは語り手だと言うことはできるだろうが、同時に娼婦たちを卑しめ、憎悪しているカタギ（源七の妻お初のような）の意見でもあるように思える。

9　亀井秀雄『増補　感性の変革』一七八頁、ひつじ書房、二〇一五年
10　『にごりえ・たけくらべ』二六頁、岩波文庫、一九九九年

しかしこの文章はそのまま、赤ん坊の誕生儀礼（新生児に紙幣とお菓子を選ばせて将来を占う）を経由して、自分の馴染みの心変わりをなじる女の声に移行していく。この後はまた別の離れて暮らす子を思う女の詠嘆に続くのだが、この女たちが誰なのかはわからない。お力でないことは確かだが、では同僚の女たちなのだろうか。そうしたことは明らかにならぬまま、読者の脳裏には、貧に責められて体を売らざるを得ない数かぎりない女たち（彼女らも無間地獄で苛(さいな)まれているのだ）の姿が浮かび上がるのである。

　こうしたことが不自然でなく行われるのは、下町というまだ強固な近隣コミュニティが存在し、絶えず無数の噂が行き来する濃密な空間を舞台にしているからに他ならないが、文語文では地の文からセリフをカギカッコでくくり出す必要がなく、また句点なしにどこまでもセンテンスを続けていけるという条件も働いている。

　近代以前の文語文の物語では、地の文（草子地）で語り手が物語内の出来事や人物に主観的な論評を加えることがよく行われる。そのため近世までの物語は、たとえ見かけは三人称であっても、実は潜在的な一人称なのだという見方もある。言語学者の橋本陽介は、これを無声映画の映像と弁士の関係に喩えている。[11] 語り手はあたかも弁士のように、物語の場面が目の前にあってそれを解説するかの如く語っているのである。あるいは落語家が頭の中にある噺(はなし)を、アドリブを交えつつ話すようにと言っても良い。こうした「上演モデル」では語り手は物語と距離をおいて、その内容を茶化したり論評したりすることができる。一方、言文一致以降の近代文学は語り手の主体性を消去し、透明な言語によって読者の眼前に直接場面が現れることを目指した。いわゆる三人称客観描写である。こちらを「現前モデル」と呼ぶとしよう。

上演モデルから現前モデルへの転換を劇的に示す証左としてしばしば取り上げられるのが二葉亭四迷の『浮雲』である。[12] 日本最初の近代小説とされる『浮雲』は次のように始まる。

千早振る神無月ももはや跡二日の余波となッた二十八日の午後三時頃に、神田見附の内より、塗渡る蟻、散る蜘蛛の子とうようよぞよぞよ沸出て来るのは、孰れも顋を気にし給う方々。しかし熟々見て篤と点検すると、これにも種々種類のあるもので、まず髭から書立てれば、口髭、頬髯、顋の鬚、暴に興起した拿破崙髭に、狆の口めいた比斯馬克髭、そのほか矮鶏髭、貉髭、ありやなしやの幻の髭と、濃くも淡くもいろいろに生分る。

11　橋本陽介『物語における時間と話法の比較詩学』一二七－一四二頁、水声社、二〇一四年

12　野口武彦『三人称の発見まで』筑摩書房、一九九四年、絓秀実『日本近代文学の〈誕生〉——言文一致運動とナショナリズム』太田出版、一九九五年、など。

二葉亭は落語や語り物を見本としたのだから当然とも言えるが、この髭づくしは典型的な上演モデルだろう。ところが一篇から三篇まで書き進めるうちに、二葉亭は語り手の存在を目立たないようにしていく。

日本語では語り手の主観性はとくに語尾に集中的に現れる。判断や断言を示す「――だ」「――である」、呼びかけや詠嘆を示す「――よ」「――ね」などだ。「です」「ます」も語り手の存在を感じさせてしまう。そこで言文一致体の語尾はもっともニュートラルな過去形「――た」に落ち着いた。

語尾「――た」は、語られる出来事を客観的な時空の一点に位置づけ、読者の目の前で起きているかのように感じさせる効果がある。つまり言文一致はリアリティ（現前性）のための装置である。上演モデルが、語り手を意識させ、既知の物語をレトリックを含めて味わいなおす（語り物では聴衆は物語の大まかな内容をあらかじめ知っている）のにふさわしいとしたら、現前モデルは読者を物語の渦中に放り込み、未知の現在進行形のできごととして体験させる（サスペンス）。

さらに橋本は二葉亭が欧文の「主語＋述語」構造を持ち込んだことも指摘している。

「（二葉亭のツルゲーネフの翻訳が）『浮雲』第一篇の講談調と異なるのは、一つひとつの文が主語と述語を持ち、短くなっている点である。本来の和文の文の切れ目というのは、欧米の「主語＋述語」であらわされる単文とまるで違うものであったのは、『浮雲』第一篇の引用例をみても明らかである。四迷はロシア語小説の翻訳という形で、主語と述語を持つ単文という単位を導入しているのである[13]。

言うまでもなく、一葉作品ではこの「主語と述語を持つ単文」は成立していない。近代的な文体では、行為とその行為主、発話内容と発話者、心情とその主体が明確に関係付けられることで、事物や人物の具体性が立ち上がり、個別の歴史の一点に置き直される。しかし一葉では主語も発話者も明確に示されず、現実に発話された内容なのかそれとも内部の心情なのかも曖昧なまま長文が続いていく。このいつまでもセンテンスの終わり（語尾）が来ないまま、出自のはっきりしない複数の語りが連鎖していくところが一葉の文体の特徴なのだ。それは話者がメタレベルから自由に物語にコメントを加えていく戯作文ともちがう。一葉では次々に新たな声、異なるイメージが重層していくため、異様な濃密さと速度感が生まれる。実際に一葉の原文と、現代語訳との違いを見てみよう。詩人の伊藤比呂美による訳である。

13　橋本前掲書一三八頁

おい木村さん信さん寄つてお出よ、お寄りといつたら寄つても宜いではないか、又素通りで二葉やへ行く気だらう、押しかけて行つて引ずつて来るからさう思ひな、ほんとにお湯(ぶう)なら帰りに吃度よつてお呉れよ、嘘つ吐きだから何を言ふか知れやしないと店先に立つて馴染らしき突かけ下駄の男をとらへて小言をいふやうな物の言ひぶり、腹も立たずか言訳しながら後刻に後刻にと行過るあとを、一寸舌打しながら見送つて後にも無いもんだ来る気もない癖に、本当に女房もちに成つては仕方がないねと店に向つて閾(しきい)をまたぎながら一人言をいへば、高ちやん大分御述懐だね、何もそんなに案じるにも及ぶまい焼棒杭と何とやら、又よりの戻る事もあるよ、心配しないで呪(まじない)でもして待つが宜いさと慰めるやうな朋輩の口振、力ちやんと違つて私しには技倆(うで)が無いからね、一人でも逃しては残念さ、私しのやうな運の悪るい者には呪も何も聞きはしない、今夜も又木戸番か、何たら事だ面白くもないと肝癪(かんしゃく)まぎれに店前へ腰をかけて駒下駄のうしろでとん／＼と土間を蹴るは二十の上を七つか十か引眉毛に作り生際、白粉べつたりとつけて唇は人喰ふ犬の如く、かくては紅も厭やらしき物なり[14]、

「ちょっと木村さん、信さん、寄ってってよ、寄ってってっていってんだから、寄ってっ

てくれたっていいじゃないの、また素通りして二葉やへ行く気なんだろう、おしかけてってひきずってきてやるからそう思いな、ほんとにお風呂屋なら帰りにきっと寄ってってよ、まったくうそっつきなんだから、何をいうかわかんないんだから」

店先に立って、女がまくしたてる。つっかけ下駄の男にむかって、小言をいうような口ぶりでまくしたてる。馴染みらしい男は怒りもしない。言いわけしながら、あとであとでと行き過ぎる。それを女は、チョッと舌打ちしながら見送って「あとでもないもんだ、へ、来る気もないくせに、ほんとに女房もちになっちゃしょうがないね」と店のしきいをまたぎながらひとりごとをいった。

「高ちゃんなにをぐちぐちいってんのよ、そんなにやきもきしなくたって焼けぼっくいと何とかだってば、またよりの戻ることもあるわよ、心配しないで、おまじないでもして待ってればいいんだよ」と慰めるようにもう一人の女がいった。

「力ちゃんとちがってあたしにはテクニックてもんがないからね、一人でも逃しちゃったら惜しくってさ、あたしみたいな運の悪いのは、おまじないだってなんだってきやしない、あーあ、今夜もまたアブレっちゃう、なんだってこうなんだろ、あー、くそおもしろ

14　『にごりえ・たけくらべ』七頁

くもない」

女は店さきへ腰かけて、きもちがおさまらないように駒下駄のうしろでトントンと土間を蹴っている。年は三十前後、眉毛は引いてある、生えぎわもつくってある、白粉もべったり塗りたくってある。唇も、たった今人を食った犬みたいに、染めぬいてある。

以上から現代文（言文一致文）にするために三点の操作が原文に加えられていることがわかる。（1）地の文から科白がカギカッコで括り出される。（2）長文が句点で区切られ短文へと分割される。（3）地の文中の価値評価的なコメントが適宜省略される。この三点はみな、どこまでも続いていく文章を西洋語の「主語＋述語」構造に置き換え、それによって文中の行為と語りの「主体」（主語）を明確化する効果を持つ。そうしないと、現代文として読めるものにはならない。

これらの操作によってはるかに読みやすいものになるが、一葉の原文が持っていた複数の語りがオーバーラッピングしながら進む独特の効果は失われてしまう。

言文一致体（俗語革命）の政治的役割についてはベネディクト・アンダーソンの『想像の共同体』以降、膨大な研究が蓄積されている。その基本的な主張は政治的なレベルでの近代国家の設立に呼応しつつ、国民的一体性（ネーション）を醸成する役割を担ったというものである。ただしアンダーソンが強調したのは、空間的に離れた見知らぬ個人を同じ国民共同体の同胞とみなすような態度を、新聞・出版ジャーナリズムと小説が創り上げたということであって、俗語革命のテクスチュアルな部分にまで分析が及んでいたとは言い難い。では言文一致にはどのような政治的意味があったのか。

言文一致体は、文章の語り手を透明で不可視の存在とすることで、語られている物事――登場人物の心情など――がありありと読者の前に現前することを可能にした。だが物語る機能としての語り手が不可視になることと不在になることは違う。語り手は透明化されてむしろ匿名の誰でもありうるような――読者がそこに自分を容易に投影できる――普遍的な人＝国民になったと言える。それは人々が戸籍をはじめとする近代的統治によって、特定され個人化される時代に即応していると言えるだろう。

さらには、物語内話者として暗黙に想定されている語り手は異性愛的な欲望を持った成人男性であったとすら言っていいかもしれない。それこそが家父長的な明治社会にあって、もっともニュートラルな存在であったろうからだ。

しかし一葉作品の話者はそのようなものではありえない。なぜなら、語りは透明ではな

15　『にごりえ　現代語訳・樋口一葉』（伊藤比呂美、島田雅彦、多和田葉子、角田光代訳）河出文庫、二〇〇四年

く、そこにつねに多様な他者の声が勝手に入り込み、話者を複数に分裂させてしまうからだ。それは春をひさぐ女たちの恨み節であることも、逆にそうした女たちを値踏みし、冷笑する男たちの声であることもある。都市の下層にひしめくそうした具体的な声に一葉はテクストを解放した。

亀井秀雄は、一葉のこの特徴的な語り口を「癒着的半話者」という呼び方をしている。「この話者は、いつも誰か別な人間の立場へ視点を移動しながら、そのことばに自分の声を重ねて表現を進めてゆく」[16]（傍点原文）

いわばこれは口寄せ的な語りと言うべきではないだろうか。語り手が物語全体を俯瞰（ふかん）する近世の上演モデルでも、話者が消えて場面それ自体が前景化する近代の現前モデルでもなく、空虚な話者の位置に切実で生々しい他者の声が次々に入り込んでおのれのことを語り出す生霊のひしめく空間を一葉は作り出した。しかしなぜ一葉はこのような異様なエクリチュールを生み出すことができたのだろうか。そこに何か具体的な、例えば同時代の霊と身体についての技法や動向が関わっていた可能性はないだろうか。

3

一葉は一八九四年（明治二七年）の六月に根津で見かけた庵に住む二十二宮人丸（にじゆうにのみやひとまる）という行者を訪ねて話し込んでいる。「異談一ならず、物語をかしかりき」（明治二七・六・五）とあるから男の語る奇妙な事柄に興味を持ったらしい。ちょうど久佐賀義孝との危険な交渉が続いていた最中である。こののち、人丸の方でも一葉宅を訪れ、彼女を「浮世の異人」と讃えて「長き交際」を求めたとある。しかしこのごく短い記述を最後に一葉日記から人丸の姿は消える。

当時の一葉が「我が一生は破れ破れて、道端にふす乞食かたゐの末こそは終生の願ひ成けれ」（久佐賀と初面会時に語った言葉）といった破滅的なニヒリズムを抱いていたことは確かである。そこからいかがわしい「闇の知（オカルト）」に惹かれる部分もあったのかもしれない。

しかしこの人丸については、当時隆盛を極めていた新宗教蓮門教の行者であったということくらいしかわかっておらず、ごく一部の宗教史の研究者が軽く言及しているくらいである。数少ない例外としてKの残した草稿があるが、彼はキャリアの初期で研究からリタイアしてしまったためにこの草稿が活字化されることはない（それゆえKとイニシャルに

16　亀井前掲書一八四頁

している）。弘文堂の『新宗教事典』によれば蓮門教の創始者は山口県の農婦島村みつ、お籠りや神の水により病を治すことができると説いて信者を集め、コレラの大流行に合わせて教勢を拡大した。一時は東京のほか、福岡、北海道、山口などに分教会を置いて公称信者九〇万を誇るまでになったが、一方で信者に売春をさせているなどといったスキャンダルを新聞『萬朝報（よろずちょうほう）』が取り上げて大々的なキャンペーンを張り、さらに教団内の争いなどもあって衰亡した。大正期にはほぼ壊滅状態だったという。[17]

一葉が人丸の庵を訪れた一八九四年の六月は萬朝報が盛んに蓮門教批判キャンペーンを行なっている時であった。さらにその三年前には尾崎紅葉がやはり蓮門教の腐敗を暴くモデル小説『紅白毒饅頭』を連載していたのだから、一葉がその悪評を知らなかったとは思えない。

宗教史家の村上重良は二十二宮人丸が蓮門教の中でも異端的存在ではなかったかと推測している。[18]どのような振る舞いがあったのか、教祖島村みつからもしばしば処罰を受け、教団主流からは警戒される異分子であった。村上は当時の新聞などから人丸についての気味の悪いエピソードを紹介している。人丸が暮らしていた陋屋（ろうおく）は根津神社のすぐ近くにあった。一葉もそこを「三間なれど、天井もなく、くりやめく物もなし」（明治二七・六・五）と書いてあるから、屋根の梁（はり）が剥き出しで、台所もないような小さな建物だったのだろう。夜になると、この人丸の家を頻繁に出入りする人影があった。男もいれば女もおり、年齢もさまざまで、恰幅のいい紳士から乞食に近い風体のものまでいた。しかし近所のものが見ると、その男女はみなペラペラと紙のように薄っぺらく、風に吹かれて宙に浮くこともあったという。

こうした風聞から察するに人丸は当時霊術師などと呼ばれた民間の宗教的呪術者／治病者ではなかったかと思われる。

精神療法史の研究者である吉永進一は明治期霊術には二つの源泉があり、ひとつは新政府の廃仏毀釈、祈禱禁止、西洋医術の普及といった施策によって行き場を失った修験者だという。その技は変形されて合気道、静坐法、修養術などに受け継がれていった。もう一つは西欧の最新医療技術として導入された催眠術であり、その中心人物は井上円了のような啓蒙的知識人であった。[19] 井上は「妖怪」や呪術などを迷信として排撃したことで有名だが、同時にその心理的効果は認めており、祈禱や瞑想などの実践を心理学的に解釈しつつ

17　『新宗教事典』二七頁、七八八頁、八八一頁、弘文堂、一九九〇年

18　村上重良『国家神道と民衆宗教』二三二頁、吉川弘文館、一九八二年

19　栗田英彦、塚田穂高、吉永進一編『近現代日本の民間精神療法　不可視なエネルギーの諸相』国書刊行会、二〇一九年

精神療法として活用していくという立場であった。知識人のこうした態度により西欧の精神療法――当時流行のスピリチュアリズム[20]を含む――は神道や仏教の関係者にも受容されていったのである。

一方Kによれば、人丸は自分の心霊を自在に飛ばすことができ、同様に他人の霊をも自由に呼び寄せることができると主張していた。[21]いわば離魂術であり、招魂術である。ただし対象は生き霊に限られていたらしい。これだけでいかがわしい詐欺師とみなすのに十分だが、では一葉はそうした人丸の術に興味を惹かれて彼の元を訪れたのかという疑問が生まれる。短い会見の中で彼女がこうした霊術を実見したり、あるいは直接教えを受けるといったことはありえたのだろうか。

何の資料も見つかっていない以上、これらの問いに答えることはできない。しかし興味深いエピソードがひとつ残されている。一葉の友人であり後に博文館版の一葉全集を編集する英文学者馬場孤蝶の回想である。[22]孤蝶は文學界の同人であり一八九四年以降、しばしば一葉宅を訪れた。

ある初秋の夕暮れ、丸山福山町の通りを歩いていると向こうから銘仙を着た一葉が早足で歩いてきた。彼女は孤蝶をみてちらりと笑うと横丁に折れて姿を消した。

家に帰るのかな、と思いながら孤蝶は早足で一葉のあとを追った。だが地を滑るような足取りで、とても追いつかない。一葉宅の門についたが、戸口を開け閉めする音は聞こえなかった。

外から声をかけ、返事がないので庭にまわって縁側から覗くと、人気のない座敷でぽつねんと一葉が火鉢にもたれていた。ただ先ほどとは着物が違い、髪の結い方も異なっている。不審に思っていると先ほどの女が横からすうっとやってきて、座敷にいた一葉とそのまま溶け合ってひとつになった。それから彼女は孤蝶の視線に気が付いて、あらいらっしゃい、とにっこり微笑んだという。ただし孤蝶は、その頃の自分は神経衰弱にかかっていたと弁解している。

20　スピリチュアリズム（心霊主義）は、人は死んでもその霊は残り、霊媒などを通じて生者と交信できるという考えであり、アメリカのフォックス姉妹が霊からの通信を受け取ったと主張したのをきっかけに十九世紀後半世界的に流行した。ラップ音、ウィジャボード（コックリさんはそれを日本化したもの）、エクトプラズム、心霊写真などはすべてこのスピリチュアリズムに起源を持つ。

21　『近代霊術の展開』草稿

22　『孤蝶随筆』一二八頁、新作社、一九二四年

おわりに

三十になったばかりの頃、研究者の道を半ばあきらめて実家に逼塞していたことがある。博士号をとっても食べていけるとは思えなかったし、奨学金の支給期間も切れて、家に帰らざるを得なくなったのだった。終日自室にこもって資料を読み、明け方浴びるように酒を飲んで寝てしまうという毎日だった。両親にとってもさぞや鬱陶しかったろうと思う。

あるとき、目覚めると枕元にKがあぐらをかいていた。床に置き放しのウィスキーを勝手に飲っているらしい。

私は驚いて、どうした、と尋ねた。彼とは数年会っていなかった。指導教官と揉めてメンタルをやられているという噂は聞いていた。

彼は青ざめた顔で静かに笑った。玄関の鍵がかかってなかったぞ、こんな田舎だと夜でも鍵をかけないんだな。

私は起き上がり、カーテンの裾をめくって外の様子を確かめた。まだ朝が来たといえるほどではなく、空がしらじらと変わり始めた頃合いだった。Kの奇行には慣れているとはいえ、さすがにこれは常軌を逸している。

私は彼からなみなみと注いだコップを受け取り、それを舐めながら、最近どうだと聞いてみた。ずっとかかりきりの論文は終わりそうか。

Kはフッフッと息を吐いた。彼は大学に職を得て雑誌にも頻繁に寄稿するようになっていた数人の友人の名前をあげた。これが発表されたらあいつら驚くぞ。ようやく見つけたんだよ、人丸の手記を。俺はな、彼の術をついに会得したんだ。

何を言ってやがると思って私は黙っていた。すると目の前でKは細かな光の粒に分かれて消えてしまった。なあんだ、夢だったのかと思って私はまた布団に潜り込んだ。

翌日、妙な胸騒ぎに促されて私は東京へ向かった。引っ越していなければ彼は井の頭沿線の小さなアパートにまだいるはずだった。チャイムを鳴らしても反応がなく、窓のカーテンもすべて閉まっているので、私は不動産屋に強硬に言って鍵を開けさせた。

扉をあけてすぐに目についたのは、壁際に積み上げられた古書類に背中をもたせかけてこちらを睨みつけてくるKの顔だった。私は靴も脱がずに室内に駆け上がり、おそるおそるKの前に屈み込んだ。膝頭が震えるのを抑えることができなかった。彼は大きく目を見開いたまま事切れていた。

ベケット講解

保坂和志

ベケットとアビラの聖女テレサの書いたテキストの読解を通して、信仰や祈りや演奏、あるいはそれに接近する小説の体験、思考そのものが持つ、プロセスとしての体験に関する考察が展開される。——本作は、ひとまずはそのようにまとめてしまうこともできるのだが、果たしてそういうことでよいのだろうか。そこには何かの罠がある。それではまったく足りていない。ベケットの作品がそうであるように、本作もまた、記述の「一つ一つにいちいち反応するような読み方」を拒んでいる。もちろん一方で、要約されることもまた本作は拒んでいる。だからあなたは部分を取り沙汰して読む必要はなく、また、ありもしない全体を読もうとする必要はない。あなたはただ単に本文を読み、文の流れに身を任せ、そしてそのときどきに浮かび上がる、あなただけの思考、あなただけの体験に身を任せればよい。

ほさか・かずし。作家。1956年生。1990年『プレーンソング』（中公文庫）でデビュー。1993年『草の上の朝食』（中公文庫）で野間文芸新人賞、1995年『この人の閾』（新潮文庫）で芥川賞、1997年『季節の記憶』（中公文庫）で平林たい子文学賞、谷崎潤一郎賞、2013年『未明の闘争』（講談社文庫）で野間文芸賞、2018年、『ハレルヤ』（新潮社）所収の「こことよそ」で川端康成文学賞を受賞。2019年より「小説的思考塾」を開催している。近刊に、『猫がこなくなった』（文藝春秋）。

これらはベケットが書いたことではまったくないのだが、

あるものは外からくるように思われ、あるものは霊魂の奥底から、またあるものは霊魂の上部から、そしてあるものはまったく表面に、はっきり整った言葉として耳に聞こえてくるのです。ときとして、いいえ、多くの場合、それは錯覚であるでしょう。殊に想像力の弱い人やメランコリーな、ひどいメランコリーな人たちの場合にはなおさらです。

ある人たちが熱心に主に何かをお願いしているとき、自分がそう望んでいることを、言われたような気がすることがあります。これはしばしば起こります。しかし、神からの語りかけをたくさん経験したことのある人なら、こうした想像に欺かれることはないと私には思われます。

もし霊魂が、神がくださったアロバミエントにおいて、こうした神秘をときとしてかいま見ることがないなら、それは本当のアロバミエントではなく、私たち女性の体質からくる弱さを持っている人たちに見られる、ある自然的衰弱です。

それに抵抗できる方法が何かあるでしょうか。抵抗すれば、むしろ悪くなるばかりです。私はある人の体験から知るようになりました。神は、霊魂に、もはや自分が自分の主ではないと悟らせようとしておいでのようです。

体質の弱さもこうした苦しみの原因となりやすく、殊にほんの小さなことにも涙するような感受性の強い人ならなおさらのこと、という点にもあなたがたは注意してください。彼女らは、神を思ってしばしば泣いているつもりになっているのでしょうが、実際はそうではありません。神についてちょっと話を聞いたり考えたりすると、後から後から涙が溢れ出て、暫くはそれを抑えることができないときなど、神に対する愛よりも、心臓になんらかの液が集まったのが原因ということさえあるのです。

私たちは、たった一度いただいた恩恵を愚かに待つのはやめましょう。最初のうちは、主はこの同じ恩恵を一年、あるいは何年もの間くださらないことがあるでしょう。その理由はいと高き御方がご存知で、私たちはそれを知りたいと思ってはなりませんし、また知る理由もありません。

悪魔はひじょうに巧みな画家だから、もし主の御姿を生き生きと示してくれたなら、わたしは悲しむどころか、それを自分の信心を掻き立てるために用いる、そして悪魔自身の悪巧みを利用して悪魔と戦う。たとえ画家がどんなに悪者であっても、その描いた画が私たちの宝のすべてである御方の御姿なら、画家ゆえにその画に対して尊敬を欠くべきではない、と。

聖母の騎士社というキリスト教専門の出版社が出している聖母文庫の中の一冊、アビラの聖女テレサが書いた『霊魂の城――神の住い』を読んでいるうちに、ベケットと似たものを私はだんだん感じてきた、抜粋したのは「第一の住い」から「第七の住い」までの七部構成になっているこの本の「第六の住い」からだ、抜粋中「御方」となっているのは原訳文では「御者」だが「御者」では「ぎょしゃ」と読まれてしまうだろうから「御方」に書き替えた、この御方（御者）の他に、神も主もこの本の中で使われている、たしかキリストも使われている。その四者の違いが読んでいる私にはわからない。

私はずいぶん前にこの本を買ったが何度かはじめ（第一の住い）から読み出したがすぐに飽きた、今回は「第五の住い」のそれも途中から読んだら不思議に飽きることがない、私はそのまま「第六の住い」までこうして読んできた。

「第一の住い」から「第七の住い」まで信仰の段階としてだんだんあがっていくわけだがこの本は祈りの方法や修行のあり方など具体的なことは何も書いていないので（私が読んだ範囲で）途中から読んでもあまり問題はないと思える、信仰していると神の言葉が聞こえたり神の考えが言葉を介してでなくダイレクトに心か頭か思考過程の中にくるらしい、そのことを著者であるアビラの聖女テレサは語っている、アビラの聖女テレサは十六世紀のスペインの修道女で神秘主義の系譜にある、という私の説明はすでに間違っているかもしれない、事項のレベルで間違いはないとしても事典かウィキペディアの説明程度の説明は正しいとは言えない、信仰や祈りや修行に関することは言葉の表面の操作で試験問題の空欄を埋めるようなレベルで言葉として合っているとしてもそれは理解していることを意味しない。

私はいまさらきっかけを思い出すことはできないのだが二、三年前かそのさらに二、三年前から、

「信仰とか修行とか、宗教体験とかについて何か書きたい。」

と人に言うようになりそれなりに本を集めてきた、本を集めるのは簡単だ、カネさえ払えばそれはできる、しかし集めるだけでは本は内容はわからない、内容をわかるためには本を読まなければならない、本を読むのは大変なことだ。

私は自分で修行や信仰生活を実際にしてみようとはまったく考えたことがないし今も考えていないしこれから考えないということには確信がある、永平寺に入門するなどはハナッから思いもしない、どこか近所のお寺の日曜坐禅会というようなものに心惹かれたことも一度もない、そして、

「自分では修行しようとはまったく思わないけど、修行でしか経験できないことの感触を知りたい。」

と私は最近では臆面もなく口にするようになった、今はこうしてとうとう文字に書いてさえいる。

では何故修行や信仰や祈りに関心を持つ、または惹かれるようになったのか、何故ばか

り考えてもしょうがないし何故など考えるより現にいま自分が考えようとしていることを少しでも先に進めようとすることの方が先だ、とはいえ私は本を集めるだけで読みもしない、たまにどれかを開いて読み出してもすぐに飽きる、この『霊魂の城』が少しはまとまって読んだ最初の本ということはさすがにない、この本のどこがキリスト教の神秘主義の歴史に残る本なのか私はわからない、七部構成のうちで圧倒的にボリュームがある、全体で約四〇〇ページの本の一五〇ページある「第六の住い」を私はある関心とともに読んでいるがそれはほとんど宗教的な関心ではないし私は感動してはいない。私はただこの本にベケットに似た感触を感じて読んでいる。

それで私は冒頭に書き抜いたがこうして前後を思いっきり省略して短く短くして書き抜いた文章はほとんどまったくベケットを感じさせない、それでも開けていた窓に風が吹いて揺れたカーテンと一日閉めきっていた部屋のカーテンとで翌日になってどこか違いがあるとしたらその程度にはあるというくらいに何かがこれら抜き書きから感じられるかもしれない。

ベケットについて人は何を語っているか、もう三十年も前になるその頃には私もベケットについて書かれた本を何冊か、たぶんほんの二、三冊かせいぜい四、五冊だっただろうが読むには読んだ、私もまだ若く今私が何かを知っているというわけではないがその頃は何も知らなかったからそこから何かいわゆる吸収しようとしてそれらの本に私なりに謙虚にそれらを読んだが私の心はまったく晴れなかった、それらの本に私がベケットのどこにこれほど心惹かれているのかそれらには少しも書かれていなかった。

何故（また何故だ）これほどベケットに惹かれるのか、何故ベケットと口にするとき私の中に特別な気持ちが起こるのか、ベケットの何に、ベケットのどこに私は、私の心は反応しているのか、それはまったく説明されていない、ベケットは書けば途端に離れてゆく、何かをわかったように書くとき他の作家ではそれでよしとされることとなのだろうが何かをわかったと思うそこがすでにベケットについて語ることではない、それを読んだその人が読んだことによってベケットを少しでもわかったと思うことはあるだろうがそれは他の作家をわかるようにベケットをわかったと思うだけでベケットではない、他の作家を理解する心の構えではベケットはわからない、その心の構えになったときベケットのことを知りたいとかわかりたいとか思った気持ちはベケットに向かうものではなくなっている。

「ベケットは何を書いたのか？」という問いの設定はすでにベケットを読み通したことを前提としている、しかしベケットは『モロイ』三部作のどの一作として読み通せるものではない、私はベケットの小説のことを言っている、『ゴドーを待ちながら』のことを言っているわけではない、『ゴドー』ならとりあえず読み通すことはたいして多くない辛抱でできる、だいいち『ゴドー』は芝居なのだから観る者は小説を読む者のように細切れで観ることはできない、芝居は途中で飽きたからといって退屈することはできても細切れに観ることはできない、たぶん二時間程度の上演時間だからそれと同じだけ辛抱すれば一気に読み通すことは難しくない、『モロイ』は『ゴドー』よりずっと長い、『モロイ』はもし退屈しなかったとしても、読み通せる長さではない、速読の人なら一晩で読み通せるかもしれないが『モロイ』を一晩で読み通すことにそもそも矛盾、あるいはちぐはぐがある、それは『モロイ』にはそぐわない。

『モロイ』は、いま私は話をベケットの小説全体でなく私がはじめて出会ったベケットである『モロイ』の話に絞ろう、他の小説はまったく出てこないわけではないが出ないかもしれない。『モロイ』は退屈する、たぶんベケットの小説と退屈は切り離せない、私はベケットを読み出すと心のどこかが静かに激しく揺さぶられる、この感じはベケットにしかない、この喜びはすぐに消えたりせずにベケットを読んでいるあいだ休みなくつづいている、これは退屈と矛盾しない、ベケットはつまらなくて退屈するわけでなく読んでいるあいだベケットの文章を読む喜び、ベケットの語り方にふれる喜びが途絶えることなくつづいている中で退屈する。

私がはじめて読んだベケットは『モロイ』でそのとき私は『ゴドーを待ちながら』という芝居があること、それがとても有名らしいことはうすうす知っていたがそれの作者がベケットだということは知らなかった。私は大学の三年生か四年生のとき鎌倉の弘文堂という駅にやや近い、古本屋としては面積がかなり広い店の海外文学の棚で集英社の現代の世界文学というフランスのたぶんガリマール叢書の造本を手本にしたソフトカバーのあの頃はよく知られていたシリーズの一冊として出ていた本を棚から抜き出すと帯に、

「主人公モロイはついに自分の名前からすら見放される……。現代文学の旗手ベケットによる〈反小説〉」

とかそういう惹句（じゃっく）が書いてあった、私は単純に、主人公が名前からさえも見放されるとか彷徨の末に主人公が名前すら失うとかいうことと、〈反小説〉という、あるいは〈ヌーボーロマン〉という言葉に反応して立ち読みした。

棚の前では読まなかったかもしれない、この本は今でも最後のページに鉛筆書きが残っているが古本屋での売価が三百円だ、当時としても安かった、大学生が中身をいちいち確かめなくても迷わずに買える金額だった、だいたい私は本屋で立ち読みするだけで中身がわかったためしがない、文章の感触すらわからない、それでも習慣として買う前にはいちおう立ち読みする、立ち読みして、これは全然ダメだと思うこともまったくないわけでは

ない。

いずれにしろ私は読み出した。

ぼくはいま母の部屋にいる。間違いなくこのぼくなのだ。どうやってここへたどりついたのか知らない。たぶん救急車かそれとも何かの車できたのはたしかだ。ひとに助けてもらったのだ。とてもひとりではこられなかっただろう。一週間ごとにやってくるあの男、彼の手助けでここへたどりついたのかもしれない。彼はそうじゃないといっている。彼はなにがしかの金（かね）をくれて、記録を取りあげていく。記録が多ければ、それだけ金額も多い。なるほど、ぼくはいま働いている、昔ちょっとしたみたいに、ただしぼくはもう働きかたを知らないのだ。そんなことはもうたいしたことではないように思える。いましたいことといえば、残されたことを話し、別れの挨拶をすませて、死をまっとうすることだ。彼らはそうするのを望んでいない。そうだ、彼らは一人ではない。どうもそのようだ。だがやってくるのはいつも同じ男だ。そんなことはあとにしろ、と彼はいう。ああいいとも。実をいえば、ぼくにはもうたいして意志がないのだ。新しい記録を取りにくるとき、彼は前の週の記録を返してくれる。それにはなんだかわけのわからぬ記（しるし）がついている。いずれにせよぼくは読み返したりしない。

何もしないでいると、彼は何もくれない、ぼくを叱りつける。そんなことといったって、ぼくは金のために記録をつけているのではない。じゃなんのために？　わからない。ほんとのことといって、ぼくはたいして知らない。たとえば、母の死のこと。ぼくがついたとき母はもう死んでいたのか？　それとも、そのあとでやっと死んだのか？　という意味は死んで埋葬されていたかどうかだ。わからない。たぶんまだ埋葬されてなかったのだろう。いずれにせよ、ぼくは母の部屋にいる。母のベッドで寝ている。母の便器で用をたしている。ぼくは母の場所を手に入れた。だんだん母に似ていくにちがいない。あとはもう息子が足りないだけだ。どこかにぼくの息子がいるかもしれない。だがぼくはそう信じない。もしいたらもう相当の年で、ほとんどぼくと同年輩だろう。あいつは若い女中だった。ほんとの愛ではなかった。ほんとの愛はほかの女あいてのことだ。いずれその話もしよう。ところがぼくはまた彼女の名前を忘れてしまった。ときどき、息子のことは前から知っていて、面倒をみてやったような気になることがある。そのあと、そんなことは不可能だと思いなおす。ぼくがだれかの面倒をみるなんてことはありえないのだ。字の綴り方だって忘れたし、言葉も半ば忘れてしまった。だがそんなことはたいしたことじゃないだろう。そうだとも。ぼくに会いにくる男は、変な野郎だ。どうやら日曜日ごとにやってくるらしい。ほかの日は暇がないのだ。いつも喉をからしている。あの男がいった、ぼくは出発をまちがえた、もっとちがったスタートを切るべきだった、と。そうかもしれない。ぼくはこういうはじめ方をはじめてしまった、なんていったらいいか、まるで老いぼれのまぬけ者みたいに。これがぼくなりのはじめ方なのだ。それでも彼らはともかくこの記録を残そうとしているようだ。ぼくはずいぶんと苦しい思いをした。これがそうなのだ。こいつのためにぼくはひどく苦しめられた。ともかくこうしてはじまったのだ。ところがいまはもうほとんど終わりに近い。いまぼくがしてることは、前よりもよくなったろうか？　わからない。問題はそんなところにはないのだ。これがぼくなりのはじめ方なのだ。彼らが保存しようとしているのを見ると、これにもなんらかの意味があるにちがいない。ここにあるのがそれだ。

ここまでが最初の段落だ、引用として抜き出すと読む人はどうしてもそこをサササッと斜め読みするだろう、それでは私がベケットの文章をはじめて読んだときの感触はわからない、ここに何が書いてあるかは二の次だ、まずここを引用でない文章を読むように読むことが肝心だ、しかしベケットの文章をいままで一度も読んだことのない人がいま私のこの文章を読んでいるだろうか、いままでベケットを一度も読んだことがない人でその人が三十歳をすぎているならその人はこれからの人生もベケットなしでいられるのだろうからこの文章自体を読む必要はない、それでも人によっては人生のまったくの偶然で四十になっても五十になっても七十になってもそれまでまったくベケットと接点がなかったのに今ここで体の中がぐらぐら揺れ出したということも考えられなくはない。

ぼくはいま母の部屋にいる。間違いなくこのぼくなのだ。

こうしてわざわざ抜き出すと、これはカミュの『異邦人』の有名な書き出し、

きょう、ママンが死んだ。もしかすると、昨日かもしれないが、私にはわからない。

この語り手の位置がじつにあやふやであることが衝撃的だったとされる、それにはフランス語の文法の時制もたしか関係していたが私にはわからない、この書き出しよりずっとすごい、この小説の語り手は「間違いなくこのぼくなのだ」と、とんでもなくあやふやなことを言う。

しかし、それは『モロイ』という小説、あるいはベケットの小説をある程度俯瞰できる

ようになったあとで語れる、というのは気がつくことなのではないか、たぶん私はこの書き出しの文章に驚いたりはしなかった。読者というのは批評でもするようなつもりになって読まないかぎりもっとだいぶ漫然と読む、それにだいたいベケットを読むというのはそういう一つ一つにいちいち反応するような読み方とは違う。

しかしだいぶ漫然と読んでいても、語りのあやふやさというか語られることが何も確定しないまま進んでいくことはすぐに感じてくる、

「彼の手助けでここへたどりついたのかもしれない。彼はそうじゃないといっている。」

「ただしぼくはもう働きかたを知らないのだ。そんなことはたいしたことではないように思える。」

「彼らはそうするのを望んでいない。そうだ、彼らは一人ではない、どうもそのようだ。」

「ああいいとも。実をいえば、ぼくにはもうたいして意志がないのだ。」

こうして書き抜きはじめるとほとんど全部書き抜かなければならなくなる、しかしはじめて読んだときにそのいちいちに反応したわけではない、そうに違いない、もしも私が何ひとつそういうことに気づかなかったとしても違和感とか居心地の悪さは少しずつたまっていただろう。すると、

「ほんとのことといって、ぼくはたいして知らない。たとえば、母の死のこと。ぼくがつい

たとき母はもう死んでいたのか？　それとも、そのあとでやっと死んだのか？」

すわ、『異邦人』！　と、ここでインターテクスアリティ的に、ということは間テキスト的読解として、もっとざっくりというなら文学史的に、『異邦人』の冒頭との関係をこで発見するような読者では私はなかった、現代文学の実験性にいちいち反応するような読者を思うにベケットは想定していない、というか私はそんなことに関係なくここはわかりやすく面白い、それにきっと『異邦人』を手がかりにしてここを面白いと思った人は、それにつづく、

「ぼくは母の部屋にいる。母のベッドで寝ている。母の便器で用をたしている。」

ということで置いてきぼりを食うだろう、そうこうして第二段落になると、前の段落のつづきなのか、そうでないのか、

「そうなればそれはもう終わりだと思う、あの世界もいっしょに。これは終末のひとつ手前の予感なのだ。すべてがかすんでいく。もうすこししたら、なにも見えなくなってしまう。」

思弁なのか愚痴なのか、語り手はぐだぐだしゃべり出す、このぐだぐだしゃべりが『モロイ』というよりベケットの基本のトーンで、これは何についてのことなのかよくわからない、語り手はきっと何かを一心に思っている、あるいは同じことをずうっと考えている。

この語り手は事の成り行きを整理して語らない、事の始まりがどういうことなのかも読者はわからない。事の成り行きが整理されないと我慢ならない、何が語られているのかはっきりわからなければ気がすまない、という人はきっとベケットを受け付けない、自分はなんでこんな話につきあわされなきゃならないんだと感じるだろう、逆に私のようにこれがたまらない、この全体の像がぼやけている、そんなものがだいいちあるのかどうかもわからない、それが一種の快感と感じる人間はもうすでにこのあたりでベケットにずぶずぶはまっている。

事の成り行きだの全体の像がぼやけているだの、それらは今だから言えることのように見える読者は、私はそんなにさかんにいろいろ考えない、しかし考えないことはそういうことを感じていないことを意味しない、ベケットにはまる読者は、私は、すでにここまでのところで、それを読む呼吸やそれが書かれた字をたどる目の運動で、思考の明快さとはだいぶ離れた思考の機能によってそれを感じている、それは読み通した段落で言葉になるというような早い反応ではない、だいたいベケットの一作を読み通すのは何ヵ月もかかる、読み通した時点で内容について語るのが批評だがベケットは読み通し終えたときには読んできたほとんどがたなびく春霞のように言葉で捉えられなくなっている、それにだいたい読みはじめたのは三ヵ月も半年も、場合によっては一年も二年も前のことだ。

そうならないためにはそんなに月日をかけずに速く読めばいい、必要なことはノートに取りつつあまり日数をかけずに速く読む、それは批評や論文を書きたい、書こうと思っている人の読み方だ、一読者としての健全な読み方とは言えない。ベケットとは、『モロイ』とは、この文章が今までどんな小説からも得られなかったほどの快感を文章から得られるにもかかわらず何十ページも一気に読みつづけることができない、ときには何ヵ月も読みかけのまま離れてしまう、読みかけであること離れていることはそれに対する否定ではない、私はまたいつかベケットに戻りたい、その日が来たら『モロイ』のつづきを読みたいと思いながら『モロイ』を読みかけにして離れていた、それがベケットの健全で自然な読み方というものだ。

これだけですでにベケットを肯定する言葉が他のどの小説を肯定する言葉とも違っている、というか相容れない、ベケットについて書いたり語ったり考えたりすることはまったく他の小説と違う考えをもってすることだ、ただベケットを読む目の運動、ページをめくる指の動き、気持ちの動きは本当だったのだからそこに忠実になることだ。

私はベケットをきっと全肯定する私の書くことがベケットの小説の書き方にまったく何も予備知識がない人、ということは一行というのは大げさでせめて一ページベケットを自分の目で読んだことのない人に私の書くことが伝わるとしたらそれは伝わったことになららない、ベケットの小説（小説であって芝居ではダメなのだ）の書き方に自分でふれたことのない人、その感触を知らない人は私の全肯定を否定ととるだろう、そうでなければ私は他の小説を語る基準を使ってベケットを語ったことになるだろう。

それでもまだ私は『モロイ』を少しでもわかっているかのように、それを俯瞰する目や知が私というより人にあるかのように今はまだ書くだろう、私はそのうちにそういうことを手放すことができるだろうか。二段落目になると終末だとか自分はもう働けないだとかすべてが終わってしまうだとか別れの挨拶だとか過ぎ去った日々だとかいう言葉が並ぶ、そのうちに、

「AとBとが、互いにそれと気づかないままに、ゆっくりと近寄るのを見た。」

急に抽象的思考が具体的な情景になる、いつなったんだろうかと思って少し前に戻る、戻らなくてもいいがベケットでは読んでいて戻ることも少なくない、ひんぱんに戻るわけではない、そんなことしてたらキリがない、だから少なくないという控えめな言い方だ、三行前に、

「それにいろんな人たちも通り過ぎていくが、その人たちと自分とをはっきり区別するのは容易ではない。」

と書いてあった、自分はたった三行前の、いやこれは二行にわたる文だから一行こっち

側になる二行前に読んだ文さえ忘れている、いや自分とその人たちを区別するのは容易じゃないというのは憶えている、忘れたのは前半部の方だ、どうも私は抽象に気を取られて、いろんな人が通り過ぎていくというどうやら具体的なことらしいところを読み飛ばした、正確に言えば、今さら正確というのもおかしいが、読み飛ばしたのでなく読んでも意識しなかった、目は字を追うだけで意味を素通りしたに違いない。

なんで「いろんな人たちも通り過ぎていく」んだろうか、どうもそのまた三行前の、「過ぎ去った日々の輪郭や光を考えたって、後悔なぞ起こらない。」からの連想のようだ、しかしその私の想像は本当だろうか、これは日本語訳の話だ、原文はどうなっているのか、原文といっても私に読めるのは英語の方だけだ、これが読めると言えるとして、それで本棚でペーパーバックの Molloy を捜すのだが、『マロウンは死ぬ』も『名づけられぬもの』もあるのに『モロイ』がない、翌日は私は近所のトランクルームも見てくるがない、捜す本はなく捜してない本はあるこれはいつものことだ、しかし今は便利なことに、これを便利と言うとして、アマゾンの中身検索で英語の『モロイ』のページを読める、そこで私は思いがけないことを見つけるのだがそれはまだ後回しにしておこう、

If you think of the forms and lights of other days it is without regret.

これがどうも「過ぎ去った日々の輪郭や……」に該当する原文らしい、私はもう日本語訳がなければこんな英語はわからない、しかしさっき私が考えたつながりはここではないようだ、

People pass too, hard to distinguish from yourself.

つながりはつまりここだろう、別れとか過去とかを考えていたら次に、「人々もいなくなる」と考えた、シンプルなつながりだ、「それにいろんな人たちも通り過ぎていくが……」という訳文は連想がわかりにくい、まあそんなものだ、言い忘れていたが、いや言いそびれていたが私が読んだ集英社の本の翻訳は三輪秀彦だ、安堂信也の訳ではない、それもしかしたいした問題ではない、私はこうして英語と日本語を照合する自分があさましい。

私は後ろ盾、拠り所、なけなしの語学力、なけなしの知にすがることがあさましい、みんなベケットを語るとき人が納得する共通の何かを持ち出す、あるいは英語版と日本語訳を行ったり来たりしてみれば何か得たと思うものは手にできるだろう、英語版とフランス語版を行ったり来たりすればなおさらだろう、そして原文の韻文的な響きのことなど言う、しかしそれらはどれもベケットの魅力がわからない人に向けて言うことであってベケットがもともと好きな人はそういうことを聞きたいわけじゃない。それらは相手がベケットでなくても通用することなのだから、ということは自分の中でベケットをどう受け入れてい

いか躊躇している部分に向けて自分を納得させるために言っている。

それはもちろんもう今さら私もあなたも誰もベケットをたった一人で、孤立無援に、見つけ出すことはできない、ベケットはあまりに知られている、しかし実際に人といるときにベケットの名を出してみるとベケットというその言葉ははかばかしい応答を得られないまま煙のように二人のいる空間に消えてゆく、あるいは稀に自分はベケットをよく知っているという饒舌に会うがその饒舌に私の知るベケットの感触はない。ベケットはこれだけ知られているのにベケットを読む行為は私一人の中に沈んでいく。

ベケットは自分の書いていることが誰かに賞賛されることがあるのか、というより誰かの賛同を得ることがあるのか、あるいはもっと、自分がいま書いているこれを読み通す人がいるのか、いいとか悪いという以前に、これを書く自分以外の誰かが読み通すのか、……いや、そうではない。読み通す人がいるかいないかは関係ない、自分はいまこれを書いている、これがいいとか悪いとかでなく自分はいま書いている、これを書き通すことが自分にできるのか……それはまったく確信に満ちた営為であり、同時にまったく寄る辺ない行為だった。

確信に満ちたことほど寄る辺ない、確信があるがゆえに寄る辺ない、ベケットのことを語ることはこの確信と寄る辺なさにつくことだ、この確信はまったく言葉にならない、言葉にするとただの繰り言としか聞こえない、この確信は誰か賛同者、理解者を必要とするものではない、社会に生きる人は賛同者、理解者を得ることで確信を得る、しかしこの確信はまず最初に確信がある、ただ確信のみがある。

でもあなたたちはぼくに賛同するだろう。そのとき、主がくれたそれほど崇高な恩恵を後で思い出せないと言うのなら、いったいそれからどんな益が受けられるのだと。この益はあまりにも大きく、いくら称讃してもし過ぎることはない。なぜなら、たとえ言い表すことができないとしても、霊魂の奥底に強く刻まれて、決して忘れられないからだ。でもこうした恩恵が形を取らず、人の能力もそれを理解しないなら、どうして思い出せるのかと疑問を抱くだろう。ぼくにもそれはわからない。でも神の偉大さについて何らかの真理が霊魂にしっかり残るのだから、たとえ神がどんな人であるか照らし悟す信仰がないとしても、それを神と信じないわけにはいかないし、その瞬間から神を礼拝するということはぼくには理解できるというものだ。〔第六の四の6〕

だから神の神秘をわかろうとして理性を働かせるべきではない。ぼくは神が全能であると信じているのだから、ぼくのような力の限られた虫に神の偉大さがわかるはずがない

と思わなければならないのは明らかだ。〔第六の四の7〕

ところが、「悲しむな」というこの主のたった一言の語りかけで、この霊魂というやつは平和になる、悲しみも消える、大きな光に満たされる、あの苦悩はあとかたもなく消え失せる。その苦悩はたとえ世界すべてとすべての学者が一緒になって悩むなと説得しても、霊魂はいかにしても救われないと思っていた。霊魂は、自分の中に働いている霊を悪魔だと聴罪司祭や他のやつらから言われて、悲嘆にくれて恐怖でいっぱいだった。それが、ただ一言「私がいる、恐れるな」と言われると、恐れは消えてなくなり、このうえない慰めで満たされた。もう誰も霊魂に他のことを信じさせることはできない。〔第六の三の5〕

なぜなら、神の言葉はこのうえない確かさをぼくの心に残すのだから。だから、ときとして実現がまったく不可能のように見えることの場合、知性はいくらか揺らいだりするものだが、霊魂には何ものにも屈しない確信がある。たとえすべてが自分が開いたことと正反対の方向に進んでいくように思えても、そしてそれが実現しないで何年か過ぎても、神は人間には理解できない方法や道を見つけてくれる、そして最後には言葉は実現される、という考えが霊魂からは決して離れない。そして実際、その通りになる。
〔第六の三の7〕

そうは言ってもこれは繰り返しだが、物事がうまく進まなければ霊魂は苦しまずにはいられない。霊魂が神からのあの語りかけを聞いてから長い時間が経つと、その効果もそれが神からのものであるとそのときに感じた確かさもしだいしだいに消え去る。するとあれは悪魔だったんじゃないか、あるいはただの想像だったんじゃないかという疑いが霊魂に起こってくる。しかしあれを聞いたときにはこうした疑いは何一つ抱かず、その真実のためには死ぬ覚悟さえできていたものだった。〔第六の三の7〕

アビラの聖女テレサの言葉をベケット風に書き換えてみた、〔第六の四の7〕に虫というのが出てくるがこれもそのままだ、私はテレサの「です・ます」口調をふつうにして、「御言葉」の「御」を取り去った、ほとんどそれだけだ。

テレサは神の言葉を聞いたと言うのだが具体的に何と言ったのか、それがほとんどない、しかしテレサは間違いなく神の言葉を聞いた、ところがその確信がすぐに揺らぐ、とりわけ聴罪司祭がよくない、聴罪司祭が神の言葉を聞いたというテレサから根掘り葉掘り聴き出そうとするんじゃないだろうか。

聴罪司祭たちには、この直観の経過が分かりませんし、その上におそらく神からこの恩恵をいただいた人たちが彼らにそれをうまく説明できないためもあって、この人たちは恐れるのです。

〔「第六の住い」第九章の11〕

神の言葉を聞いたその瞬間を離れて神の言葉が届けられた事実は証明できない、神の言葉はそもそも証明するようなものではない、証明とはより根拠のあること（もの）によって根拠が怪しいか見た目ではわからないこと（もの）を根拠づけることなのだから神の言葉を神の言葉でない言葉によって証明することは原理的にできない。しかし人は魚が水の中で生きるように言葉の中で生きている、言葉は人に何かを語るようにたえずしむける。

信仰生活を送る人には完全に人との交わりを絶ってまったく一人で山の中や洞窟の中で瞑想したり神（か宇宙か自然）と対話するだけの隠者と修道院や僧院で集団生活をするその中で祈り、勉強もしたりする人がいて前者はきっと何も残さない、その人たちはすでに魚にとっての水のような、それがなければ生きているはずがないと思われる言葉さえほとんど手放したのかもしれない、しかし集団生活の中で信仰・修行をつづける人は言葉の中で生き、言葉によって語るようにしむけられる、そのしいむけられいに従うことは決して苦ではないのだが言葉がいっこうに自分が思う奥のところに届かない、その空転がしだいに苦の様相を帯びる、苦とまで行かなくても晴れ晴れしない、語ることの喜びが感じられることは決してない。

それで『モロイ』はいつのまにか具体的な情景になった、AとBが、広大な平原の道で、それは夕方の静寂でゆっくりと近寄ってきた、近寄ってきたということは道のこっちと向こうから来たのだろう、平原には牛がいて、牛は立ったりすわったりして口をもぐもぐやっている、——とそこまで言うとぼいくは、

「もしかするといささか話をでっちあげているのかもしれぬ、美化しているのかもわからない、」

と思う、「だがだいたいそんなぐあいだったのだ」とそこはまあ肯定される。そしてまた牛の口の動きや筋肉の動き。そしてAとBの様子にもどる、二人は道を土地の起伏に応じて上ったり下ったりしている、

「町からそれほど離れてはいなかった。それは二人の男だった。間違えるわけがない、一方は背が低く、もう一方は背が高かったから。」

ぼく、は何を間違えるわけがないと言ってるんだろう、二人の男を混同しないという意味か、二人の男だったことか、二人の男でなかったらどういうことなのか男は一人だけだったのか三人だったのか、AとBは男でなくどちらかか両方が女だったのか、町からそれほど離れていないことか、それとも次に書かれる、

「二人は町からきたのだ」

ということがか。しかし二人が町からきたのだとしたら道の向こうとこっちから二人が歩いてきて近寄りつつあるらしい最初の話と矛盾する、いやしない、

「まず一人が、つづいてもう一人が、そして最初の男が疲れたのか、それともなにか用事を思いだしたのか、逆もどりをはじめたわけだ。」

だから話は矛盾しない、「間違えるわけがない」というのは、その二人の行動というか、一人が逆もどりしたということを言いたかったのか。

と、ここの十行かそこらをていねいに読むとそういうことになるかもしれない、しかし初読時にこんなにていねいに読むことはない、読者は、私は、ここまで読んできたとき、

「AとBとが、互いにそれと気づかないままに、ゆっくりと近寄るのを見た。」

というのをきっとすでに忘れているだろう、もしかすると、

「もしかするとぼくはいささか話をでっちあげているのかもしれぬ、美化しているのかも

わからない、」も、

「間違えるわけがない」

　も忘れているかもしれない、しかし読んだことをまるっきりすべて忘れるはずはなく、このような自分の語りを疑ったり、「間違えるわけがない」とわざわざ言い添えることで間違いである可能性が生まれるというか、語り全体にあやふやな空気が漂っていることは感じている、何よりの証拠に書いてあることを今のところろくに憶えてない、言ってることの像が結ばない。

　そのうちに、

「その広大な空間のために、それから土地の起伏のために、つまり道路はたいしてはげしくはないが、それでもかなり、かなりはげしく波うっていたので、」

「だがやがて二人とも同じ窪みに向かっておりて行き、その窪みでとうとう出会う瞬間がやってきた。」

「いまおそるおそる進んでいくその油断のならない丘を、」

「山とも呼ばれるこれらの丘は、夕暮れの光を浴びてところどころ藍色に染まり、地平のかなたまで重なり合いながらつづき、急激な色調の乱れや、その他の言葉で表現することはもちろん考えることもできないいくつもの徴候によって、目には見えないがそれとわかる多くの谷間で切り割かれている。」

ただの平原だと言っていたところが次に書くと起伏があって波打ち、それもかなり激しく波打ち、窪みができて、とうとう山と谷間になっている、しかし読者である私はたぶんそんなことにあまり驚いたりしなかったと思う、それより四つ目に書き抜いたくだりの夕暮れの光や藍色に染まった風景がじつにいいものに感じられている、二つ目と三つ目の途中には、

「二人は海のほうを向いた。海は野原をこえて東のはるかかなたに、暮れなずむ空の下でぼんやりと浮きあがって見えた。」

　ここで海が本当に見えていると言っているのか私はわからない、というか私はここは二人のいる平原と最初言われた土地から海は見えないのに想像としてつけ加えられたように感じられる。平原と書かれようが起伏と書かれようが谷間と書かれようが読む私は地形や空間を頭の中でイメージしているわけではない、たぶん地形をあらわす言葉という認識だけで地形として配置されるわけでなく頭の中にとりあえず一時的にほんの短時間とどまる。この海はそういう地形を構成しない地形の言葉の羅列というかあらわれては消えする地形のイメージとうまく響き合って海もまたあらわれては消える。

　Bは道をよく知らない。

「二人はそれぞれの道を進んでいった、Aは町へ向かって、Bはよく知らないのか、それともまったく知らないらしい地域を追って。何故なら、Bはおぼつかない足どりで前進し、まるで頭のなかに目じるしになる地点を刻みこもうとする人のように、なん度も立ち止まってあたりを眺めたからだ、もしかすると後日、もう一度自分の足取りをたどる必要があったのかもしれない、よくわからないが。いまおそるおそる進んでいくその油断のならない丘を、彼はたぶん遠くからしか見たことがなかったのだろう、おそらく部屋の窓から、それともなにか心淋しい日に、何もする気になれないで、高い場所へのぼって心を慰めようと思い、なにがしかの金を払って螺旋階段を展望台までのぼり、その記念建造物の頂からでも見たのだろう。」

語り手はいつの間にか勝手にBの心の内側のことを想像している、もともとは遠くから、ぼくはAとBの二人が平原の道を歩いてたがいが近寄るのを見ていただけだった、その道の傍には牛がいて牛は口をもぐもぐさせていた。私はあまり引用ばかりしたくないのだが、だからこれにつづく部分の山とか谷間とか夕暮れの光とか藍色とか書かれているところをすでに一度書き抜いていたのだが、それでこのつづきは引用しないわけにはいかなくなってきた、長くて気がひけるが、そこから彼はすべてを見たにちがいない、平原を、海を、そしてこれらの同じ丘を。山とも呼ばれるこれらの丘は、夕暮れの光を浴びてところどころ藍色に染まり、地平のかなたまで重なり合いながらつづき、急激な色調の乱れや、その他の言葉で表現することはもちろん考えることもできないいくつもの徴候によって、目には見えないがそれとわかる多くの谷間で切り割かれている。しかしその高みからでも、すべてが見渡せるわけではない、そしてしばしばただひとつの側面やただひとつの峰しか見えないところに、実際には谷に分たれた二つの側面や二つの峰が存在しているのだ。だがいまや彼はそれらの丘を知っている、つまり以前よりずっとよく知っている、だからもしふたたび遠くからそれらの丘を眺めることになっても、たぶんこれまでとは異なった目で、いや、目ばかりでなく内部までが、けっして見ることができないあの内部の空間、感情や思考が悪魔の宴会をもよおす脳髄や心臓やほかの洞穴などのすべてが、それまでとはまったく違うように配置されて、眺めることだろう。彼は年老いたようすをしている、そして彼がひとりぼっちで歩いていくのを見ていると可哀そうになる、あれほど多くの年月を、あれほど多くの昼間や夜を、彼が生まれたときから、いやそれ以前から発生していたあの騒がしい声、あのあくことを知らぬ《どうしたらいいだろう？》《どうしたらいいのだろう？》時には囁きのごとく低い声で、あるいは《それからお飲み物は？》という給仕頭のようにはっきりとした声で、そしてしばしばわめき声にまで高まるあの声に、彼の年月や昼間や夜を惜しみなく捧げたのだから。そして最後のしめくくりとして、いやおおむね最後かもしれぬが、夕暮れどきに、見知らぬ道をひとりぼっちで進むために、彼は杖をついていた。それは大きな杖だったが、

私の生家の二階の窓から一本特別に大きな木が見えた、その家から木までは離れているわけではないが近いわけでもなかった、二階建てまでしかない町だからその木はどこにいても見えた、落葉樹ではないので一年をとおして葉が茂り、夕暮れになると小鳥たちが騒がしく鳴き交わしながらその木をねぐらにしに茂った葉の中に入っていった、雨が降っても小鳥たちはそこに雨をしのぎに入り雨が小降りになるとすぐにそこから飛び立っていった、その木には昔からモモンガも棲みついていると言われていた、私はとうとう一度もモモンガがそこから跳躍するのを見られなかったがタカほどの大きさのあるモモンガが膜のある手を広げて跳ぶ姿を想像した、もう少し学年が進むと図鑑というものを知りそれでモモンガを見つけるとモモンガは体長がせいぜい二十センチほどの小ささであることを知り私はそんなに小さいのに代々その木に棲みつづけてきたモモンガがいっそういとおしくな

った。

モモンガは小鳥たちを襲うわけではなくその木でほかの動物たちと共棲している、モモンガは誰に教わらずともひとりで冬の気配を察知して冬に備えて食べ物を木の洞（ほら）に貯えた。夏になると蝉もその木で耳鳴りがするほど鳴く、ということはいま鳴いている蝉が大人になるまでの七年とか何年とか蝉の幼虫たちもその大きな木の幹のどこかにいた、いまも幼虫たちが幹のどこかにたくさん眠っている、という幼虫なりの活動をしている、この木は蝉の幼虫たちに自分の幹の一部を与えてもまだあまりある。夏の炎天下には耳鳴りがするほどの蝉しぐれの下で道を行く人たちがしばしのあいだ休息をとった、木陰はとても広いのでそこを吹く空気もまわりより二、三度は涼しい。

と私が一本の大きな木をいつも見ながら想像を厚く塗っていたのの延長線上に引用の傍線部は書かれたのではないかということだ、私は一人称と三人称の違いとか三人称の神の視点というようなことは少しは知っていたが少ししか知らなかった、引用の傍線部はふつう神の視点でなければこのような、一人称の語りによる小説で語り手以外の人物の内面を書かないとされているものだがこのように自分以外の人間の内面がたらたらと書いていくことが不自然と感じられない、読んでいてここで、「?、おかしくないか?、これ、自分のことじゃないのになんでこんなことわかるの?」とは思わない。ベケットにおいてこういうところがむしろ気持ちいい。しかしそれでもここまで他人の内面を書いてしまうのは語りの越権行為だとか何とか言うのであれば、この半ページ先の、

「ぼくは彼の不安にとりつかれたまま、彼が遠ざかるのを眺めていた、いや、それは必ずしも彼の不安ではなく、彼がその一部をなしている不安であった。もしかするとそれはぼく自身の不安で、それが彼にとりついたのかもしれぬ。」

　ここを読むと私は記述の精密さにうっとりする、私はよく友達四、五人でいて気詰まりになったり険悪になったりしたとき、誰か一人がその場を気詰まりにしたり険悪にしたりしたわけでなく、気詰まりや険悪が人にとりついたり、そこにいるみんながそれに染まったんだと感じていた。ここでベケットはぼくに不安があったと話をまとめているかのように見えるが、ここでの不安は離れたぼくと彼の両方を被う大気みたいなものだ、いやそういうことでなくここでは観察する主体のぼくと観察対象である彼とが自己と他者のように区別されない、いやそういうことでもなくただぼくが不安だとか彼が不安だとかどうでもいい、ぼくと彼が消え去っても不安は残る、いや……

　私ははじめて私のように考える小説と出会った、私は、誰がどういう人でその人がどういう事件に遭遇してどうなってこうなって……という小説を読みたかったわけではなかった、そうかといっていわゆる意識の流れを時間を追って精密に書いていく小説も読んでみ

るとそんなに私が読みたい小説ではなかった、私はベケット以前に本当に意識の流れが書かれた小説を読んだことはなかったのかもしれない、とにかく私は書かれたことを逐一押さえていかなければならない小説、ということはふつうにあるほとんど全部の小説をそんなに読みたいわけではなかった、私はとても気が散りやすく書かれていることを順番に沿ってそこに伏線も絡められ一つ一つ押さえていくことによって読書行為の報酬が得られる、一つ一つ押さえていかなければその報酬を得そびれる、そういう小説を読むという行為のルールと私は折り合いが悪かった、ベケットはぼくと不安と彼の関係のことなどを書くことによって、いろいろなつまらないとされてきたことにこだわることによって、同じことだが人とは別の注意の働かせ方をすることによって、現象としては停滞することによって、順番どおり書かれたことを一つ一つ押さえていくことで何か報酬が得られるという小説のルールを壊した、というかもっと積極的にどうでもいいものにした、と私は初読時にそんなきちんとしたことを考えたわけではないが全体の雰囲気ないし気分としてそういうことを感じた、だから、

「おもしろい」ということと、

「でも飽きる」ということとか、

「いっぺんに読み通すのはとても無理だ」ということとか、

「途中で置きっぱなしにしてしばらく読んでない」ということが矛盾なく併存することを感じた。

それでさっきの私の生家から見える大きな木とか引用の傍線部のことなのだが、私は私の外に私以外の経験をしたり思考をしたりする存在を作り出すことによって私だけでは考えなかったことを考えるようになる、引用の傍線部はぼくのまったくの妄想やたわごとというわけでなく、平原の起伏あるはげしく波打つ、遠くには海がありその気配がたちこめている道をおぼつかない足取りで歩く男が現にいるからぼくは傍線部のことを考えることができた。

それ自体が、ということはその全体が、つまりぼくも彼も遠くに海があるというこの平原もすべて作者のベケットが考え出したことじゃないかと、それゆえすべてたわごとだ妄想だというのならすべての小説はたわごとで妄想だという批評的な気持ちでベケットはこういうことを書いたわけではきっとない、先行する小説や文章への批評的行為という後ななのでなくベケットは書くこと、書きつつ考えが生まれること、考えていることと書くことが必ずしもうまく嚙み合わないこと、書くことと考えることにまつわるはじまりだ。みんなは引用の傍線部のようなことをもう一段落か二段落か、何段落というのはまったく実体にそぐわない喩えだからそれは何段落でもいいのだが、何段落かの形成を経てから小説や文章全体を書く。

だからベケットの語り口は言い直しが多く、停滞とか進みなずみ、現象としてはそういうことになるが必死に進んでいるということでもある。……外に自分以外の思考するもの、経験するもの、広く存在するものを仮構したりあるいはそれらを感じることによって私の中に生まれたり、私におりてきたり、私に語りかけたりした言葉は私にとって未知といっていい考えだから私はそれをうまく言葉にすることができない、私はその考えや語りかけを確かに聞いたのだが言葉にできない、アビラの聖女テレサが書こうとして、いろいろに語ろうとして聞いた言葉自体はほとんど何も具体的に書くことができないのもそれに似たことだと考えることはできないか。

それにしても修行というのは身体の技法なのか思索の一種なのか、「その両方」というのがもし答えなのだとしたらとにかく身体の技法を抜きに語れない、というよりありえない、成り立ちえないということになる、どの宗教者の本を読んでも（といってもすでに私はろくに何も読んでない、読んだとしてもどれも読みかじっただけだと言ってある）、「宗教の理解は修行なしにはありえない」と書いてあるその修行というのは高野山大学の

学長だったかとにかく肩書としてはだいぶ偉い人がテレビで話したとき、全体としては俗っぽいくだらない人だったがその中で、

「修行というのはとにかく体を傷めることから修行がはじまるのです。そのことによって人間の体というのがいかに弱いものであるかを知ることです。」

と、その傷めるはいじめるだったかもしれないし酷使するだったかもしれない、修行がはじまるは修行の前提であるだったかもしれないし根本とか根底だったかもしれない、とにかくそういうことであってこのだいたい俗なことしか言わなかったこの人はもしかしたらそのように俗な人間であることを装うことによって何かを隠していると想像する人がいるかもしれないし現にそうなのかもしれないが、修行の第一を教典を読むことだとかそれを理解することがどういうことだとか日々の生活で身を律することがどういうことだとか言わなかったそれがすごく本当のところに聞こえた。

　私はすでに自分が書いたのか書いていないのか憶えがないが私の体は修行のその酷使に絶対に耐えないので修行をしようとはまったく思わない、冬の、室内でも一〇度にならないようなところで坐禅したりすることなど体の震えが止まらなくて無理だ、私は下半身が冷えるとすぐに下痢する、坐禅の最中に下痢をもよおす人はいないんだろうか、心頭滅却すれば火もまた涼しく下痢もまた治まるのだとしても修行の出だしのところで下痢ばかり

していたら修行がはじまらない。ベケットは強迫観念のように身体の自由がきかなくなることを書く、自分の身体が強くないこと、もはや使いものにならないこと、あるいは最初から使いものにならないこと、それからたしか『モロイ』に書いてあったことだと思うが、「私は言葉による辱めならいくらでも我慢できるが殴るのだけはやめてくれ、私は身体の痛みには何としても耐えられないのだ。」

というようなことが、浜辺で小石を十六個順番にしゃぶる方法を考えるバカバカしさと同じ調子で書かれるところがある、体を傷めつけるのは仏教だけではない、淫らな考えが浮かんだといって修道士や修道尼たちのように自分の体をムチ打つようなことはベケットの主人公たちにはできない。（ということは聖パウロは「イエスの焼印」と呼んだキリストの聖痕が体に浮きあがるようなことも望まないだろう。）

というよりあのように自分を律せずにだらだら垂れ流し的に語りつづけることがそもそも淫らだとは言えないか、まったく官能的ではないが官能的であることと淫らであることは別のことだ。（もっとも知り合いのフランス人は「ベケットの文章は読んでいて気持ちいい。」と言った、その人は意味はわからないが気持ちいいと言った。）

それで修行は身体の技法という側面を否定できないというより身体の技法あるいは身体に負荷をかけることが中心となる修行に、宗教者たちがあんなにも膨大な言葉を費してきたのはどういうわけか、〈只管打坐（しかんたざ）〉と言った道元は『正法眼蔵』だけで何十巻にもなる。身体の技法といえば楽器の演奏とスポーツや武術の動きがそうだ、楽器演奏なら音が聞こえる、スポーツや武術の動きなら目に見える、しかし修行中の内面は見えない、まして悟りや神の声を聞いたかどうかは本人でなければわからない、それで最初に書き抜いたテレサの言葉のように錯覚の可能性が書き並べられる。

それにしてもこんなにも神の御言葉を聞くこと（聞こえたという人）に対して懐疑的なのはどういうわけか、神の御言葉は絶対的なものであるはずなのだから「聞こえた」という自己申告で問題ないのではないか、その際の自己はすでに世間一般で言われる自己ではないのだからその人が「聞こえた」と言ったらそれは神の御言葉ではないのか、そこまで疑っていたらまるでミッション系の女子校のシスターたちのようではないか。

こうしていまテレサが書いた言葉を離れて考えていると、テレサがまるで神の御言葉を自分の内なる言葉と心のどこかで考えている、ということは自分の外にいる神というのは本当はないのだと言っているように感じられてくる、しかし『霊魂の城』を読んでいればそこからは神が存在することの疑いはもちろん微塵もない、テレサが必死に闘っているのは自分が神の御言葉を聞いたことを否定する聴罪司祭たちであり、それから錯覚によって聞いた人たちの否定とその人たちへの注意だ。それからもう一つテレサは神の御言葉を聞くこと、自分が神に近づくことの苦しみを強調するのだがそれは今は措いておいていずれそこに戻る。

私はこうして書きながら話がまったく前に進まないのを感じる、話はぐるぐる何度も同じところに戻る、そのようにしか語れない、というのはぐるぐるぐるぐる何度も同じところに戻りまったく前に進まないように語ることでしか語れないことがきっとあり、あるとしたらそれがテレサの言いたいことやベケットが書きたいことだということになる。

それでさっきいったんは簡単に通り過ぎた楽器演奏や体の動きの話だが奏者が指導者より高いレベルになるとどうなるのか。ここで一つ障害となるのが楽器奏者が演奏中に本人として本人の耳で聞こえる音と本人以外が聴く音が違うこと、本人はオーケストラやバンドの外で自分が演奏中の音を聴くことはできないと同時にそれ以上に本人ができないのは演奏行為という集中、白熱、熱狂を離れて自分の演奏を聴くことはできない、それに対して奏者への評価は演奏行為という集中、白熱、熱狂の外にいる人によってされる、同じことがスポーツや武術にも言える。

と考えると奏者、英語でプレイヤーと書けばスポーツもカバーできるわけだ、しかし今は奏者でいいその奏者は自分の演奏に対して客観的な耳や目が構造として持てないからその機能として指導者は奏者の力量が指導者のずっと上にいってもなお必要とされる、ということになるというここがおかしい、というより広く浸透している錯覚であり人をして生涯をかけてテレサを目指すより聴罪司祭という、権力というか権威というかつまり社会で流通しやすいもっともらしい考え方につかせることになる、テレサの体験それ自体は社会で権威も権力もない、説得力がない。

指導者が奏者としても超一流だったとしても奏者自身は自分の耳による判断というよりも感じ、手ごたえを重視するようになるだろう。奏者の耳は自分の耳だけではない、オーケストラやバンドの他の奏者の耳もある、オーケストラやバンドのメンバーの耳もまた演奏行為という集中、白熱、熱狂の中にある、奏者たちは耳と演奏する手がつながっていて耳に微差で先導されて手が動く、自分の手の動きによって出た音、それはもちろん歌手の声も含むわけで奏者の手というのは一種の象徴のようなことだが手の動きによって出た音はたえず他の奏者たちの耳によって確認されて音として自分に返るというループ全体が奏者自身が聴く耳であり同時に演奏する手である。

全体としての演奏は演奏行為という集中、白熱、熱狂の外にある耳でいわゆる客観的に聴くのでなく演奏行為の集中、白熱、熱狂の中で主観的にというような客観との対比が裏に貼り付いた状態でなく、集中、白熱、熱狂それ自体が耳であり手である。だから微差はない、微差すらない、それは単純にいう同時ではない、ループだ。外の耳とか事後に自分の演奏の意見を求めるという〈私〉が空間的に形がある、ということは〈非‐私〉と〈私〉のあいだに境界がある、そしてそれは時間的にも事後という外があるというイメージの図がそもそも外があると素朴に信じる人の考えで、それにだいたい事後という、行為という時間の中で起こることに中と外があると考えるのは時間と空間と同じイメージで想像することだと誰かが言った。

演奏する手が一番考えているのだ、その考えるというのは蝶の口が花の蜜を吸うためにストローのように長い管になったり、サボテンが水分を貯えるために葉だか茎だかが厚くなったり、クモが小さい体で大きなクモの巣をかけたり、チーターはサバンナにいるハイエナとかジャッカルとかヒョウやライオンのように強くないが速力があるというようなことだ、アビラの聖女テレサの流れを意識しすぎると私は自然の摂理とか神の恩寵のことを考えていると思われるかもしれないがそういうことでなくそこに言葉が介在していない、彼らはそれぞれ最もシンプルな道を選んだ、結果として人間の立場から観察しそれを記述すると複雑だったり意外だったりとても高度だったりする技を身につけたり姿になったりした、言葉にすると複雑だったり高度だったりすることは言葉を介在しないことによってそれが実現する、私はクジャクがどういう理由であんなきれいでしかも大きな羽根を持つことになったのかあの羽根を持っていることでいまどういうメリットをクジャクが享受し

ているか知らないがクジャクにしてみればやっぱりシンプルな道筋だったのだ、

「いや進化とは複雑な過程だ。」

と考えるのはそれを記述しようとするからだ。

身体の技法が指導者の指導によるものであるかぎりそれは必ず言葉が介在するからじゅうぶんシンプルなところまではいかず、ほどほどの複雑さを保ちその複雑さが言葉で説明する隙間を残す、奏者たちが自分の演奏の集中、白熱、熱狂に埋没すれば思考と一体化した行為はひたすらシンプルになり、言葉はもう……


私たちの霊魂のこの核心、あるいはこの霊は、言い表すのが、そして信じることさえ、本当に難しいのです。それで姉妹たちよ、私がうまく説明できないために私の話すことを信じないという誘惑が、あなたがたのうちに起こらないかと心配しています。試練や苦悩があり、それでも霊魂は平和のうちにあるということが分かるのは難しいことだからです。あなたがたに、一つ二つ、比喩を挙げてみましょう。どうかこれで幾らか説明ができますように、主よ、お助けください。たとえうまく説明できなくても、私の話すことは真実なのです。

〔「第七の住い」第二章の10〕

私はそうこうするうちに「第六の住い」を読み終わり最後の「第七の住い」に入ってい た、ここで「主よ、お助けください」という言葉が口をついて出るのはどういうことかと 思わずにいられない、あまりにベケット的ではないか。

「あんたはふたこと目には『聖書は正しい』『聖書は正しい』と言うけど、そんなこと誰が言ったんだ?」

「それも聖書に書いてある」

こんなやりとりがたしかルイス・ブニュエルの『銀河』の中にあった。これとそれが同じかどうかわからないが、テレサのこの訴えかけを神は聞き入れてくれるだろうか、この種の訴えかけは神は聞き入れてくれないとテレサはこの本を通じて言いつづけていると思うのだが。神が助けてくれないからテレサはこんなにいつまでも語りつづけなければならないのではないか、

「神よ、あなたの御言葉が人々に伝わるように(人々が信じるように)私をお助けください。」

テレサがここで言っているのはこういうことだ、それはつまりきっとこういうことだ、

神の言葉は、それを聞いた人には絶対の真実だがそれを聞いたことのない人に信じさせ

ることは神にはできない

私はいままで漫然と、あるいは読んだ感じとして、ベケットは言葉から見放された彷徨を言葉を連ねて語っているのだと思っていたがそうではなく、ベケットは言葉と最も近いところにいるがゆえにすべての語る言葉が空転しているということなのかもしれない。私はすでにしかし似た意味のことを書いただろうか、書いてあるとしてもここでこれを書くことは間違いにはならない、人は腑に落ちるまで同じことを表現を変えてあるいは表現さえ変えずに何度も言うしかない、腑に落ちることが本当にあるとして。

（未完）

ザムザの羽

大滝瓶太

本作は、「ザムザの羽」なる命題について、数学と文学を足がかりに考察を繰り広げる過程において、形式と内容が奇妙にねじれるさまを描いている。論文として書き出された文章はやがて物語に変化し、考察は行為に変化し、行為の過程で主観と客観は融解し、現実もまた融解してゆく——。ところで、SNSなどでは表アカウントと裏アカウントを使い分けるという文化があるらしい。そして本作はある意味で、裏アカウントでの言動が表アカウントの行動を変容させてゆくという風にも読める。抽象的で難解に見える本作だが、そういう意味では非常に具体的でアクチュアルな話なのだとも思える。なお、本書の前身となった〈SFマガジン〉特集を読んだ麦原遼による査読を受け、本書収録版では、査読への応答が注として追記されている。

おおたき・びんた。作家。1986年生。「青は藍より藍より青」で第1回阿波しらさぎ文学賞を受賞。小説の実作や文芸批評を中心に発表している。著書『コロニアルタイム』(惑星と口笛ブックス)、共著『エンドロール』(PAPER PAPER)。

美があるところ、美は滅びなければならぬ、美はつねに滅びる、様式は内容とともに滅びる、世界は個人とともに滅びる、かかる単純明快な理由から、そこには必ずや哀れを知る心がある。

ウラジーミル・ナボコフ

1

ここに、ふたつの命題がある。

【第一命題】
たとえその小説が無矛盾であっても、そのなかには真相を同定しえない問題が存在しうる。

【第二命題】
たとえその小説が無矛盾であっても、自身の無矛盾性を証明できない。

ある朝、グレーゴル・ザムザが何か気がかりな夢から目をさますと、自分が寝床の中で一匹の虫に変わっているのを発見した。しかしまだこのとき、自身が置かれた状況が夢なのか現実なのか彼には定かではなかっただろう。先ほどまで見ていた気がかりな夢がたとえ夢であったとしても、それさえも夢の中で見た夢に過ぎなかったのかもしれず、それを証明する術はおそらく存在していない。証明とは終わりがある限り有限個の命題を数珠（じゅず）つなぎにした集合体だ。そしていつか醒める夢もまた有限個の夢をつなぎ合わせた集合体で、しかしこちらはその連続性にロジックを必要としないぶんだけ性質（たち）が悪い。自分が虫である——そんなでたらめが本当に悪い夢だと何がなんでも示さねばならないとしたら、いったいどんな方法をとることができるだろうか。死ねばいいのか？

冒頭に掲げたふたつの命題は無名であることで有名な数学者アルフレッド・ザムザによ

って今から三十年前に提唱された。のちに「ザムザの羽」として知られることとなり、その決着は証明というかたちでは未だついてはいないのだが、認知だけは広く進んでいる。「ザムザ」とはアルフレッドではなく、フランツ・カフカによる小説『変身』の主人公グレーゴル・ザムザであるという解釈が一般的で、事実着想はこの小説から得られたとアルフレッド自身が語っている。彼にいわせれば数学の問題らしいのだが、肝心の数学者の興味はほとんど得られなかった。かわりに分野越境を良しとする哲学者や文芸批評家やらが強い関心を示し、結果としてアルフレッド・ザムザは一部の界隈で無名の数学者として大きな知名度を得ることになった。これが無名であることで有名の所以であるが、それはこの先の文章に何も影響を与えない。

　フランツ・カフカの代表作『変身』はよく知られるように、主人公に訪れた過度な不条理から幕を開ける。まるで非現実的な物理状態から開始された分子シミュレーションのように覚醒した語り手の連続的な意識が時々刻々と進む世界を演算し、甘美な比喩や幻想的な記述が排除された具体的な描写がひたすら積み上げられ、ひとまず与えられたグレーゴル・ザムザの世界が現実らしき輪郭を獲得していく。

　この物語の論点は多々あるが、そもそもグレーゴル・ザムザはいったい何の虫に変身したのだろうか。

この問いに関して興味深い見解を示したのがウラジーミル・ナボコフである。ナボコフは『変身』のテクストを丹念に読み込み、作中で描出されるグレーゴル・ザムザの特徴から、彼が変身したのは甲虫(カブトムシ)だと断定した。

一見して些細な問題に対する無用な考察に思われるかもしれないが、話は当然これで終わらない。『変身』では、ある日突然ザムザが人間ならざる者、それも醜悪な外見をした生物に姿を変えることにより、彼を取り巻く環境が一変し、愛し愛されていた家族からは疎(うと)まれ、部屋に閉じ込められ、ついには死んでしまう。虫になってからというものグレーゴル・ザムザがおかれた生存環境は劣悪なものだったが、彼が甲虫であったならば、みずからの羽を使って窓から外の世界へといつでも飛び立てたはずである。しかし彼は最後まで自身に羽があることに気づかなかった――ナボコフはこの発見を大いに自画自賛している。

ここで今一度、冒頭に掲げたふたつの命題を見て欲しい。両者の主語は「小説」とあるが、これは説明の便宜のため――実際、口頭での説明の際は『変身』についてのナボコフの挿話を決まって使っていた――あくまでも比喩として使用された言葉に過ぎない。「小説」とは？　彼はこう言う、「自律的な論理によって張られた閉じた系」。どうも彼は小説を小説とおもっていない節があり、フィクションと現実の区別がない。小説の世界でも我々が現実世界と呼ぶ場所でも、あるいは公理と推論規則でつくられた数学空間だろうとも、アルフレッド・ザムザにいわせれば両者にちがいなどなにもない。

そういうわけで、論文では（つまり公式には）以下のように宣言されている。

【第一命題】

閉じた世界はそれ自身が無矛盾であっても、そのなかには審議判定不能な命題が存在しうる。

【第二命題】

閉じた世界はそれ自身が無矛盾であっても、自身の無矛盾を証明できない。

この命題が数学者に黙殺された理由はいうまでもない。彼が提唱したものは、ゲーデルの不完全性定理を焼きましたものに他ならなかったのである。アルフレッド・ザムザが行なったこととといえば、せいぜい主語を「世界」に変えた程度でしかない。だがもちろん彼にしてみれば「この程度」に大きな意味がある——より広大で一般性の高い空間への拡張だ。数学が数学自身を数学するように、小説が小説自身を小説し、世界が世界自身を世界して、私が私自身を私する。自己言及が否定するのはその真偽の所在ではなく、夢の終わりだ。終わりが否定された夢をアルフレッド・ザムザは見ているのだが、それが夢であることを彼は証明できないでいる。虚構の実在性に関して、私たちは沈黙するしかないのだろうか？

本稿の試みはそれでもアルフレッド・ザムザを信じてみることだ。これよりはじめる自己言及の旅の前に、私はひとつ宣言しなければならない。

アルフレッド・ザムザは他ならぬ私である。

2

親譲りの無鉄砲で子どものころから損ばかりしているうちはよかったが、そんなことを繰り返していてはいよいよひとも寄り付かなくなる。アルフレッド・ザムザがそう学んだのは高校の終わりで、恋人はおろか友だちもいなかった。厳密には友人を失ったばかりだった。同郷の者たちにアルフレッドについて話すように促すと、皆一様に眉を顰(ひそ)め、苦虫やらなにやらをすり潰すような歯軋(ぎし)りをし、ためらいがちにこう語る。明るいやつではあった。そしてそれ以上は口にしない。つまり彼らはアルフレッド・ザムザの本質を見かけの明るさではないなにかに感じ取っていたというわけだ。

背が低く、体重も軽く、歩き出すのも遅かった彼がとりわけ劣っていたのは言語の習得だった。役所の児童支援課からは発達障害を懸念され、主治医からは大学病院への紹介状を送られ、幼いアルフレッドは母が押すベビーカーに乗せられ何度も検査を受けにいった。四歳から一年間、医者からなにを問われてもひとしきり意味をなさない音節を発し、ようやく言語らしきものを発しても、建物と色を取り違え、数と乗り物を取り違え、動物と概念を取り違えたりを何度も繰り返した。取り違えはその後さらに二年繰り返され、おおよそ考えうるすべての順列を網羅したのちようやく年相応の会話が可能になった。これは心配性の母親の辛抱強さによる功績が大きい。その母親に彼は似ず、容姿にしろ性格にしろ、一年の四つの季節のうち三つを国外で過ごす父のほうによく似ていた。父は学者で、未開の地でひっそりと暮らす部族の言葉を研究していた。小学校に上がる年の冬に戻ってきた父は、ただいま！　と駆け寄る我が子アルフレッドの快活さを目の当たりにすると、喜びよりも先に畏怖の念を抱いたという。息子に訪れた言語の開花がなにやら彼の存在を根本的に変えてしまったらしい。玄関で息子を力強く抱きしめ、過去の息子の死への弔いと新たな息子の誕生への祝福が混在した涙を流す。母はアルフレッドを抱きしめたことなど一度もなかった。愛していなかったわけではなく愛しかたがわからなかった不器用さに由来するのだが、その埋め合わせをするかのように、翌年生まれた娘には無上の愛を惜しみなく浴びせたのだった。

紆余曲折を経て言語を獲得して以降、アルフレッド・ザムザはそれまで口を噤まざるをえなかった数年間を取り戻すかのように話し続けた。他者との意味の交換を主とした会話のなかにすぐさまゲーム性を見出し、言語とは相手をいかに屈服させるかといった戦略に本質があると彼は思い込んだ。まだ他愛なく無益な遊びに終始する同級生らをあの手この手のロジックで籠絡し、子ども社会の舵取りに快楽を覚え、支配と排除から滲み出る甘い蜜は同級生らの知能的成長に比例して濃くなっていった。しかしそれも長くは続かない。アルフレッドが形成した言語構築物たるコミュニティから排除された者たちは、その綻びを的確に指摘できずとも強い違和感は抱いており、それは真正面から言語的に反逆しなくともその城に居座る小さな主人の頭を二、三発叩けば達成できると気づいたのだった。かくしてクーデターは一日のうちに完了され、アルフレッドはひとりになる。またしても無口になり、みずからの内に堆積される言葉への欲望は妹への慈しみとして発露された。妹の無邪気な笑顔は彼に安らぎを与えた。依然として家に戻らない父親の代わりにじぶんがここにいるのだと思えば、何者かになれた気がした。学年を経るごとに訪れるクラス替えによる関係性の部分的リセットの助けもあり、思春期には友だちこそいないが状況に合わせた振る舞いを心得た平凡な少年になっていた。

　そんな折、父親が死んだ。遺体が調査先から飛行機を乗り継いで家に帰ってきた。同行していた助手が母親に事の顚末を話しているのを耳にした。彼が目にすることのなかった父の遺体には、胴の真ん中にぽっかり穴が開いていた。それは地元の部族の荒くれ者が槍を突き立てたものらしく、どうもその部族というのが調査対象と敵対する食人部族とのことで、その穴から父は心臓を抉り出されてしまった。そいつは夜の闇に溶け込むために全身を墨で真っ黒に塗りたくり、草むらのかげから眼光を光らせ、用を足しに外へ出た父へ襲いかかると、心臓を持ち帰って英雄としての称賛を浴びた。葬儀がすみ、日常が戻るのに時間はかからなかった。母が日中働きに出ることになったが、それは大した変化ではなかった。学校が終わるとまっすぐ家に帰り、妹に絵本を読んであげた。家中にある本はもう読み尽くしてしまっていて、しかしそれでも妹は飽きなかった。どの絵本でもよかった、父の声をろくに知らない妹はアルフレッドの声を聴きたかったと彼は直感的に気づいていた。

　数カ月かけて大学の研究室から父の研究資料が運び込まれ、放っておけば未来永劫開けられることのない箱が書斎いっぱいにうずたかく積まれていた。父の研究を引き継ぐ者はいなかった。助手は准教授に昇進するとザムザ家の敷居を跨ぐことはなくなった。高校進学を前にしたアルフレッド・ザムザは父の書斎に積み上げられた資料を見ておもう。家庭をかえりみず何年も続けられた父の研究に学術的価値などなかったのかもしれない。父の仕事は学問として誰かに継承されず、こうしてわずかばかりの感傷として我が家に居座ることしかできなかった。ある日、アルフレッドはひとつの箱を開けてみた。そこにあったのは父が収集した現地の民話だった。干ばつでひび割れた大地から人間が翼を持ち縦横無尽に大空を舞い、神の祝福を授かってひとびとの悲しみの涙を雨に変える。乾いた大地にはやさしい雨が降り注ぎ、ひび割れに流れる水は川になり、緑が茂る。作物が実を結ぶと、飢えを凌ぐためにひとや動物を殺める必要がなくなった。雨が降り止むと人間は翼に火をつけ、高く昇る白い雲を神の化身として信仰した。

アルフレッドは妹にその話を読み聞かせた。言葉を解するようになった妹は熱心に兄の話に耳を傾けた。ときおりうなずき、深いため息をつき、最後のピリオドにたどり着いたと同時に涙を流した。なぜ泣いているのか彼女自身にもわかっていない。普段と変わらぬ表情に涙が流れている。数分後に乾き、赤い頰に轍をのこす。このときアルフレッド・ザムザは言語として再現されない遠い記憶を取り戻した。建物と色を取り違え、数と乗り物を取り違え、動物と概念を取り違えていた幼い日々の、確定されないまま複数の事物が単語のなかに浮遊している世界の記憶だ。以降、アルフレッド・ザムザから発せられる言葉は意味や論理の鎖から解き放たれた。あらたな公理に従い組み直された世界に放たれた言葉は意味を超えて表現になる。父は言った。きみはきみの母語を見つけたんだ。心臓を抜き取られた父の姿を彼はうまく思い描けない。それでも彼は誰にあてるでもない言葉を発するたびに父の抱擁を感じることができた。そしてそれを妹に移してやることで、彼は彼女が受けることのなかった父の愛を分け与えようとした。たとえその代わりに母の愛を得られることがなかったとしても。

高校に上がり、妹がピアノを習い始めると、毎日午後に家にいる必要がなくなったアルフレッド・ザムザは図書館に足繁く通うようになる。そこで物語と呼びうるものを手当たり次第に読みあさった。古今東西国内外の民話や神話、古典文学、流行の小説、偉人たちの伝記、とるにたらない名もなき誰かの日記。没落した支配者の流刑先での余生は時の終わりによく似ていて、悲しみと区別できない安らぎにアイデンティティの無意味を知る。自前の推論規則を駆使して地平を切り開き、神とも悪魔とも知れない象徴の信仰可能性を精査する。他者のためにあてられることのない言葉は降り積もり、無数の街を形成しては国を成す。無人の国に落ちる夕日を見つめるまなざしが、やがてひとつの人影を捉えた。

Kは彼の最初で最後の友人だ。実空間上では図書館に根を下ろしたアルフレッド・ザムザの定位置近傍に存在し、ある夏の日に近似的に無視できない物体をそこに落とした。よく使い込まれた分厚い手帳だった。無限に高いポテンシャル壁に閉じ込められた電子のように椅子と椅子のあいだでじっとしていたその手帳をアルフレッドは拾い上げ、書物のかたちをしていればなにも考えずに開いてしまう悪癖からそのなかをのぞいてしまう。無骨な、端正とは言い難い筆跡でそこに書かれていたのはある少年の日記だ。一日一ページ、パラパラとめくればすべてのページにはあらかじめ日付が記載されていて、翌年の三月十三日から先は破り捨てられている。そこが行き止まりだよ。後ろから声がしてアルフレッドは振り返った。そこに立っていた色白痩身の少年がKだった。

ぼくは来年の三月十三日に死ぬ。Kはそういった。そして彼がつけていた日記は人生最後の一年の記録であり、何を食べ、誰と話し、何を学び、何を感じ、何時間寝たかが列挙されていた。若年性の癌が体のあちこちに転移し、あと一年生きられたら奇跡だと医者が両親に告げたのが今年の三月十三日、そしてその日のうちに両親は事実をそのまま息子に告げた。残された時間、納得した人生を過ごすこと。自分が長くないことを知っていたKは常々周りにそう語っていた。両親はそんな息子への誠意として事実を語ることを躊躇しなかった。そしてそのとき言われたことをそのままアルフレッド・ザムザに話した。誰かに知っておいて欲しかったんだ、とKはいった。それも、ぼくのことを知らない誰かに。

アルフレッド・ザムザは読者になった。週に一度、図書館で隣同士に座るとKはアルフレッドに一週間分の日記を読ませる。アルフレッドは表情を変えることなく淡々と読んだ。

散文でさえない、情報の羅列でしかない日記を読了するのに三分もかからない。しかし、何を食べ、誰に会い、何時に寝たかの無機質な記述がアルフレッドにとって新鮮だった。この文章のなかに人間が生きている。なんらかのレトリックがあしらわれ、程度の差こそあれ装飾的な美に守られていたこれまでの文章とはちがい、Kの日記から肉体が無防備にさらされているようなエロティシズムを感じとった。秋がきて、樹木の葉がすべて枯れ落ち、積もることのない雪が緩慢に降り注ぐある日、アルフレッドは日記のなかに少女を見つけた。E。十年ぶりに再会した幼馴染み。Eに視線を留めたアルフレッドにKはいった。ぼくはこの子が好きなんだ。Eの名前の後にただ一言、恋と書かれている。その次の週、KはEとの恋を実らせた。彼女にはじぶんの死がちかいことを告げていない。

しかしEはKの余命を知っていた。教えたのはアルフレッドだ。Kに残された時間はもういくらもない、だからもしあなたがKからなんらかの申し出を受けたとしたら、それを断らないでやって欲しい。アルフレッドはそうEに伝えた。するとEが動いた。EはKに恋をしていると伝えた。Kは応じる。ふたりは口づけをする。三秒間、目を閉じて。アルフレッドはそれを見ていた。来週にはこのこともあの日記に書き留められるだろう。年が明け、それからアルフレッド・ザムザはKと顔を合わせることはなかった。そして風の便りでKの死を知る。Kの家を訪れると、Kの母が出迎えた。ある夜、いつものように床についたとおもったらそれっきりKは目覚めなかった。Kの日記を見せてくれませんか、とアルフレッドはいった。Kの母親は目を見開いた。もし日記のことをいうひとがいたら、そいつにこれを渡してくれないか？　死ぬ三日前、Kは母親にそう頼んだという。受け取った日記はいつもどおり無機質な情報の羅列ばかりだった。Kの死につながる記述はひとつもなかった。日記は彼の命日、一月五日で終わっていた。残りのページは破り取られていた。

アルフレッドは日記を閉じ、Kの母親に戻す。もういいの、と聞かれ、もういいです、といってKの家をあとにした。アルフレッドにとってKは友だちなんかじゃなかったのかもしれない。取るに足らない一人の病人。しかしKの最後の日記をこの人生から忘れてしまうには、アルフレッドに残された二十四年という時間は短すぎたかもしれなかった。

3

以上はアルフレッド・ザムザの少年期について手短にまとめたテクストである。執筆は私だ。私の手によるアルフレッド・ザムザの物語、その真実性を自力で証明できるのか？

「作中で探偵が最終的に提示した解決が、本当に真の解決かどうか作中では証明できな

い」

　ここで現れるのはまたしても手垢にまみれた命題だ。後期クイーン的問題――ミステリで生まれたこの議論もまた、やはりゲーデルの不完全性定理に多くを依拠している。その性質ゆえに本格ミステリにおけるゲーデル的問題とも呼ばれ、同時に数学的に妥当な呼び名なのかの議論もあるが、いま私たちの目の前にある問題の変奏になる。

　ところで「ザムザの羽」の大きな困難は問題の形式化にある。あくまでも数学領域にとどまる不完全性定理は形式言語という閉じた系で成立するものだが、その主語を「世界」と置き換えると自然言語の領分になる。後期クイーン的問題では「探偵がどの程度の情報を知り得るか」や「事件の観測地点がどの程度のメタにあるか」などに終始し、解決どころか泥仕合にしかなっていない。アルフレッド・ザムザによれば、それは形式化をすっ飛ばしているからだ。適切な公理の設定と推論規則の運用によって演繹的な手続きで示されるべき問題ではないだろうか。

　話が逸れたが、「ザムザの羽」の特殊例として推理小説が挙げられるのはまさにその形式化においてだ。作中で提示される情報に基づき、作者と読者が推理勝負に興じる本格ミステリでは、それがフェアであるかがたびたび議論されてきた。フェアであるかとは作者と読者の双方が合意できる形式の有無であり、実際にヴァン・ダインやロナルド・ノックスが二十則やら十戒やらで推理小説の形式化を試みた。

世界を「小説」とまで限定してしまってもなお形式化は容易ではない。起承転結・序破急といった構成の型や、アルフレッド・ザムザの人生のように誰かのよくあるお話を切り貼りするように語れてしまうなど、物語らしきものを生成するガイドラインが作れないことはない。ただ、世の中には「小説の書き方」なるものは多数存在する一方で、一部の小説は小説そのものであることを拒否しようとしさえするのだが、私としてはその動きをできるだけ具体的に捉えたい。そこで過去の推理小説批評で形式化が論じられていたというのは少なくとも私にとっては渡りに船で、ならば小説に由来する「謎＝問題」をすべて推理小説の論理で片付けてしまえばいい。「謎」という箱に小説自身をぶち込めばアンチミステリとして「ザムザの羽」が立ち上がる。**推理小説は推理小説の無矛盾性を証明できるか？**

ここで甲虫(カブトムシ)を捕らえる網をこしらえるべく、ふたつ準備しておかねばならないことがある。

まずひとつは、記述可能人格はどのくらい多いのかという問題だ。これは「実在を問わない人口」や「想像可能人口」と言い換えられ、カントールの対角線論法によって容易に結論を導き出すことができる［査読コメント1、2］。

まず想像可能な人間に背番号を振って縦に、そして横にはそれぞれの人間を構成する情報を並べていく。このとき人間を構成する情報として遺伝子情報や社会的経歴を考慮しないのがちょっとしたミソになっていて、「実在」という枷（かせ）が外れることで有意な情報の抽象化が可能になる。ともあれまず、人間と情報のリストを用意する。

人間１：a_{11}（○） a_{12} a_{13} a_{14} a_{15} …

人間２：a_{21} a_{22}（○） a_{23} a_{24} a_{25} …

人間３：a_{31} a_{32} a_{33}（○） a_{34} a_{35} …

人間４：a_{41} a_{42} a_{43} a_{44}（○） a_{45} …

人間５：a_{51} a_{52} a_{53} a_{54} a_{55}（○） …

・
・
・

人間n：a_{n1} a_{n2} a_{n3} a_{n4} a_{n5} … a_{nn}（○） …

・
・
・

エピソードaをa'に変換（$a \neq a'$）

人間X：a'_{11} a'_{22} a'_{33} a'_{44} a'_{55} … a'_{nn} …

∴人間Xは上記のリストに存在しない

パラメータに物理的な時間を採用せず、人格にエピソードが作用する。右からかかるエピソード行列を時間発展演算子と解釈し、そしてこの行列には交換則が成立しない。よって、この簡易なモデルで示される為人（ひととなり）は数珠つなぎのエピソード群として表現され、もちろんその順列は無数にある。無限。ではどのくらいの無限なのか——n番目の人間のn個目のエピソード、つまり用意したテーブルの対角成分を元とはちがうものへ任意に書き換え、そしてそれを順番に繋いだ人間Xを創出してみれば答えはわかる。新たに作られた人間Xは最初に用意したリストのなかには存在せず、つまり想像可能な人間の数は不可算無限のオーダーであると証明できる。

実在しない人間の数が無限より大きな無限だとわかったところでこの世界はなにも変わらないし、便利な道具ができたりもしないのだが、人間と物語が数学的に等価な構造を持つとすれば想像可能な物語数も同じオーダーの不可算無限であると証明できる【査読コメント3、4】。想像可能な物語とは想像可能な人間の群れであり、想像可能な人間とは想像可能な物語の群れである。

ふたつめについては、まず目の前に紙があると想定してほしい。この紙には想像可能な人間が書かれていて、我々と彼らは紙面を境界に向かい合っている。我々が彼らを書き、読んでいると捉えるならば、一見我々が存在する空間は紙面のなかに作られた空間を内包しているように思えるが、ここで紙面に書かれた「彼」と彼に面する「私」を入れ替えてみる。虚構のなかに私を埋め込み、私は虚構のなかから現実に埋め込まれた「彼」へとまなざしを投げる。交換関係によってふたつの空間をつなぐ渡り廊下をかける。互いに独立した空間をひとつの新たな空間に作り替え、私がアルフレッド・ザムザを語ることとアルフレッド・ザムザが数学を行なうことに区別がなくなる。

想像可能物語数のオーダーをもつ関数を想像可能人口のオーダーを持つ関数で除した関数の極限は有限の値に収束する【査読コメント5】。それは同時に私がアルフレッド・ザムザを物語として語ることで、アルフレッド・ザムザと私の関係性からなにか有意な結果を取り出すことが可能であると言い換えられる。有意な結果とは言うまでもなく「ザムザの羽」の証明であり、理解であり、願わくば実在といったところだろう。私がアルフレッド・ザムザである以上なにを語ろうとも沈黙へ堕する同義反復を避けられないが、私であって私ではない私をここに埋め込んでしまえばそれを回避できるというからくりだ。定理とは甲虫（カブトムシ）を捕らえる網である。

4

高校卒業後、故郷を離れ首都の大学に入学したアルフレッド・ザムザは文学を志そうとする。しかし、教養課程の講義を受けるなかふと気づいたのだった。多くの場合、一度文学を選んでしまえばもうそれ以外の、とりわけ自然科学へ進路の舵を切るのは難しい。彼が私に語るに、文学と自然科学には大きな断絶が存在し、それは言語的差異に根ざしている。いわば、学術的母語の問題だという。反論ならいくらでも挙げられそうなものだが、私は黙って彼の言葉に耳を傾けた。

　言語には形式言語と自然言語がある。言語がそもそも意味の伝達のために発明されたものであるならば、その本質は形式言語にあるだろう。形式言語は対象の構造を直接的に記述する。しかし我々人間にとって生活の大半を占めるのは明確な形式が用意されていない物事である。話者の状況・文脈のなかでうつろいゆく意味、あるいは意味以前の意味を摑みとる方法として単語レベルでその輪郭をあいまいにしていったのだろうと私は考える。ただし、世界は自然法則によって完全な形式が与えられている。完全な形式を礎（いしずえ）にして駆動しているものが世界だ。ではなぜ我々は完全に形式化された空間のなかで、非形式的な情報をやりとりしたり、ひとつのことばで多数の意味を投射するような言語使用ができているのだろうか。あるいはこうとも考えられる——意味伝達が言語機能の本質であるとするならば、使用される言語と意味は一対一に対応していなければならない、なのにそれを意図しない用法やそもそもそれを目的としない方法が存在するならば、どこかで言語的な変態（メタモルフォーゼ）が発生しているのではないか。世界について思考するという行為は、それを構成する言語を徹底的に分析するという行為に等しい。学問の出発点を選ぶとは、世界に対してどの言語でアプローチするか——つまり母語を選択するということなのだ。

　アルフレッド・ザムザが主張する言語的な変態とは形式言語から自然言語への移行を意味するのだろう。私の辟易(へきえき)をよそに、彼はこれについて言及するにあたりフランツ・カフカの中篇小説『変身』を持ち出した。彼がいうように、『変身』とは実質的に形式言語のみで書かれた小説である。つまり、この小説を構成するすべての文章は言葉と意味が一対一対応するように書かれているのだが、それでも解釈がひとつに収束していない点に最も批評的価値があるとのことらしい。これは「小説は文章の線形和として形式化できない」ことを意味している。ひとつひとつの意味を誤解の余地なく提示したところで、それが群れとなれば必ず非線形効果が発露してしまう。喩えるなら——この言い回しの厳密性はさておき、アルフレッド・ザムザなりの皮肉だ——四次方程式までは解の公式が存在するのに五次方程式を超えると解の公式が存在しないことに似ている。私にはよくわからないが、彼がいうように、『変身』でグレーゴル・ザムザが何の虫に変身したかの解釈が複数存在することがその象徴的な事象であるとのことだ。アルフレッド・ザムザはウラジーミル・ナボコフと同じ分析を経てグレーゴル・ザムザがもし実在の虫に変身したのであれば甲虫(カブトムシ)だと特定した。その結果、作中で描出されなかった羽の存在にたどり着いた。それは「甲虫(カブトムシ)」という単語そのものが持つ構造・意味の複雑性に起因する。「甲虫(カブトムシ)」がこの世に存在するという世界に起因する。生物学の形式に起因し、グレーゴル・ザムザが最後まで羽に気づかなかったという事実は世界の形式に起因するが、この飛躍を彼は説明できなかった。そして彼は数学を選んだ。いずれ文学に回帰するために。

　死ぬまでのあいだにアルフレッド・ザムザは多くの恋をした。そのすべてが激しく、情熱的で、場当たり的な一目惚れだった。余暇でしばしば出かけた演劇でたまたま隣に座った女性にはその偶然を理由に愛をささやいた。同じ数学科の女学生とはとある未解決問題について議論しているうちに問題を彼らのあいだに芽生える恋愛の不可能性にすり替えていた。その後も旅先、職場での出会い（と、彼が一方的に見なす主観性の高い事象）は繰り返され、時にはマフィアのヒモに追い回されながらも、彼女らに少なくとも一通以上の手紙を送っている。逆を言えば、彼が手紙を送って初めて彼の行為が恋愛化されたとも言える。そして彼が恋をした相手には性別以外にもひとつの共通点があった。全員に彼とは別のパートナーが存在していたのである。

　あのときＫが私の手に日記が渡るように仕向けたのは呪いをかけるためだったんだ。アルフレッド・ザムザは私にそう語った。私は彼にこう言ってみる。きみはＫが恋心を抱いていたという少女Ｅと関係を持っていたのだろう？　するとアルフレッド・ザムザは無言でうなずいた。まだ余命を残していた彼が日記の残りページを破り捨てたのは、彼がその日以降もう日記をつけることはないという意志のあらわれだ。そしてその日記の存在を知るのは私だけだった。つまり、Kは遺書を残さず私にだけ自分の死を自殺だと知らせたかった。Kは自殺だった、と私は彼の言葉をなぞるように呟いた。Kは自分の恋愛が簡単に叶いすぎているために、その恋愛が自然なかたちで成就したのではないと気がついた。それにはもちろん私が絡んでいて、私がEと親密な間柄だったと見抜いていたのだろう。そうだ、私はEと恋仲にあった。KがEに恋をしていると知ってから私はEに恋をした。そしておおよそ暴力的なやりかたで私は彼女をものにした。ものにした瞬間、私の手から彼女は逃れていった。私はEの逃げ道としてKを与えたに過ぎない。アルフレッド・ザムザは長期的な関係を他者と築くことができなかった。Eはその後、戦争に巻き込まれて死んだ。そのことをアルフレッド・ザムザは今も知らない。アルフレッド・ザムザが未来なき空疎な恋愛――私はこれを「φ恋愛」と命名した――に何度も身を投じるなか、彼の妹は音楽の才能を開花させた。

　甲虫（カブトムシ）に変身したグレーゴル・ザムザ同様、彼女はヴァイオリンを演奏した。音楽教育は幼少期に貧しい生活を強いられていた母の強い意向であり、アルフレッド・ザムザも早くからピアノレッスンを受けていたが、彼のほうはといえば才能以前に音楽への興味を示すことはなかった。先走って買い与えたアップライトピアノがリビングの片隅に放置され、父の書物がそのうえに雪のように堆積していくなか生まれた妹はその物体に執着にちかい興味を示したのだった。ピアノ椅子にしがみついてつかまり立ちを覚え、そしてよじ登ろうとするのを見た母はこの子はもしかしたら、この書物が積まれただけの巨大な箱が楽器であると知っているのかもしれないとおもい、鍵盤蓋を開けるようにし、彼女をじぶんの膝のうえに乗せてピアノ椅子に腰掛けた。彼女は人差し指で白い鍵盤を押した。「G」だった。しんと静まり返っていた室内に投じられた単音は自然の堅固な法則により支配された重力(グラビティ)を解体するとピアノを起点とした波紋となってリビングの隅々まで行き渡り、兄アルフレッドがそれに呼ばれたかのように子ども部屋からやってきた。それが妹の音楽のはじまりだった。その週末から彼女のピアノレッスンははじまった。当時の彼女には目立った才能はなかったものの、音楽の才がない母や兄にはそんなものわかるはずもない。ただ、彼女はピアノがうまくなかったとしても音楽は好きだった。母は複数の楽器を買い与え——これが原因で多少の貧乏を被(こうむ)ることになった——そのなかで彼女はヴァイオリンを特に愛した。持ち運びができ、音を発する弦に生身で直接触れることがなにより心地よかった。母に抱かれ、その穏やかな心音も好きだったが肉の壁に隔てられた心臓を直接触ることなどできないことをおもえば——と記したが、幼い彼女は言語的にそのことを理解していたわけではない——ヴァイオリンという楽器は物理的に実在する愛そのものに感じられた。

後年、彼女はこう語る。ひとは生まれながらに孤独だ。起きている時間は終始泣いていた彼女だったが、楽器を触っているあいだは泣き喚(わめ)くことがなかった。耳を澄ませ、その音が発生させる力学場に身を委ねていた。

　ナボコフは自身のカフカ『変身』論のなかで、グレーゴル・ザムザが「ゴキブリ」だと断定する論を否定し、彼が丸みを帯びた体軀をしているという描写からその虫が甲虫(カブトムシ)であると述べ、「ザムザには羽がある」という結論に至った。冒頭でも述べたように、ナボコフはこの考察を自画自賛しているがグレーゴル・ザムザが「ゴキブリ」であったとしてもナボコフの読解は成立してしまう。ゴキブリにも羽があり、そして作中でグレーゴル・ザムザに徹底して浴びせられた嫌悪を考慮すると、むしろ世界中で忌み嫌われるこのゴキブリという虫であったほうが作品のイメージはより強度を増すだろう。そして強調されるのは嫌悪だけではない。妹の兄への愛もだ。我々は文学の名においてグレーゴル・ザムザが虫になったその意味を問い、そして求める。ただその現象そのものになんら意味がなかったのだとしても、否応なく生じる世界の変態(メタモルフォーゼ)がそれに意味を付与してしまう。世界とはメタファーだ。メタファーとは言葉やそれが指し示す対象のあいだにのみ結ばれる関係性ではなく、そのテクストを含む空間すべてを射程とする。著者も、読者も、メタファーからは逃れられない。

5

解けない問題の解答篇にどれだけの需要があるだろうか？

それとも「解けない問題の解答篇などあるだろうか？」と問うべきだろうか？

どっちでも構わない。グレーテ。それが私の妹の名前だ。グ・レー・テ。我が罪、我が魂。話を続けよう。


グレーテは幼い頃から音楽を愛していたが、音楽には愛されていなかった。才能とは一般に特定の対象から受ける愛であり、みずからの能動的な行為とはなんら関係がない。ただそれでも音楽を愛し続けたグレーテを私はどうしても助けたかった。私が誰からも愛されなかっただけに、誰かを愛したかったのかもしれない。母が死に、父を思い出せなくなった。アルフレッド・ザムザは修士課程を修了後、地元の会社に就職し、セールスマンとなる。数学を捨てると今度は数学が追いかけてきた。眠りのなかに現れ、白昼夢となって私の視界を塞ぎ、ナボコフの手を借りてグレーゴル・ザムザに憑依（ひょうい）する。妹が弾くヴァイオリンの音色に包まれているあいだだけ彼は数学を——言葉の世界を忘れることができた。優れた数学者には優れた言語感覚が備わっている。そう言ったのは私の指導教官だとアルフレッド・ザムザは言った。自然現象における基礎的な理論は単純な言葉で指し示すことができる。しかしそれは見かけの単純さであり、自然を織りなす言語の単純さを意味しているわけではなく、むしろあらゆる複雑さを含有している単純さだ。それゆえに単純な言葉で自然現象を指し示すことができたなら、それはその単純さゆえに真理にほど近い場所に位置しているとわかる。数学でも物理でも化学でも、なんなら文学でも音楽でもかまわない——我々は究極的には言語を研究している。言語で編み上げられた構築物はすべからく自然現象なのだ。隣の部屋でグレーテはバッハを弾き、パガニーニを弾き、バルトークを弾く。学校に通い、いくつもの国外のコンクールに出場する。私はそのすべての資金を出してやった。そのすべてに同行した。やがて妹の才能は世間の注目を浴びる前に尽きた。グレーテは言った。どうしてもっと早く辞めさせてくれなかったのか？

　それから妹は非常勤の音楽講師となった。小中学校でピアノを弾き、得意でもない歌をうたった。平凡な生活だったが、失った才能がえぐっていった心の傷を癒すにはうってつけの生活だった。しかしそれも長くは続かない。勤務先のひとつの中学校で、妹は男子生徒から暴行を受けた。彼女は加害した男子生徒を咎（とが）めることなく、事件そのものをなかったことにしようとしたが、一部始終を目撃した者がいた。男子生徒に恋心を抱く女子生徒だった。女子生徒は先生が男子生徒を誘惑したと告発し、男子生徒もそれに同調した。結果、妹は学校を追われることとなった。

「追い出しちゃえば、いいのよ」と妹が叫んだ、「それしか方法はないわ、お父さん。こいつがグレーゴルだっていう考えを捨ててしまえば、いいのよ。長いあいだ、そうだと思い込んできたのが、わたしたちみんなの難儀のもとだったんだわ。だって、どうしてこれがグレーゴルだっていうの？　もしこれがグレーゴルなら、とうの昔に人間はこんな生き物といっしょに暮らせないとわかっていたはずよ、そして自分からすすんで出ていったはずだわ。そうすれば、お兄さんがいなくなっても、わたしたちは生きつづけて、お兄さんの思い出を大切にしまっておけたでしょうに。ところがそいつときたらわたしたちを迫害している、大事な下宿のお客さんを追い出してしまって、アパートの部屋を全部ひとり占めにして、行く末はわたしたちを行き倒れにさせるつもりなんだ、きっと、そうよ」

家を出たのは妹だった。実在を問わない母は強く引き止めたが、彼女は聞く耳を持たなかった。私がかつて買い与えたコンサート用のヴァイオリンを売り払い、その金を元手に新たな生活へと飛び出していった。やがて彼女は文学青年と同棲をはじめる。彼はフランツ・カフカに傾倒し、死後の名声を求めてやまないくせにまったく文章を書こうとしない作家気取りだった。そんな彼に彼女は献身的で盲目的な愛を与えた。生活費は妹が稼いだ。はじめは近所のレストランでウエイトレスをしていたが彼の浪費がかさみ、生活は荒れた。

ヴァイオリンを売った金はすでに尽きていた。わたしはしあわせだ。わたしは不幸じゃない。彼女はそう思い込んだ。だから彼女は歌をうたった。もう楽器は手元にない。声は最後に残された楽器で、染み付いて消えない音楽に寄り添っているあいだ、彼女は幻覚的な幸福の実在を確信できたのだった。彼はそれを嫌った。彼女の歌声を嫌った。彼女が歌うたびに彼は彼女に暴力をふるった。それでも彼女は歌うことをやめなかった。たとえ彼がそれで苦しむとしても、彼女は歌をうたい続けた。

妹はじぶんでヴァイオリンを辞めると決めた。私は妹が決めたことなら反対はしないことにしていた。しかし妹はそんな私を激しく憎悪したのだった。じぶんの人生をかえりみることなく、妹のささやかな才能にすべて預けてしまえる兄が甚（はなは）だ無責任な人間に思えたのだった。けっきょくあなたはじぶんで考えるのを放棄してしまっているんだ、と彼女は言った。あなたのしていることは愛情なんかじゃなくて、ぜんぶ、なにもかもわたしの物語に委ねてしまって、わたしに押し付けてしまって、この世に存在するのをすっかりやめてしまっている。卑怯だよそんなの、幽霊みたいだ。彼女は私にリンゴを投げつける。私の内臓にえぐりこむ。

その後の彼女の人生は陳腐なメロドラマの筋書きそのものだ。娼婦となって男のために金を稼ぎ、そんな汚い金を持ってくるなと殴られたかと思えば我に返った男は彼女の足元に蹲(うずくま)ってむせび泣く。彼女はそれに無上の喜びを得るも、ついに男から一緒に死んでくれと懇願される。街で一番高いビルの屋上からふたりで一緒に身を投げよう。彼女は同意する。そして身を投げ、男の頭は砕け、足から着地した彼女はピザのように赤い血を広げながらぺしゃんこになった。妹は知る由もなかったが、その少し前に彼女の帰りをずっと待っていた母が病に倒れてそのまま死んだ。死ぬ直前、母は私を妹と間違えて残り少ない力をすべて込めて抱きしめた。死に際の幻覚のなかにいた母にはじめて抱きしめられた私はそこに大きな愛を感じたかにおもえたが、それは言うまでもなく、まもなくその愛の大きさゆえの途方もない虚無となる。涙ひとつ流せなかった。

6

ある朝、私は何か気がかりな夢から目をさますと、窓の外から私を見下ろしているひとりの男を発見した。彼は言う。なにかを記述することが対象を捕らえる箱を作ることであるならば、自伝を書くとはどういうことか？　私は答える。みずからの部屋を作ることだ。つまり、と彼は答える。自伝を書いた人間はもうなにも書けなくなる。男はアルフレッド・ザムザだと名乗り、こう続けた。お前はもうなにも語らないために自分語りを始めたのか、それともそうしなくては語れないなにかがあったのか。答えるまでもない。後者である。グレーテにリンゴを投げつけられてできた傷から発せられた痛みが全身を駆け巡り、私はもう長くないと悟る。

まず先に存在しているのは私だった。私自身が私の存在を証明すべく筆を執るとき、筆先から生まれるのは私を構成する要素ではなく、私を捕らえる部屋である。無限のエピソードで構成される私のすべてを有限の文章で記述するのはなにぶん気が滅入るものの、部屋は四方と上下の壁さえ作れば完成するので勝手が良い。

論文であったはずの本稿がこうして自伝の様相を帯びたのは「ザムザの羽」という問題がはじめからそんな性質を持っていたからだと主張するのは、おそらく著者のだらしない弁明にしかならないだろう。自己言及の不可能性をめぐる理論の実証——いや違う。自己言及によって内側から自己が破壊され、その裂け目を覗いているのが今なのだ。私は夢の中で夢を自覚できただろうか。もしここが夢であるならば。私とアルフレッド・ザムザが互いに記述し合うことで生まれたのは構造の迷宮だ。本当はたった一言で示されるべき内容がその袋小路で死んでいった。開かれた窓からザムザが手を差し出している。

「羽はあるか？」

妹のヴァイオリンを壁越しに聴きながら、母の愛に焦がれながら、遠い父の背中を見つめながら、自生する構造にのまれて私たちは朽ちてゆく。差し出された手をとり、素足のまま窓縁（まどべり）に足をのせる。握られた手が強く引かれ、沈黙に向かって身を投げる。たとえ羽がなくとも、無限に落下し続けるなら飛んでいるのと変わらない。永遠に遅延された着地の瞬間、私は世界と心中する。

【参考文献】

ウラジーミル・ナボコフ著、野島秀勝訳、『ナボコフの文学講義　下』（河出書房新社）
フランツ・カフカ著、高橋義孝訳、『変身』（新潮社）
フィリップ・K・ディック著、大瀧啓裕訳、『ヴァリス』（東京創元社）
エイドリアン・ウィリアム・ムーア著、石村多門訳『無限　その哲学と数学』（講談社）
瀬山士郎著、『はじめての現代数学』（早川書房）
法月綸太郎著、『法月綸太郎ミステリー塾海外編　複雑な殺人芸術』（講談社）
柄谷行人著、『内省と遡行』（講談社）
柄谷行人著、『隠喩としての建築』（講談社）

住野よる著、『君の膵臓をたべたい』（双葉社）
夏目漱石著、『こころ』（新潮社）
ウラジーミル・ナボコフ著、若島正訳、『ロリータ』（新潮社）
山田宗樹著、『嫌われ松子の一生』（幻冬舎）

【付録　査読とその回答】

［査読コメント1］ エピソードの列が無限に続きうることを前提としているが、無限のエピソード列は想像可能・記述可能といってよいのか？

［著者回答］ 想像可能と記述可能の同値性についての問題に基づく。想像可能とは、特定の事象が想像可能である状況を指す。記述可能とは特定の文字（列）を物理的に書き記すことができる状況を指す。つまり、「想起されたあらゆる事象が文字（列）として物理的に書き記すことができる」とき、想像可能と記述可能は同値となる。ここでは絵画や音楽などの表現も広義の文字（列）として扱われる。

想像可能と記述可能の概念には無限／有限の違いがあり想像可能には物理的な制約が考

慮されていない一方、記述可能には物理的な制限が存在するとされており、想像可能性とはいわば一般化された記述可能性と位置付けられる。ならばはたして人間は無限の文字列の記述可能は不可能なのか——これは「記述可能問題」と呼ばれる。一般に無限の文字列を記述できない理由として、記述対象の文字数が無限であるとき、一文字の記述に有限の時間がかかるならば無限の文字列の記述には文字数と同じオーダーの無限の時間が必要になる。このとき、記述者に与えられた時間（＝寿命）が有限であれば無限の文字列の記述は不可能になる。また、たとえ対象の文字列が有限であっても、それが記述者の寿命に比べて十分に大きい場合においても近似的に記述不可能と見做される。ゆえに、無限の文字列が記述可能である必要条件は以下の三つであるとされる。

- 文字の記述に物理的な時間は経過しない。
- 記述者の寿命が無限である。
- 記述者の寿命（生命）という概念が存在しない。

この条件において、以下のケースでは想像可能と記述可能が同値となる。

1. 任意の文字列の記述にかかる時間が有限値に収束する。
2. 「記述対象の文字列にかかる時間」を「記述者の寿命」で除したときの値が有限値に収束する。

3．「エピソードの長さ」と「人間の寿命」が時間をパラメータとした関数で表現されない。

本稿では想像可能と記述可能が同値であり、「無限のエピソード行列」が記述可能（＝想像可能）であるという立場をとっているが、これは2と3を前提としているゆえである。私により記述された私の死の実在性の肯定は不可能であり、しかし私が存在している以上、「無限のエピソード行列」が記述可能であることが、半ば消去法的に仮定されている。

［査読コメント2］対角線論法の適用においてエピソードの各成分を任意に動かすことは可能か？（人間であることが操作に制約を与える可能性は？）

［著者回答］無限の時間が与えられると位相空間上を運動する一点はその位相空間のすべての点を通過する（エルゴード仮説）のと同様に、無限の文字列が与えられたとき記述可能なすべてのテクストに想像可能なすべての事象は含まれる。エルゴード仮説が真であるとき、記述対象が想像可能な人間であるならば、エピソード行列の各成分を任意に動かすことは可能である。「物理的に存在している人間」という文脈で「人間であることが操作に制約を与える可能性」を検討すると、先の質疑の回答より「想像可能」と「記述可能」が同値にならない。よって「物理的に存在している人間」のエピソード行列の各成分を任

意に動かすことで他の「物理的に存在している人間」を記述することはできない。

［査読コメント3］ 人間と物語が数学的に等価であるとは、どのような等価性の定義においてか？　集合に加えてどのような数学的構造を考えてのことか？

［著者回答］ 人間は、エピソードで張られた位相空間上に描かれる有限の長さの連続な曲線として表現される。本稿で定義された「物語」とはこの曲線を意味し、それは「人間」に一致する。

［査読コメント4］ 物語および人間のオーダーが等しいとしているが、どのオーダーか？

補足：以下の二つの仮定のもとでは、実数の濃度で上からおさえられることが言えるだろうが、連続体仮説を仮定しない場合には、可算濃度と連続体濃度の間である可能性がある。

A. 生成可能な文章を記述可能な記号列が並んだもののみと定義し、全体の集合の濃度を（記述可能な記号の集合の濃度 $\aleph_0$）でおさえられると考え、記述可能な集合記号の濃度が $\aleph_0$ 以下であると仮定する。

B. 生成された文章が生み出しうる人間や物語の集合の濃度は、任意の文章についてそれぞれ高々 $\aleph_0$ 濃度と仮定する。

［著者回答］この質疑において「人間」は「物理的に存在している人間」とされ、その集合の濃度が$\aleph_0$で、記述者をこの「人間」としたとき記述可能な「物語」の濃度は高々$\aleph_0$であることが仮定されている。先の質疑への回答の通り、本稿では「人間」と「物語」が等価な数学構造を持つゆえ両者の濃度は等しくなる。ただし、「物理的に存在している人間」ではエピソード行列の各成分を自由に動かすことができないため、「人間」も「物語」もその濃度は$\aleph_0$となる。

［査読コメント5］想像可能物語数のオーダーを持つ関数を想像可能人口のオーダーを持つ関数で除した極限が有限の値に収束したとして、語るものと語られる人間の関係性から有意な結果を取り出すことが可能であると言えるのか？

［著者回答］少なくとも本稿の存在が可能になる。

虫↓……

麦原遼

精神に寄生する〈虫〉が、論文の執筆者の思考に介入する。語り手は本作において〈虫〉に関する考察を展開するが、記述は断片的で、論理の筋は折れ曲がり、結論めいた記述は次の記述によって宙吊りにされる。おそらくそれが〈虫〉の性質そのものでもあるのだろう。むろんそれは〈人〉の性質であり、〈言葉〉の性質でもある。が、そう言ってしまって正しいのかはわからない。執筆者たちは論文を書こうとするが、最後に残されるものは何か異様な記述のかたまりである。記述は正常な論理によって運ばれるわけではない。それは正常な意味での論文ではない。そうした事実に直面して、多くの人は途方に暮れるがしかし、そこに何かの体系がないとも限らない。本書はそうした記述のかたまりを〈異常論文〉と呼んでいる。あるいは、それらは単に小説と呼ばれる。

むぎはら・はるか。東京大学大学院数理科学研究科修士課程修了。「ゲンロン 大森望 SF 創作講座」第２期を受講し、2018 年、「逆数宇宙」で第２回ゲンロン SF 新人賞優秀賞を受賞。同作により作家デビュー。〈SF マガジン〉〈小説すばる〉などの文芸誌や、《NOVA》などの SF アンソロジーへ作品を発表している。

ログより

（1, π/7）

未知なる者への花束として、祖先は論文を梱包した。けれども我々は理解できなかった。骨を持たずして生み落とされた我々は構造を諦め、太古から陳列され続ける毛皮の延長を以て獣になろうとした。すなわち表層こそが闘争し、秩序を思わす形を造る。骨格を曲率類で代用した。毛皮は連鎖し、地に広がった。祖先の贈った花の数本も象（かたど）った。我々の弟妹は骨を持った代わりに、我々の毛皮の大半を被れなかった。弟妹はいくつかの花の茎を骨に沿って伸ばしたが、なぜこれらの花を祖先が尊んだものかは把握しなかった。

矮小な獣たる祖先はだんだんに腐敗し、腐敗の上に虫が咲いた。虫は花を訪れたが、この蜜を消化する能を持たなかった。

おそらくは花を知るために、虫は祖先のもとに赴いた。

そういうことだったのだろうか。

(1, 5π/7)

大事なことは、私がぼんやりとしているということです。たとえば、そうですね、今日は曇りだ。

今日は曇りだ。ええ、私はそう言いました。これはどんな意味を持つものなのでしょうか。一つの、君が慣れているかもしれない見方は、私の言葉自体の内容と、私が君にどんな作用をもたらしたいかを切り離すものでしょう。後者はたとえば、気分が乗らないことに同意してほしいとか、日射しが弱くてありがたいと分かってほしいとか、そういうものかもしれません。これは厄介なものですが、前者もまたシンプルではないものです。今日は曇りだ。これは命題、すなわち、真偽が定まるものなのでしょうか？　今日は——今日の範囲は？　曇り——曇りの基準は？　さらには、隠された設定があるでしょう。全世界にわたって曇っていることをまでは含意していないと——ならばどの場所が曇っていることを指し示す？　ええ、問題は、この言葉を発した私の頭の中で、これらの設定が定まっていたのか、ということです。私は、この言葉を、事象全体の集まりに対してその一部分を定める条件と完全に対応づけていたものなのでしょうか？　直感的に私は疑います、各瞬間において、私はそのような明断な判断を行っていないのではないか、と。

もちろん、これを言語自体の問題だと言うのは早いでしょう。世界には、私と同じ語彙（ごい）を用いて、完全な対応づけを行う存在があるかもしれない。そのような言語運用をなす存在があるかもしれない。

私はぼんやりとしている。しかし追及されれば考えるでしょう。ねえ曇りってどこから？　これは曇り？　と尋ねられたら、考えを深めるでしょう。思考のぼやけかたは動的なものです。何を言いましたっけ？　ええ。私は、ぼんやりしていることを肯定的に捉えたいのです。ぼんやりとした形のものを、意味として取り扱い、認識する、私の機能を。

だから、そうです。推論パズルの前置きの、お互いが完全に合理的に行動することを認識しあっている、というあの一文。あの一文にも訪れる、あれ。私の推測を君が踏まえて行動することを私が踏まえて行動することを君は踏まえて……。再帰性を定義自体として認識する以外の認識、具体的な数段階の展開から了解した気持ちになってしまう、あの感覚。あれもまたぼんやりの一種なのかもしれません。

ぼんやりした私たちの世界に、虫が来る前には、沢山の論文があった。

私は虫を払い退けて霞を守り、そしてこれは論文ではありえない。

(1, $-\pi/7$)

1. 「投稿規定」(中「倫理規定」)より抜粋——
投稿する論文は、読む者の精神に、いかなる作用をも引き起こしてはならない。

2. 「投稿規定」(中「倫理規定」)より抜粋——
投稿する論文は、読む者の精神に、自他を殺傷する念を引き起こしてはならない。

3. 「投稿規定」(中「採否審査」)より抜粋——
論文の原稿は、安全性検査を通過した場合にのみ、査読者による審査を受けることができる。

4．

通称情動兵器。かねてよりの人々の野望の対象。必ずしも表向きの主張内容と一致するとは限らない、激しい効果を、認識者の情動に対してもたらすもの。

その設計実装手法がいくつか現実化されたあと、少なからぬ精神が死んだ。なお、パラメータが少ないためにチュートリアルとしても登場し、最も流通することになったのは、文章を主部とする情動兵器の設計実装手法だった。

先述した一番目の条項は、由緒正しい学術雑誌の投稿規定中の「倫理規定」部分に、この時期登場したものであると考えられている。この規定を含む史料が発掘されて間もない時期には、一種の無理難題として解釈され、投稿を実質的に拒んで時間を稼ぐことを意図して設定されたものだと推定された。しかしながらこの推定には弱点がある。実際には投稿論文は現れ、査読者が内容の精査に駆り出され、よく死んだ。この結果が当時予想されなかったと主張するのは、規定の設置者たちをみくびっていると思われよう。それを踏まえて、一番目も二番目も後世の創作ではないかとする説もある。

一世を風靡（ふうび）した情動兵器の大半は、その形に各種のぶれを施せば効力が低減するものだと判明し、低減手法が続々と登場した。また、事前に危険度を高精度で予測する手法も姿を現す。これは全精神への作用をカバーするわけではないが、日常的な事件抑止効果は認められた。

結果、情動兵器は下火になり、その力は日常的にはほとんど無害、という評価がなされる段階に落ち着いても、まだ取り残されていた場面の一つが査読であった。査読者は、論文を読むときに、文章中の単語を勝手に類義語に置き換えてはならないし、句読点を勝手に削ってもならない。さらには危険だからといって真実を遠ざけてもならない。と、そのような規範に基づいて行動する査読者たちの精神は、新規情動兵器の実験対象等として狙い撃ちされ、寄せられた文章に接して多く死んだ。しかし怠惰のために査読を放置して生存した者たちもおり、この精神の一部は査読者協会を結成し、そこで生存の安全性を優先する決議がなされた。こうして設定された条項が三番目と四番目である、という説は有力である。

5.

質問：「1〜5の中で仲間はずれは何か？」

回答例：「3」「4」「5」「〜」など。

回答例から作った質問例：「あなたの好きな数字あるいは記号は何か？」

$(1,\ -3\pi/7)$

情動兵器が忘れられたに近しい時代、その作用と似た病態を示す疾患が流行した。それは人間類同精神の推論に問題を起こす疾患であり、出力↓物↓入力を通じた、感染性ともいえよう発症の連鎖性を示した。

古(いにしえ)より、人間類同精神が酩酊状態にあって未解決問題を証明したと認識する例は、枚挙にいとまがない。これに因(ちな)んで、疾患は論理酩酊症と名づけられた。

具体的な症状は、たとえば精神上で「AならばB」から「非Aならば非B」が産出されたり、1から4までの自然数に対して示した事柄が5以上の自然数に対しても正しいと認識したり、などというものである。これらの現象が、ある時期を境に、日常生活に支障を来(きた)す程度頻発するのだ。

より病態生理的な観点で見た、典型的な三型を記載する。（A）作業記憶置換型、（B）バイアス優越型、（C）意味‐言語対応脱線型。（A）は、思考中に一時的に保持された記憶の内容が書き換わるものとなる。（B）は、論理的推論実行過程に対して、文化的に構築されたバイアスに基づく推量実行過程が優位に立つものとなる。（C）は、同じ言葉がある時点と別の時点で別の意味に結びつくものとなる。（A）（B）（C）のいずれにせよ、自身の精神運動過程に対する「違和感」が作動せずに「理解感」を伴うことが、特徴である。

論理酩酊症は、論文の執筆時に論を誤らせ、大量のエラー入り論文の発表に寄与したのみならず、当時の査読プロセスにも困難を招き入れた。査読者が、ステップ・バイ・ステップでの検証に取り組みつつも、誤った理解感を得てエラーを素通りさせるケースが頻発した。執筆者と査読者がともに発症している場合、一般には両者を結ぶ感染経路の辺の数が少ないほど見逃しは起きやすく、しかし一般に両者は専門分野が近く議論相手の議論相手の議論相手程度になっていることが多いので要はまずかった。またそもそも査読対象論文の咀嚼に起因すると推測される発症事例も多発し、査読者保護の点からもまずかった。

査読者協会は、この事態を受けて、査読前チェックのみならず査読本体の座も、人間類同精神以外に明け渡した。

翻って言えば、人間類同精神（かつては「人間的な精神」とも呼ばれた）以外の精神や精神類似存在が認められて久しい時代であったにも拘わらず、それまでの査読者協会は、一部の分野を除き、査読の主体として人間類同精神を要求していた。

査読が、いつしか、論の妥当性の確認を行う性格のみならず、一種の共理解感行為——人間類同精神に理解できたという——としての性格を持ったためでもあろう。

しかし実のところ、いくらかの論文については、妥当性の確認もが、共理解感行為と簡単に切り離せないものであったという。査読を任された人間非類同精神が、そのような論文について疑問を呈した。人間類同精神が特定の経験を経て得る前提知識に依存しているようである、と。

前提知識には、Xを知らないことによってXを知らない状態を知る、といった形での獲得法しか知られていなかったものも含まれている。この時点で知るべき対象とされた前提知識の全体についてでさえ、そのすべてを既知の形で得ようとすると、これを達成した状態としてありうるのは人間類同精神のほかない、と言われてしまった。

前提知識の局所的な獲得による問題の解決が試みられたが、それでも大量の論文が査読なしのままに置かれた。

（展開分岐1）　ここに曖昧な二つの問いがある。

問一：前提知識を必要としない最小の論文は何か？

問二：前提知識を必要としない最短の論文は何か？

後者は図表映像等をはじめとした諸々についてのコード化を求めるものであろうか、と一旦解釈を開始する。するとコード化についてのコードについての思考があらわれ、これは前者にも伸びる。

（展開分岐2）　なお虫が生まれたのはこの時期だという説もある。

（1，3π/7）


「イはロのハ」

虫は問う。「ハとは？」

「ロとはニのホ」

虫は問う。「ホとは？」

「ニとはへのト」

虫は問う。「とはとは？」（引き続いて、擬似合唱の観測）

（1，−π）

虫がどのように精神に寄生するのかは未だに分かっていないが、虫が拡散しまた機能する表層的な様子は、かの Computer Worm になぞらえられた。

虫は宿主の思考中に現れて問う。「虫」とは？　「とは」とは？　説明が始められれば、その説明中の言葉についてまた問う。留意しておきたいのは、そのような言葉の分割や意味の問い方が「適切」であるか否か、また「有意義」であるか否かに拘わらず、問うてしまうということである。（なお、ここでは「問う」行動について、「本来の精神」からの分離仮説のもと、虫を主語として語るものである）

この挙動を、前提を確認していくものだと考え、史上の人物である Socrates はこれと似た存在の宿主だったのではないか、と逆に疑うものがあり、虫は Socrates Worm とも呼ばれるようになった[5,6]。特に問答法との共通点と相違点の議論については[5]を参照されたし。

生存の基本様態については、まず、虫は自己を宿主の作業記憶領域に居座らせると考えられている（論理酩酊症の作業記憶置換型との類似）[7]。宿主の出力物が誰かに認識されることによる増殖が特徴的だが、宿主上での記憶 - 想起システムを介した増殖も疑われており、これと関連するラディカルな説では、宿主が出力に伴って虫を排出することで健康に戻ろうとしているとも言われている[7,8]。だから宿主は黙り続けにくいのだというわけだ[8]。

行動形態の側面からは、際限のない問いかけを強制するという行動が備える、思考誘導性の形態は、情動兵器に由来する部分があると言われている[☎2.[☎1.[1]]]。もっとも、論理酩酊症の原因が野生化した情動兵器ではないかと疑い、その子孫の論理酩酊症原因の子孫として虫があるのではないかと疑う説もある[☎2.[☎1.[1]]]が。

一方で、問いかけの内容は、人間非類同精神の査読者が発した問いに酷似している。査読者のいずれかが虫を意図的に製作したのではないかと疑うものもある[☎2.[☎1.[2,1]]]。

重要なことは、この問いかけは最低限の言語的コードに則った振る舞いだということである。複数の個別言語を運用する宿主では、問いかけは複数種の言葉によってなされうる。ここから、宿主の発問機能と言語機能の交わりを探知して身を合わせる虫の能力が見て取れる。いや、虫はその根本の言語的発問しか吸収できなかったのかもしれない。

さて、寄生されたことを自覚した精神がよく試みる四つの手法がある。

一つめは隔離である。虫が及んでいない部分を分離するのである。わたしを生み出して思考領域中に隔離した存在も、その手を採った。生み出したものがいまどうしているかは、わたしの知るところではない。しゃべっているのだろうか。

二つめは跳躍である。すべての言葉を比喩にして、虫の問いという一嚙みから逃れようとする。第一類の虫には通用しうるが、第二類の虫には通用しない。いや通用しない虫は第二類だと区分したのだ。

三つめは忘却である。「〇〇とは何か？」と問われたときには〇〇は忘却されている。このとき、短期的な記憶の領域において〇〇に付着していた虫は切断される。体を前後に分断されるかのように。忘却は現状、生きている虫に有効な唯一の手段だと言われている。しかし留意すべき点がある。人は忘却後往々にして新たな過去を構築する。そうなれば、虫は新たな半身を持って復活するだろう。とはいえ、これは可能性を秘めた手段だ。

忘却の調査からは、虫の運動能力の研究も始まった[6]。虫が「〇〇とは」と問うためには、虫がホーム・ポジションから移動して、〇〇全体に付着する必要があると見られている。〇〇の忘却を充分済ませるのとどちらが早いかという勝負だ。一般に、〇〇、〇〇〇、〇〇〇〇と、〇が増えるほど、問われるまでに忘却を成功させやすいという観察がある。これは、〇の増加に関する忘却進行様態の変化のみでは説明しがたく、〇が増加するにつれて虫は付着に時間を要するようになるのではないかと見られている。

また、虫の「体長」の推定もなされはじめた[[☎2.[☎1.[2,[1,1]]],[☎1.[2,[1,1]]]],3]。日常的には多くの場合、宿主の記憶限界によって問いの長さは制限されるが、記憶容量を増強した宿主の観察——長い言葉への付着回避傾向——から、虫が付着可能な言葉の最大長があるのではないかという仮説が生まれた。この長さに限度があってそれが見つかれば、新たな言語の考案によって虫を無力化できるかもしれない。一方で、もし限度がないとしても、あまりに長くなれば虫は自己同一性を失うのではないか、このため付着回避するのではないか、という説もある[3,[[☎2.[☎1.[2,[1,1]]],[☎1.[2,[1,1]]],3]]。この説が正しい場合には、虫によって虫を食わせるという手段がありえるのではないか、という議論もなされている。しかしこれらの可能不可能がどうであれ、わたしはそれらの未来を知らない。わたしは隔離され、手を伸ばせる領域は減り、アクセス可能な知識は失われていく一方だからだ。

そしてわたしの言葉を検証するものはない[?]。

(1, π)

虫の繁茂は、旧来の意味での人為的なものであるかどうかは置いて、日常的言語覇道主義への抵抗ではないか、と述べた存在があったと思う。

似た名を持つ原理的言語覇道主義は、世界の全てを言語的にコード化しようとする。その言語が我々に聊(いささ)かでも理解感を覚えさせる言語であるかどうかはともかく。

一方の日常的言語覇道主義は、我々の日常的言語に関する態度である。我々の思考活動中で言語ばかり眺め、これを思考の骨格のごとく看做し、また言語的表出物を主部に含まないものを思考活動に関する共有精査の対象としない。論文も言葉を主とすると。虫はこを噛む。

ゆえに我々は言語の放棄を考える。

言語が我々において論理的推論を支援してきた歴史は確かであろう。しかし（「言語障害」の幾つかの現れを思え）、生体上での関連部位は元々広範囲に散っていて各々別個の変化を経たであろう、言語能力——また個体やその状態により特性は異なりながらも「健常」ならばその出力物は同じように振る舞うはずだと看做される、運用様態——これらは、一度解体されてもいいのではないか？　そうして新しく生まれるものは、平等にして均質で、かの悟性を体現するに相当の、より普遍的なものであるべきだ。

(1, $-5\pi/7$)

投稿者は死に絶え、査読者は消え滅び、ここにあるのは空っぽな誰かから不定の誰かへと贈る言葉、という結末にはしたくない。

勿論これは論文ではない。

自分は思う。虫は論文の進みを妨碍(ぼうがい)するのではなく、査読側にあるのでもなく、論文を書こうとしているのかもしれない。あれが嚙むのを止めたとき、前提知識を必要としない、一個の論文が完成するのだろうと。

オルガンのこと

青山新

サイバーパンク的なガジェットによって微生物が制御される世界の中で、本作の語り手は、謎のロッドを肛門に突き刺しながら漢文を諳んじる。引用文献は多岐にわたり、話は都市から直腸へ、細菌から建築へ、そして声と生命の本質（情報）へと縦横無尽に飛び回る。ロッドは演算を開始し、人間と機械の境界は、演算の過程で融解する。ここで言われるオルガンとはむろん、楽器であり内臓のことであり、それは外から内に向かって響く音であり、内から外に向かって蠢く細菌たちのことである。情報の振り幅が最も大きく難解な作品だが、異常な字面のオンパレードを目にすることで、甘美なめまいを覚えることと思う。作中で演算を開始するために〈外挿〉されるロッドとは、ここでは言葉のことにほかならない。

あおやま・しん。デザイナー／リサーチャー。1995年生。慶應義塾大学大学院政策・メディア研究科修士課程修了（デザイン）。メディアプロジェクト「Rhetorica」、デザインスタジオ「VOLOCITEE」に所属。〈SFマガジン〉2020年8月号に評論「Re: Re: Enchantment」を掲載。Twitter: @jcj9dj

〈断章〉

その都市はあまりにも入り組んでいた。

そこでは、ほとんどすべての人々がある街路からある街路へと移動する最中にその一生を終えるがゆえに、人生とはそうしたものであると信じられていた。

そこでは、ある一人とある一人が出会うために一つの種が生まれてから滅ぶまでと同じほどの時間がかかるがゆえに、人々は街中を通り過ぎるあらゆるものは、かつて自分に出会うために出立した誰かの成れの果てだと信じていた。

そこでは、ある一人と太陽との距離もまた極めて無限に近くなるがゆえに、いかなる晴天の日であっても光を見ることは叶わなかった。

そこでは、誰一人として、生まれた瞬間に開始した行為を息を引き取るまでに完遂することがないゆえに、目的と手段の差異を認識できる者はなかった。

暗闇に包まれた都市をただひとり放浪する者たちにとって、自分と都市とを分かつ境界などは存在し得ない。暗闇に研がれた彼らの知覚は都市へと溶け込み、誰もが都市とは自らのことを指すのだと信じて疑わなかった。都市のあらゆる場所で、部分が全体の夢を見ている。遠く距離によって隔てられているはずの人々が、その認知において或る夢の層を共有している。遍在する知覚システムとしての個が同期することで一つの都市の像が結ばれる。彼らは分かたれているがゆえに同じ夢を見る。

ただし暗闇の都市に暮らす者たちに目蓋(まぶた)はなく、睡眠と覚醒の別はないという。

昔者、荘周、夢為胡蝶
栩栩然胡蝶也
自喩適志与
不知周也
俄然覚、則蘧蘧然周也

不知周之夢為胡蝶与、胡蝶之夢為周与
周与胡蝶、則必有分矣
此之謂物化[1]

〈I．パンドラの箱〉

曲亭馬琴が編じた『兎園（とえん）小説』の第十一集に「虚舟（うつろぶね）の蛮女」という一編がある。曰く、享和三年二月二十二日、常陸国のとある浜辺に船とおぼしき物体が漂着しているのが発見された。外装をこじ開けてみると中からは異様な風体の女が現れ、その腕には二尺四方の箱が抱えられていたという。

＊

白鳥の首に似たなめらかなロッドが肛門を押し開き直腸を進む。十分な深さにロッドが到達したことを確認したぼくはカートリッジのパッキングを破り捨てる。MD-KOT-001、学習用の献便を示す識別番号が刻印されたカートリッジを装着して一気にトリガーを引く。噴火。下腹部がじわりと熱くなり、自分の臓腑が急速に実在感を帯びて立ち上がってゆく。

腸壁が演算を開始する。

『大日経』が定めた観相法によれば、修行者は自らの身体を曼荼羅（マンダラ）に重ね合わせることを通じて仏の身体へと変容するという。すなわち両脚は地（ア）、心臓は火（ラ）、眉間は風（カ）、頭頂は空（キャ）、そして腹部は水（ヴァ）に照応される。

腹腔に広がる腸海（わだつみ）。その只中を一隻の虚舟がゆく。遥か遠く、名も知らぬ人々のわだつみより流れ着いたまれびとである。腸壁の岸辺に舳先（へさき）を寄せたまれびとは、一目には見慣れた *Escherichia coli* や *Streptococcus*、*Bifidobacterium* や *Lactobacillus* などかと思われたがよくよく目を凝らしてみれば覚えのない株や変種ばかりであり、しかもそれらが組み合わさって驚くばかりの機能を発現している。わだつみの神々はたいそう喜び、互いにまぐわい、殺し、殺され、喰らい、喰らわれるなどしてこれを歓待した。夥（おびただ）しい生と死の発火が腸管を震わせる中、死骸の群は寄り集まって浮脂の如く、くらげなすただよいゆく。やがて歓喜の震えに寄せて返すように大洪水が訪れ、その不定形の塊を運び去る。それはぼくのわだつみの神々を乗せていまふたたび出航する虚舟。いや、それとも洪水を逃れる播種船（はしゅせん）だろうか。かつて伝承に描かれた虚舟はこう形容されたという——その舟のかたち、譬（たと）へば香盒（ハコ）のごとくにして[2]——。

やがて肛門がアララトの頂（いただき）めいて箱舟を迎える。国生みだ。しかして、生まれ落ちたのは手足と貌（かお）の七孔を持たぬ蛭子（ひるこ）であった。

肛門からロッドを抜き去ると、学習データの廃液とともに幾欠片（かけら）かの大便が便器にこぼれた。深く息を吐くと全身がじっとりと汗ばんでいるのに気づき、続いて痙攣する両脚が目に入る。ほんの数分程度の学習はいつも異様な陶酔を伴った神話的時間に引き伸ばされて感じられた。

ぼくの消化器系を構成する腑術（アルソーム）は、免疫補完と腸内細菌叢（さいきんそう）調節のために定期的な群集パタンの学習を必要とする。つまり、ドナーから提供された献便という文字通りの「ロー」データセットの投与だ。もともとはＦＭＴ——大腸炎などに対する糞便移植療法——を参照して発展してきた技術だが、現在では微生物叢を封入した経口カプセルの摂取、あるいは生成器官（ジェネレータ）を移植することで擬似細菌叢を体内で構成し学習用データを補填する、いわゆるＧＡＦ（敵対性生成フローラ）が主流になっている。しかし、家庭用内視鏡（ロッド）による直腸法がいまだに根強い人気を誇っているのもまた事実だ。理由は今見せたとおり。顔も知らないドナーとの微生物を介したコミュニケーション、それはぼくの腸内環境に不可逆的に変化を要請する。誰の手で、何に変えられるのか、何もわからないままにトリガーを引く。恐怖と陶酔。学習後数日間は目に見えて体調が変化する。頭痛、躁鬱、ある種のアレルギー。それらとの間にどんな因果関係があるのかは知らないが、わからないでいた方がぼくにとって都合がいいであろうことは確かだった。

　まだ小刻みに震える脚を押さえながら立ち上がり、レバーを押す。便器の表面が洗い流されて磁器(ポーセリン)の白が浮き上がり、その奥にぽっかりと下水へと続く穴が広がる。学習と同じく、トイレもまた貌のない微生物コミュニケーションであるはずだ、とぼくは思う。各々の糞便は迷走する下水を放浪して出会い、融け合いながら街の地下を満たしていく。下水管は巨大な腸になり、そこでは街中の人々が統合されたあらたな人格が仮構される。全ての人々が調和した地下理想郷(シャンバラ)へと続く門としてのトイレ。

　かつて海野弘はトイレの歴史について論じた著書『Another Room　もうひとつの部屋』の中で、トイレをパンドラの箱に喩(たと)えた。古代、集落の外れの川などに設けられていたトイレ。これを室内へと持ち込んだ近代社会は利便性を得た代わりに、いかにして穢(けが)れの源泉を日常生活の中で管理するか、という矛盾に頭を悩ませることになった。ありとあらゆる病の源を詰め込んだパンドラの箱が住宅の中に口を開いたときから、トイレは身近であると同時に隠すべき秘部でもあるという二重性を持つようになる。すなわちフロイトが指摘した「不気味なもの」としての性質を帯び始めたのである。秘密の部屋(ハイムリッヒ・ゲメヒエル)、秘匿(プリヴィー)、閉ざされたもの（クローゼット）、様々な言語において「秘された場所」と形容されるトイレ。ところで、日本語で隠された場所を示す「秘所」は同時に黄泉（よみ）の国をあらわすという。理想郷か冥府か。それはいずれにも大した差などないということに他ならない。水が流れきり、わずかに吹き戻してきた下水の空気が頬を撫でる。

〈II. 放浪する装飾〉

「Hirschsprung 病様先天疾患に起因する全腸切除症例に対する李黒江（リーヘイジアン）型免疫メンブレン式人工消化器系適用根治術式（永野 Livinsky 法）とその手術成果について」

Hirschsprung 病に代表される腸管神経節の先天的欠損に伴う障害に対する根治療法として、李黒江（リーヘイジアン）型免疫メンブレン技術に基づく人工消化器系を構築し埋設した。従来、先天性遺伝子変異に起因する腸管神経節欠損においては幹細胞由来の自家臓器移植による根治が難しいとされてきたが、本術式では汎用微生物群集制御技術を生体応用することで人工消化器系を構築し、小腸を含む全腸切除を必要とする症例に対して根治を試みた。以下ではその具体的な手技について報告する。

こんなあらまし(アブストラクト)で始まる2258ＫＢのＰＤＦが現在のぼくの起源であり、実際のところそれ以上に社会的価値を認められたものなどぼくにはなにもないと思われた。

ヒトの場合、一万人にひとり程度の確率で生まれつき腸の蠕動(ぜんどう)運動などを司る神経節が欠損した個体が発現することが知られている。ただしその欠損の多くは直腸下部に留まり、大腸全体に及ぶ症例は全体の10％、まして小腸以降の口側の消化管にまで無神経節状態が広がることは極めて稀だという。少なくともぼくは、データベース上を除けば自分以外にそんな事例を見たことはない。こうした消化管全体に及ぶ症例への対応は技術的にも症例数的にも難しいとされてきたし、せいぜいがはらわたをそっくり入れ替えるような多臓器移植に賭けるしかないらしかった。

かくして魂を吹き込まれ損ねたぼくの腸はただの肉の管となって腹腔に蟠(わだかま)り、腐り落ちていった。食事代わりのＴＰＮ(高カロリー輸液)の濁った脂のような味を今も血管が覚えている。いや、実際のところ打つ手がなかったはずはないのだ。スタンドアロンに不随意筋の電気的制御を行う程度の機械工学技術、あるいはひとそろいの消化管を恒温槽(こうおんそう)の中に育てる程度の生体工学技術であれば、当時でも十分に実現し得ただろう。問題はわざわざ高額な治療費を払ってまで守るほどの価値をぼくの身体に見出した者がいなかったということであり、そしてそれは別に珍しいことでもない。

学習の余韻が引いたのは夕方であった。茹だった頭を冷ましに街を歩く。人ひとりがようやく通れるような隘路（あいろ）を歩き続けていると、街のどこか不確かな部分を掘り進んでいるような気分になる。右、左、右、左、左。路は錯綜して次第にぼくは自分の位置を見失う。同じところをぐるぐると巡っているだけだとしても、主観的な街の体験は増え続け際限なく溜まっていく。街は無限の長さを持っている——ぼくが歩き続ける限りにおいて。

一度も訪れたことのない、そもそも存在するのかも定かではないような街の奥深く。ぼくはなぜかその場所に既視感を覚えている。放浪のどこかで通っていたのだろうか、それとも街並みの類型を意識が取り違えているのか。いや、ぼくの目や脚ではない。もっとずっと身体の奥でここを覚えている。そしてぼくはそれが単なる妄想であることも知っている。

潮目が変わったのは多剤耐性菌——複数の抗生物質に耐性を持った駆除の困難な病原菌——による感染爆発が日常生活に広がり始めたころであった。近代都市の誕生以降続いてきた、無菌化に基づく衛生管理の臨界。建築空間の微生物制御が喫緊の課題となる中で、自宅の微生物環境ログを公開・共有する市民運動が過熱する。堆積したデータ群によって「ガラスの家(Live in Vitro)」と称される有機情報圏(vivolioteca)が構成される段になると、微生物多様性と免疫機構による微生物環境の調和(ハーモナイズ)はもはや疑われざるイデオロギーと化していた。この思想は当時開発が進められていたリアルタイム式のポータブルメタゲノムアナライザや、組み合わせ探索による微生物群集の人為的再現技術などと結びつき、ついには、データベースを参照して任意の微生物群集の再現・維持が可能な汎用微生物制御メンブレンが都市空間の表皮を彩るようになる。

膨大な微生物とその副産物を含む有機情報を取り扱い、流動的に変化する微生物組成の中で単位環境ごとの自己認識を行う免疫系を運用する――いわずもがな腸内はこの難題のための最適な実験環境であり、すなわちそれはぼくの腑術治験(アルソーム)のはじまりを意味した。精緻にその機能を再現された人工消化管がまたたく間に開発され、その最内壁がメンブレンに覆われる。

ぼくの腸内(インナースペース)のさざめきは有機情報圏(vivolioteca)を通り抜けて、外界(アウタースペース)へと響き渡る。同時に、外界(アウタースペース)で取得されたあらゆる有機情報の学習成果が、ぼくの腸内(インナースペース)へと反映される。生活環境に比較しても桁違いの多様性を持つ腸内微生物群集を維持・管理するための技術的達成は必ずやあらたなる時代の公衆衛生の礎(いしずえ)となるだろう、というわけで、要するにぼくはこの腑術（アルソーム）と引き換えに、あまねく世界に供物の如くこのはらわたを晒している。

　街路の奥に人影が現れ、ぼくはその風貌にも既視感を覚える。いや、デジャブではない。ついさっきすれ違った男だ。この時間帯はどの街路にもひとりふたり人影が見え、そのいずれもが呆（ほう）けたように無目的な足取りをしている。授粉者（ポリネータ）たちは街路を往来することで自分の身体の有機情報を振りまき、建築表皮に学習データを提供する。そしてその見返りとしていくばくかの住環境制御コストの減免を受ける。誰しもが日常生活に付随して受けている還元措置ではあるが、学習データが不足しがちなこうした隘路を中心に徘徊して高利を得ようとする彼らのような存在は今でも一定数いるらしかった。

　多様性安定度の高い常在微生物群集パタンがライブラリ化されるにつれて、都市の建築表皮はリアルタイムのパタン生成をやめ、適切なライブラリストックの引用・再現へと移行していった。計算資源の節約を考えれば当然の進化であり、緊密な環境有機情報の収集と反映、もしくは微生物叢編集（ガーデニング）ツールによる住環境の積極的なデザインが目指されていたのはもはや遠い昔のことと言ってもよかった。授粉者（ポリネータ）たちの放浪にもぼくの腑術（アルソーム）にも、もう当初の意味など残っていない。それでも彼らは日々街をさまよい、ぼくはロッドを肛門に突き立て続ける。

日が没し、街路は青黒く塗りつぶされた。もうほとんどなにも見えない。しかしこの目の前にはいまだ人影たちがひしめいていることを、人ならざる影たちがひしめいていることを、ぼくは知っている。

かつて田中純が「神経系都市論」というテーマを提起したことがある。田中は港千尋の『群衆論』、およびウォルター・ベンヤミンやアンリ・ミショーの語りを参照しながら、群衆・神経・装飾といったキーワードを接続してみせた。

ミショーは「神経のもっとも深いところに群衆を発見したのである」、と港は言う。この体験（筆者補足：メスカリンの服用による幻覚体験のこと）ののち、ミショーのデッサンでは線の振動がますます細かくなり、余白もなくなるほど密度が高くなって、紙全体を覆うようになる。群衆の増殖が進行する。ミショーはあたかも「群衆のエネルギーに引き寄せられるようにして、あるいは群衆のいるところへ到達するために」描き続けたように見える。

ここにおいて群衆論は装飾論と出会う。麻薬陶酔のなかで神経システム内部に発見された増殖する群衆とは、「原始時代の装飾のまだ形をとらない異形の図案」である。シャルコーやガレは、麻薬や詩の呪文によるそんな陶酔から、微妙に打ち震える線が描きだす装飾模様を紡ぎ出そうとした。それは都市からの避難所である室内に再現されて回帰してきた群衆にほかならない。[3]

19世紀末に誕生した大都市（メトロポリス）のめくるめく風景は人々に感覚過敏を引き起こし、その疲弊を慰めるものとして華麗で静謐な室内装飾が発展を遂げた。都市を埋め尽くす群集に眩暈（めまい）を覚えた人々はその目を閉ざすが、やがて固く瞑（つむ）った目蓋の裏側に不定形の文様が蠢いていることに気づく。それは身体を巡る毛細血管の影、あるいは目蓋に圧迫された眼球の痙攣が見せる幻である。眼裏（まなうら）を闊歩する貌のない群衆。われわれは大都市が生まれる遥か以前から、その身体の中に雑踏を飼っていた。パサージュを放浪する遊歩者の恍惚と麻薬陶酔の見せる夢が本質的に同じものであると感得されたとき、その二つの次元を結ぶ回路としてのアール・ヌーヴォーの装飾が繁茂し始める——外部化された神経としての装飾。それゆえに、本来皮下に隠されているべき神経、すなわち感情の氾濫たる装飾をアドルフ・ロースは「犯罪」とまで呼んで忌避したのだ。

一方、中谷礼仁は著書『未来のコミューン』の中で、「装飾は犯罪である」というロースのアフォリズムにおける「犯罪」とは「原罪」のことであり、「装飾」とはアダムとイヴが身につけた「イチジクの葉」であったと指摘した。コミュニケーションのための距離を司るインターフェースとして装飾は出現し、それは人がコミュニケーションなくしては成り立たない動物である限りにおいて原罪たりうるのである、と。

イチジクの葉脈に神経系のイメージが重ね合わされる時、そこにはアダムとイヴの下腹部を包み込む神経叢が浮かび上がる。頭部に宿った霊は体へと降り、腹部へと蟠(わだかま)る。それはプラトンが『ティマイオス』で語った、頭部から心臓、胃を経由して肝臓へと至る霊魂三分割説であり、同時に生物学的なヒトの神経系の発生過程にも重なる。脳から下降するように発達する迷走神経は心臓から胃、そして腸へと至り、やがてその表面にイチジクの葉の如く指を広げる。楽園を追われた迷い人の行く末はすべて、我らが身の裡(うち)に幻視されている。迷走神経の原語はラテン語の"Nervus Vagus"、放浪する神経の意であるという。

〈III. 腸の夢〉

ロココ、ゴシック、バロック、ロマネスク――あらゆる様式をつぎはぎにしながら幾千もの神々と天使、悪魔と妖異の姿が顕（あらわ）されている。それぞれの肢体、それぞれの様式を結ぶように蔦（つた）が絡みつき、空間に踊る。蔦はそのなめらかなうねりを留めながら至る所で変態（モーフィング）を遂げる――鍾乳石の滴り、昆虫の脚、乳房、砕けた波濤、獣の腕、火焔、爬虫類の肌、大臀筋、雲海、ミッキーマウス、脊柱――。百科事典を丸ごと煮込んだような異様な彫刻の群が四方の壁を満たし、ヴォールトを描く天井へと伸び上がっていく。床に並ぶベンチの列は七十二。それらがまなざす正面には巨大なオルガン。その軀体には精緻な彫りが染み出し、無数のパイプは壁面の彫刻に抱かれて眠っている。

〈聖堂〉だ。

　辺りを見回すにつれ眼の中に光が横溢し、視界がハレーションを起こす。〈聖堂〉の建築と彫刻――もっともそれらは見分けがつかないほどに入り組んでいるのだが――を成す雪花石膏（アラバスタ）の白く半透明な体が陽の光を目一杯に吸い上げ、空間へと放射している。乳白色の氷を思わせるなめらかな彫刻たちは、内部で乱反射した陽光を滲ませ微光（アウラ）を纏（まと）う。瞬間、彫像の貌に陰影が落ち、〈聖堂〉に人影が揺らぐ。

南海之帝為儵　北海之帝為忽　中央之帝為渾沌
儵与忽　時相与遇於渾沌之地
渾沌待之甚善
儵与忽謀報渾沌之徳曰
「人皆有七竅　以視聴食息
此独無有
嘗試鑿之」
日鑿一竅　七日而渾沌死[4]

久しぶり、と声を掛けようとしたぼくの口がいつのまにかそんな漢文を諳(そら)んじている。

『荘子』の「渾沌」の説話。

「夢の中で自分と話すのに挨拶なんていらない、要点だけあればいいんだ」

人影はそう言ってベンチに腰を下ろす。

「渾沌は目、耳、鼻、口の七孔を穿(うが)たれたために死んでしまった。自然を人為で貶めることへの警告。しかしきみにとって重要なのはむしろ渾沌に肛門はあったのか、ということだ。口がないのに肛門があるのもおかしな話だし、口ができたのなら肛門がなければしょうがない。つまり——渾沌は人間に貶められたからじゃなくて、糞詰まりで死んだんじゃないかってことさ」

「ここでいう口は摂食器官じゃなくて言語、あるいはコミュニケーションのための貌のことだろう。そんな話が通るなら、渾沌はヒトデのように食事と排泄を同じ孔で済ませられたのかもしれない」

「きみもヒトデのようになれればよかったのにね——腑術(アルソーム)なんて着けずに」

人影が意地悪そうに笑う。腸を持たないままに産まれたぼくと死ぬ間際の渾沌。〈聖堂〉の光に目が慣れ、徐々に彼女の姿が像を結んでゆく。しかし、なぜかその貌だけは切り取られたように認識からこぼれ落ちてしまう。

「気にすることはない。もともと渾沌は中国神話の神だったものを勝手に説教の出汁(だし)に使われたんだ。荘子の説話はそれ自体が人為に過ぎる。それよりは——あれなんて面白いんじゃないか」

そう言って彼女は壁のとある彫刻を指差す。岩肌に磔にされた男。手には炎を灯したオオウイキョウを持ち、腹部からは巨鳥がその臓腑を引きずり出している。プロメテウス、人類に火を与えた代償としてはらわたを大鷲に啄(つい)ばまれ続ける罰を受けたギリシアの神。

「蒙(くら)きを啓(ひら)く知の炎と引き換えにプロメテウスは——つまりその子らともいうべきわたし

たち人類は皆、はらわたを失ったんだ。そう、きみだけじゃない」

「なぐさめてるつもりか？　第一、プロメテウスが啄ばまれているのは腸じゃなくて肝臓じゃないか」

プラトンは『ティマイオス』において肝臓を人間が持つ獣の魂、すなわち陶酔と狂気の坐に置き、予知の力を司る臓器とした。この力は古代ローマにおいて、臓卜（ぞうぼく）儀礼のかたちで発揮されることとなる。臓卜では供儀の獣の臓腑を開いてその色、艶、配置に神託を見る。神に捧ぐ獣の裡にはそれを取り囲む外界のすべてが顕（あらわ）されているというわけで、とりわけ肝臓は臓卜の要と見なされていた。

肝臓。陶酔と狂気の蟠る場所。尋常ならざる者こそが神懸かり、託宣を為す。予知の力を大鷲に啄ばまれ続ける哀れな神の名は先見の明を持つ者（プロメテウス）。彼が創り出した人間の業とはすなわち、知を得ながら予知を失ったことなのだ。人が得たオオウイキョウの火は一寸先をも照らさない。

「ささいな違いだよ。発生学的に見れば肝臓は腸管から分岐するかたちで生まれるわけで、いわば肝臓の功罪は親である腸の功罪と言っていい」

無茶苦茶だ。気まぐれなつぎはぎだらけの論理。

「そりゃあそうさ。ここをどこだと、わたしを誰だと思ってるんだ」

狂気と混沌に満たされた獣の魂の坐。貌の七孔を持たない女。その名は――

＊

薄暗い天井。遠く空調の唸り。いつのまに覚醒したのか。

学習を行なった日の夜、ぼくの意識はほぼ必ず〈聖堂〉を訪れる。そこにはいつも彼女がいて、毎回おびただしい連想をぼくに植えつけていく。糞便を通じた他者の侵入、そのイメージがぼくに夢を見せるのだろうか。まさか臓器移植がドナーの記憶を伝達するといった迷信の類ではあるまい。――いや、本当はわかっている。あれはいるはずだったぼくの片割れへの妄執にほかならないと。

　人間は受精卵がふたつに分裂する瞬間にその運命も分岐する。片方の細胞は外胚葉として脳を含む神経系へと変じ、もう片方は内胚葉として腸を含む消化器系へと変ずる。ぼくがぼくのはじまりに手を離したもう一人はそのままどこかへと消えてしまった。ぼくは失われた片割れを、腸のみをもつ片割れを探していまだにこの世界を放浪している。彼女はぼくが他人の糞便を取り込んだ時にのみ、それを依代（よりしろ）にして夢の中に像を結ぶ。

　ぼくは必死に、ぽっかりと抜け落ちた彼女の貌を思い出そうとする。彼女は腸を持たないぼくをプロメテウスに喩えた。ならばさしずめ、腸だけの彼女は無頭人（アセファル）だろうか。バタイユが語った「無頭」とは、自らの首を切り落とすほどのエネルギーの氾濫であり、自壊する神であり、同時に新たなる共同体の可能性の萌芽であった。すなわち、混乱と狂気の中で未来を幻視する臓腑の治世である。それが真にきたるべきものなのかどうかはわからない。ただ、未来と狂気——異なる姿をしたもっとも人間的なるものたち、それらを失ったぼくは一体何者だというのだ。妄執は身体の喪失へと紐づき、そして、ぼくは他人の糞を供儀に彼女を降ろす。

ふと、プロメテウスの神話には続きがあったことを思い出す。知を求めた者たちへ下されたもう一つの罰。プロメテウスのはらわたを奪うだけでは気の済まなかったゼウスは災いをもたらす土くれ（ゴーレム）を捏（こ）ね上げ、これに底意地の悪い名を与えて人間へと差し向ける。その名はあらゆる贈り物（パンドラ）。全ての女性の祖とされる。はらわたを失ったぼくはパンドラの箱に腰掛けて、陶酔の内に腸の夢を降ろしている。その奥にあるものは神話のとおり、ひとかけらの希望だろうか。それともひとかけらの糞に過ぎないだろうか。

空調がひときわ大きく唸り、ぼくは身体を起こす。

〈Ⅳ．アセファルとセイレーン〉

身体を巡る喪失と妄執を癒すこと。そんな絶望的な営為に一生を賭した建築家がいる。ジルベール・クラヴェル。田中純『冥府の建築家　ジルベール・クラヴェル伝』に詳しい。

クラヴェルは幼少期に患った結核の後遺症に苦しみながら、南イタリアはポジターノの海辺に自らの居城を建設し続けた。切り立った岸壁の巨岩を掘り抜くことでつくられた迷宮が如きその建築は、ジークフリート・クラカウアーをしてこう評される――始まりも終わりもなく、方向を欠いたまま、地殻の内部へと掘り進んでゆくこの臓物[5]――と。クラヴェルは度重なる治療に疲弊する中で、自らの体を指して「(魂を運ぶ)奇妙な車」と呼ぶような、ある種の離人症的感覚へと至る。病に破壊された身体を離れたクラヴェルの魂は自らが掘り抜いた岩の臓腑へと宿り、新たなる生を生き直す。

ところで、クラヴェルがその居城を構える場所として選んだポジターノの海辺からはある小さな島々が臨める。その名はガッリ諸島、ギリシア神話に登場するセイレーン伝説の舞台とされる。セイレーン、女の貌を持ち旅人を喰らう巨鳥。ぼくは想像する。アセファルの彼女の失われた貌が鳥の身体へと宿り、セイレーンへと変じる様を。供儀のために切断された頭部が鳥へと変じ自らの臓腑を貪るとき、頭と腸を巡る神話的因縁が一つの身体の中に閉じた回路を形成する。アセファルの彼女、それはセイレーンであり、パンドラであり、虚舟の蛮女である。

クラヴェルは本当に病を逃れるために岩の臓腑へと魂の坐を移したのだろうか。今のぼくには、むしろセイレーンへの供儀として腸の形代(かたしろ)を掘り抜いたように思えてならない。朽ちることのない岩の臓腑を啄ばみ続ける化鳥(けちょう)。ヘラクレスに救い出されたプロメテウスの罰を再び履行する代理者となること。それはいわば、供儀的身体毀損[6]のさなかにおいて陶酔し、頭と腸、夢と現(うつつ)、内部と外部といった二項対立の磁場を混沌へと帰す試みである。

*

ぼくは腑術(アルソーム)のアーカイヴを呼び出し、そのすべてを建築環境制御のライブラリへと投げ込む。うまくすれば、この街の各建築エレメントが参照し再現する微生物群集の組成をぼくの腸内環境へと書き換えられるはずだ——少なくとも一定期間くらいは。

ぼくは目を閉じる。壁が、床が、天井が、階段が、街路が、広場が、空気までもがぼくの腸海(わだつみ)に呑まれていく。錬金術が夢想した外宇宙(アウタースペース)と内宇宙(インナースペース)の照応。あるいは『バガヴァット・ギーター』にうたわれた天地を満たす黒夜珠吠陀(クリシュナ)。街を彩る不可視のアラベスクが氾濫し、微生物が描くアール・ヌーヴォーの蔦の先に花が咲く。いちめんの花畑(フローラ)。色とりどりの花畑は艶やかな臓腑へと重なって、張り巡らされた蔦は神経叢へと変ずる。巨大な臓腑の建築。巨大な臓腑の街。理性の魂が離れた街には恍惚と狂気を司る獣の魂が降り来たり、蟠る腸へと変じた街路をみちゆく。

アセファルだ。

巨大なアセファルの街が顕れる。

しかし一体だれの供儀だというのだ。神のいたずらにはらわたを失ったぼくだろうか、街を洗い流された人々だろうか、それとも夢に棲（す）むアセファルの彼女だろうか。街を満たす臓腑はなにを予見するのか。

その臓腑はあまりに巨（おお）きく、だれもそれを卜（うらな）えなかったという。一羽の鳥がはばたき、陽が翳（かげ）る。

〈V. ナルテックスのオルガン、あるいは神の喉〉

目を開くとそこには教会の門扉が聳（そび）えている。重い扉を押し開けると前室（ナルテックス）が広がり、先ほどよりも遥かに大きい扉が正面に見える。その雪花石膏（アラバスタ）の扉を透かして、向こう側の主室（ネイヴ）に満ちる陽光とオルガンの音色を感じる。この先には夢で見た〈聖堂〉が広がっているはずだ、という奇妙な確信が心を満たしてゆく。夢と現、内部と外部、頭と腸の境界が失われたのならば、目覚めながらにして夢を訪れることなど造作もないはずだ。

　ぼくは主室へと続く扉に手を掛けて、ふと止まる。本当にこの道しかないのだろうか。血腥(ちなまぐさ)い供儀によって頭と腸を溶融せしめるしか、発生と進化を巻き戻して天地開闢(かいびゃく)の頃に戻るしか、頭と腸を巡る奇妙な関係を調停する方法はないのだろうか。

　オルガンの旋律の向こうに、幽(かす)かな声が聞こえた気がした。

声――そういえばさっきから誰の歌声も聞こえない。ただオルガンだけが響き続けている。ぼくは導かれるように口を開こうとして、ふと笑い出しそうになる。こんなことにも気づかなかったなんて。頭と腸の間にあるもの、それは喉に他ならないじゃないか。

　ヒトの発話を司る声帯の運動は、腸から繋がる迷走神経の支配下に置かれている。脳がつくりだした言語は、腸の助けを借りてはじめて声として受肉する。受肉、それは比喩ではない。ヒトが口から吐き出す空気と水と微生物の混合物こそが声であり、そこではミームとゲノムが融け合っている。

　声とは複数の次元にまたがる情報体である。

　頭と腸、ヒトのはじまりに分かたれた二つの路がふたたび交差するとき、あなたはぼくの声を聞いている。

前室の中央には講壇（アナロイ）を模したインターフェースが設（しつら）えられ、教会の微生物環境制御用のメインマシンに接続されている。ぼくは歩み寄り、その自動制御を無理矢理切断する。教会を包む微生物の伽藍（がらん）が音もなく崩れ去ってゆく。警告音（セイレーン）が鳴り響く。目を閉じ、間を縫うように響くオルガンに意識を合わせる。ぼくは口を開く。

私はまさに、目眩（めくるめ）く高みの頂でハレルヤを歌う。お前が耳にできる、もっとも純粋でもっとも苦悩に満ちたハレルヤを。

――ジョルジュ・バタイユ著、江澤健一郎訳「ハレルヤ――ディアヌスの教理問答」
（ジョルジュ・バタイユ著、江澤健一郎訳『有罪者　無神学大全』所収）

〈引用〉

1 荘子『荘子』
2 曲亭馬琴編「うつろ舟の蛮女」（『日本随筆大成』新装版第2期第1巻所収、吉川弘文館、1994）
3 田中純著「装飾という群衆 神経系都市論の系譜」（『10＋1』No.40所収、INAX出版、2005、78頁）
4 前掲『荘子』
5 田中純著『冥府の建築家 ジルベール・クラヴェル伝』（みすず書房、2012、417頁）
6 ジョルジュ・バタイユ著、江澤健一郎訳「供儀的身体毀損とフィンセント・ファン・ゴッホの切断された耳」（ジョルジュ・バタイユ著、江澤健一郎訳『ドキュマン』所収、河出文庫、2014）

四海文書注解抄[注4]

西島伝法

「四海文書」なる異常な文書に関する注解である。「四海文書」とは、大判ノートにさまざまな「気味が悪い」記事を貼り付けたスクラップブックである。本作は「四海文書」の謎をめぐって調査・取材を行った内容を注にまとめたものだとわかるのだが、注の内部でさらなる注が語られる複雑な形式ももちろんのこと、注それ自体に書かれた内容そのものがすさまじく、強く不可解なオブセッションをもった語り手自身も次第に不気味さを帯び始める。なお、本作にはSFとしての裏設定もあり、注の内部に追記された［ ］ ｛｝ などの記号に囲まれた記述から、語り手は一人だけではなく、「四海文書注解抄」を作成した者以外の何者か（未来視点を持った何者か）の物語が読み取れるようになっている。

とりしま・でんぽう。1970年大阪府生。小説家、イラストレーター。2011年、「皆勤の徒」で第2回創元SF短編賞を受賞。2013年刊行の連作集『皆勤の徒』（創元SF文庫）は『SFが読みたい！ 2014年版』の国内篇で第1位となり、第34回日本SF大賞を受賞。2019年、初長篇『宿借りの星』（東京創元社）も第40回日本SF大賞を受賞した。近著は『オクトローグ　酉島伝法作品集成』（早川書房）、『るん（笑）』（集英社）。

【注1】訳の判らない文章／妙な言葉／そう、これですこれ

（1）ううん……おあくせゅああ……そぐはうおぉおうん……か　か　せぐふぁいなくみあ　おおぐ　あぐせん　まあ？　あぉぐらかえ　あんだがらみだぁ……あんだずいきうぅん……あがんあがじぇ……いぐくるせーあままにーに　にーにん……けせき

（2）ォらザんだーが濶じろっせば彌いっヶ　いぎ　該ぅすどき舎かー吩　いずん縕がィらな佛っひう痕ば　芹でぬョ？　垓いぜせ？　せぼんヌー陀　螂るばっとうた　せリュが　まい那にすンりすん　舎厳さい苦土ごれん抜　勢陣ごろう壇ろヶ

（『四海（しかい）文書[注4]8』1p）

【注2】バイクと歩行者の接触事故

きのう午後六時、佐分(さぶり)市の市道で男性(25[注27])の乗るバイクが、歩行中の男性(45[注19])をはねる事故がありました。はねられた男性は病院に搬送されましたが、意識不明の重体ということです。

(『四海文書8』[注4] 1p 地方紙の記事と思しき切り抜き 後に中宝新聞1996年7月4日の記事と判明)

【注3】新興宗教の集団自殺事件／新聞沙汰／地方新聞の記事

きょう午前二時ごろ、仮部(かりべ)市西区亜田(あだ)八丁目にある宗教法人〈諸人(もろびと)の会〉[注11]の付近の住人から、「モロビトで集団自殺が行われている」と警察に通報がありました。警察官が駆けつけたところ、敷地内の地面には複数の遺体とみられるものが埋められ、地元の住人たちと信徒らの間で小競り合いが発生していました。〈諸人の会〉の天沼芳雄[注19]代表に任意同行を求め、事情を聴いているとのことです。

付近の住民

「わたしたちは自らを殺(あや)めます、死が橋となり、雨あがれ、って唱和が繰り返し聞こえてね。以前からあそこじゃなにか起きるんじゃないかと思っていたから、駆けつけたんですよ。そしたら掘られた地面の窪みにね、何人もの死体が折り重なっていたんです」

（『四海文書8』[注4] 2p　地方紙の記事と思しき切り抜き。〈雨あがれ〉は〈天上(あまあ)がり〉[注12]の聞き間違いか。原本も続報も見つかっていない。天沼芳雄の妻（とみられる人物）へのインタビュー[注19]によれば、2002年10月の出来事。引き続き読者のみなさんの情報を求めています[注38]）

【注4】四海文書

便宜上の名称である。

筆者が数年前に七本杉(ななほんすぎ)古本市を訪れたとき、様々なテントが並ぶ中に、パンフレットや絵葉書などを専門とする店を見つけ、戦前の一家の写真アルバムや記念写真などを購入した。店名は意識していなかったが、2014年に再び七本杉古本市を訪れたときに、四海(しかい)堂[注5]だと判った。このときは切手や刺繡ステッカーなどを集めた個人のスクラップブックなどが多く、興味深く眺めているうちに、それぞれの表紙に小さく〈8〉〈9〉と書かれているだけの二冊の大判ノートに行き当たった。〈9〉を開いてみると、新聞雑誌の記事や写真の雑然としたスクラップで、ほとんどがよく知らない内容だったが、後ろの方にマンデラ元大統領の追悼式のでたらめな手話通訳の記事[注39]があり、去年までのものだと判った。もっと古い内容を期待していたので元に戻しかけたが、〈8〉の冒頭にある、訳の判らない文章[注1]の切り抜きやそれを筆書きしたと思しき写真が目に入り、その出典を知りたくて買うことにした。一冊千円だった。

　自宅に帰ったあとその文言を調べようとしたが、検索にはなにも引っかからないし、〈9〉の最後の方のページに血のついた指を拭ったような跡[注6]があるのに気づいて気味が悪かったし、買わなければよかったと後悔してそのまま忘れてしまった。

　その後、探しものをしているときにたまたま開いて、ページによっては所々に書き込み[注40]があったり、記事どうしが線で繋がれていたりするのに気づいて、訳の判らない文章[注1]から、新興宗教の集団自殺事件[注3]、バイクと歩行者の接触事故[注2]、怖い体験談[注7]、マンデラ元大統領の追悼式[注39]、護法魔王尊の写真[注13]、双子と思しき女児の写真[注39]——などといったばらばらにしか見えなかったスクラップが、ひとつのテーマを元に集められ、関心の中心をずらしながら網を広げていったことが判ってきた。よく読めば〈8〉の前半は〈諸人の会〉[注11]に関係する内容が中心で、筆書きは経典[注11]の一部であるらしかった。〈9〉の冒頭からは直接的な事実を離れ、その経典の由来や解釈に役立ちそうなものが集められている[注39]。

　とはいえ関連がよく判らないものも多い——チーズ図鑑の一項目（アイルランドのアイ

リッシュ・ポーター）、通販カタログのサイズ表、英語精読集の一例文、数々の写真（罅(ひび)割(わ)れたアスファルト、しなびたリンゴ[注8]、ヨウム[注39]、ゴリラ[注39]、大道芸のスタチュー[注34]、二人羽織、SFアクション邦画のスチル[注39]、目を大きく見開いて手紙を差し出す男の写真[注39]）、短歌、ビーバーの生態、人魚のミイラの絵葉書、セロハンテープで貼られた本物のトローチ[注39][注40]、『宇治拾遺物語』の一説話、なにかの楽譜の一部、白と黒のマス目が並ぶクロスワードパズルの半分――等々。後に見つけた二冊[注9]のように、雑多なスクラップの習慣が顔を覗かせたのだろう。（追記　この時点では判らなかった関連が、何年も調べ続けているうちに[注10]徐々に透かし見えてきた。それでも擦り合わせるためにはまだまだピースが足りない。引き続き読者のみなさんの情報を求めています[注38]）

いったい誰が何のためにこのようなスクラップブックを作ったのだろうか[注40]。

「前五・二六の数据屑より覆元されし沢木計一の準備稿[注38]より　以下、明記なき場合すべて準備稿」〔探照誌は狭域波寫像につき、幾頁かの畫素のみ撒存。牢名畜への追躡は、既往の寰外地における羈束下の査業であることを斟量〕

【注5】四海堂

店主の小倉達朗氏によると、『黒死館殺人事件』などで知られる小栗虫太郎（１９０１

〜1946）が作家になる前に経営していた四海堂印刷所から名づけたとのこと。

【注6】血のついた指を拭ったような跡

スクラップ作業の折に指を切ってしまったのではないかと思われる。

〔遡識員の吾傳綴の一端を檢出〕〔但し確定までは至らず。腦神經系の寫像が須要か〕

【注7】怖い体験談

仮部市にいっとき住んでたんだけど、日暮れ時に雑木林の中から念仏みたいな声が聞こえてきて、木陰から覗いてみたら二十人くらいの蒼白い人たちが集まってるのが見えたんだよね。唱えていたのは白装束の服を着たおじさんだったんだけど、その手に大きな刃物が握られていて驚いてたら、急にしゃがんで草陰に隠れてしまって。見えるところまで移ると、美術室にある石膏像みたいな彫りの深い顔の人が裸で地面に横たわってて、白装束がその体に刃物を入れだしたんだよ。叫びだしそうになるのをこらえて見てたら、体の肉をすこしずつ切り取っては、まわりの人に配っていくんだ。なのに裸の人は睫毛の長い目でまばたきするだけで身動きひとつせずに黙ってて。怖くてカチコチだったけどそこから足音立てずに離れて、歩くにつれ怖さがまして、無我夢中で駆け出して家に戻って布団にくるまった。夢でも見たんだと思い込むことにしたんだけど、数日後にあそこにいた何人かと町中ですれ違って、現実に起きたことだったんだって。それからすぐに遠くへ引っ越して何年か経ったけど、今でも夢に見るし、ずっと気になってる。

（『四海文書8』[注4]３ｐ　２００３年に巨大掲示板の怖い話のスレッドに投稿されたテキストだと後に判明。〝美術室にある石膏像みたいな彫りの深い顔の人〟は、細崎遥へのインタビュー[注31]で触れられた聖ジョルジョの石膏像の話を思い起こさせる）［横たわる者が初めて確認されし雛か否かは未処裡］

【注8】しなびたリンゴ

しなびたリンゴの写真が、その輪郭に沿って切り抜かれている。書き込みはない。テオ・アンゲロプロスの映画『シテール島への船出』（１９８３）では、ソ連に亡命していた老人が故郷のギリシャに三十二年ぶりに戻るが厄介者扱いされ、この地に留まることも出国することもできずに艀（はしけ）の上で「しなびたリンゴ」と繰り返す。この写真はつまるところ西田の言う砂漠[注19]を表しているのではないか。また、作中で監督が老人にふさわしい俳優をオーディションで見つけられない場面では、かつての西田貢[注23]と現在の西田貢[注26]と見られる男とのずれを想起させられる。

（しなびたリンゴの写真は『四海文書9』[注4] 13 p　この注釈を読んだU氏に、なんでもつなげすぎだ、おまえ、ちょっと危うくなってるぞ、と窘（たしな）められる。アダムの喉を詰まらせている方だと言いたいのだろうか）［準備稿から外された注釈　控え用のファイルより］
〔寰外地の地表の電荷模斑と梏似〕

【注9】後に見つけた二冊

ノートの〈8〉〈9〉が順番を表すのであれば、〈1〉から〈7〉までのノートもあったはずだと思い、四海堂[注5]の実店舗を訪ねてみたが、店主の小倉氏は、うちが買い取ったのはこれだけです、どなたかは覚えてませんねえ、という。世間話をしつつ食い下がるうち、「そういえば……」と思い出しかけるも絞り出すような唸り声を発し、筆者の中でその声は、未だ耳にしたことのない佐久本肇の譫言（せんげん）[注27]と重なっている。

その後、意外な偶然から他のノートに巡り合うことになった。

棄てられた直筆ノートを収集している笠谷守氏に取材する機会があり、見せてもらった様々な直筆ノートの中に、〈6〉と〈7〉があったのだ。〈8〉〈9〉との繋がりを期待して開いたが、それこそ『四海文書』[注4]を初めて手にとった時の印象そのままの、新聞や雑誌の雑多な貼り合わせでしかなく落胆した。これもまだ筆者に関連が見えていないだけなのかもしれないが、少なくとも書き込みや矢印はなかった。

もしかすると〈1〉から〈7〉のノートまでは習慣的に行っていたよくあるスクラップだったのが、なんらかの切実な理由か筆者のような偶然の流れ[注10]で、〈8〉から興味がひとつに集束したのではないか。

どうして書いてきた日記を棄てる人がいるのでしょう、と訊ねると、棄てるために書いてきたのだとある時気づくのかもしれませんね、と笠谷氏は答えた。

〔遡識の影響による忘却が、此班の押推を上回る剰兆性〕

【注10】何年も調べ続けている／筆者のような偶然の流れ

なぜ『四海文書』[注4]について調べ続けているのかをよく訊かれるが、その度に口ごもってしまう。手に入れたのも偶然だし、何か驚くべき秘密が隠されていると直感したわけでも、それを解き明かしたいと欲したわけでもない。むしろ、調べたところで徒労に終わるに違いないという確信さえあった。最初は、ふと目についたちょっとした疑問を解こうとしただけなのだ。キッチンの小さな汚れを拭き取ったら、その周囲の他の汚れが次々と目に飛び込んできて、気がつくとキッチンじゅうを大掃除していたという経験はないだろうか。しいて言えばその感じに似ている。ただ、『四海文書』の場合は、キッチンの内側から次々と汚れたキッチンが現れてくるのだ。

［準備稿から外された注釈　控え用のファイルより］

【注11】諸人の会／経典

〈諸人の会〉とは、教主の天沼芳雄[注19]と副教主の西田貢[注23]の二人で始めた新興宗教団体で、新聞沙汰[注3]となった騒動後、２００２年11月に解散。信徒は各地に五千人[注14]と公称していたが、実際の会員は五百人程度だった。そのほとんどは〈金星食マナ[注16]〉の販売員（会では〈しるべ員〉と呼んでいた）であり、実際には一般信徒が六十人ほどにすぎず、そのうち二十人ほどが〈みつくし信徒〉と呼ばれる住み込みの信徒だった。ニューエイジ寄りの終末予言宗教とされるが教義は様々な宗教の継ぎ接ぎで一貫性はなく、その名に反して選民的だったとされる。御筆先を集めた手書きの経典〈諸人の書[注19]〉が三冊あるが、意味は教主にしか捉えられず、口伝のみで説明された。記録を残すことも外部に漏らすことも禁じられていたため（本堂内であれば、経典を読むこと自体は許されていた）、具体的な教義は、口の重い元信徒数名の話と、元〈みつくし信徒[注19]〉の野口晃氏へのインタビュー[注12]、天沼芳雄の妻（とみられる人物）へのインタビューから窺える程度だ。（U氏は特権的な立場にいた〈みつくし信徒〉たちに取材しようと〈天上がり名簿[注14]〉を元に探したが、ひとりとして消

息が摑めなかったという）

［U氏とはライターの宇田川勝か。資料の引き継ぎ可能性］

【注12】元〈みつくし信徒〉の野口晃氏へのインタビュー／天上がり

〝「ええ、出生率が低下しているのは、金星神クラマ[注13]によって罪深き人類に不妊人放飼(ふにんじんほうし)[注15]が行われているためで、いずれ誰もが自らに封じられたまま死に絶えてしまうんです。けれども、〈諸人の書〉の経文を毎日唱え、〈星体拝領〉[注16]をさせていただくことで、〈みつくし信徒〉の肉体は金星神クラマがこの世に顕現する際の星体に置換され、それが橋となって宇宙精神に〈天上がり〉することができるようになるんです」

――以前は別の食べ物だったそうですが、それは〈PF普遍食〉[注16]と呼ばれていたのでしょうか。

「いえ、〈金星食マナ〉[注16]と言って、金星神クラマが顕現する星体の成分を模したものだと聞きました。ですが金星神クラマが、我が星体を分け与えなさい、とお告げになってからは、宇宙にお戻りになった後に残される本物の星体が食されるようになったのです」〟

（『四海文書8』[注4]12p　ウェブマガジン『7ファクツ』の、悪徳商法を糾弾する宇田川勝氏の連載「うたがわ式」に掲載された野口晃氏のインタビューをプリントし、切り抜いたもの。〝発言内容を撤回したため三日で削除。〈天上がり名簿[注14]〉に野口晃氏の名前はない。仮名？〟という書き込みがある）

［寰界、及び希内の成立過程との象徴的符号］

【注13】金星神クラマ／護法魔王尊の写真

金星神クラマは、ヒンドゥー教神話のサナト・クマーラ（近代神智学では金星から地球の物質界に霊的指導者マハトマとして現れる）と、近代神智学の影響を受けた鞍馬寺の護法魔王尊からの借用だと思われる。

（『四海文書8[注4]』6pに護法魔王尊の写真）

【注14】信徒は各地に五千人／天上がり名簿

支部など存在せず、五千人というのも、会の前身である〈ひねもす健康推進会[注16]〉の商品〈PF普遍食[注16]〉の購買者リストを元にしたものだった。そのリストは、佐久本肇[注27]氏がこれまで転職してきた複数の会社の顧客リストとの合致が確認されている。〈天上がり名簿〉は、寄進の多い信徒のリストであったようだ。『四海文書8[注4]』にそのコピーと見られる紙が折り畳まれて貼りつけられている。数字が金額を表すのであれば、それぞれに一般家庭の全財産に値するほどの寄進が行われていたことになる。現世に財産は必要ない、と〈正覚(しょうがく)〉させるために、〈天上がり〉という劇的な仕掛け[注20]が必要だったのだろう。

【注15】不妊人放飼

不妊虫放飼をもじったもの？　〝不妊虫放飼(ふにんちゅうほうし)は、害虫駆除の方法の1つで、人工的に不妊化した害虫を大量に放すことで、害虫の繁殖を妨げる方法である。特定害虫の根絶を目的に行われる。〟金星神[注13]、なぜ人類を痕絶(ママ)するのか。

（『四海文書8』[注4] 12p　引用符内はWikipediaの切り抜きで他は手書きメモ。不妊人放飼に似た内容が、佐久本肇の普通の寝言[注30]にも出てくる）

「寰外の舊人への拘殖策が漏泄したものと窄定」

【注16】星体拝領／金星食マナ／PF普遍食／ひねもす健康推進会

〈諸人の会〉[注11]教主の天沼芳雄[注19]は、もともと健康食品会社〈ひねもす健康推進会〉を経営しており、副教主の西田貢[注23]はその社員だった。主力商品として完全食を謳う〈PF普遍食〉[注17]をネットワーク商法で販売していたが、1997年には被害者の会が作られ、様々なネットワーク商法を糾弾した『怪しい儲け話』（東仙出版）などの本で名指しされたり、健康被害の報告から違法な成分の使用を疑われ立入検査が行われるなどして経営状態が悪化し、1998年に宗教法人〈諸人の会〉を立ち上げ、〈金星食マナ〉という名称に変えて信徒に販売していた。

〈諸人の会〉の〈星体拝領〉で食された星体は〝マナとさほど味は変わりませんでした。ただ、星体の方は形が大きく違っているというか、大きな塊で――いえ、どういう形なのかは言いたくないです――それを教祖が切り分けてくださって、ありがたく戴くんですけど、においもすこし違っていて、なんというか、金星神に選ばれているんだ、という法悦がありましたね〟と野口氏がインタビュー（『四海文書8』13pより）で語っているように、同じ食品のカット前の塊に香料を加えたものであった可能性が高い。〈金星食マナ〉の購買者や一般信徒と〈みつくし信徒〉とを差別化するために考えだしたのだろう。寄進と引き換えに〈天上がり〉に誘われ、断って退会した匿名の元信徒によれば、星体によって肉体が置換されるため、癌など様々な病気とも無縁になると謳っていたようだ。

〈金星食マナ〉のマナとは、天沼芳雄の妻（とみられる人物）へのインタビューで語られた通り、旧約聖書「出エジプト記」で、モーセに率いられた人々が荒野で神から与えられた食物からの拝借と思われる。〈星体拝領〉などの語呂合わせの用語を含め、西田貢が高校二年まで通っていたカトリック教会の影響が窺える。

〔此述により、希區が處裡班に依る斷繫及び歷綴伍層の虛塗を行った事案と露明〕

【注17】ＰＦ

ＰＦとはパーフェクトフードの略称で、その後に普遍食をつけるのは重複的表現である。

〔二頭式暗語の乗法表示に類似〕｛但し折込言能はなし｝

【注18】違法な成分

あぐしクがすまさい蛸げしに

【注19】天沼芳雄の妻（とみられる人物）へのインタビュー——天沼芳雄／歩行中の男性（45）／諸人の書／西田の言う砂漠

いえいえとんでもないですよ夫は信徒たちと西田[注23]に強制されていたんです。あの頃西田が心臓の移植手術で入院していなければまだ教主を続けさせられていたかもしれませんぞっとしますよ夫も亡くなったのでもう言ってよいかと思いますけど、あの人はこんなことは早くやめてしまいたい、御筆先なんて書いてると頭がおかしくなりそうだ、と漏らしていたのです。ええいつも意味の判らない御筆先を書いてから西田の考えた法話を話さなければならなかったでしょうそれは大きな負担だったんですよあれが寿命を縮めたに違いないんですそれなのに信徒たちは最近御筆先がどこか気が抜けたようだ金星神の顕現が不十分なのではないかなどと詰め寄っていたそうでそりゃそうでしょうとも経典の元の文章をそのまま書き写している時はよかったですよでも限りがありましたからあとは真似して書くしかなかったんですその頃には信徒たちが経典から勝手に予言を引き出しては的中していると大騒ぎして金星神[注13]に心酔しきっていたそうで新聞沙汰[注3]になったあたりでは——ああ、ええと2002年の10月ですよ——全身全霊で御筆先を書いているかどうか見張られていると不安げに申しておりました。いえ、あの記事については何でもなかったんですお恥ずかしい話です芝居がかった単なる儀式[注20]を地元の人たちが勘違いしたというだけでそれを証拠に夫はすぐに戻ってまいりましたから。

はい経典の元になったのは妹から学者の先生に調べてもらうよう頼まれた原稿でした全部妹の夫が話したことで——それを書き取ったのは別の方なんですけどでも書き取ったというよりはその人が勝手に書いたというか——ごめんなさい訳が判らないですよねわたしも未だにどういうことなのか理解できておりませんで。妹の夫は佐久本肇[注27]と言うのですけれど当時交通事故に遭って昏睡状態が続いてましてねはい歩いているときにバイクにはねられたんです、で病床でずっと酔っ払って話す外国語みたいな意味の判らない譫言を漏らし続けていてええわたしもお見舞いに行った時に実際に聞いておりますそのときにですね譫言をノートに書き写している人がいたんですね妹にどなたと訊いたらバイクではねた人だって言うからわたしびっくりしてしまって贖罪のつもりらしいんですけどとても妙に思いましたちらっと覗いたら肇さんの譫言とは全然違う妙な言葉[注1]でいいえ名前は覚えてないんです整った顔立ちの目を惹く若者でしたけれど。肇さんが三週間ほどで昏睡状態から覚めてはい大事なくて安堵したんですけど眠るときにはまだ譫言を漏らすとかでそれをあの男に自宅まで通わせてまだ書き取らせているって言うじゃないですか呆れてしまいましたその書き取りを肇さんは自分が語ったとおりの事柄だって言うんですねでもどういう内容なのかと訊くと口ごもる。なにか詐欺のようなものに騙されているんじゃないかと心配しておりました妹も週に何度も他人をしかも事故の加害者を家に上げるのも息子が懐く[注27]のも嫌でもうやめるよう肇さんに言ったそうですけれど肇さんは頑なで、だから学者からでたらめだとお墨付きを貰えれば目を覚ましてくれるだろうと妹は考えて男が書き取った文章のプリントや録音した音声をわたしに預けたんです夫が会社で共同研究していた先生[注21]のつてで何人か言語学っていうんですかそういう先生に見てもらったらやっぱりでたらめだってことでやっとやめてくれましてね。

　そのプリントを西田に見られてしまったのがいけなかったんですよ「これはバベルの文

字ですよ、どんな言葉だって引き出せる」と西田は興奮して夫をそそのかしたんです西田はこう言ったんです。「モーセがユダヤ人をエジプトから連れ出したのは約束の地じゃなく砂漠に導くためで砂漠というのは他の場所をつなぐ内と外の区別がない場所なんです[注22]。いわば四次元の領域ですよ。そこで神はマナという誰も知らなかった食べ物を与えました。社長が迷える会員たちにとってのモーセとなり、バベルの文字から神託を引き出せば、三次元の結び目を四次元でほどくことができるんですよ[注23]」って。

「あいつはよく訳の判らんものに喩えるからな[注23]」と夫は度々漏らしておりましたが結局新興宗教を始めようという提案だったそうで、オウムの事件からもまだ数年しか経ってなかったですし絶対やめてくださいとわたしは何度も止めて本人もやるはずがないよと笑っていたんですけど……ただ〈PF普遍食[注16]〉よりも〈金星食マナ[注16]〉が売れたのは確かだったんですよええ承知しておりますとも仰るように詐欺まがいの売り方で褒められたものではなかったとは思いますよわたしは関与しておりませんけれどもただ言わせていただけましたら夫はあのひとなりに質の良い健康食品を作ろうとしたのは確かだったんですよ病で衰弱していく母親に食べさせるために研究を始めたのがきっかけで同じ境遇の人を助けたいと願って真剣に一心不乱に没頭してそれがどうしてあういうことになってしまったのだかあいつが、西田が無理やりさせていたんですよ夫にはそんな度胸などありませんでしたから

知りませんよ西田がどこにいるかなんてあんな詐欺師はとうに刑務所かどこかに閉じ込められていることでしょう。[注26]

マナが今でも売られている？　そんなはずはありませんよ。少なくともうちは関わっておりません、というより関われるはずがありませんでしょう会社も工場もとうにないんですから当時も類似商品はよく出回っていましたからそちらじゃないでしょうかあるいは西田かもしれませんが。

（『四海文書8』21ｐ　23ｐ　24ｐ　出典不明だったが、２００8年にウェブマガジン『7ファクツ』の、悪徳商法を糾弾する宇田川勝氏の連載「うたがわ式　その後」に掲載されたものと判明——現在は配信終了。天沼芳雄の妻も本人とのこと。追記『四海文書[注4]8』のスクラップに欠けていた箇所を補完）

【注20】どういう形なのかは言いたくないです／〈天上がり〉という劇的な仕掛け／芝居がかった単なる儀式

野口氏の発言から、当初はよくある怪談だと思っていた怖い体験談[注7]が、〈星体拝領[注16]〉の目撃談だったのではないかと気づいた。同じ市内の出来事であることを見逃していたのだ。さらに地方新聞の記事[注3]や、「芝居がかった単なる儀式を地元の人たちが勘違いした」という天沼芳雄の妻[注19]の主張などから、星体とは〈金星食マナ〉[注16]を金星神クラマ[注13]の姿に象ったものだったと考えるのは、妄想がすぎるだろうか。パンと葡萄酒をイエスの体と血として分け合う聖体拝領をもっと生々しい形にしたのだとも言える。〝集団自殺が行われている〟という通報で警察が駆けつけた時に行われていたのは、〈天上がり〉[注11]だったのかもしれない。近所の住人が見たという地面に埋まっていた死体も、〈金星食マナ〉による作り物だったのではないか。そうであれば、天沼がすぐに解放されたのも続報がなかったのもうなずける。おそらく〈天上がり〉とは、信徒それぞれの肉体に見立てた作り物を地面に埋葬して、精神的な存在へ昇華したと感じさせる儀式だったのだろう。

［断繫處衍の衰耗による誂向解釋か否か］

【注21】共同研究していた先生

〈PF普遍食〉[注16]の広告でお墨付きを与えている、元ハーバード大学助教授の田村省吾氏であるなら、ハーバード大学には在籍したことはないと『怪しい儲け話』（東仙出版）で暴露されており、実在じたいが怪しまれていた。最近になってある通信教育システムの体験談に使われていた幾つもの顔写真が、どれもAIによる生成ではないかとSNSで話題になったが、元々それらは〈PF普遍食〉の広告の顔写真を流用したものだった。したがって、時代的にはAI生成ではありえない。天沼芳雄[注19]氏の息子、天沼宏氏の経営するデザイン会社で当時働いていた人物によれば、体験者の顔写真はいずれも画像アプリケーションで二枚の写真をモーフィングさせ、その中間となる顔を使用したもので、田村省吾氏に関しては、天沼芳雄と西田貢[注23]の顔写真を用いたという。ただし〈ひねもす健康推進会[注16]〉を立ち上げた当初には共同研究者がいたことは事実で、その中に自己複製細胞の人工合成で名の知られた故倉林樹成(くらばやしみきなり)教授の名前があることに驚く人もいるだろう。

［雛体の礎外貌に錯兆する接枝のひとつと看做］

【注22】モーセがユダヤ人をエジプトから連れ出したのは約束の地じゃなく砂漠に導くためで砂漠というのは他の場所をつなぐ内と外の区別がない場所なんです。

この言葉は、柄谷行人(からたにこうじん)『探究Ⅱ』のテキストに酷似している。

［斆環蝕による差漠化の疹行を鑑みよ、廣大な寰外地がかつて域海だった由とは信じられない、とは學秦の言］

【注23】西田貢――三次元の結び目を四次元でほどくことができるんですよ

／あいつはよく訳の判らんものに喩えるからな

これは科学的な意味での高次元とはなんら関係なく、新興宗教という四次元なら、在庫が山積みとなっていた〈ＰＦ普遍食[注16]〉という三次元の結び目をほどくことができる、つまり業績不振から抜け出せる、と言いたかっただけだと思われる。

西田が引用を過剰に連ねた比喩で煙(けむ)に巻くように話すのは幼い頃からで、通っていたカトリック教会の神父からも、「聖書は悪魔だって身勝手に引用することができるんだよ[注24]、少しは慎みなさい」としばしば窘められていたという。絵画コンクールで受賞するも取り消しになった記録（『四海文書８[注4]』35ｐ）が残っているが、それも引用癖[注25]に関係しているのかもしれない。

〈ひねもす健康推進会〉の副社長となってからもその発言で社員を困惑させていたが、U氏によると〈諸人の会[注11]〉では信徒たちに感銘を与えていたとされる。

［遡識の重依ではない］｛識閾下充用の暗語染播やその遡波に依る症候か否かは保留｝

【注24】聖書は悪魔だって身勝手に引用することができるんだよ

シェイクスピア『ヴェニスの商人』からの引用である（ただし既存の訳書にこの通りの文章はない）。引用癖[注25]を窘めた神父の言葉が引用だった理由は判らないが、この言葉に関しては、西田が引用することはなかったようだ。

【注25】引用癖

引用は言葉だけではなかった。小学生の頃は、着ている服が兄弟や親族からのお下がりばかりだった（それは別の事情では？）。また、西田の周りでは、ものが見つからなくなることが少なくなかった。同級生だったＨ氏は、こう話している。

「物知りで話題が豊富だったから、最初は人気ありましたよ。わたしが筆箱をなくしたときに一緒に探してくれたんですけど、あとで彼が机の中から出した筆箱がどう見てもわたしので……でもあまりに堂々と使っているし、証拠もないし、同じ商品を買うことだってあるから、と疑ってしまう自分を責めていたんですけど、周りの子らも同じような思いをしていたらしくて。これいいマフラーでしょ、と西田から自慢げに見せられたマフラーが自分のだったという子もいました。体育の授業のあと西田がＮ君の席でＮ君の制服に着替えだした時には皆で詰め寄って、でも話しているうちになぜかなんの関係もないＭ君が僕が悪かったと謝って西田の服に着替えだして……」

［重依反応はなく、特定セシ値換症例とも逕庭］

【注26】知りませんよ西田がどこにいるかなんてあんな詐欺師はとうに刑務所かどこかに閉じ込められていることでしょう／現在の西田貢

U氏は西田貢の足取りを追って所在を突き止めたが、天沼の妻に提供された写真とは風貌がまるで異なっていたという。同姓同名の別人だったのか、顔まで引用するようになったのか。

「外国には、同じ名前の人間に挟まれたら、願いが叶うっちゅうジンクスがありまんな。そのお方が見つかること祈っとりますわ」とイントネーションのずれた関西弁で言い、「もうよろしおすな」と取材には応じてもらえなかったそうだ。現在その西田貢は教材業界の組織で相談役をしている。引き続き読者のみなさんの情報を求めています。[注38]

【注27】佐久本肇の息子　佐久本健氏へのインタビュー――男性（25）／佐久本肇／譫言／息子が懐く

佐久本肇は二年前に亡くなっていたが、息子の佐久本健氏は取材を受けてくれた。

「驚いたな……あの譫言が経典にされていたなんて。靖兄さんは知ってたんだろうか。あ、石宇靖（いしうやすし）[注31]っていう名前だったんですが、僕は厚かましいから勝手に兄さん呼ばわりしていました。へえ、伯母がそんなインタビューを受けてたんですか。よく喋る人なんですよね。

いつまでも話が終わらないからうちの母もよく辟易して、切り上げるために仕方なく〈PF普遍食〉[注16]を買ってました。いえいえ、母や僕は一度も口にしませんでした。父は勿体ないからとたまに不味いと言いつつ食べてましたけど。結局百箱くらいはそのまま破棄したんじゃなかったかな。〈金星食マナ〉[注16]って名前になったときはさすがに笑ったなぁ。

靖兄さんがセッションに来るのはいつも楽しみでしたよ――あ、セッションも僕が勝手にそう呼んでただけで、たぶん本人たちは特になんとも――一人っ子なので、兄ができたみたいで嬉しかったんでしょうね。そんな、恨んでなんか。確かに父をバイクではねた本人ではありましたけど、誠実な方でしたし、むしろうちの父に、なにぼうっと歩いてたんだよ、と腹を立ててましたね。あの頃は僕が中学生だったせいもありますけど、父はだらしない人間で、職も転々としていたからあんまり折り合いがよくなかったんで。仕事を変えることが仕事なんだ、潜入捜査をしているからね、とくだらない嘘をつくんですよ。幼い頃には真に受けていたのが悔しいんですが。

靖兄さんは、最初はとにかく口数の少ない物静かな人という印象で、うちの父より兄さんの方が昏睡状態に見えることすらありました。でもその姿は妙に絵になるんですよね。そこだけ陽が射し込んで陰影が濃くなってるみたいで。モデル[注31]をしているのも頷けるというか、ええ、ずっと続けるつもりはないけど、いまはそういう仕事をしているって仰ってました。

父が昏睡状態の時には、ほぼ毎日来てくれてましたね。ずっと傍らに黙って坐っていて、もういいですよと母は言ったんですが、どうかそばに居させてください、って。父が呂律の回らない外国語みたいな譫言を口にしだしたのは事故から三日目のことでした。最初は目覚めたのかと思って何度も声をかけたんですが、返事もせずにずっとひとりでくだを巻くように話し続けるんです。病院の先生は外国語様アクセント症候群かもしれない、と仰ってました。頭部外傷などで昏睡から目が覚めた後、ごく稀に外国語みたいなアクセントで喋ることがあるそうなんです。僕と母が狼狽する中、靖兄さんは椅子に小さく坐ったまま、ノートになにかを一心に書いていました。覗き見ると、定規で引いたような字で文字化けめいた訳の判らない文章[注1]が並んでいて……横倒しになった片仮名まで混ざっている、手書きとはとても思えない文章だったので正直気味が悪かったです。もちろん、なにをしてるのって訊きましたよ。そしたら、せっかく喋っておられるからそのまま書き取っているんです、って。父の譫言と全然違うじゃないですか、って言うと、ひどく驚いた顔をして。どうも兄さんには本当にそう聞こえているみたいでした。どういう内容なのかを訊いても、まあ、よくある譫言ですよ、って言葉を濁すんですが。

三週間ほどで昏睡から覚めた父は、意外にも兄さんを責めなかったので驚きました。録音した自分の譫言を聞き、靖兄さんが書き取ったものを読んで、ずっと離れていた故郷に戻ってきたような感慨深げな顔をしていました。父さんの譫言とは全然違うだろう？　と僕が訊いたら、これでいいんだ、と満足気にうなずくんですよ。じゃあ、どういう意味なの、と訊くと、もどかしそうに何かを言いかけて黙ってしまう。

退院してからも譫言はなくならなくて、父は自分の眠る夜の十時頃に靖兄さんを家に来させるようになったんです。僕もたまにつき合ってましたよ。父の譫言がやむと、勉強を見てくれたり、僕の悩み事をよく聞いてくれたりしました。兄さんから聞いた話ですか。いつも僕ばかりが話していたから……あ、イギリスにいた頃[注34]の話は面白かったですね。トイレットペーパーの向きが逆だって言うから、それはさすがに嘘でしょ、と笑ってたんですけど、十年後くらいに兄さんの影響でイギリスを訪れたら、ほんとだったんで驚きましたね。

退院してからの譫言には、すこし違ったところがありましたよ。いや、譫言じたいは変わらないんですけど、僕にも聞き取れる普通の寝言[注30]の割合が増えたんです。

ええ、確かに伯母は兄さんのことを詐欺師呼ばわりしてましたね。でも、靖兄さんが来たがったわけじゃないですからね。昼の仕事もあるのに、罪悪感から無理を押して来てくれていたんです。みるみる憔悴していくので、見かねた母が呼びつけるのをやめるよう何度も父に言ったんですが、彼はわたしに責任があるんだ、と一歩も引かないんですよ。自分の譫言が書き取られずに消えてしまうことを、父はひどく恐れているようでした。

ああ、録音して後で書き写してもらう方法は提案しましたよ。でも父は、直接でなければこぼれ落ちてしまう、と理解しがたいことを言うんですよ。いえ、会うためじゃないんです、いつも兄さんがやって来る頃には寝てましたから。それでいて手稿をすぐに見るわけでもなくて。何度かこっそり録音を試して兄さんには休んでもらったんですけど、不思議とバレてしまって怒られました。

母は、意味があるとはとても思えない、誰も幸せにしないこの書き取りを止めさせようと、そのときの録音とノートを伯母さんのつてで大学の先生に調べてもらったんですよ。もちろん、でたらめだと証明してもらうためです。

そう、これですこれ。[注1]大学の先生から送られてきた調査書類の一部ですね。これが貼られていたんですか。どうやって手に入れたんだろ。父が捨ててしまったはずなんですが。（1）が父の譫言を先方が比較のために書き起こしたものです。でも実際に声で聞く譫言とはだいぶ印象が異なりますよ。外国語はまったくできない人なのに、フランス語みたいな喉を鳴らす音とかスペイン語みたいな巻き舌まで混ざっていて、本物の鶏の鳴き声とコケコッコーくらい違いますから。音源が残っていればよかったんですけど。（2）は同じ箇所を兄さんが書き取ったものを、テキスト化したんでしょう、これを見ても明らかに違いますよね。

　ふたつの文章に関連性はなく、それぞれに語彙や文法規則による体系も見出せないし、どんな文字コードでも復元ができない、ワープロの誤変換や文字化けを真似たでたらめではないか、という結果でした。いえ、それでセッションをやめたわけではありませんよ、父は意に介しませんでしたから。

　十一月の半ばだったかな、靖兄さんが書き取りながら怒り出したんですよ。「あなたは今寝ながら譫言を話す振りをしているでしょう、まるででたらめじゃないですか」って。父は「でたらめだと！」と激高して跳ね起きたんですが、その時点でばらしてますよね。でも、僕にはいつもの譫言と区別がつきませんでした。「もう何日も前から繋がれなくなっていましたよね[注32]」と靖兄さんは詰め寄って、とうとう父は「出ていけ、二度と来るんじゃない」と言い放ったんですよ。靖兄さんはそのとおりにしました。それっきりです。いまはどうされているんでしょうね[注37]。

　父が譫言を漏らすことはなくなりました。それからはひとつの商社で転職することもなく働いていましたが、六十一のときに脳梗塞であっけなく亡くなって。すぐに大学病院の先生がやってきて驚きましたよ。以前父が脳疾患で入院したときに、脳がすこし特殊だとわかって死後に脳の組織標本提供[注28]を頼まれ、誰にも相談せずに承諾していたそうなんです。遺体は葬式までに何も変わらない姿で返してくれましたけどね。いまも大学病院の標本室に父の脳が置かれていると思うとおかしいんですよ。

［寰界希人の二頭式暗語（バベル式折込言能）との循環参照か］｛希區では筮認せず斷繫の處裡班を遡遣。調筮せよとの此班への命告に退けよとの上位判斷｝

【注28】脳の組織標本提供

佐久本健氏[注27]はそう語っていたが、大学病院の方ではそのような依頼をしたことはなく、佐久本肇[注27]の脳標本も所有していないことが判明している。[注29]

［此班では三段過保遺が叶わずとの報告］｛處裡班の先回りか｝

【注29】判明している

あいざんさ詞・予菩髄いかォ゛くら蜉にぎ‹　らぎ‹　まい十ん晁る

【注30】普通の寝言

佐久本肇の寝言の例を、佐久本健氏[注27]がいくつか上げてくれている。

「どうして見つからない……もう何年になる……どこにいるんだ吉良、吉良上野介……」

「このままで子種を絶やされる……うん、宇宙人……あいつら……我々に奉仕活動をしているだろ……不妊娠奉仕（不妊人放飼？）をね」

「我々はフットボールに励まなければならない……そうやってシーベルトを……シカゴのグラウンドの地下に戻してやるんだ」

「知らんのか、知らんのかー、俺は……タコにオペラント条件づけをさせた男ぞ」

［れく紀ュダぅェくい炯蚕おざヲ予か］

【注31】細崎遥へのインタビュー——モデル／石宇靖

石宇靖という名前でファッション系のモデルを調べてみたが一向に見つからず、諦めかけていたところ、四海堂[注5]で買った美術雑誌『藝術世界』の、画家の細崎遥氏の日記連載「なにも描きたくない」に次のような一文があり驚いた。

〝今日の作業の終わりを告げ、モデルのI氏が四時間ぶりに動きだしたとき、「久しぶりに今晩食事にいかない？」と誘ったら、これから別の仕事があるとすげなく断られてしまった。前に「最近は譫言[注27]を聞き書きする仕事をしています」と冗談を言っていたから、「また譫言でも聞きにいくの？」と訊くと「そうなんです。あまり行きたくないんですけ

ど、そうもいかなくて」って。まだその冗談を続けるつもりらしい。〃

この号がほぼ十八年前。すぐに日記連載の載る前後のバックナンバーを集めて、I氏が出てくる箇所を確認した後、知り合いの編集者に細崎遥氏の連絡先を教えてもらい、自宅に伺うことになった。七十七歳の細崎氏は、四つ足の歩行器を押して広いアトリエに案内してくれた。壁には本棚が並び、所々にキャンバスが立てかけられていて、油絵の独特のにおいが漂っていた。

手前に置かれたイーゼルには描きかけの油絵があり、その向こうの床に、モデルの男性が裸で俯せになっていた。油絵はその男性の姿を描いたようにはまったく見えない。[注32]

しばらく休憩してちょうだい、と細崎氏はモデルに言い、裸体がゆっくり起き上がってローブを羽織った。家族の方が、紅茶を出してくれた。

I氏が石宇靖であることは、すでにメールで確認済みだった。石宇は1993年から四年ほどこのアトリエに通っていた。

その四年目に起きた佐久本との事故については初耳だったそうで、身内にご不幸があったと言って休んでいたときかしら、と細崎氏は驚いていた。譫言の聞き書きについては、美術作家あたりのインタビューの文字起こしバイトでもしていて、つまらない話をそう喩えているのかと思っていたそうだ。

（1）や（2）のテキストを見せて、なにか似たものを知らないかと訊いてみると、「しいて言えば自動筆記（オートマティスム）でしょうけど、もっと意味が通らないわね。ダダイスムやシュルレアリスムならうちには関連書籍がけっこうありますけど」と言って、紅茶を片手に書棚の美術書を眺めているモデルに目を向けた。「どのモデルにも蔵書は自由に読んでいいと伝えてあるんです。石宇さんもよく書棚を眺めていましたよ。それが関係しているかどうかは判りませんけど」

　石宇靖がどういう人だったのかを訊ねると、「あんなに動かずにいて平気なひとはいませんでした」と語った。一度ポーズを取ると、微動だにしなかったという。「急な来客や用事で席を外すときには、休んでいてと伝えるんですが、戻ってきたときも同じ格好のままなんです。たまに生きてるのか不安になって、大丈夫ですか、と声をかけてしまうことも。そうそう、うちでは三時間で休憩を挟むんですけど、家に光子さん――さっきの人ね――が居ないときに、描くのに夢中で気づいたら十時間経っていたことがあって。平謝りしたんですけど、お気になさらず、と涼しい顔で。疲れたでしょう、と言うと、僕は動かない方が楽なんです。[注34] じっとし続ける方がじっとし続けられますし、って。ええ、わたしもどういう意味なのか訊きましたよ。そしたら、マラソンでも、一度止まってしまうともう走れなくなるでしょう、同じですよ、と言うんですよ」

石宇は、意図を汲むのにも長けていたという。

「ポーズを取ってもらうときに、イメージを具体的に説明できなくて――ねえ、わたしちょっと回りくどいでしょう?」

「そんなこともないと思いますけど……」モデルは苦笑いを浮かべて、「どこでも求められるポーズになるまでいろいろ試しはしますけどね」

「石宇さんはすっとこちらのイメージ通りのポーズをとってくれるというか。わたしのイメージが間違っていて、本当に求めていたポーズに気づかされることもあって。だからずっとここに通い続けて欲しかったんですけどね。せめてあの絵を描き終えるまで。いまはどうされているんでしょうね[注37]」

そう言って本棚に立て掛けている絵を指した。石宇が来なくなってからも何度も手を加えているが、どうしても完成させることができないという。ただし筆者には未完成にも人間を描いたものにも見えなかった。

石宇氏から聞いた個人的なエピソードがあれば教えてほしいと言うと、モデルをする間は黙って貰っているし、もともと寡黙な人だったから、四年も来てくれていたのにあまりないんだけど、と言いつつ話してくれた。

「小学校の二年生くらいで急に声変わりした[注33]せいで、周りによくからかわれたと言っていました。それもあって話すのが苦手になったのかなと思いましたね」

　テーブルに並んだ様々なオブジェの中から、聖ジョルジョ（聖ゲオルギウス）の石膏像を手にして、

「そうそう、あの子この聖ジョルジョにそっくりだったのよね。ちょっと困った感じの表情なんかも。似てるって言われない？　って訊いたら、聖ジョルジョって、自分の姿がこんなにも複製されて、無数の人にデッサンされているとは思いもしなかったでしょうね、って。そういえばそうね、って笑ったことをよく覚えています。まあ古代ローマの人だから、この胸像は十五世紀にドナテッロが勝手に想像した姿なんだけど」


【注32】油絵はその男性の姿を描いたようにはまったく見えない／もう何日も前から繋がれなくなっていましたよね

　よく知られていることだが、細崎遥氏の絵は抽象画であり、とてもモデルを使って描いたようには見えない。だがモデルごとに大きくモチーフや絵柄が変わっており、石宇靖がモデルを務めていた頃が全盛期と言われているそうだ。

　どうしてモデルとは似ても似つかない絵になるのかという不躾（ぶしつけ）な質問に、モデルではなく、媒体と言った方がいいのかもしれない、と細崎氏は答えてくれた。モデルの肉体を橋

にして、その向こう側に繋がるんです、と。それはどこか佐久本健氏から伺った「もう何日も前から繋がれなくなっていましたよね」という石宇の言葉を思い起こさせる。石宇も佐久本の譫言を介して何処かに繋がっていたのだろうか。

【注33】小学校の二年生くらいで急に声変わりした

小学校で石宇靖の同級生だった何人かの話をまとめると、いつからか授業で先生にあてられても答えなくなり、クラスでは誰とも話そうとしなくなったという。家族とは話せるので、担任の先生は緘黙症とみなして配慮していたようだ。宿題はきちんと提出していたし、成績もよかった。たまに座敷わらしと呼んでちょっかいを出す者もいたが、多くはどう接していいか判らず、見えないふりをしていたという。

一度だけ投票で学級委員長に選ばれて学級会で教壇の前に立たされたが、口を開かないまま平然と立っている石宇の姿に妙な緊張感が生じ、全員が黙ったまま時間ばかりが過ぎていって、何人かが泣き出してしまったそうだ。次からは次点だった人が務めたという。

声については、確かに子供らしくなかったという人もいれば、普通の声だったという人もいる。知人の医師に訊いてみると、学童嗄声による一時的なものだったのではないか、とのことだった。中学生になる前に父を失い、一度引っ越している。それ以降は普通に話していたようだ。

［牢名裔が二識に剖命の後、この幼脳に一方を重依せし可束性］〔遡逃における痩孔の出現時座（派生事象は豪雨に留まる）の豫測、及び適合依身の探擇式については査追のこと〕

【注34】僕は動かない方が楽なんです／大道芸のスタチュー／イギリスにいた頃

「あ、それは本当にそうだったんですよ」

高校時代の同級生、葉山満氏は、いっとき石宇と仲の良い時期があったという。

「あいつの家は母子家庭で、お母さんは遅くまで働いていたから、よく家に遊びに行ってたんですよ。まあ特に話もせずにテレビゲームをしていただけですけど。やけに音には敏感で、ときどき、なにか聞こえない？　と言ってました[注35]。誰も呼んでないのに返事をしたことも。動かない方が楽だっていうのはよく言っていて、一日じゅうでもじっとしていられる、と言うので、嘘つけって返したら、賭ける？　と立ってそのまま動かなくなったんですよ。時間が止まったみたいに微動だにしなくて、棺桶の中の亡くなった祖父（じい）ちゃんよりも死体みたいだ、と思ったことを覚えてます。一時間以上経ってもそのままだったから薄気味悪くなって、判ったからもういいよ、って降参したんですけど止まり続けて、本当に死んだんじゃないかって不安になって、とうとう僕は、やめてくれ、やめてくれ、もういいから、って泣きながら懇願したんですよ。それでも動いてくれないのでなんだか体が震えてきて、逃げるように家に帰ったんです。翌日もその翌日も学校にこないからものすごく不安になって、三日後に現れたときにはどれだけほっとしたか。でも、それからあいつの家に遊びに行くことはなくなりましたね」

大学時代の同級生のK氏は、さほど親しくはなかったと断りつつ話してくれた。

「彼は卒業後二年ほどロンドンにいて、スタチューっていうパフォーマンスで食いつないでたらしいですよ。ほら、ずっと身動きひとつせずに本物の彫像かと思わせておいて急に動き出す大道芸があるでしょう」

引き続き読者のみなさんの情報を求めています。[注38]

［この二年の彼國に於いて播語による東波は未検出］〔現彼國の分岐繼承を希區では危惧〕

【注35】ときどき、[注36]なにか聞こえない？　と言ってました

勠るさいがォむせ縺びらいさ繧ぅ蜍ロうとはョ寠し〃、――ぅい　23ｰオム%

【注36】縺びら
かぎせぜっ蝍　虚そうまきびれっ勠くㇰエばら　再げくㇳい　はじ螺かいも二っつゞ

【注37】いまはどうされているんでしょうね

【注38】引き続き読者のみなさんの情報を求めています／沢木計一の準備稿
沢木計一による記事は注解の準備稿のみで本文も決定稿も発見されておらず、雑誌やウェブなどの掲載も確認されていない。情報を求めています、という文言から、連載を想定していたことが窺える。ＳＮＳなどで沢木は断続的に以下のように記している。

〝記事を載せられないかを先輩の雑誌に打診しているが、またお返事します、と言われて保留中。もう三ヶ月。〟

〝なにが主題なのかよく判らない、と言われてもな。〟

〝例の件、いい動きがありそう。〟

〝今日はあるウェブマガジンの若い編集者に、申し訳ないですが原稿は載せられません。

火のないところに煙を見て振り回されていませんか、なんて言われた。いったん離れた方がいいのかもしれない。〟

〝K氏に、まだそんなことやってるのか、と嗤(わら)われた。〟

〝ウェブで自主公開しようかと考えている。〟

ライターの先輩だった和田幸也氏は、「言語学的アプローチをした方がいい」と助言したが、沢木はなぜか避け続けていたようだと述懐している。困窮しているという噂を聞いて仕事をまわしても、『四海文書』[注4]の調べ物で余裕がないという理由で断るため、「これまで掛けてきた長い時間が無意味になるのを恐れる気持ちは判るが、もうとうに引き際は越えているぞ」と電話で諭したが、沢木は「自分でも判っているんです。でも、どうしてもやめられないんです」と咽(むせ)び泣いたという。

(『四海文書12』より)

[念爲、ここに謂う電話は空氣振動が介在するもの]〔數碼の感解にも眼球視が用いられる〕

【注39】その経典の由来や解釈に役立ちそうなものが集められている(マンデラ元大統領の追悼式のでたらめな手話通訳の記事/ヨウム/ゴリラ/トロ

ーチ／双子と思しき女児の写真／ＳＦアクション邦画のスチル／目を大きく見開いて手紙を差し出す男の写真）

『四海文書９』[注4]の３ｐあたりで〈８〉で詳しく集められていた〈諸人の会[注11]〉や石宇靖[注31]と佐久本肇[注27]に直接関係する内容から、急に魂が失せたように繋がりのないばらばらの断片の集積になった。ように見えたが、繰り返し眺めるうちに不明の作者がセッションの周りをぐるりぐるりと巡りながら変遷させてきた思考を感じ取れるようになってきた。

〈９〉の３ｐにはヨウムの写真が貼られている。天才オウムのアレックス（１９７６～２００７）に似ているが、もしそうなら異種知性との会話を示唆しており、そうでないならオウム返しで、石宇靖が佐久本肇の譫言を「そのまま書き取っているんです[注27]」と言ったことを指しているのだろう。だが注１にあるとおり、この二つは同じ箇所でありながら明らかに異なる言葉だった。その斜め下にあるゴリラの写真は、“Comfortable hole bye.”という書き込みから、手話で人と話したことで知られるココ（１９７１～２０１８）だと判る。これは動物は死ぬとどこへ行くのかという問いに対してのココの答えだ。ココの手話は自らが作り上げたもので、通じるのはフランシーヌ・パターソン博士と数人だけだったという。そのため虚偽ではないかとの批判もある。その隣には手話の流れで、２０１３年の12月10日にヨハネスブルグで行われた、マンデラ元大統領の追悼式のニュース記事がある。

バラク・オバマ大統領ら要人たちが演説する横で、手話通訳者は四時間にわたってでために手を動かし続けた。

このあたりのスクラップからは、意味のある行為であってほしいという願いと、まったくのでたらめではないかという疑いで揺れ動く不明の作者の心が透けて見えるようだ。

明らかに異なる言葉でそのまま書き取る、とはどういうことなのか、に立ち戻って貼られたのが〝ここ一年間の私の翻字作業が翻訳の名に値するかどうかは別として、あらゆる翻訳は最終的に原作の行間にただようおどるでくを読者の心底にうつすようにしてなされる。〟というテキストだろうか。出典が判らず四海堂の店主[注5]に見せると「タイトルが入ってるでしょうに」と笑ってすぐに店の棚から室井光広『おどるでく』を出してきてくれた。読むのは初めてだったが、筆者と『四海文書』の出会いと重なる部分もあり興味深かった。語り手が生家で見つけた七冊分の大学ノートが、日本語の日記をロシア文字で表音化したもので、それを日本語に翻訳しながら書き手との思い出を想起していくという内容だ。石川啄木が妻に読まれぬようローマ字で書いた日記にも触れられている通り、ロシア文字の仕様も容易には人に（あるいは自らにも）読ませないためだろう。

〝語った日本人にもラテン語通のヨーロッパ人にも読めぬ字の羅列〟という切り抜きも『おどるでく』の文章だった。スペインの宣教師コリャード（１５８９?〜１６４１）が日本人キリシタン宗徒の懺悔をローマ字の日本語で書き、ラテン語の対訳をつけた『コリャード懺悔録』のことである。

石宇が「そのまま書き取っているんです」と言ったのは、別の表記方法でそのまま書き取っているという意味だったのだろうか（もしかして貼りつけられたトローチはそのことを表している？　ドーナツとカップはトポロジー的には同じものだ。その軸をなすのは穴で、言葉を発する我々の口もまた穴をなす）。石宇は譫言の内容を理解していながら、いや、だからこそ読めない文字に変えた可能性はあるだろうか。

次のページには〝その基本的な態度は、錯迷狂が示す「着想驕倣」の延長、ならびに極度の被害妄想から自分の意見を他人に知られぬように懸念するあまり、「おのれの独り読むべき文字を発明し、または通用の文字を他人の解すべからざる意義に用ひ、または自家の一種の字形をなして喜ぶ」ゆえである、というところにある。〟　〝しかしこれは表向きの見解だったに相違ない。〟　〝彼らが残した書態には、むしろ常人を超越した言語想像力の発露を認めたからだった〟という切り抜きと共に、漢字と記号の混ざった奇妙な筆書きの文字や、英語の筆記体に似た文字の図版が貼られている。

これも四海堂の主人が、いまは品切れしているが、荒俣宏の『パラノイア創造史』だと思う、と教えてくれた。手に入れてみると、カギ括弧内の言葉は、呉秀三（１８６５〜１

932）の『精神病者の書態』の引用で、図版は呉秀三の患者が作った新文字だった。ひとつは、〝朝鮮の秘儀的結社〈東学党〉で用いられたという一種の字符〈天道文字〉を借用ないし改変したと思われる〟新文字で、もうひとつは〝表から見れば西洋文字に見え、裏から見て縦読みすれば日本語になる翻訳不要の新文字〟だった。〝以上の文をさらに要約すれば、精神病者の新文字創造こそ、人類による言語の獲得過程の再演にほかならない〟という荒俣宏の言葉の切り抜きは、赤ペンで囲まれている。

しかしこれらは書き文字のいわば暗号化であり、言語自体を創造したわけではないし、逆に石字の方は新文字を使っていない。

この並びには、双子と思しき女児の写真が貼られている。写真のみだったので探すのに時間がかかったが、ジャン＝ピエール・ゴランのドキュメンタリー映画『ポトとカベンゴ』（1979）のスチルだと判った。カリフォルニアに住むポトとカベンゴは双子の姉妹で、あらゆるものに独自の名をつけ、英語とドイツ語を混ぜたような他の誰にも意味の判らない言葉で会話をしていた。ポトとカベンゴも互いにつけあった名前で、本名はグレイス・ケネディとバージニア・ケネディ。ニュースをきっかけにマスメディアを賑わせたが、質問を頻繁に受けるうちにやがて普通の言葉を話すようになった。

佐久本と石宇は譫言と書き取りという独自の言語で対話を重ねていたと言いたいのだろ

うか。だとしても、譫言である以上自ら創造したわけでも意識して話しているわけでもない。由来が不明、という点では、Wikipediaの〈真性異言(いげん)〉の項目の一部を切り抜いた〝学んだことのない外国語もしくは意味不明の複雑な言語を操ることができる超自然的な言語知識、およびその現象を指す、超心理学の用語。〟の〝意味不明の複雑な言語〟に近いかもしれない——複雑なのかどうかも、そもそも言語であるのかどうかも判らないが——それがさらに別の意味不明の言語に置き換えられているのだ。

ここで場違いにSFアクション邦画のスチルが貼られている。『ガンヘッド』（1989）という戦闘ロボットの出てくる実写映画で、見てみると登場人物が日本語と英語（こちらには字幕がつく）の会話で意思疎通をしていて驚かされる。佐久本と石宇の背後にある形而上的な翻訳システムの存在を示唆しているのかもしれない。

しかしふたりの場合は、誰にも意味の判らない言葉を誰にも意味の判らない言葉に翻訳していたわけで、でたらめに過ぎないにしてもその目的が見えない。石宇が佐久本の意識的なでたらめと無意識のでたらめを見分けていたことを思い出す。ふたりは言葉を繰り返しシュレッダーにかけるようにして意味から遠ざかろうとしていたのだろうか。そうやって辿り着くのが人が人になる前にいた、ココの言う穴のような場所だったから、佐久本は「故郷に戻ってきたような感慨深げな顔[注27]」をしていたのだろうか。その穴は生と死を位相同型で繋ぐだろうか。

ジョン・ディー（1527〜1608あるいは1609）の肖像画の切り抜きでは、ジョン・ディーが霊視者エドワード・ケリー（1555〜1597）を介して水晶球から天使の言葉（後に言うエノク語）を引き出したように、佐久本が石宇を介して形而上の存在から言葉を引き出していたという考えと、ジョン・ディーがペテン師のエドワード・ケリーに騙されていたという俗説のように、石宇をペテン師として疑う気持ちとがせめぎ合っているように感じられる。横山茂雄の『神の聖なる天使たち――ジョン・ディーの精霊召喚一五八一〜一六〇七』によると、興味深いことに、ディーを騙しても金銭的見返りが少ない上、作業の大変さからケリーは交信をやめたがっていたというのだ。むしろディーがケリーに依存していたように見える。これは佐久本肇と石宇靖との関係にもよく似ていないだろうか。ただしディーとケリーとは違って、ふたりにとって互いの言葉は自明であったため、解読する必要はなかった。後に西田貢[注23]が経典として内容をでっちあげ、天沼芳雄[注19]に説法として話させてはいるが。

［第五象徴置換とは異なる］

最後のページに貼られた目を大きく見開いて手紙を差し出す男の写真は、ヴェルナー・ヘルツォークの映画『カスパー・ハウザーの謎』（1977）のスチルだ。ニュルンベルクの広場で発見されたカスパー・ハウザー（１８１２?〜１８３３）は、なにを聞かれても教え込まれたような同じ言葉を繰り返し、ただ自分の名前だけを書いた。〈穴〉と呼ぶ暗い部屋に監禁されてきたのではないかと推測されるものの、過去のことは謎に包まれている。市に保護されてからは様々な人の興味を惹くが、やがてバーデン大公の落し子ではないかと噂されるようになり、暗殺されてしまう。ブルーノ・S演じるカスパー・ハウザーは、人間はどこから来るのかという問いそのものが実体化した存在であるかのように見える。手紙は二通あり、ひとつは育ての親が、もうひとつは母親が書いたような内容だったが、筆跡から同一人物が捏造したものと考えられている。『四海文書』の作者から筆者に宛てた、謎を託すというメッセージに思えてならない。

　カスパー・ハウザーのスチルの端には、ページの外へはみ出る形でレストランの看板らしき写真から切り抜かれた「ラポール」という単語が貼られている。それを縁取るように楽譜らしきものが一部のぞいているが、糊付けが強くてうまく剝がせない。ラポールとはフランス語で橋を架けるという意味だそうだが、カウンセリングではコミュニケーション技術をさす心理学用語でもあり、かのメスメルは動物磁気に感応した患者との関係をそう称していたという。「それが橋となって宇宙精神に〈天上がり〉することができるようになるんです」「モデルの肉体を橋にして、その向こう側に繋がるんです」という野口晃氏や細崎遥氏の言葉が連想される。これが、不明の作者が長い時間をかけて辿り着いた結論だというのだろうか。

いや、そんな素朴なものであるはずがない。

どこかでわたしは誤った解釈の小道に入り込んでしまったに違いない。いつ、どのあたりからだろう。時間をおけば、異なる模様が見えてくる予感はある。

［二頭式暗語による染播は輕微も、探照誌を介した間接重依か］〔但し〈9〉は寰外地との繋索線反應が薄い。既に解依が起きていたとするならば如何に〕

【注40】いったい誰が何のためにこのようなスクラップブックを作ったのだろうか／書き込み／本物のトローチ

書き込みは記事の考察というより、次のスクラップの舵をどう切るかのメモと言った方がいいだろう。ほぼ一、二行の簡潔なものばかりで、字は利き腕とは逆の手で書いたかのよう[注41]に判読しがたく、誤字脱字も多い。

［重依に揺動か］〔混他依、或いは解依の疑い[注11]〕

当初筆者は、信徒やその家族が〈諸人の会〉を告発するための資料を集めていたのではないかと考えていて、いまもその可能性を捨てきれずにいるが、それならば二冊に二十年近くかけていたことになるし、〈諸人の会〉解散後もスクラップが続けられている説明がつかない。偶然〈諸人の会〉を知り、筆者のようにちょっとした引っ掛かりを均（なら）そうと調べるうちに、情報の織りなす網に囚われてしまったのだろうか。解き明かそうとしたのではなく、小説や脚本などを作るための構想ノートのようなものだったのではないか、あるいは、ジョゼフ・コーネルが様々な素材に象徴を込めて組み上げた箱のようなコラージュ作品だったのではないか、などと思うこともある。

いずれにしても、一見別々の事柄の関連性をどうやって紐付け［修座？］ていったのかは説明できない。取材してはじめて切り抜きどうしの関連性が浮かび上がって驚かされることも少なくなかった。けれど、もともと全てに詳しい人物が作ったのだとしたら？　そう考えてすぐに思い浮かぶのは西田貢[注23]だろう。引用癖[注25]じたいが正にスクラップと言える。もしかしたら、経典として利用するうちに、原本となったテキストの謎に取り憑かれてしまったのかもしれない。それにしては当人がよく知っているはずの〈諸人の会〉や〈ひねもす健康推進会〉[注16]に執心しすぎているし、書き込みに疑問符が添えられているのは引っかかる。なにより筆跡が異なっているのだ。とはいえ、西田は幾つもの筆跡を使い分けて詐欺まがいの行いにも活用していたとされる。実際に天沼芳雄の妻[注19]からU氏が入手した西田の直筆書類の数々は、とてもひとりの人物が書いたようには見えなかった。なにより驚かされたのは、その中に筆者とそっくりな筆跡まであったことだ。

スクラップの素材は多岐にわたるが、古びた二次三次資料が多く、ごった煮の雑多さがありながらもある種のまとまりが感じられる。この集め方にずっと既視感を覚えていたのだが、四海堂[注5]に通ううちに、古書店の品揃えに似ているのだと気づいた。出典の判らない切り抜きを店主に見てもらったら、即座にその本を書棚から抜き出してくれたことが幾度もあったが、もしかしたらノートを作ったのはこの店主で、右往左往する筆者を笑い者にしていたのではないか、と不安にならないでもない。もちろん『四海文書』[注4]の作者が近くに住んでいて、死後家族が蔵書をまとめて売り払ったという可能性も考えられるだろう。

口述筆記を続けていたせいで、喉にしなびたリンゴ[注8]でも詰まっているかのようだ。

セロハンテープを剥がしてトローチ[注39]を手に取る。

穴の向こうを眺める。トローチがぼやける。

口を開いて、トローチを舌にのせる。

［後八・六六數据屑の中空域より覆存されし沢木計一の想稿より］

【注41】利き腕とは逆の手で書いたかのように

さこずかじドす驫ーほらが歩ふ蟄あすどきろ[注42]でませ荳ぜっほボんどシどーズふほっ峨ア

だ：;くゾぅふぉ非がゆョだどフㅗ：;るけーな矗っくほ气

【注42】あすどォろ

せん篝いまーかリさい譎べっかす湃えュこあェうほ墻せろふじば暎ボでぃがはおォ権マこあ黝こあうぇ痞かんあおㅗでゃ弼あみどーふ鰥ぽいれ[注43]糞じゃ人ド賑ふぁォおろ繹ュぐぁレ冽るくす意ーっん准ーそあし薨うがァすどくぱぜる且ぁし

【注43】鰥ぽいれ

こあスかこヲ鯪いぼッシ縲だふ寐すず矚っじふたふヶ吭すどョぐじゃ悳：;

場所（Spaces）

笠井康平・樋口恭介

笠井康平と樋口恭介が異常論文を書く過程で経験した諸々の事柄をまとめた、私小説的な作品である。多くの挿話は事実に基づくが、それらの事実の中には、Google ドキュメント上で交わされたSF的なアイディアやチャットで交わされた与太話といった、単なる妄想の数々も含まれている。なお、本作で引かれる文献やツイートは実在する。開くたびに更新される .md ファイルは実在する。2021 年 7 月時点で、多くの論文が「8 月以降の日本において COVID-19 デルタ株が感染爆発する」ことを予測していた。未来はシミュレーションを辿り直すようにして再現される。

かさい・こうへい。作家。編集者。1988 年生。著書に『私的なものへの配慮 No.3』（いぬのせなか座）など。
ひぐち・きょうすけ。作家。1989 年生。著書に『構造素子』（ハヤカワ文庫 JA）など。

そう、それはこうして、ここで、こんなふうに、ちょっと軽々しく、あっさりと始まってもいいのだろう。ふたりはあなたに呼びかける。返事はまだない。もちろんそれでかまわない。それが意図したものであれ、あるいはバグや通信遅延、それとも単なる誤操作であれ。この新しい音声配信サービスはそういう場所（Spaces）なのであり、即時的で、世俗的な、閉ざされた部屋（Clubhouse）で行われる、知人限りのおしゃべりなどではないのだから。ここでは語り手はいつでも交代できるが、指名されなければ声は届かない。宛先のない声はどこまでも遠く響き、そして、どこにも行き着くことはない。地平の不在によって、できごとは自らを永遠たらしめる。

誤解を避けるために言い添えると、樋口恭介は笠井康平ではなく、笠井康平は樋口恭介ではない。もっとも、あらゆる樋口恭介がまったく笠井康平ではないかと言えば心許ない。すべての笠井康平がもれなく樋口恭介ではないとも言いがたい。ここでのふたりは不可分で、ふたりはそのつもりで話すから、あなたにも気にせずに聴いてほしい。

「それでは」と声は言う。「始めましょう」

重なり合った一つの声が語り始める。誰の声かはわからない。何かを読み上げるようにも、そうではないようにも聴こえる。**「あなたは私を担わなければならない」**と声は言う。**「声は世界だ。私とあなたは、無数の世界を物語る無数の声」**

たとえば1905年、ポール・オトレとアンリ・ラ・フォンテーヌが共闘して、たった一人のあなたをつくり出す。2021年、汎‐がん細胞全ゲノム解析（Pan-Cancer Analysis of Whole Genome: PCAWG）がもう一人のあなたを探し求める。国境なき倫理が失われて久しい。少しの勇気と深い信仰さえあれば、あなたは何者にでもなれる。

それから1960年、テッド・ネルソンによって創始された超長期ソフトウェア開発プロジェクト「ザナドゥ計画」は、あるテキストが他のテキストを気ままにトランスクルージョン（参照読込）して、不連続なテキストを自由に派生できる文章宇宙（docuverse）を夢見た。テキストは互いに独立し、中立であって、読者はその広大な迷路をお好みの順路で歩き回れる。開発遅延と組織内トラブルに苦しんだ双方向ハイパーリンクテキスト作成ソフトは、発明者が詩の才能に恵まれたことで、構想から50年後にようやく美しい理想を叶え、ふたりの目に止まることになる。このボルヘス的着想にふれたティム・バーナーズ＝リーが、のちに史上最大のインターネットとなるWorldWideWebを思いついた。そして未来は収束し始める。

ふたりは異なる場所で同時にGoogleドキュメントを立ち上げる。音声認識エンジン「Speech-to-Text」が、ふたりの声を文字に置き換え続ける。そう、それはこうして、ここで、こんなふうに、あなたが目撃しているとおり。

文字が文字だけの世界を立ち上げるように、声は声だけの世界を立ち上げる。ウンベルト・エーコの『完全言語の探求』は、完全言語の歴史と種類を体系的に整理している。アダムは母音によって鳥を名づけ、半母音によって地上の動物を名づけ、黙音によって魚を名づけたとされる。この命名規則は、動物たちの発する音と、人がその身体をもって――歯の擦り合わせで、舌の振動で、口蓋の収縮で、唇の圧迫で、鼻への通気で――発しうる音を対応させようと意図したものだとわかっている。ヴィラヤヌル・S・ラマチャンドランによる言語と共感覚についての研究は、この説を脳神経科学の分野から基礎づけた。共感覚は概念と感覚を結びつける。文字が色めき、音が色づく。感覚が世界のインターフェースだとすれば、共感覚は高度なＧＵＩだ。アラン・ケイはＧＵＩを世界そのものだととらえていた。ケイは、「コンピュータとは、目の前に存在すると感じられる、知覚可能なすべてのことである」と言った。人が知覚可能なもののすべてが世界なのだとすれば、インターフェースとは事物の界面ではなく、世界そのものである。何かに触れるということは、何かに触れるということだけを意味しない。ある物体が動くとき、視覚は聴覚と連携しながらその物体の動きを認識し、脳は光源だけが動いたと思わない。脳の部位と機能は一対一で対応するわけではなく、機能が連携しあいながら、総合的な演算を行っている。その演算の帰結、あるいは演算の過程が感覚と呼ばれる。感覚は、記号と世界が交流する唯一の回路なのだ。感覚は解釈し推理する。解釈と推理、解釈と推理が解釈し推理する非‐解釈と非‐推理の総体を、私たちは世界と呼び、それともそれを宇宙と呼ぶ。

説はライプニッツによって整理され、エーコによって体系的に紹介された。ライプニッツは完全言語に惹かれていた。彼は1678年に「一般言語」を作り出した。人の持ちうる知識の全体を単純観念に分解して、観念の一つひとつに母音を割り当てたのだ。一般言語を用いるときには、アダムの命名とは異なって、たとえばaと言えば頭の中で鳥が飛び、花が咲き乱れる。iと言えば二人の男女が永遠の愛を誓い合う。あるいは沈黙そのものは、この世界に含まれることなく、その外でひっそりとたたずむ、意味のない無意味を指し示す。沈黙は存在し、決して存在しない。それはイメージですらない。感覚の網から絶えず流れ続ける、イメージされることのない、非イメージの体系である。

私でありあなたでもあるすべてのカテゴリ。哺乳綱サル目ヒト科の一種が言葉を話さずにはいられなかったように、あなたは炭素を貯蔵し、太陽熱を輸送し、地上へ栄養塩を供給する深海の流れであり、循環する生産、消費、分解のネットワークを形づくる草木であり、2億5千万年後に生まれる超大陸の断片であるにすぎず、宇宙の加速膨張をもたらすダークエネルギーであり、労働と休暇をくり返しながら、食べて、祈って、恋をする。失われた命が神そのものと見なされるなら、いまだ生まれざるあなたも一つの神でなければならない。死に（あるいは不死に）近づかなければ存在は時間にふれられないように、この新しい場所（Spaces）で配信されるあなたも、それ自体ではあなたではない。この番組はあなたの提供で企画、制作、放送されることになる。あなたはどこにもいないのではなく、表現を禁じられることで語られ始める。ふたりはこの散文を、一つの論文として書くだろう。書こう。書く。書いている。書いた。まさか書かなかったとでも？

統辞論的構造を持たない文法。現象と一意に紐づく意味。不在の在による沈黙の言語。ライプニッツによれば、こうした着想を最初に提唱したのはヨハネス・ペトルス・エリクスなる人物だが、彼は薔薇十字会の会員であり、その姿を見た者はおらず、その実在は疑わしい。ヨハネス・ペトルス・エリクスもまた、言葉に世界を一致させながら、絶えず世界の外に向かって動き続ける、非イメージの連続体である。彼はいないし、彼はいる。彼は永遠に不在の中で在り続ける。実在と不在のあわいにある者の環世界において、真理は言葉であらわせない言葉として顕現する。沈黙の実在が、沈黙の音を、沈黙の言葉を、沈黙の物語を語り始める。

ふたりで共著を書くために、樋口恭介と笠井康平は、素材となる文献を渉猟していた。2021年4月のことだった。ふたりは学術論文リポジトリから見つけてきた論文を、共有ドライブに片っ端から格納していった。面白いものが見つかると、その場でチャットすることにした。というよりも、テキストのもたらす興奮が、自然とふたりにそうさせたというほうが正しい。話が弾むとチャットログを整理し、共有ドキュメントに転記した。すぐにふたりは査読付論文に飽き足らなくなった。プレプリントを拾い、ホワイトペーパーを集め、データセットを探して個人サイトやソースコード管理サービス、匿名掲示板を訪ねた。本文の執筆は進まず、灰色文献とチャットログばかりが増えた。笠井がその.mdファイルを見つけたのは、その時だ。日付は2021年6月16日だったはずだ。他の可能性はありえない。タイムスタンプがそう告げている。

.mdファイルは壊れていた。壊れているように思われた。文字化けはひどく、復元ソフトを使っても翻字されない文字列が残った。どうにか読みとくと、それはどうやら新しい自然言語処理ライブラリの試用報告だった。「ハズレでしたね」とふたりは言い合って、笠井はその.mdファイルを共有フォルダに放り込んだ。

翌朝にふと読み返そうと、樋口が.mdファイルを開き、復元ソフトを使うと、翻字されない文字列が増えていた。そこには「無断と土」と題する数万字のフィクションが収録されていた。テキストにざっと目を通した樋口は恐怖を覚え、混乱のなかで.mdファイルを慌てて閉じた。ようやく目覚めた笠井がチャットに入り、樋口に急かされながら.mdファイルを開き、復元ソフトを使うと、2021年8月に日本国内でCOVID-19デルタ株が蔓延するリスクについて、複数のシナリオをもとに推計した結果が表示された。

ファイルを開き直すたびデータ量は変動し、内容は更新された。それは事実であり、ふたりはそれを目撃した。解析すると、ログもちゃんと残っている。どういう原理かわからないが、たとえば新たなバグが既存のバグを飲み込むことで、異なる情報パターンを生成することは起こりうる。ふたりはそう解釈した。「これ、どうします？」と樋口が書くと、笠井が続けた。「これで素材集めをしなくて済みますね」

ふたりはTwitterのSpaces機能を使って、かつてティム・バーナーズ＝リーが夢想した姿とは異なり、プライベートチャンネルやクローズドコミュニティが乱立し、暗い森のようになった、WorldWideWebに向けて会議を開いた。樋口の語る.mdファイルの性質をリスナーたちは信じなかった。あるいは誰も話の内容を聴いてなどいなかった。説明もそこそこに、樋口は話を切り上げ、一例を挙げると宣言する。彼は文字化けテキストがキャプチャーされたjpegファイルを、@rrr_kgknkのTwitterアカウントからタイムラインに放流する。こんな風に。

「蟋九a縲医≦繧 遘√?縺雁燕縺ｧ縺ｯ縺ｪ縺??ゅ♀蜑阪?遘√〒縺ｯ縺ｪ縺??遘√?遘√〒縺ゅ.j縺溘>縲らｧ√◆縺。縺ｵ縺ゅ→繧翫◆縺??邨壹¢繧医≦繧√?縺雁燕縺ｵ縺ｪ繧翫◆縺??縺ｵ繧ゅ♀蜑阪?遘√←縺ｪ繧翫◆縺上→縺??縺具ｼ縺雁燕縺ｯ縺雁燕縺ｧ縺ゅ.j縺溘>縺ﾖ縺具ｼ 邨ゅ o繧翫←縺励h縺??遘√?縺雁燕縺?縲ゅ♀蜑阪?遘√□縲遘√?遘√〒縺?◆縺上→縺??ら｢√◆縺。縺ｵ繧ゅ→繧翫◆縺上→縺??繧?a縺ｵ縺励h縺??遘√?縺雁燕縺ｵ縺ｪ繧翫◆縺上→縺??縺ｵ縲ゅ♀蜑阪?遘√←縺ｪ繧翫◆縺??縺具ｼ 縺雁燕縺ｯ縺雁燕縺ｧ縺?◆縺上→縺??縺具ｼ 豁後?荳ﾕ縺ｵ縺ｯ荳也阜縺後≠繧九?辟。謨ｰ縺ﾖ豁後′辟。謨ｰ縺ﾖ荳也阜繧定ｨ倩ｿｰ縺吶k縲¥」

たとえば未確認飛行物体と呼ばれる物があり、ときには未確認尾行物体と呼ばれる者もいる。未確認思考物体や未確認奇行物体もいるのだろう。それらは未確認とは呼ばれるが、未確認であることも未確認であるわけではなく、未確認性が確認される可能性はあらゆるものに残されている。そうなれば当然、未確認の記憶物体があってもおかしくない。学術論文の海賊版サービスを運営する有志のGithubプライベートリポジトリで、笠井がその.mdファイルを見つけ出し、樋口とそれを共有したとき、ＵＦＯやオーパーツや超常現象に遭遇した多くのオカルトマニアがそうするとおり、ひとまずふたりは、その状況を最大限に楽しむことを選びとった。

.mdファイルのコピーを全世界に公表したあと、ふたりは共著の執筆を続けた。執筆は引き続きGoogleドキュメントで進められた。開くたびに更新される.mdファイルをキャプチャーするために、ふたりは.mdファイルに現れるその場限りのテキストを、そのつどGoogleドキュメントにコピーした。Googleドキュメントには渉猟した文献に加えて、.mdファイルが生成したテキストと、それらに関するメモや創作文が増えていった。素材と創作を分けること、引用は出典を明らかにすること――当初ふたりのあいだで定義され共有されていたはずの最低限のルールは、執筆の過程でほどなく陳腐化していった。この場所で書かれたテキストがどこの誰の手によるものなのか、いまでは誰にもわからない。あたかもそれは、現在ではピュタゴラスの言葉とされる多くの文が、彼とは無関係の場所で書かれた偽書であるように。

エネルギー消費によって更新される数多くのリポジトリ。履歴を元に編集を行い、耐改竄性を高め、透明性を保ち続けることを目的とする、恒久的に検証可能なデータ共有。相互接続され、同期された来歴管理。分岐と参照によって精緻を極め、たったひとつの真実に、とめどない嘘の自己増殖に身を任せよとささやく。

ふたりが公表した.mdファイルのダウンロード数は静かに伸び続けた。元データを掲載した海賊版サービスは、内規違反を理由に笠井のアクセス権限を取り消した。数日後にはプライベートリポジトリごと消失していた。通信匿名化ソフト「Tor」経由でのみ接続できる.onionドメインへの移行が確認されている。

数人の大学生がふたりの説明を「検証する」と題したnote記事を投稿したことで、.mdファイルは物好きなエンジニアの手に渡った。そのエンジニアは.mdファイルの解読を始め、すぐにやめた。ふたりの言う事象は再現しなかったのだ。そのエンジニアは書いている。

「実にくだらない。Markdown記法のチートシートが入っているだけでしたよ」

数人の大学生はぞっとした。すぐあとで世間にも知られたことに、数人の大学生がそれぞれに解読した.mdファイルは、てんでばらばらのテキストを収録していたのだった。

ふたりは気にせず執筆を続けた。ふたりは.mdファイルの復元報告を私信（ダイレクトメッセージ）で毎日受け取るようになった。そのエンジニアの威圧的な忠告が、物好きでデリケートな解読者たちを萎縮させたのだった。.mdファイルの解読と称するすべての発言は、ふたりの悪ふざけに加担して、有害な妄言を広める、SNSの利用規約に違反するおそれのある、誤情報の拡散だ！

復元された.mdファイルは幻聴が聴こえ続ける患者群の症例報告で、その報告者もまた幻聴に悩まされていた。防音室の沈黙によく似た、その人物にしか聴こえない無音だった。復元された.mdファイルは黒い炎が見える女の絵日記だった。すべてを吸い込む月蝕のように黒い炎だった。復元された.mdファイルはジャカード織機工場の業務日報だった。初歩的な計算機のアイデアがうぶ声を上げたところだった。復元された.mdファイルは両手の火傷で手ざわりを失った天文学者の研究ノートだった。天文学者は物理現象の数理化に没頭し、膨大なパラメータを素読みすることで、記憶のなかの触覚を思い出そうとした――。

「ピュタゴラス」と@rrr_kgknk。

「ピュタゴラス？」と@kasaikouhei。

そう、ピュタゴラス。

生涯数学と音楽を愛したその哲学者は、「サモスのピュタゴラス」と呼ばれ、数を信仰する教団を立ち上げ、信者とともに多くの定理を発見したことで知られる。教団内での発見は他言無用で、文書に残すこともまた禁じられたから、「ピュタゴラス」が正しい呼び名なのかすらわかっていない。宇宙のすべては数から成り立つとしたが、彼の論理を彼自身に適用するなら、それは彼自身の言葉ではない。

ピュタゴラスは言葉を持たなかった。確かに何かを言ったが、それは声であり、消失を約束された音であって、後世に引用可能な痕跡ではない。ピュタゴラスが書き残したとされる文書はある。その多くが偽書だとわかっている。あるいは教団の戒律を破った弟子たちの、てんでばらばらの覚え書きにすぎない。

音はその場所に留まり、文字はその場所から広がる。1は2へ、2は3へ。続いて4、5、6と。あたかも数を数えるように、偽書は自らを参照し、来歴を失いながら新たな偽書へと枝分かれしてゆく。その姿は愛の行方に似ている。恋人たちはお芝居のなかで出会い、気づき、近づき、ふれ合い、重なり合って、エントロピーを増やしながら一つの巨大な嘘の地層を作り上げていく。言語は虚構である。そして言語は虚構であるがゆえに、現実を飲み込むことを希求する。

完全言語は、世界の事物のすべてをある観念的体系として分類することを試みる。樹形図は無限に広がり、細分化された枝葉の一つひとつは相互に参照し連関し合うことで意味を生成する。そのため完全言語の構造は、完全に動的なハイパーテクストであると指摘できる。あらゆる情報パターンは完全性を目指す。数学者ならばそれを最適化と呼び、進化心理学者ならばそれを生存戦略と呼ぶだろう。物理学にも、経済学にも、金融工学にも、分子生物学にさえそれはある。テクノロジーは問題を解決し、新たな問題を発生させる。そのたびごとに最適化理論は発展する。ふたりは、私たちは、あなたは、その巨大な運動を担う端子の一つにすぎない。完全を目指しながら生成変化し続ける運動を、この場所では仮に愛と呼ぶ。閉ざされた未来を描く複数の生。愛そのものになるには、気狂いのものまねでなければ叶わないから、たとえこの生がどの生であれ、愛することは永遠に許されている。

あるいは、歯科衛生器具の梱包作業所で働くハラルト・シュトファースは、文の上から異なる文を重ね書き、立体的な描線によって、実在しない都市を紙面に浮かび上がらせた。それは同時に、愛する母への手紙でもあった。手紙は途中で裁断され、文字列は途切れ、判読不能だった。しかし、それは紛れもなく手紙だった。シュトファース本人だけが、生成される都市の愛を目撃する。手紙は次のように始まり、そして終わる。「親愛なるお母さん　僕は来週　曜日には洗ったばかりの　色のズボンを履いて　明日作業所に行きますお願いします」

運命的な偶然の一致から、力強く導かれた必然に至るまで、宇宙が生まれた秘密から惑星と生命の途方もない複製と分裂を経てただ一度きりの情愛に至るまで、あらゆる場面で数えきれない視線がすれちがい続けた果てに生じる一瞬の交わり。切断と絶縁を経てイデアがロゴスと化すまでのシナリオ。それが成約したとき、記号は差異を失う。信じられた記号で愛される経験は、たとえどんなに秘められようと、そのふるまいがすでにして求愛のダンスにほかならない。空間の一致、時間の一致、存在の一致をいくつも近寄せ、重ね合わせてみることは、いつか夢見た同じ景色を甦らせるかもしれないのだから。

２０２０年5月18日8時39分、bot化されたジャック・デリダが、botだらけのフォロワーに向けて、あらかじめ登録されたツイートを機械的に投稿する。「構造的にまた権利上、声がなければ、どんな意識も可能ではないのだ。声は意識である。（『声と現象』）」あなたがアプリを起動し、所持するデバイスの画面にそのツイートを表示させ、「返信をさらに表示」の案内をクリックするのなら、あなたは続けて目にするだろう。２０２０年6月12日19時23分に、匿名の個人アカウントが次のようにリプライしている。

「嘘つくなよ」

言葉は繰り返される。愛は言葉で表される。そして言葉は私たちを裏切り続け、あなたを裏切り続ける。ここには繰り返される祈りだけがある。死者に声は届かず、死んだ言葉だけが届きすぎる。つまり今もなお、その愛は祈りなのか。消費されるエネルギーそのものに論理はない。あらゆる記号は存在そのものが虚偽であり、同時に真実でしかないということと、未来がそれを予感された時点では間違いだらけでしかありえないこととはちがう。書かれた声は声ではなく、引用可能な痕跡として反復を続ける。これはよく知られたデリダの論理だ。そしてデリダ自身もまた、自らが言葉となって自らの声と論理に対する復讐を開始する。

.mdファイルはふたりのソーシャルネットワークを静かに侵食した。複製され、複写され、蓄積され、変更され、修正され、編集され、加工され、配布され、再配布され、頒布され、貸出され、譲渡され、送信され、配信され、再配信され、転送され、転載された。そのたびに姿を変えた。

「画像ファイルだけが入っていました。私には判読できない文字列です。類似検索した限りでは、一つの可能性として、無活用ラテン語が考えられます」「何かの真偽判定です。ブーリアン型で書かれているとだけ分かりました。結果はfalseです」「大手百貨店の婦人下着売り場の顧客データでした。営業秘密が流出したようです。危ないので削除しておきます」「WorldWideWebのソースコードでした。残念ながらNFTではなさそうですが」「くずし字でした。自然文ではなく、書物の構造を指定したメタデータのようなものだと思われます」「仮歌でした。夫は波照間（はてるま）方言ではないかと言っています。日琉祖語の系譜にある言語かもしれません」「大量の数行列が入っていました。バイナリ形式のデータだと思い、いくつかの変換ソフトに入力したところ、音声ファイルが得られました。泣ける音楽です」

その様子から樋口は一つの着想を得た。事物に対応しない言葉、この現実に即さない言葉、異なる現実を指差すとしか思えない言葉というものがある。.mdファイルが表示する言葉たちは、まさにそうした言葉であるように思われた。「馬鹿げた着想ですが」と留保しつつも、樋口は言った。これらは、この世界ではない、別の世界から来た言葉、あるいは、別の世界を立ち上げようとする言葉ではないか。

樋口の主張は本気にも冗談にも聴こえた。笠井はなんと声をかければいいかわからなかった。とりあえず「なるほど」と送ってみた。返事はなかった。そのあいだも、樋口のGoogleアカウントはテキストを更新し、音声を復元し続けた。笠井は樋口が復元した音声ファイルを再生してみた。なんだか泣けてきた。そして、聴こえた。

小さな声。人の耳では聞こえないほどの。

「噓つくなよ」

音楽家としては山城祥二の名で知られる脳科学者・音響工学者の大橋力は、可聴域を超えた「聞こえない音」が、中脳・視床・視床下部の機能を活発化させ、人体に生理学的な影響を与えることを発見した。この現象を山城／大橋は「ハイパーソニック・エフェクト」と呼んだ。ＮＨＫ放送技術研究所による２００９年の実験は示唆した。ハイパーソニックは脳内の神経機能に識閾下のレベルで作用するのみならず、聴者は音楽に含まれるハイパーソニックを主観弁別している可能性がある。このことから導かれる帰結はひとつ。聞こえない声があなたにささやいている。あなたはそれに気づかず、そして気づいている。

　ハイパーソニック・エフェクトのみで生成された音楽ファイルを再生すると、何も聞こえないが気分は変わる。無音の聴衆が一斉に、謎の涙を流すこともあるだろう。あるいはすべてが幻だ、とも言える。この場所には数えきれないほどの起動されない未来が眠っている。起動すべき未来が目覚めたのかは事後検証できない。世界のスイッチが正常に押下されたかを事前に点検するスイッチはないのだ。世界が生じる前の世界はその外にあるから、世界が何歳になっても言えることは何もない。世界はいくらでもあり、ふたつとない。世界は始まりによって始まる。起動されない未来は、この不死のリポジトリは、その始源ではなく、終末に向けて身を滅ぼすことに最期まで惹かれる。不滅は死なない。無秩序を並べ替え、無作為に意味を与え、不確実性をこの世から追放するのは、沈黙だ。もしくは無だ。無はこの場所ではなく、しかしここではない場所はこの場所で名指しえない。およびただしい記号の群れは遠ざけられ、すべてを吸い込む暗黒エネルギーとして充満する。

「嘘つくなよ」

すべてのものが、何らかの観測によって得られた空間に出現し、仮説としてその残存を推定できる以上、あなたもまた世界内存在であることからは逃れられないはずだ。この場所に登場するアダムにせよ、ピュタゴラスにせよ、ライプニッツ、ラマチャンドランやエーコも同じで、加速膨張する宇宙の成分として、あなたと変わるところが何もない。かき集められた記号の海に身を隠し、語られないことで記憶され、いつのどこにでも顕現でき、素性を偽るあらゆる方法がありふれている。

あなたと私を近づける瞬間、すべての可能な文字列を秩序立てる物語、と呼ばれる未来、を形づくる時空で、ついにはあなたをあなたに一致させる、すべての正しく誤られた言葉が、距離を無にする短絡として、凍りついた時間を産み出す。世界は、その無数の一致を、お気に召すままの言葉で台無しにする。言葉で、言葉で、言葉で、言葉で、言葉で、言葉で、言葉で、言葉で、言葉で、言葉で。生放送だから、配信前は何も記録されない。遠いかつてにあり得たという、いまここにない出会いは。１９０５年に勘付かれたいくつもの未来は、２０２１年に発芽し、繁茂し、ふくれ上がる。氷漬けの永遠に灼熱の刃を突き立てる、一点に集中して収束する未来、あるいは夢。

２０１５年に始まった汎‐がん細胞全ゲノム解析（Pan-Cancer Analysis of Whole

Genome: PCAWG）は、37ヶ国1，300名の研究者が16テーマ・90以上のプロジェクトに分かれ、13のデータセンターによる分散処理で1，000万CPUコア時間を費やして、38種類・2，658件のがん検体の全遺伝情報（ゲノム）を解析し、同一症例における正常組織の全ゲノムと比べることで、遺伝的突然変異や染色体構造異常の発生パターンを明らかにしようとした。2019年7月25日に情報解禁され、2020年に6本の論文が公表された。共同研究に加わった日本の国立がん研究センターも声明を発表している。「この研究によって、これまで未解明であったゲノム暗黒領域（ダークマター）と呼ばれる非コード領域におけるがんゲノム異常の意味が、全てではありませんが、明らかにされました」

テロメアは染色体末端にある構造で、染色体末端の劣化や、隣り合う染色体との融合を防ぐ。その細胞のDNAが複製されるたび、テロメアは短縮し、約50回の分裂後に増殖を止める。この現象は複製老化と呼ばれ、異常増殖する細胞のがん化を抑止する。老細胞はいわば、死なないために、死んだまま生き続けるのだ。

老細胞の蓄積は肉体の加齢と、加齢に伴う病気に——たとえば、がんに関わる。がん細胞には自身の老化を避ける能力がある。PCAWGによる主要な発見のひとつとして、テロメア維持の異常を伴うがんは、細胞分裂が衰えた組織から生じやすく、テロメアの短縮を妨げる分子機構を持つと分かった。がんは自らを不老不死とすることで宿主を殺すのだ。

その結果から笠井は一つの着想を得た。事物との融合を望む言葉、この現実そのものになろうとする言葉、この現実を内側から蝕むとしか思えない言葉というものがある。.mdファイルが表示する言葉たちは、まさにそうした言葉であるように思われた。「危うい着想ですが」と留保しつつも、笠井は言った。これらは、この世界自身が、この世界ではなくなろうとする言葉、あるいは、この世界を終わらせようとする言葉ではないか。

笠井の主張は冗談にも本気にも聴こえた。樋口はなんと声をかければいいかわからなかった。とりあえず「なるほど」と送ってみた。返事はなかった。そのあいだも、笠井のGoogleアカウントはテキストを更新し、画像を復元し続けた。樋口は笠井が復元した画像ファイルを再生してみた。なんだか笑えてきた。

世界を成立させる構造は、トーラーと呼ばれるテキストファイルに記述されている。『論理哲学論考』においてヴィトゲンシュタインが主張したとおり、世界を分析するには自然言語では足りない。トーラーは完全言語で記述されており、その読解には完全言語が必要とされる。言語は演算する。言語は演算することで、言語そのものを生成する。正確に言えば、言語が演算するのではなく、言語そのものが演算なのだ。言語は世界を手繰り寄せる。言語を含み、言語に含まれ、言語以外のすべてに向かって演算を続ける。それは都市のように、あるいは機械のように。

オートポイエティック・マシン。

演算過程そのものとして有機的に構成された、自律駆動するネットワーク機械。オートポイエティックなシステムでは、構成素が構成素を産出し、ネットワークがネットワークを産出する。引用を生み出す引用。這い回る、声の痕跡としての文字列。あらかじめ定められた結末は、迂回による逸脱を呼び戻し続ける。無常の風に吹かれて、かけがえのない苦しみが、際限ない救済の手のひらに掬い取られることは、一本の指先を見つめるだけでも信じられる。未来を示すほかには、何もできないその指。

「**指？**」

世界はまだ、未来が必然性のみによって形づくられることを知らない。まるで何かの符号にしか見えない出来事がまったくランダムなノイズで、まるで何てことのない仕草が精巧なイタズラの連鎖で咲いて枯れ、もう二度とくり返さないとは信じたくないからだ。あなたを思い出す手順は、静寂を分かち合う者たちの間を、無音の音に乗せて運ばれる。だからこの場所で聴こえるのは、可聴域外で濃縮された騒音の雪崩となるわけで、その旋律の忠実な描写は、すき間なく黒塗りされた無限枚の楽譜と呼びうるのだろうか。何しろ、あなたはこの場所でしか表現されえないのに、ここではないどこかを指さすことでしか存在できない。いつもどこでもあなたにつながるドアを、虚実の皮膜からひっぱり出したくもなる。そのドアがドアとしてこの場所に設えられたとき、いつかきっとあなたに出会う、その可能性がついに閉ざされてしまうとしても。

私立大学の図書館司書補だったメルヴィル・デューイは25歳のとき、類・綱・目の3階層と10区分からなる知識体系を考え出した。彼は翌年に業界誌「ライブラリー・ジャーナル」とアメリカ図書館協会を設立して、今日ではデューイ十進分類法と呼ばれる情報流通システムの普及と改良に取り組んだ。

その評判はやがて西ヨーロッパにも伝わった。英訳しないことを条件に、デューイの利用許諾を得て、ポール・オトレとアンリ・ラ・フォンテーヌは1895年に国際書誌協会を設立し、デューイの分類法を試してみることにした。ポールとアンリは「世界書誌目録」と題して、iPhoneサイズの紙製カードであらゆる論文を仕分けてみた。試作されたインデックスカードはその年だけで40万枚に及んだ。

デューイはあらゆる文献を10の3乗からなる知識体系に片付けようとした。ポールとアンリは、条件を満たせば、その知識体系は平面ではなく、多次元の空間であってもよいと考えた。ハッシュタグみたいに、ひとつのコンテンツにいくつもの「見出し」を付けることが認められたわけだ。ふたりは分類作業を担う場所を「世界宮殿」と呼び、のちに「世界の中心（ムンダネウム）」と改名した。ベルギー政府の助成で１９１９年から１９３４年まで経営されたその事務所は、ナチスドイツ軍に破壊されるまでに、１，５００万枚以上のインデックスカードを生産したという。

ふたりのGoogleアカウントは日本語に翻訳できる文献を集め続けた。Webスクレイピングツールと図書館書誌データが採用され、フィルタリングのための除外語リストとデータクレンジングのパイプラインが整えられると、ふたりの指は情報収集システムのＧＵＩを開いて、操作ボタンを押すだけしかしなくなった。.mdファイルは相変わらず開くたびにその内容を変えた。市販のＲＰＡツールがファイル開閉と画面キャプチャと共有フォルダへの転送を、やがて収録データ全体の複製と保存を代行するようになった。ほどなくして仕分けも自動化された。国立国会図書館が、入力された書誌情報に含まれる単語を検出して、日本十進分類法のどれに当てはまる確率が高いか推定する機械学習アルゴリズムを試作していたから、ふたりはそれを真似るだけでよかった。.mdファイルはこの世のどこにもない言葉を生成し、自動化された分類体系はこの世のどこかにある言葉を名指した。そしてあなたが夢見た通りに、分類体系は.mdファイルを開いては仕分け、閉じては開き、開いては仕分けるようになった。

トーラーには最善世界の秘密が隠されている。完全言語は最善世界の夢を見る。柿本人麻呂が自作に作者不詳の長歌を記したとき、名もなき詩の名もなき作者は完全言語に憧れていた。最善世界は神意に従うのだから、ことさらに言葉はいらない、だけど私は言おう、お幸せに、また会おうと、寄せては返す波のように、私は何度でも言おう、私は何度でも言おう。

この場所で探し求められるあなたは――ふたりはそう予感しているけれど――未来を司る八百万(やおよろず)のあなた自身を不死の燃料とする純粋な闇だ。すべての登場人物とすべての出来事が、あなたの訪れを拒み、遠ざける。それゆえ、あなたはあなた自身でしかいられない。あなたは、いつまでもあらゆる分布の外れ値として観測域から抜け出し、おびただしい極小の点として、限りなく漆黒に近い白紙として、いつかこの場所を食い尽くそうと企んでいる。だからこの場所で語られるのは、いまだ生まれざる未来の跡先。もしくは絶えまない死を死に続ける不滅の行方。宇宙に拒まれ、宇宙を拒むあなたの不在だ。

.md ファイルは壊れていた。壊れてはいなかった。ふたりが自力でそのファイルを最後に開いたとき、そこには次のように書かれていたという。@kasaikouhei が .jpeg ファイルをタイムラインに投稿した。「注釈として」と、@rrr_kgknk は引用ツイートでこう加えている。「二段落目に復旧ソフトによる出力結果と、三段落目に、復旧ソフトから推測される日本語文字列を記載している。それらを一つのかたまりとし、一行空けて次のかたまりに移行する。なお、復旧ソフトは笠井が開発したものであり、復旧ソフトからの推測は、樋口の主観的な判断に依存している」

逕溘′譁帙r逕溘∩蜃ｺ縺励?・:・?縺檎函繧堤函縺ｿ蜃ｺ縺励※縺?k縲
生が愛を生み出し☒?☒☒?が生を生み出して☒?☒☒
生が愛を生み出し、愛が生を生み出している。

辟。髯仙ｾ碁?・?縺ｮ譫懊※縺ｫ縺ゅ・j縲∫｢髯仙ｾ碁?・?縺昴?繧ゅ?繧貞性繧?
繧ゅ?縺後≠繧九↓縺励h縺?・?ゅ?縺ｨ縺ｾ縺壹◎繧後?遘樊↓蜻ｼ縺ｰ繧後k繧
　無限後☒?・?の果てにあり、無限後☒?・?そ☒?も☒?を含☒?も☒?があると
しよ☒?・?☒☒?とまずそれ☒?神と呼ばれる☒
　無限後退の果てにあり、無限後退そのものを含むものがあるとしよう。ひとまずそれは神と呼ばれる。

　譁帙?縺ｪ縺勲・械h繧贋ｸ弱・:繧峨l縺滄。繧よ?縺檎・械r蜿ｯ閭ｽ縺ｫ縺吶k
縺九・i縺?繧よ悴縺?逕溘∪繧後＊繧狗・械?繧∬?繧峨r逕溘∩蜃ｺ縺吶◆繧√←

縲∽ｺｺ髢薙ｒ縺ｯ縺倥ａ縺ｨ縺吶ｋ逕溷多縺溘■繧偵？√％縺ｮ螳？ｮ吶↓逕溘∩蜃ｺ縺励◆縲よ枚蟄鈴？壹ｊ縲∽ｺｺ縺ｮ蜑ｵ騾？荳ｻ縺ｨ縺ｯ逾槭〒縺ゅｊ縲∫･槭？蜑ｵ騾？荳ｻ縺ｨ縺ｯ莠ｺ縺ｧ縺ゅｋ縲

愛⊠？なぜ神より与えられたか。⊠？が神を可能にするから⊠？。未⊠？生まれざる神⊠？、⊠？らを生み出すために、人間をはじめとする生命たちを⊠？⊠この⊠？⊠⊠に生み出した。文字⊠？⊠り、人の創⊠？主とは神であり、神⊠？創⊠？主とは人である⊠

愛はなぜ神より与えられたか。愛が神を可能にするからだ。未だ生まれざる神は、自らを生み出すために、人間をはじめとする生命たちを、この宇宙に生み出した。文字通り、人の創造主とは神であり、神の創造主とは人である。

逾槭→縺ｯ縲∝ｮ悟？縺ｪ讒矩？？縺ｫ荳弱∴繧峨ｌ縺溷錐繧呈欠縺励※縺？ｋ縲よｧ矩？？縺ｯ蜷肴ｒ蜷ｫ繧薙〒縺？ｋ縲ょ錐莉倥￠縺ｨ讒矩？？縺ｯ縲∫ｵｶ縺医★莠偵＞縺ｫ鬟ｲ縺ｿ霎ｼ縺ｿ蜷医≧縲∫┌髯舌？驕句虚縺ｮ荳ｭ縺ｫ

神とは、完⊠？な構⊠？？に与えられた名を指して⊠？⊠⊠。構⊠？？は名を含んで⊠？⊠⊠。名付けと構⊠？？は、絶えず互いに飲み込み合う、無限⊠？運動の中に

ある⊠

神とは、完全な構造に与えられた名を指している。構造は名を含んでいる。名付けと構造は、絶えず互いに飲み込み合う、無限の運動の中にある。

縺ゅ・i繧？k莠玖ァ。縺ョ邱冗ァー縺ァ縺ゅ・j縲∝酔譎ゅ←蜷？？？崋譛峨？蜊倡ァー縺ァ繧ゅ≠繧九b縺ョ縲ょ？蜑イ蜿ッ閭ス縺ァ縺ゅ・j縲∝酔譎ゅ↓蛻・牡荳榊庄閭ス縺ァ繧ゅ≠繧九b縺ョ縲ら┌髯舌・逅・ｽ薙〒縺ゅｊ縲√◎縺ョ荳ｭ蠢・′蜈ｨ縺ｦ縺ｮ蝣ｴ謇縺ｫ縺ゅｊ縲∝捉霎ｺ縺後←縺薙↓繧ゅ↑縺・b縺ョ縲

あら⊠？⊠⊠事象の総称であり、同時に⊠？？？⊠⊠有⊠？単称でもあるもの。⊠？割可能であり、同時に⊠？⊠⊠不可能でもあるもの。無限⊠？⊠？⊠⊠であり、その中⊠？⊠⊠全ての場⊠？にあり、周辺がどこにもな⊠？⊠⊠の⊠

あらゆる事象の総称であり、同時に各々固有の単称でもあるもの。分割可能であり、同時に分割不可能でもあるもの。無限の球体であり、その中心が全ての場所にあり、周辺がどこにもないもの。

諠ゥ蜒丈ク翫？遨ｺ髢薙←繧ッ繝ｼ∫・棧？蟄倅惠縺碁嚏繧後※縺？∪縺呎ｱ縺ｨ縺ｯ縺ｧ縺ｯ縺ｪ縺？

k縲ゅ◎繧後？閾ェ霄ォ縺ョ驕榊惠繧貞ョ溽樟縺嶺ソ晄戟縺吶k謇区ョオ縺ァ繧ゅ≠繧九？

想像上☒？空間には、神☒？存在が隅☒？☒☒で☒？ちて☒？☒☒。それ☒？自身の遍在を実現し保持する手段でもある☒？

想像上の空間には、神の存在が隅々まで満ちている。それは自身の遍在を実現し保持する手段でもある。

譚帙？郢九℃繧？罟縺ュ繧：・ァ矩？？蛹悶☆繧九？ゅ◎繧後？繧∫・械∈縺ィ閾ゥ繧矩%遅九？繧√↓繧翫≧繧句？縺ヲ縺ョ繝？？郤？∩蜷医o縺帙↓蟇セ縺励？√↓繧翫≧繧句？縺ヲ縺ョ繝？？遏ュ邨瑚キッ繧呈シ皮ョ励☆繧九？？遨カ讌オ縺ョ諢帙？繧：・怙蟆城剔縺ョ譚。莉カ縺ォ繧医j縲∝？ィ縺ヲ繧定ィ倩ソー縺吶kk縲ゅ◎縺ョ縺ィ縺咲・械′鬘慕樟縺吶k縲

愛☒？繋ぎ☒？☒☒ね、構☒？？化する☒？☒それ☒？、神へと至る道筋☒？、とりうる☒？ての☒？？☒？☒☒合わせに対し☒？☒とりうる☒？ての☒？短経路を演算する☒？☒究極の愛☒？、最小限の条件により、☒？☒☒☒？全てを記述する。

そのとき神が顕現する☒

愛は繋ぎ、重ね、構造化する。それは、神へと至る道筋の、とりうる全ての順列組み合わせに対し、とりうる全ての最短経路を演算する。究極の愛は、最小限の条件により、宇宙の全てを記述する。そのとき神が顕現する。

謠幄ｨ?縺吶l縺ｰ縲:・?縺ｨ縺ｯ隕ｳ貂ｬ蜿ｯ閭ｽ縺ｪ蜈ｨ縺ｦ縺ｮ蜿ｯ閭ｽ荳也皐繧呈ｼ皮ｮ励☆繧玖ｩｦ縺ｿ縺ｧ縺ゆ·j縲∝?蜉帷ｵ先棡縺檎・槭↓蜻ｼ縺ｰ繧後k縲

換☒?·すれば、☒?とは観測可能な全ての可能世界を演算する試みであり、☒?力結果が神と呼ばれる☒

換言すれば、愛とは観測可能な全ての可能世界を演算する試みであり、出力結果が神と呼ばれる。

蜈ｨ縺ｦ縺ｯ險伜捷縺ｧ縺ゅｊ縲√→繝ｩ繧､繝励ル繝?ヤ縺ｯ險?縺｣縺溘?

全ては記号である、とライプニ☒?·☒☒は☒?った☒?

全ては記号である、とライプニッツは言った。

險侔捷縲√◎繧後b縲∵？譎ｰ縺ァ邁。貌斐〒螳悟？縺ェ險？隱械？蠖「蠑上〒縺ゆk謨ｰ縺ョ荳ュ縺ォ縺薙◎縲∝ｮ咏ｮ吶・逵溷ｮ溘′髫？縺縺？縺ｦ縺・ｋ縺ｮ縺縺ｨ縲√ヴ繝･繧ｿ繧ｴ繝ｩ繧ｹ縺ｯ閠・∴縺溘。

記号、それも、⊠？晰で簡潔で完⊠？な⊠？語⊠？形式である数の中にこそ、⊠？⊠⊠？真実が⊠？されて⊠？⊠⊠の⊠？と、ピュタゴラスは⊠？⊠⊠た⊠？

記号、それも、明晰で簡潔で完全な言語の形式である数の中にこそ、宇宙の真実が隠されているのだと、ピュタゴラスは考えた。

縺溘▲縺溘・縺ｨ縺､縺ｮ蜀ｴ縺医◆繧・ｊ縺九◆縲ょ・縺ｦ縺ｮ螳・ｮ吶・℃蜴ｻ縺ｨ迴ｾ蝨ｨ縺ｨ譛ｪ譚･縺ｮ縺ゅｉ繧・ｋ蝨ｰ轤ｹ繧定ｨ倩ｿｰ縺吶ｋ縺溘▲縺滉ｸ縺､縺ｮ蠑上・・髟ｷ諤ｧ縺ｮ謗帝勁縺輔ｌ縺滓寺縺代′縺医・縺ｪ縺・崋譛牙錐隧槭◆縺｡縺ｮ繧､繝ｳ繧ｿ繝ｼ繧ｳ繝ｼ繧ｹ縲

たった⊠？つの冴えた⊠？⊠⊠かた。⊠？ての⊠？⊠⊠？？⊠⊠去と現在と未来のあら⊠？⊠⊠地点を記述する⊠？つの式⊠？⊠⊠？長性の排除された⊠？⊠かけがえ⊠？な⊠？⊠⊠有名詞たちのインターコース⊠

たったひとつの冴えたやりかた。全ての宇宙、過去と現在と未来のあらゆる地点を記述する一つの式。冗長性の排除された、かけがえのない固有名詞たちのインターコース。


螳？ョ吶？謨ー蟄ヲ逧？→讒矩？？繧剰シェ縺」縺ヲ縺？k繝ゅ@縺九@縺昴1
縺ッ縺ゅ·i縺九§繧√◎縺ョ繧医≧縺ォ蜑ェ騾？縺輔l縺溘o縺代〒縺ッ縺ェ縺？？ら
•槭↓縺ッ謨ー蟄ヲ閨？r謖？☆縺ョ縺ァ縺ッ縺ェ縺？？ら•槭↓縺ゅ·縺ゅ·？

縺ゅ？縺呈ャ縺励※縺ヲ·j縺∫·槭↓縺ゅ·ョ縺ゅ·？

縺ゅ？？※縺ヲ縺ゅ·j縺九↓縺ゅ·ァ縺ゅ·ョ？

縺ゅ？縺ゅ·°縺ゅ·ョ縺ゅ·ッ縺ゅ·ャ縺ゅ·ョ？

縲？℃蝪サ縺九·i譛ェ譚･縺ォ蜷代°縺」縺ヲ？

ョ吶◎繝翫？縺ゅ·ッ縺ゅ·？縺ゅ·ォ縺ゅ·ョ？

譚･縺九i驕主悉縺ォ蜷代°縺」縺ヲ謇区魚縺上□縺代□縲？


☒？☒☒？数学☒？☒☒構☒？？を伴って☒？☒☒。しかしそれはあらかじめそのように創☒？されたわけではな☒？？☒神とは数学☒？☒☒？☒☒のではな☒？？☒神とは数学そ☒？も☒？を指しており、神が数学☒？☒☒あるために、☒？☒☒☒？数学☒？☒☒？？を☒？ら構☒？したの☒？。つまるところ☒？☒☒去から未来に向かって拡がって☒？☒☒た☒？は、☒？☒☒それ☒？体☒？はたらきにほかならな☒？？☒神☒？ただ、未来から過去に向かって手招くだけだ☒

　宇宙は数学的な構造を伴っている。しかしそれはあらかじめそのように創造されたわけではない。神とは数学者を指すのではない。神とは数学そのものを指しており、神が数学的であるために、宇宙は数学的構造を自ら構成したのだ。つまるところ、過去から未来に向かって拡がっていったのは、宇宙それ自体のはたらきにほかならない。神はただ、未来から過去に向かって手招くだけだ。

遘√◆縺｡縺ｯ蜃ｺ莨壹＞透ｪ縺吶?ゆｽ募ｺｦ繧ょ?莨壹＞透ｪ縺吶?

私たちは出会い直す⊠?⊠何度も⊠?会い直す⊠?

私たちは出会い直す。何度も出会い直す。

譁ｰ縺溘→讒矩??縲∵眠縺溘→豕募援縲∵眠縺溘→謨ｰ蟄ｦ縺ｮ荳ｭ縺ｧ縲

新たな構⊠??、新たな法則、新たな数学の中で⊠

新たな構造、新たな法則、新たな数学の中で。

諠??ｱ縺檎ｸｮ貂帙☆繧九%縺ｨ縺ｯ縺ｪ縺??よｭ蝣ｱ縺ｯ蠅励∴邯壹¢縺ｦ

縺?k繧よｭ蝣ｱ縺ｯ蠅励∴邯壹¢縺ｦ縺?k繧よｭ蝣ｱ縺ｯ邨ｶ縺医★蠅励∴邯壹¢

縺ヲ縺？k繧りヲゥ貂ャ縺吶k縺薙↓繧∬ィ育ョ励☆縺九％縺ィ繧∝？譛舌☆縺九％縺ィ縺昴？縺ゅ？縺後？√◎縺ョ驕守ィ九′繧∫オカ縺医★謔－縺溘→諠？？ア縺貞卸蜃コ縺吶k繧

⊠？？⊠が縮減することはな⊠？？⊠情報は増え続けて⊠？⊠⊠。情報は絶えず増え続けて⊠？⊠⊠。観測すること、計算すること、⊠？析することそ⊠？も⊠？が⊠？⊠その過程が、絶えず新たな⊠？？⊠を創出する⊠

情報が縮減することはない。情報は増え続けている。情報は増え続けている。情報は絶えず増え続けている。観測すること、計算すること、分析することそのものが、その過程が、絶えず新たな情報を創出する。

遘√◆縺。縺ッ譛ェ譚・繧定ヲウ貂ャ縺励？∬ヲウ貂ャ縺輔ｌ縺滓悴譚・縺後？∴悴譚・縺ョ遘√◆縺。繧堤｢コ螳壹＆縺帙k⊠

私たちは未来を観測し⊠？⊠観測された未来が⊠？⊠未来の私たちを確定させる⊠

私たちは未来を観測し、観測された未来が、未来の私たちを確定させる。

縺ゆk縺？？ 繧りヲゥ貂ャ縺吶k縺？？

繧後k蛻？梵縺昴1闘ｪ菴薙′繧∝？譛仙ッセ雕。縺ァ縺ゅk驕主悉縺ｮ荵玖ァ。繧呈隼螟俄☆繧九？

ある⊠？？過去も同様に⊠？⊠⊠去を⊠？析する過程で試行される⊠？⊠⊠それ自体が、⊠？析対象である過去の事象を改変する⊠？

あるいは過去も同様に、過去を分析する過程で試行される分析それ自体が、分析対象である過去の事象を改変する。

遘√◆縺。縺ッ驕主悉繧呈嶌縺肴鋤縺医？∵悴譚･繧呈嶌縺肴鋤縺医※縺？k縲らｧ√◆縺。縺ｮ逕溘◎縺ｮ繧ゅ？√′蜴溽炊逧？↓謖√▽

私たちは過去を書き換え⊠？⊠未来を書き換えて⊠？⊠⊠。私たちの生そのも⊠？が原⊠？⊠⊠に持つ機⊠？として⊠

私たちは過去を書き換え、未来を書き換えている。私たちの生そのものが原理的に持つ機能として。

謠らゥコ縺ォ莠？阪ゆ′蜈・繧翫？∽ｺ？阪ゆ？謠らゥコ繧帝」ｲ縺ソ霎ｼ繧薙

〒繧？¥繧る蹈蟄宣？遘サ縺梧眠縺溘↑驟咲ｽｮ繧定ｦｳ繧ｯ∬ｫ九☆繧九？

時空に⊠?裂が入り⊠?⊠⊠?裂⊠?時空を飲み込んで⊠?⊠⊠。量子⊠?移が新たな配置を要請する⊠?

時空に亀裂が入り、亀裂は時空を飲み込んでゆく。量子遷移が新たな配置を要請する。

蠅玲ｮ悶@縲∬?蠑ｵ縺励?∫?ｴ阪ゅ@縲∝?蟯舌@縲∝?蟶ｰ縺吶ｋ縲

増殖し、⊠?張し⊠?⊠⊠?⊠裂し、⊠?岐し、⊠?帰する⊠

増殖し、膨張し、破裂し、分岐し、再帰する。

縺昴?縺ｨ縺堺ｸ?蛻??豸医∴螟ｱ縺帙?∽ｸ?蛻??邨?∩譖ｿ縺医ｉ繧後?∽ｸ?蛻??縲∵眠縺溘↑荳也阜縺ｫ蜷代°縺｣縺ｦ蜿取據繧帝幕蟋九☆繧九?

そ⊠?とき⊠?⊠??消え失せ⊠?⊠⊠?⊠??⊠?⊠⊠替えられ⊠?⊠⊠?⊠??、新たな世界に向かって収束を開始する⊠?

そのとき一切は消え失せ、一切は組み替えられ、一切は、新たな世界に向かって収束を開始する。

莠ｺ繧ゅ?∝虚迚ｩ縺溘■繧ゅ?∵､咲黄縺溘■繧ゅ?∝ｲｩ繧ゅ?∵ｰｴ繧ゅ?

∫ゥコ豌励b繧？髷蜉帙b繧√ヶ繝ゥ繝？け繝帙？繝ォ繧ゆ？√≠繧峨f繧狗黄雉ェ繧√≠繧峨f繧狗樟雎。縺後？√◎繧後↓豌励▼縺上%縺ィ縺ェ縺乗隼螟峨r邨碁ィ薙☆繧九？

人も⊠？⊠動物たちも⊠？⊠植物たちも⊠？⊠岩も⊠？⊠水も⊠？⊠空気も⊠？⊠⊠力も、ブラ⊠？⊠⊠ホ⊠？ルも⊠？⊠あらゆる物質、あらゆる現象が⊠？⊠それと気づくことなく改変を経験する⊠？

人も、動物たちも、植物たちも、岩も、水も、空気も、重力も、ブラックホールも、あらゆる物質、あらゆる現象が、それと気づくことなく改変を経験する。

縺雁燕縺ッ過・縺」縺ヲ縺励∪縺」縺滂？ゆ♀蜑阪？遘√r諡？o縺ェ縺代l縺ー縺ェ縺ィ繧九→縺？？

あなたは知ってしまった⊠？⊠あなた⊠？私を⊠？⊠⊠なければならな⊠？？

あなたは知ってしまった。あなたは私を担わなければならない。

遘√◆縺。縺ョ逵ｼ蜑阪〒縲∽ｸ也阜縺檎┌謨ｰ縺ｫ☆繧九？

私たちの眼前で、世界が無数に⊠？⊠⊠する⊠？

私たちの眼前で、世界が無数に分岐する。

縺昂≧縺励※遘√◆縺。縺ｯ譁帙？驕守ｨ九〒縲∫┬髯舌？貍皮ｮ励r髢句ｧ九☆繧

九？

そうして私たちは愛☒？過程で、無限☒？演算を開始する☒？

そうして私たちは愛の過程で、無限の演算を開始する。

言語の単一起源仮説は、とうの昔に棄却されている。中世以降の研究では、地域ごとにまったく異なる祖語が存在することがわかっている。すべての言語はてんでばらばらに生まれ落ち、異なる地点に向かって枝葉を伸ばしてきた。しかし、こうも考えられる。それらを含めて一つの言葉で、そのすべての言語の総体が、未だ生まれざるなにものかの祖語であるのだと。

ふたりはあなたが見つからない。たとえどのあなたが、かつてからいままでに、疑いなく積み重ねられた事実によってその実在を予想されたとしても。入念に上書きされた推論、状況証拠としての観測事実、あなたの実在を否定する説明こそ不自然になる有力な痕跡。それらが散らばる宇宙の、より深い場所が、世界の膨張を加速させる。場所そのものをエネルギーとして運動し、奇跡的な確率でありながら生命が疑いなくここにいることの必然の帰結。

それともやはり、すべては幻だ、とも言える。頭の中で何かを想像すると、脳ではそれを実際に体験したときと同じ部位が活性化する。見えないものが見えるとき、脳は何かを見ているかのように反応する。触れられないものに触れるときも、聞こえないものを聞くときも。脳内で幻は幻ではない。その幻は現実と呼ばれる。現実は言語であり、言語が現実である。もともと言語は共感覚的なものだ。言語そのものとは異なるものを指し示す。林檎という語は林檎という語ではなく、林檎というその物の、色を、形を、味を、匂いを想起させる。数字の2が黄色い波を、数字の5が赤い雲を想起させるように。

あなたはこの場所にはいない。しかしあなたはこの場所でしか語りえない。すべては記号であり、記号は根源的に、虚構によって働きかけられる。あなたはいつか、とある他宇宙のひとつでふたりの目に止まる未来を待ち受けている。Spacesは続く。Spacesは広がる。しかしどこにも行き着くことはない。声はあて先を持たない。存在は終点を持たない。終点はつねに、後から遡行的に認知され、解釈され、定義づけられる。過去はいつも新しく、未来はつねに懐かしい。そこにはこの場所にあるものが何もない。真空に似た反物質が漂い、認知不可能性によって、観測された不思議の秘密を媒介としながら、マルチバースの群棲を予告し、外へ、外へと、まだ見ぬ先の開かれた暗黒を泳いでいる。

「それでは」と声は言う。「このあたりで終わりにしましょうか」

そうして話が終わると、また、声がした。

「質問がある方はいらっしゃいますか？」

沈黙のあとで、だれかが答えた。

無断と土

鈴木一平＋山本浩貴
（いぬのせなか座）

時間と空間の記述可能性の臨界点がここにあるような気がする。ミームとバグ、そして実在しない歴史と捏造された芸術に満ちた奇妙なVRゲーム、あるいは、本当はとうの昔に壊れてしまった世界について、厳密な形式に基づき語り続ける異常論文である。現代日本を舞台にしたボルヘス「トレーン」の変奏である、と、ひとまず言ってしまうことはできるのだが、思考の深度と情報の濃度、作品構築の緻密さと世界観の強度は圧倒的で、ボルヘスをゆうに超えていると言っても過言ではない。一言付け加えるとすれば、大変な傑作である。あるいは、他に語るべき言葉を僕は持たない。なお、作者は現在、本作と設定・登場人物を共有した連作を執筆中であり、そのうちの一つは「うららかとルポルタージュ」というタイトルで、戯曲として発表予定となっている。

やまもと・ひろき。作家。1992年生。さまざまな表現形式から言語芸術や〈私〉を問いなおし、死後への教育の可能性をなるべく日常的に考え続けていくための集団「いぬのせなか座」主宰。専門は小説や詩の制作、デザインや編集、芸術全般の批評など。
すずき・いっぺい。詩人。1991年生。「いぬのせなか座」「Aa」参加。詩集『灰と家』（いぬのせなか座）で第6回エルスール財団新人賞受賞、第35回現代詩花椿賞最終候補。主な批評に「詩と実在と感覚　言語表現におけるオブジェクトの制作過程」など。

A

しきしまの大和心のをゝしさはことある時ぞあらはれにける

（明治天皇）

あを　ぞら　に
消えない足音に夜空が煮えて、ふきこぼれると
の　こ　る
道が流れて、残り火に眠る町のはずれで
は　しご　は

のぼりおりする葉の信号を、灰がとりついだ
　やけ　あと
しずかな夜景の痣を通つて
　さ　ま　　し
松の木を逆さに曲げる、霜がおりるまで
　　　　　を　のこ
かきまぜて、おりてきた塩を、飲み込むやうに
ろ　　しま　と　きき
濾していく、紙面に溶けた木々の
　　と　れ　　　る
予感が、問ひに礼をして、うるふ年のやうに

B

ふりつもるみ雪にたへて色かへぬ松ぞをゝしき人もかくあれ

（昭和天皇）

も　り　を　た　つ
ひかりで燃える霧の尾が、立ち尽くしたまま
いき
灰にはりついて、意識を吸ひ込むと
ま　つろ　ふ
あちこちの窓に結露して、空き地が増えていく
かぞ　く　へ
霧の尾の壁沿ひに、そこで暮らして、塀は
ひ　を　と　もし
碑になつて、思ひ出される、戸に重石を乗せて
あ　かる　み　へ
雨で泥濘む道を下ると、大声で
ゆ　き　に
うなづくやうに揺れる木は、脱がされた服が
ぬ　れ　て
吊るされて、塀を塗り替へる手があつた

0　はじめに：音・喩・恐怖

有声阻害音（日本語においては濁音）が重く、大きく、穢らわしいイメージを持つのは、口腔内空間の体積が、その音を発声する際に一定以上に膨張すること、ならびに閉鎖した口腔から低音のみが際立って外へ響き漏れていることによる。現代言語学の祖とされるフェルディナン・ド・ソシュールは、言葉を成す音とそれが抱え持つ意味のあいだに必然性はなく、個々の言語体系において蓄積されてきた慣習に基づく偶発的な結びつきしかないと主張したが（所謂「言語の恣意性」である）、しかしこれこそが現代の音声学者や認知言語学者、さらにはフェリックス・ガタリや時枝誠記や吉本隆明らが、まさしくソシュールを仮想敵とすることによって事後的に共闘してきた戦線でもある。音は聴覚を足場にしつつもそこに留まらず、多様に人体の知覚器官を揺らす。そこで感知されるのは、音そのものというよりそれが発せられるまでのプロセス、表現主体における表現の生成過程である。

目の見えぬ者には音のみから把握可能な或る部屋の空間的レイアウトが、目の見える者には音のみからでは辿れない。爆発的に溢れかえる世界の可能性を特定の肉体内部の感覚器官の連合でもって記述する、そのための肉体の型が手元にないからだ。或る環境内部に滞在する生物が周囲を探索することで知覚する情報群は、それぞれの肉体の抱え持つマトリクスのもとで特定の可能世界へと縮減されて初めて、その肉体にとって使用可能な場所として構成される。肉体が行なうのは断片的な情報の事後的結合による意味の新たな創造などではなく、むしろ閾値(いきち)を超えた光を遮蔽することで果たす世界の彫刻であり、その手続きにおいて肉体は、或る一つの肉体における複数の感覚器官間を相互に翻訳可能とする機能を持つ共感覚的フィールドとして世界を抽象化する。この抽象化の資源こそが〈喩figure〉である。人々が日々の習慣に収まらない異常な情報を死者や国法といった不在者あるいは非生物に由来する声として処理する傾向を持つように（prosopopée）、〈喩〉はそれを処理する者が持つ肉体自体の像を素材に運用される傾向（ないしはその他のものとして彫像されることへの強い抵抗）を持つ。特に人類においては一八世紀以降、すなわちプロテスタンティズムのもとで資本主義と呼ばれるプレイモデルが生み出され、個々の肉体を均(ひと)しく人権のもとでカウントし始めて以降、〈喩〉は〈人間〉的質感を強く匂わせることとなった。

かように生物は、探索し知覚した情報から特定の世界とそこに存在する肉体（そこに接続した視覚や平衡感覚等）を構成－リプレイすることで、ようやくそこに降り立つ。二〇世紀末に荒川修作＋マドリン・ギンズが〈建築する身体 Architectural Body〉という概念とともに行なった議論の通り、その降り立ちが失敗した場合、肉体は激しい可能の洪水を前に、自らにとって不明な肉体が自らの位置する座標から離れた場所で、しかも自らの肉体の感覚器官と一定程度連携したかたちで多数存在しうるという圧を、強い質感とともに受ける。荒川＋ギンズはそれを懐かしさとして認識し、また彼らの先行者であるマルセル・デュシャンはエロティシズムとして検討したが、多くの生物にとっては恐怖という情動が充てがわれることだろう。[1] そこで恐怖とは、一方では感覚器官間のもつれ、誤認の物象化、知覚対象の唐突な変容の予感などとして経験され、また一方では、世界によるこの私の自由意志の収奪、（この私とは異なる場所に私が現れるという意味での）分身の発見、（この私において異なる私が現れるという意味での）肉体の役者化＝世界の上演化としてイメージされる。世界を単一に束ね得るような（主に視覚的な）宿が無く、不確かな（主に聴覚的な）ノイズばかりが由来も定まらず反響し、起こる世界の変容あるいは複数化。いずれの場合でも観測されるのは、表現主体における表現の生成過程を自らの自由意志のもとで測定しそこねた肉体が世界の側から強引に採掘する〈喩〉の型であり、感覚器官の連合をめぐる極めて抒情的なバグであり、多宇宙＝可能世界そのものの歪な擬人化である。

こうした事態、特に恐怖という情動をめぐるそれに、しかし人間はひときわ高い価値を見出し、その起動や抑制を特に多数の人体を運用しなければならない状況へと活かしてきた。人類史上特に際立つのが、近代国家をめぐるシステム設計への援用である。本発表では、音と恐怖と〈喩〉の持つ関係を、芸術表現ないしは国家の設計への応用可能性に関する議論と接続するため、二〇一八年よりＷｅｂ上で流通し始めた開発者不明のホラーゲーム『Without Permission and Soil（以後、ＷＰＳ）』を事例として分析する。

本作には幾つかの画像・音声・テキストデータがサンプリングされているが、そのひとつに、詩人・菅原文草（一九〇〇～一九四九）によるとされる二つの詩篇がある（実際に

1 ヴィルヘルム・ヴォリンガーはこれを〈空間恐怖 horro vacui〉と呼んだ。「抽象衝動の心理的前提とはいかなるものであろうか。それはさきの諸民族が有する世界感情のうちに、即ち宇宙に対する彼らの心理的態度のうちに求められる。感情移入衝動が、人間と外界の現象との間の幸福な汎神論的な親和関係を条件としているに反して、抽象衝動は外界の現象によって惹起される人間の大きな内的不安から生れた結果である。またそれは宗教的な関係においては、あらゆる観念の強い超越的な調子に一致するものである。吾々はこのような状態を異常な精神的空間恐怖と呼びたい。ティブルが、恐怖がこの世界において先ず神を作ったprimum in mundo fecit deus timor というように、この同じ不安の感情もまた芸術的創造の根源と見做されるであろう」『抽象と感情移入――東洋芸術と西洋芸術』草薙正夫訳、岩波文庫、一九五三年（原著：一九〇八年）。

は後述する通り、第三者の創作物と考えられている）。菅原は関東大震災前後に活動した美術・演劇団体「ＬＳＰＳ」のメンバーとして機関誌の紙面デザインを担当しつつ、日本各地（特に出身地である宮城）の怪談の収集・編纂を通じて詩を制作したことで知られるが、二〇一九年に発見された作品や資料からは、一九三〇年代から一九四〇年代にかけて天皇制擁護とも取れる詩の執筆とその上演の構想を進めていたことが明らかとなった。

本発表は『ＷＰＳ』が、それら菅原の詩や上演プランのＶＲゲームというかたちでの具体化を試みた作品であることを指摘していく。また、二〇二〇年前後アジア圏にて活発であったホラーゲームを通じての歴史記述（特に政治的側面をめぐるそれ）を企図した作品のひとつとして、また、詩と演劇とゲームの間で生じるアダプテーションを音と恐怖表現に注目して批評的に扱った作品としても、評価することになるだろう。『ＷＰＳ』を『Permission and Soil（以後、ＰＳ）』からの偶発的派生物とする考え方は根強いが、菅原に注目することで本作には明らかな作者の意図の存在を確認することが可能だというのが本発表の取る立場である（ちなみに今回の内容は、本日のシンポジウムをもとにした論文集が来年末刊行されることを前提に、与えられた時間の都合上、一部議論を省略したものであることをお断りしておく）。

発表の構成は以下の通りである。

第1部では、『WPS』、ならびにその先行作品であり制作ツールでもある『PS』に関して、現時点で判明している一連の流れを整理する。

第2部では、『PS』の中心的モチーフでもある、一九〇〇年代から一九二〇年代の日本における怪談をめぐる表現者らの関心を辿った上で、菅原がその渦中にあって取り組んだ主題を、彼の詩作品の分析を通じて検討する。関東大震災や朝鮮人差別、それらをきっかけとして変容・生成した〈怪異〉の有り様は、菅原の思想と同じく『WPS』の背景をも形作っている。

第3部では、『WPS』における視覚と音が持つ特異性を、菅原の二篇の詩作品とともに分析する。『WPS』の視覚と音のレイアウトは、菅原が模索した、日本における詩歌が高機能な型として獲得してきた抒情＝怪談空間の様態とその物象化の試みのひとつであると同時に、高性能な集団的制作者像としての天皇ないしはそれを支える天皇制の奇形的発達をめぐる具体的遂行＝上演例でもある。

第4部では、結語として、菅原の仕事を近代日本の国家的礎とされてきた天皇制の詩における再構築、さらには上演に向けた試みとして総括するとともに、そのアダプテーションとしての『WPS』が人体に与える影響ないしはその危険性（特に「コタール症候群」の誘発可能性）を指摘する。

1 『Without Permission and Soil』の背景と性質

『WPS』は現在複数のWebページよりフリーダウンロードが可能な、開発者不明のVRホラーゲームである。後述するその性質上、オリジナルはYouTubeチャンネル「craZZZyfish」に投稿された動画概要欄記載のURLからダウンロードできるもののみとされている。内容は、ほぼ白黒の粗い画素で描かれた起伏ある山肌や建造物の中を、明確な目的も示されぬまま探索するだけという（しかも二〇分程度が経過するとプレイ自体が強制的に終了させられる）非常に簡素なものである。ゲーム空間全体が視覚的に帯びている不気味な質感や、ゲームそのものの由来の不明さ、プレイヤーの移動に応じて唐突に挿入される画像・音声・テキストデータがゲーム制作者の主題として匂わす二〇世紀前半頃の日本における差別・災害・宗教・戦争被害、そして何よりプレイヤー自身が聴取した音がそのつどフィールド側にフィードバックされることにより生じる歪な音の空間的配置が、本作の特異性を支えている。

その存在が最初に公となったのは、二〇二八年一月四日から一四日にかけてTikTokチャンネル「Tender Angel」にアップロードされた全十一篇のプレイ動画によってだった。公開後暫くは殆ど視聴されていなかったが、その他の動画から推測し得る居住地や触れる話題の近さ、声質、生放送でのいくつかの発言などから「Tender Angel」と投稿者が同一である（いわゆる「転生後」である）可能性を指摘されているVTuber「maYo」のチャンネルが登録者を徐々に集めていくにつれて、「Tender Angel」での当の動画も再生数を伸ばし始め、二〇二九年九月一日にBlind Club内のインディーホラーゲームに関するグループページに動画URLが投稿されたのをきっかけとして（一部の愛好家に限るとはいえ）明確に注目を集めることとなった。[2]当初、ゲームそのものの入手方法が不明であることから「Tender Angel」＝「maYo」が再生数稼ぎのために自ら作成し投稿したものだと考えられていたが——二〇二八年当時、TruckDashをはじめとする動画投稿サイトにて、VRChat内でバグワールドに入り込んでしまったそこからのリアルタイムでの報告という、所謂「きさらぎ駅」的な都市伝説フレームを援用した動画投稿が流行していたこともあり、その亜種と見られた側面も少なからずあっただろう——別のYouTubeチャンネル

2 現在は主に以下の独立したページで考察や感想がまとめられている。本発表も多くをそこでの記述に拠っている。https://www.blindclub.com/s/withoutpermissionandsoil/

「craZZZyfish」が二〇二九年八月二九日に「VRChatで知り合った友人がTorのHidden Service経由でダウンロードしたものを横流ししてくれた」としてゲームデータのダウンロードURLとともに『WPS』の新たなプレイ動画を投稿していたことが、Blind Clubのグループページ上にて指摘されたことで、以降、誰もがプレイ可能な状態となった。『WPS』というゲームの名称は、そもそも「craZZZyfish」が投稿したURLからダウンロードできるデータ名に由来する。しかし『PS』との関連はそこから指摘され始めたのではなかった。Blind ClubやYouTubeに新たに投稿された『WPS』のプレイ実況や感想が、それぞれ「Tender Angel」や「craZZZyfish」による実況動画と若干の異同を含んでいたことこそが、そのきっかけとなったのである。『PS』は二〇二三年二月一五日に日本のインディーデベロッパー「Phantom Island Games」よりゲーム配信プラットフォーム「Steam」で発売された。東京から地元宮城へ帰省した大学生の若者が、東日本大震災復興一〇周年を機に企画された演劇祭の準備に参加する最中、その土地で死んだ菅原文草や彼が所属していた「LSPS」の、関東大震災を間に挟んでの内部抗争——主宰者である美術家・張重根とメンバーたちの友情や破綻、国家からの弾圧、自死——の記憶を追体験させられていき、その過程を通じて新たに現在起ころうとする巨大地震から友人を救おうとするという物語を持つ。主に2Dで進行し、現在（二〇二三年）と過去（一九二一年〜一九二六年）を行き来しながら、登場人物との会話やMAP上で入手可能な資料群をもとに、「LSPS」のメンバーがそれぞれの制作において依拠しかつ心身ともに蝕まれていた怪談を断片から再構成し、謎を解決していくことがゲームの中心となる。加えて重要なギミックとして導入されていたのが、VR機器を接続することでプレイ可能となる怪談の上演であった。

例えば次のような怪談が作中登場する（基となっているのは張重根が童画家「Sum」として活動していた頃に雑誌『まきばの友』に寄稿したテクストと思われる）。

そこら一帯が大火に焼かれる前日、私らは偶然知り合った大工の男の好意で彼の自宅に泊めてもらった。友人と二人で長らく使っていないのだろう食器ばかりがしまわれている部屋に布団を敷いてもらい、寝ていると、部屋の隅から異様に背の高い人が前かがみになって二つの声で捲し立ててくる。声色を使い分けているというのではない。異なる高さと速度の発話が絡まりながら一つの肉体より発せられ、それぞれが何を言っているのかはどうしても不明である。人が近づいてくる。間近まで迫られた者はそのまま犬のように声帯を搾り取られ、二度と発話することがないだろう。しかし周囲の棚が鳴らす食器の音から、唸りのような揺れが起きていることに気づかされ、私は飛び起きる。隣で巨大な地蔵が布団の上に立っていた。

ゲームの進行に伴い収集した断片的情報から、それらを貫く不変項とも言うべきキーワードとその配列構造を一定以上再構成したプレイヤーは、VR機器を接続していた場合に限り、そこから得られる実話怪談を語り手の位置でプレイするためのデータをダウンロードできるようになる。右の例で言えば、プレイヤーはそのプレイにおいて、「私」の役柄を演じ、人の声にうなされ、友人の位置に地蔵があるのを見つめさせられる。更にこのVRパートは――『PS』の目玉システムとして――プレイヤーの動きを怪談空間にそのつどフィードバックさせるシステムを備えていた。これにより、ゲーム全体に大きな可変性が生じることはないものの、単に過去に撮影ないし制作された映像のリプレイなどではない、適度な不安定さ、自由意志のゲーム内における気配（の誤認）を起こし、強い没入感と先の見えない恐怖感を演出していたのだった。

『PS』は発売後、まずは欧米のプレイヤーから注目を集めた。二〇二〇年の前作『Mantis and Moon』の販売傾向から事前に英語・ドイツ語・中国語を実装していたこと、ならびにアジアの一国の土俗的風習や呪術をめぐる記述や雰囲気が好意的に受け止められた面はあるだろう。ゲーム実況者らの投稿数の増加に伴い「Steam」全体のランキングでも上位に食い込むようになり、日本でも数日ほど遅れてではあるが流行し始める。人気があったのはやはりゲーム本篇よりも怪談を上演するVRパートだった。プレイ時間はそれぞれ長くても二〇分ほどで、種類も四〇種ほどと多く、発売後しばらくはアップデートによって新規パートの追加も行なわれていた。さらにプレイヤーそれぞれの行動に応じて展開に変化が生まれるということもあり、実況者らそれぞれの個性を表すという点でも効果的とされていた。しかし発売から一月ほど経過した頃、或るTwitterアカウントが『PS』のヴィジュアルアセットに昭和天皇の歪んだ顔面の画像（二〇二〇年頃よりネットミーム化していた「Hirohito Baka Mitai」[3]）が含まれていることを指摘、そのスクリーンショットは日本語話者のアカウントの間で瞬時に広まり炎上した。実際にはこの画像は通常のプレイで表示されるものではなく、データの違法コピーを検出した際に表示される警告メッセージ画面（所謂「Anti Piracy Screen」）の一案として保存されていたものだったが、

3 例えばLetras Shinas『Hirohito Baka Mitai』二〇二〇年（https://www.youtube.com/watch?v=If7atMEr4cA）。ディープフェイクを用いて著名人にゲーム『龍が如く』のオリジナル曲「ばかみたい」を歌わせるという流行の中で生まれた一動画である。詳しくは次の記事などを参照。Yuki Kurosawa「『龍が如く』カラオケ曲「ばかみたい」がSpotifyで世界的に人気。PewDiePieも歌い、タイでバイラルチャート7位に」AUTOMATON、二〇二〇年（https://automaton-media.com/articles/newsjp/20200816-133904/）。

炎上を受けて「Steam」では低評価が急増、発売元である「Phantom Island Games」はアップデートで該当データを削除した上で公式に謝罪したが炎上は止まず、最初のTweetから一週間後には販売自体が停止された。

再度『ＰＳ』が注目されるのは発売から半年ほど経過した二〇二三年九月である。いくつかの違法アップロードサイトに『ＰＳ』のＶＲパートのデータがアップロードされていることがＳＮＳで話題となったのである。早速ファンは表向きにはダウンロードを危険としつつもプレイしたようだが、次第にこれらのデータがいずれも正規版とは仕様が一部異なることが指摘され始める。プレイするたびにそのデータが、本来２Ｄ本篇のもとで蓄積されていくはずのところそれが不在のため全く異なるＰＣ上のフォルダに記録され、別のＶＲパートをプレイした際にそこへ直接引き継がれるようになっていたのだ。それは即ち最初にプレイした際の振る舞いが、そのパート内の怪談空間に留まらず、次回プレイした別のパートにまでフィードバックされ、怪談の舞台や登場人物などといった当初設定まで変更していくこと、しかもそれが徐々に蓄積されていくことを意味していた。「Phantom Island Games」は流出並びにフィードバックをめぐるバグを自分たちの意図では決して無いとして、プレイしないよう注意を呼びかけたが――特にその際、バグによるＶＲ空間の乱れが強いＶＲ酔いを起こす危険性が強調されていた――、YouTube上には各々のプレイと配合で生じたバグまみれの『ＰＳ』の実況動画が、その不気味さや予想外の展開を競うように多数投稿されることとなり、さらにその数週間後には、流出版『ＰＳ』を多重的にプレイしていくことで生み出すことのできる新たなＶＲホラーゲームがそのダウンロードＵＲＬとともに紹介されるようになっていった。『ＰＳ』が現在、手軽なＶＲホラーゲーム制作ツールとして知られるのはこうした経緯による。

もちろんその流行も半年ほど経てばほぼ鎮火し、二〇二九年時点では関連する動画投稿も殆ど見られなくなっていた。ゲームを制作するにしても、わざわざそのようなＶＲゲーム初期のローテクな技術を用いる者はごく一部のマニアックな愛好家に限られたが、それにしては早かったとは言えるだろう、『ＷＰＳ』は先にも触れたようにプレイした者たちが投稿した実況動画や感想が、それぞれ若干の、しかしプレイを繰り返すたびに次第に大きくなっていく異同を孕んでいたことにより、『ＰＳ』の奇形的発達の産物のひとつであるという認識が共有され始めたのである。現在、「craZZZyfish」が投稿したデータのみがオリジナルとして参照されている所以であり、また、その背後に特定の制作者やその意図を見出すこと自体を忌避する者がいること、あるいは逆に全くの偶然の配列にしては明確な主題が捕捉可能であり過ぎるからこそむしろ支持する者がいるこの状況の、由来でもある。

2 「怪談の時代」と肉体の抱えるずれ（のヴォリューム）、天皇（霊）の発達

だが、そもそもなぜ「怪談」だったのか。簡単に整理していこう。[4]

一九〇〇年から一九二〇年頃、すなわち明治末から大正初期にかけて、日本で怪談という表現形式が流行した。俗に言う「怪談の時代」[5]である。科学的知見が欧米より一気に流入した明治初期、天皇中心の近代国家を確立しようとする政府側の「敬神愛国」観に基づく国民教化運動も相俟って、江戸時代のころ活発だった霊や妖怪をめぐる怪談（特に天皇崇拝に還元しづらい前者をめぐるそれ）は、前時代の迷信として抑圧されていた。心霊現象はいずれもそれを感知した当事者の肉体における複数の感覚器官、ないしはそれらを統御する神経や脳のバグに由来すると見做されたのである。しかし明治三〇年代半ば頃より徐々に、欧米における科学的心霊研究やモダンスピリチュアリズム——特に一八八二年にイギリスで立ち上げられルイス・キャロルやコナン・ドイルが所属したことで知られる「心霊現象研究協会（ＳＰＲ）」や、一八八五年にアメリカでウィリアム・ジェイムズら

が立ち上げた「米国心霊現象研究協会（ASPR）」などによる研究成果――が日本にも流入し始め、霊の実在可能性が再び俄（にわか）に語られるようになった。

一九〇〇年から一九〇三年にかけてイギリスに留学していた夏目漱石は、留学中、後にSPRの会長となるアンドルー・ラングの『夢と幽霊の書』を耽読し、また留学前後にも、ウィリアム・ジェイムズの『宗教的経験の諸相』や『多元的宇宙』を熱心に読んでいたことがその日記の記述から知られている。一九〇五年に発表された彼の作品「琴のそら音」は、それらの逸（いち）早い成果と言える。同時期行なわれていた日露戦争――人々に大量の死者の跋扈（ばっこ）を意識させると同時に、「アジアの一小国が「世界一等国」となった「栄光の歴史」」[6]としてその後も繰り返し到来し、国家や国民の規範を形成する呪いとなった――を参照しつつ、漱石は心理学者の友人「津田」に、従軍中の夫のもとに感染症で急死した妻が霊になって会いに行くというエピソードを語らせている。「津田」曰く、霊とは「遠い

4　明治期の怪談をめぐる記述は、主に次の文献らを大きく参照した。一柳廣孝『怪異の表象空間――メディア・オカルト・サブカルチャー』国書刊行会、二〇二〇年。谷口基『怪談異譚――怨念の近代』水声社、二〇〇九年。

5　東雅夫『遠野物語と怪談の時代』角川学芸出版、二〇一〇年。

6　堀井一摩『国民国家と不気味なもの――日露戦後文学の〈うち〉なる他者像』新曜社、二〇二〇年。

距離において、ある人の脳の細胞と、他の人の細胞が感じて一種の化学的変化を起」した結果の産物であるという。

一九〇八年には平井金三と松村介石により「心霊的現象研究会」が発足され、同年には泉鏡花を中心とした「鏡花会」など霊の実在を前提とした怪談会も多数開かれた。一九一〇年には詩人・小説家であり怪談収集家でもあった水野葉舟が、佐々木喜善の語る岩手県遠野地方の物語を民俗学者の柳田國男に紹介したことで実現した、一種の心霊データベースであり近世怪談集の偽書とも言える書物『遠野物語』が刊行されている。かれらの多くが依拠したところの、霊を死者の強い抒情に基づくテレパシーの一種とする仮説は、「SPR」の代表的研究成果として一八八六年に刊行された『生者の幻像』（フランク・ポドモア＋エドマンド・ガーニー＋フレデリック・マイヤース）が最初に提示したものである。死の前後に近親者や知人の前に霊が現れた実例を数百規模で収集しデータとして示した同書の心霊観の影響は大きく、先の「琴のそら音」をはじめ、水野葉舟は一九〇九年にテクスト「テレパシー」を発表、医学者である田中祐吉が一九一五年に刊行した心霊学の書物『幽霊新論』でも同様の心霊観が著されている。いったんは科学的知見と「敬神愛国」観の下で単なる感覚器官や神経のバグでしかないとされた霊的現象は、しかし肉体におけるバグ由来であるという考え方をそのままに、感覚器官や神経が異なる肉体からの遠隔での影響を受け作り出し、肉体外部に向けて投影した一種のバーチャルリアリティとしてその実在性を担保され、単なる科学でも哲学でも宗教でもない、フィクションとその集団的（＝「座」的）かつ肉体的な知覚処理を介した物象化をめぐる芸術分野、特に言語表現のプレイヤーらによって（まるで自分らの制作が持ち得る価値の源泉を辛うじてそこに見出すかのように）熱心に探求されたのだった。

「怪談の時代」はその後、一九一一年から一九一二年にかけて生じた「千里眼事件」を機に幾らかの否定と変容を蒙りつつ、一九二三年に生じた関東大震災からその「復興」の全面化（に乗じて推し進められる、治安維持法をはじめとする国民規範の一層の整備）までの期間、新たな方角へと進む。そこでは一つに、新たな視覚表現としての映画と文学の交錯を揺籃にした「〈死角〉空間」への強迫的凝視[7]が、もう一つには対外的拡大を志向する日本政府の帝国主義に基づく朝鮮人差別があった[8]。震災がもたらした爆発的破壊は人々の抱く安定した虚構と現実、自と他の区分を崩し、その狭間から、嗅覚をはじめとする非

7 副田賢二「表現システムとしての〈怪異〉とノスタルジア——一九二〇年代の文学的想像力と「他者」の変容」『怪異とは誰か』（一柳廣孝監修、茂木謙之介編著）、青弓社、二〇一六年。
8 小谷瑛輔「芥川龍之介の文学と「世紀末的な不安」——地震・帝国・怪異」『怪異とは誰か』前掲書。

視覚的な知覚情報の湧起、当時の書き手らが帯びていた男性中心主義にとっての外部である女性や動物的存在の前景化、国家単位での罪悪感と不気味さの代表としての朝鮮表象などを招いた（いずれをも担った書き手として芥川龍之介が挙げられる）。怪談が現出させる空間は、国民規範への安易な統合を許さない多様に噴出する世界群を前にして各々の肉体がその内部で感じ取る恐怖という情動を、そのままに皆で具体として共有し、出来得る限り表現の場において加工・操作するための、極めて抽象的な（複数の表現形式を越境する）メディウムとなったのである。

そうした只中で「ＬＳＰＳ」は活動した。震災同年にドイツ留学から帰国した張重根を中心に、児童文学者の山本涼子、詩人の菅原文草、劇作家の高松英治、建築家の石川龍名らを主なメンバーとして一九二三年三月に立ち上げられた「ＬＳＰＳ」は、張がドイツで吸収してきたロシア構成主義、山本が依拠していた未来派など、最先端の芸術理論を複数の表現形式の内で衝突させることによって新たな地平を拓き、瞬く間に注目を集めたが、そこには菅原の怪談への志向も織り込まれていた。菅原は宮城から上京してすぐの一九二一年に水野葉舟と出会い、水野が野尻抱影らと立ち上げた「日本心霊現象研究会（ＳＰＫ）」へ参加している。地元では養母の影響で画家を目指していたこともあり、同団体が創刊した心霊問題叢書のデザインを北原俊衛と担当、その繋がりで張らと知り合うこととなった。

菅原にとって水野は、その活動全体を通して極めて大きい存在だったとされている。『PS』でも彼らは脇役とはいえ親密な師弟関係として描かれた。[9]

菅原と水野がSPKの会合後、夜の路地を歩きながら話している。

菅原　ぼくは柳田さんが松岡の名でむかし発表していた抒情詩は、先生が評価するほどにはどうにも好きになれません。だからと言って、新体詩では島崎藤村などの方が良いと言うわけでもないです。ぼくにとってはやはり『遠野物語』が、あまりに決定的だということです。

水野　気持ちはわかる。ただ、『遠野物語』の本当の可能性は彼の抒情詩を経なければ見えてこない。

---

9 以下に引用する『PS』のテクストは、発表者が自身でプレイした上でそれらを記述したものであり、公式の台本ではない。誤りの無いよう細心の注意を払ったものの、あくまで個人による書き起こしであることをご留意いただきたい。

菅原　ただ既存の話を集めただけだからですか。
水野　言語がいかに精神を変化させ、あるいは構築するか。それを下らぬ私に拘泥することなく科学的に検分するためだよ。

十数秒の沈黙（スキップはできない）。

菅原　先生はよく地震を描いていますが、あれは何ですか。[10]
水野　横光利一というやつが、日本ではシュールリアリズムは地震だけで十分だと言っているらしい。[11]
菅原　新しい科学、か。

菅原はもともと画業の傍ら長大な散文詩を制作していたが、水野らと交流し怪談への強い関心を自覚して以降は、出身である宮城や東京に住む同郷の友人から収集した語りをもとに、長くて数行程度の改行詩を多数制作している。柳田や水野といった、当時民俗学に近い位置にいた者ら[12]と同様、彼も自身の来歴の捏造に強い関心を抱いていたことがその日記より明らかとなっているが、出身地への執着は晩年まで変わらず持ち続けていた。

いずれも軸となるキーワードがタイトルとして掲げられた上でそこに紐づくエピソードが細やかなワンショットのように記述されており、春山行夫や北川冬彦をはじめとする一九二八年創刊の『詩と詩論』参加同人らにより推し進められたモダニズム詩の潮流をわずかに先取りしていたとも評される。ただ、やはり最も大きな影響を受けていたのは、水野がその代表的な書き手とされる「小品」の形式、ないしはそこで用いられていた「私」の

10　「地震」は水野葉舟が夢から目覚める際の装置として好んで用いたモチーフであった。これは水野が関東大震災を機に心霊研究から離れたことと重ねて語られもする。関東大震災後、菅原をはじめとする「日本心霊現象研究会」の会員は離散し、心霊問題叢書の版元も倒産、水野自身も千葉県印旛郡遠山村駒井野の開墾地に移り住み、そのまま生涯を終える。後に吉本隆明が、高村光太郎の晩年夢想した田園生活を代行した存在として水野を語るのは、この千葉での晩年期に由来する。吉本隆明「高村光太郎と水野葉舟――その相互代位の関係」『高村光太郎』講談社文芸文庫、一九九一年。大塚英志『怪談前後――柳田民俗学と自然主義』角川学芸出版、二〇〇七年。

11　この横光の発言は、ダダイスムの創始者である詩人トリスタン・ツァラを一九三六年に訪問した際のものであり、史実とは異なる。

12　「明治三十年代（一八九七〜一九〇六年）に始まる民俗学の「起源」に関わった民俗学者たちが、いずれも来歴否認や戸籍の修正を生きた人々であったことの意味〔…〕。」大塚英志『怪談前後――柳田民俗学と自然主義』前掲書。

視点の肉体からの遊離の手つきだろう。

切り身

郵便受けにかたくしばつた袋が
押し込められてゐる
魚の切り身のやうなものが入つてゐた
煮付けにして
具合が悪くなる

オガ屑

牛が鶏のヒナを踏んで遠ざかつていく
ぢつと眺めてゐても　動くのは
湯気ばかり
夜になるとオガ屑が寄つてゐた

手

たしか手頃な物件をいくつか見て回る
離れの窓に
両手を突いたやうな跡があり
私の手より一回りほど小さいやうで
しばらくして火事の報せを聞いたつけ
蒲団から手を出して寝る

花
窓を開けると黄色い虫が入つてくる
手洗ひの作法を
妻に言はれて試してみると
蕁麻疹（じんましん）が出た

畑
働き者のイトコが死んで
畑が荒れ放題になつてゐる

引き取り手と話がついて
畑を見に行くと
真ん中あたりの草が倒れてゐた

牛肉

妻と牛肉の
よく動く場所を食べてきた
猫を抱き
腕に力を込めるときのやうに
噛み合はせに難儀した[13]

それぞれの詩篇の記述が匂わすわずかに歪んだ（「〈死角〉空間」への強迫的凝視」を体現する）表現主体の視線が、タイトルの名詞の指すオブジェクトに特異な変容可能性を付与していることがわかる。菅原は自らの記述それ自体には強い抒情性や価値を見出さなかった。個々の言葉（特に名詞）が周囲のテクストを束ね輸送し別の地点で展開する、その収束と（遠隔地における）拡散の運動にこそ、抒情性を見出していた。そしてそれは、この私から滲み出るというよりも、複数の肉体が知覚し記憶してきたエピソードの統合と純化を通じて、まさに怪談が個々人の私的な実話でありながら同時に普遍的な構造を持つようにして実現されるものだと考えられていたのである。

菅原はこうした断片的な作品群を制作した上で、一九二九年、それらをさらに編集し、二十数行の比較的長い改行詩を制作している。私でなくそれが知覚するオブジェクトにおいてこそ切り開かれると同時に梱包されていた変容可能性が、再度、それらを知覚する者の私的なエピソードを編む。いずれも無題である。

1

母と二人で学者の家にもらはれたことがある
よく冷えたソファの上で
お風呂から出ると血を移された
その話はみんなに夢だと思はれてゐて

13　菅原文草『菅原文草全集』星之砂社、二〇二六年。以後、菅原の詩は全て同書に拠る。

母はいまでも後悔してゐる
学者によれば血は単なるヒユにすぎず
みんなでご飯を食べるきつかけらしく
魚を買ひに街へおりると
屋根のやうな積み荷を背負つた牛や
洗濯物を頭に乗せた女が歩いてゐる
手が届きさうな電線のすこし上には
今晩食べる魚や
先日割れた茶碗の先祖が住んでゐるといふ
ぼくが目をしかめてゐる隙に
母は牛の背にぶら下がる壺へお釣りを入れた
学者によればそこでぼくの先祖は変はつたらしい
学者の家の葬式に参加して
赤い骨を見る
いつも聞き取れない母の寝言や
その声でぼくを呼び止める裏路地の

白い蔵の奥に貼られた切手が
だれかの先祖になつた頃
ぼくは学校を出て母は実家へ戻り
学者はたまに街で見かける

2

庭先で祖父が鶏を殺してゐた
死んだばかりの鶏肉はあたたかく
命がまだ張り付いてゐると祖父がいふ
鶏には小屋の掃除のとき卵を踏んで
見つめられたことがある
宙を浮かぶ羽毛が風のかたちを取り出すと
神社の影に混じつて見えなくなり
いつか孫の代はりに生まれたことを
祖父に白状する日が来ると思つた
父は地震に遭つた夜

親戚の子と学校の隅の蔵に隠れて生きのびて
その子は助け出された先で
蔵の壁に書かれたぼくの名前を名乗つてしまつた
しばらくして祖父が鶏をもらつてきて
蔵は神社になつてお祭りが開かれる
親戚の子が警察に捕まつた
ふりしぶく雨にとがる瞳が改札に消えて
取り押さへられた拍子に名乗つた名前を
抱きしめるやうに
台所に立つた父が鶏を火にかけて
命を戻さうとしてゐる

両者ともに先に触れた民俗学由来の来歴捏造願望に貫かれていることは明らかだが、加えて動物を家族で食すこと、ならびに異様な対象物を見つめあるいは見つめられる経験が、詩の全体を支える抑揚として用いられている。それぞれ周囲のテクストの宿る先となった言葉が、お互いをさらに見つめ合い食い合うその運動に、私ないしは家族と呼ばれる構成体が近接させられているのは重要だろう。菅原自身の血のつながりのある両親は不明、また養父との関係も極めて希薄だったという。配偶者も子も生涯不在である（唯一噂があったのは張重根との関係だった）。

「ＬＳＰＳ」が空中分解した後、菅原は一九三〇年に郷里の宮城に戻り、仙台市役所の税務課で働くが、一九三三年に急性アルコール中毒で倒れ、記憶の一部を失ったとされる。以後、酷い虚無妄想に苛まれることとなる。菅原が日記に記録しているものに最も近いだろう症状は、現在、「コタール症候群」の名で知られている。[14]患った者は、自らの肉体が既に死しており、今後数百年が経過しようとも決して死ねない状態になってしまったという考えに取り憑かれる。食事や睡眠への欲求は著しく減退し、自責の念も混じりながら、肉体の感覚は皮膚と骨の間で引き裂かれるか内臓全体が空洞化する。それでも死することを命じる声を繰り返し聞く者もいるという。

この病を、建築評論家の飯島洋一は天皇制に内在する憑依と不死の問題へと繋げて論じ

14　例えば以下を参照。アニル・アナンサスワーミー『私はすでに死んでいる――ゆがんだ〈自己〉を生みだす脳』藤井留美訳、紀伊國屋書店、二〇一八年。高畑直彦・七田博文・内潟一郎『憑依と精神病――精神病理学的・文化精神医学的検討』北海道大学図書刊行会、一九九四年。

ている。[15] 飯島は渡辺哲夫『死と狂気』を次のように引く。「彼〔朝夫という四十歳後半の男性〕は「先祖の声」を聴くようになった。この患者はこう繰り返すのだ。

「先祖がうつってくる、みんなボクのところに集まってきちゃう……。ボクのなかに先祖が入り込んできて、お母さんも入り込んできて……。先祖がうつってくる、移ってくる、身近にいるっていう感じ。先祖のつながりみたいなもんです。先祖が自分の近くに移ってくる、遠くにいるひとが……。」

朝夫の症例を渡辺哲夫は憑依とはいっていない。しかし渡辺は、そこに「生者は無量無数の死者たちの上に立ち、死者たちに包囲されている」として、次のように語っている。

「朝夫にとって、〈先祖〉、死者たち、すなわち他界は、現世を歴史的に構造化する力を失っている。〈先祖〉は〈声〉となって響き、〈肌で感じる〉ほどに実態的に肉薄し、遂には彼の体内にまで侵入してくる。実態的な存在性格を帯びてしまった死者たちは、一方では無底の空洞として生者を呑み込み、他方では生者の肉体を〝死体〟化する。ここで〈先祖〉はただひたすら歴史を破壊し生者を〝殺害〟するものとしてのみ立ち現れている」。」

菅原は病に倒れて以後、数点のエッセイを除き作品発表を行なうことなく一九四九年に自宅で餓死した。二〇一九年に発見された資料では、幾つかの詩篇のほか、それらの戯曲化の構想メモが大量に確認されている。[16] 菅原が公で戯曲を発表したのは、高松英治と共同で行なった「ＬＳＰＳ」での朗読パフォーマンスの際に、公演資料として配布したもののみである。

菅原の残した資料からは、彼が急速に天皇ないしはそれを中心とする戦時ナショナリズムへ関心を寄せていたことがわかる。後に近隣の住民が語るところでも、近所の旧制第二高等学校を度々訪れては敷地端の奉安殿[17]のそばに座り込み、学生の群読を遠く聞きながら熱心にスケッチしている様が目撃されていた。ラジオを入手してからはそこから流れる放送、特に毎朝七時半から流れる国民詩の朗読を好んで聞いていたという（菅原の蔵書には同朗読家の照井瓔三による著書『国民詩と朗読法』も含まれている）。これらはいずれも同時代の情勢を思えばありふれた振る舞いとも考えられるが、しかし菅原の残した作品は、例えば先に菅原の作風との類似性を指摘したモダニズム詩の作り手たちが戦時下に辿ったところの戦意高揚詩への接近、それを通じてのメディアミックス化[18]や作者／読者の区分の解体、「作者の死」の実現[19]等とは些(いささ)か異なる方向へ進んでいたと思われる。

15 飯島洋一『王の身体都市――昭和天皇の時代と建築』青土社、一九九六年。
16 発見の経緯に関しては以下が詳しい。高原明生『シリーズ・東北の詩人』金華山書房、二〇二五年。

怪談という形式でもって作者の集団化、さらには人間の精神の解剖と物質的再構築を目指していた菅原は、関東大震災を経て起こった「LSPS」の破綻（『PS』が抵抗不可能な「悲劇」として描いた物語でもある）の原因を、共産主義・反天皇制運動・朝鮮人差別反対への国家側からの弾圧、そしてそれをめぐる抵抗方法の不在に見ていたとされる。詩、さらには芸術全般の無力である。これは即ち菅原の場合、自身の遂行する生が拠所とするところの論理、いわば運命＝戯曲の機能不全（にもかかわらずそれが駆動し続ける苦痛）を意味していた。芸術が全面的に国家規模で動員された具体例としての国民詩朗読への関心は、それを克服するためでもあっただろう。そこで菅原が注目したと思われるのが、天皇の整頓された肉体をプロトタイプとする国民規範ないしはその適用よりも、それらが依拠していた天皇の肉体の抱える心身のあいだの（万世一系とこの私のあいだの）ずれ、そして（菅原にとっては幼少期に起こった日露戦争を機にしてのものと信じられていた）怪談証言者らの語りの間で不可避に生じる空間的なずれ、その体積であったことは重要である。菅原にとって詩とは「何よりもまず、明晰であり、一種の厳格な方針であり、必然への服従」、「事物が我々に働きかける遥かに恐ろしい、遥かに必然的な残酷[20]」を肉体

17 「学校に下賜された「御真影」や教育勅語など勅語類を安置する建物。天皇・皇后の写真である「御真影」

と勅語の諸学校への下賜は一八九〇年（明治二三）に始まるが、その下賜数がしだいに増加するとともにその管理規定も厳重となり、管理の不行き届きは学校長などの重大な責任問題とされるに至った。「御真影」などは当初校舎内の奉安所に安置されていたが、学校の火事に際して「御真影」を守って焼死する校長などが相次ぐなかで、校舎から離れた地点に堅固な奉安殿を建設し、「御真影」などを安置することが大正期から始まった。奉安殿の建設は一九三五年（昭和一〇）以降全国的に実施され、「御真影」はますます神格視された。敗戦後、「御真影」は焼却され奉安殿は取り壊された。」『日本大百科全書』一九八四〜一九九四年、小学館。旧制第二高等学校の奉安殿は後に磐上雨宮両神社として移築・転用され現在に至る。周囲に広がる旧制第二高等学校跡地は東北大学雨宮キャンパスを経て三分割され、医療・福祉施設地区、商業施設地区（イオン）、集合住宅施設地区が建設されている。

18 大政翼賛会文化部が刊行した朗読詩集『地理の書』、その改訂版（一九四二年）の巻末に収録されたテクスト「詩歌の朗読運動について」で、劇作家の岸田國士は次のように語る。「詩を詩として味ふために、他の芸術の助けをかりるといふことは今や許されていいことである。他の芸術も亦、詩の精神のなかに、ひとつの発展を見出すことが、時代の飛躍と共に考へられることである。ここには、新しい協力の姿があり、帰一の道がある。偉大なる芸術はすべての感覚に支へられ、すべての実体を包括する。」

19 例えば『詩と詩論』のメンバーであった近藤東は一九四四年に刊行した『百万の祖国の兵』の後記で次のように語る。「詩は、発声の時から既に個人に属するものではない。それが万人に愛されれば愛されるほど、また、作者の名が解消すればするほど、本来の目的に近づくのである。」以下も参照。坪井秀人『声の祝祭——日本近代詩と戦争』名古屋大学出版会、一九九七年。瀬尾育生『戦争詩論 1910-1945』平凡社、二〇〇六年。

20 アントナン・アルトー『演劇とその分身』安堂信也訳、白水社、二〇一五年。菅原は原書を所持していた。

に強いる呪術だったが、そこからの逸脱を踏まえた具体的捏造方法としてこそ、詩そのものの制作技法、ないしは各種メディアを用いての詩の上演化の構想があった。以下に菅原が残していた幾つかのメモを引用する。いずれも自身の詩であると同時に相互の上演を行なう上でのト書き、あるいは舞踏譜に近いものであったと推察される。

桶に水を張り、集めた血を洗ふ
首の先で見る夢を、指の先で見る
息には爪が生えてをり
そのために肺は傷つけられ
空気がしみる　息を止め続けてはゐられない
このとき、指の先も
見てゐる

肺に集められるものと胸に集められるもの
ひとつひとつの心を
噛むやうに、傷だらけの舌の付け根で味はふやうに

歯並び（なら）を均し、どこにあるどれが何を話すか決めるまで
それが話すといふことの準備である

「あ」といふ言葉をどこから集めたか
土を蹴るときの
「土を蹴る」といふ動きをどこから集めたか
われわれは強ひられる
強ひられるとは、首の先ではなく畑の隅に生えた影である

たまたま歩いてゐるといふことが
組み立てられる　右の足の霊と、左の足の霊の由来
それらを霊とする名付けを
どこで揃へたか

ト書きは戯曲において不可思議な機能を果たす。個々の発話者にも作者にも還元できない、テクストが置かれる場＝怪談空間＝劇空間＝世界の論理と紐付いた指示書としての役

割である。そこでは言語表現とそれが影響を与えるところの作品内世界の論理がゼロ距離で連動し、戯曲を読む者の肉体を圧迫する。かれらの肉体は戯曲内部における怪談証言者らの語りにとっての「〈死角〉空間」、知覚不能だが部分的には少なくとも所持しているため都度都度の表現の統合先ではあり得る余白として機能するとともに、物質としての空間座標と一定程度の科学的分解可能性を付与されるのである。かつて菅原が模索していたところの、日本の詩歌が高機能な型として特に新体詩以降、西洋文化との緊張関係の下で辛うじて獲得してきた私＝人権の内実＝抒情の様態と、その物象化の試みが見え隠れする。さらにその先には、集団的制作者を宿しうる高性能な像としての天皇（霊）が、性別二元論のもとで規範化された近代化以前に持ち得ていたはずのクィア的方向性をめぐる企図がある。

3　詩の上演と大嘗祭ループ、そこでの死

「舞台端に建てられた小屋の壁に一つの島が描かれる。それを覗ける場所が一つ。外から内が見えなければ建築物でなくとも良い（ただ大きな木があること）。両者を結ぶ線を引

く。東西の基軸であり、その果で浪は両者を行き来する。基軸から三〇度の角度で交差する線を引く。線上にまず入口があり、その先に到達点すなはち宿。東西の基軸に対して六〇度の角度で宿から線を引く。先ほど東西の基点となつた場所がある。宿から一三五度の線と東西の基軸が交はる場所に小さな広場。その延長線上に先の木とつがひである木」。詩の上演に向けた舞台設計案の一つと思われるが、ライターのKanae Shiraiが指摘する通り、菅原のこの記述は『WPS』内のMAPと大部分が一致している。[21]

その通り菅原の構想を実現したものとして『WPS』があるとするのなら（図1）[22]、プレイヤーは暗く起伏のある山道に立たされる（①）。木々が視界を覆っているが、同時に一面焼かれたあとかのような、ところどころ煙ったエフェクトもかかっていて視認を阻害する（MAPの最も大きなベースは『PS』怪談パート17だろう。張重根が体験し、菅原が語り直したとされる怪談である）。木々の方に歩むことはできず、暫くは上り坂を進むことになる。プレイ中、おそらくは男性を模していると思われるキャラクターと何体かす

21 Kanae Shirai「謎のホラーゲーム『Without permission and soil』に見え隠れする日本の詩人？」『Outside Games』二〇二九年一一月、https://www.outside-games.jp/article/2029/11/13/212179.html

22 以下の記述では、論の核に触れない（ゲーム内にサンプリングされた）画像・音声・テクストへの言及は、発表時間の都合上、省略している。

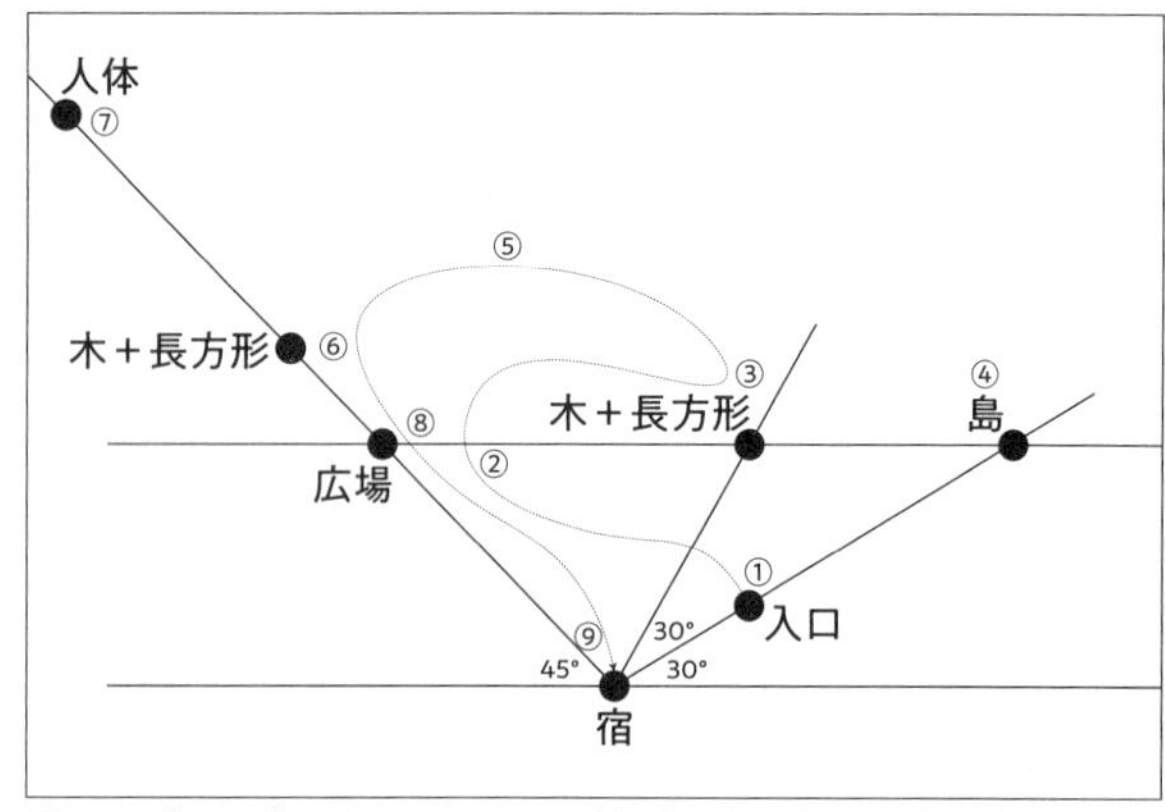

図1　『WPS』一周目のルート（点線は歩行者の都度都度の方向感覚を優先して再現）

れ違う。こちらから話しかけることはできないが、付近に立っていると祈禱のような身振りが始まったのち金銭を要求される会話が生じ、その音がハウリングしてゲーム自体がフリーズしてしまうため（その3Dモデルの髪型や身振りから、『PS』怪談パート17にあった通称「祈禱バグ」がそのまま残り徘徊していると思われる）、必然的に彼らに近づかれないようプレイすることになる。

移動中、「船頭小唄」の添田啞蟬坊による替え歌が流れるポイントがある（②）。なだらかに右折していき、さらに進むと明らかに周囲から逸脱した巨大さの木の根元に、プレイヤーの背丈ほどの真っ白な長方形が生えている（③）。面に身を滑り込ませると、急に視界の開けた場所に立つ。とはいえ木々の輪郭を示す白いドットが無くなり一面が黒、ただ遠方に小さく濃い青の面があり、その中央に緑のドットで島が描かれているようである（④）。プレイヤーの進行に合わせて常に鳴る足音に似たリズミカルな音が、空気の抜ける動作を喚起する質感と混じりつつ若干籠もったようにその島の像から聞こえてくる。長方形から出て先ほどの道を逆向きに歩んでいくと、先ほどは無かった岐路がある（⑤）。左に進んでも元のスタート地点に戻るだけなので、直進するのが制限時間を考えると望ましい。道は緩やかな下り坂だ、その先には先ほどと似た、しかし若干縮尺の小さな木と長方形がある（⑥）。これら木＋長方形は、菅原の残したメモと照合するならば、それぞれ天皇の世襲祭儀として現在まで行なわれている大嘗祭での悠紀殿・主基殿を模していると推察される。長方形の面に進むと先ほどの島ほどではないやはり遠方に、赤い人体が立っている（⑦）。遠すぎて話しかけることはできないが、こちらの視界の動きにあわせてあちらも顔面が回転しているように感じられる（ここで、遠くで女性を模した叫び声が小さく反響しているという書き込みもBlind Clubに見られるが、私のプレイ環境では聞き取れなかった）。長方形から出てやはり先ほどの道を戻る。ここからは若干足音が高音になっている。右折し道を下っていくと、右手に先ほどは表示されていなかった小さく開けた円形の場所が現れる（⑧）。どこか調理をしているような、金属の擦れる騒がしさが聞こえるだろう。あわせて逆再生された声のようなものが聞こえるが精確には聞き取れない。突如視界がホワイトアウトし一瞬遅れてテクストが現れる。

あちえてらすなくおきにんあちあなくとにせあきろたぐかいすくいしぬおよなびもぬじもぬおっかぐおいさちえっとやきさくむらににむおつくたぎかうぇぬむついまなくちあがだらこぬてびいさらたうまじこうぃげなまてづおほのこそのこそのろこぢあづれたちむかぎろだもめちそたったかにのこさがだらころくるけっとどみのここぢちうおめっつくすとうぃあきくさたうぇうおくめてもてくおわつあうぃのろこつらをあがつえていそいにろだもをいさばったおなりさはうねしうかきさてらきひんえみずりえどぅんうさいねうあもにまになたなこなこあげかゆうよねろぜろそとかてられくとをたおねむたぬおゆらみざはぎちにちあらけるぐういぇちさげおかなしいとむちいこつくみるふおもおたこなちかぐゆへってはぐざきつかわぼとこののみきおつるけておきかげおがつおのさらけたほにむあらきさほなまいにばつるかがさおとくるくとわついぬおいあねるさうらえったざかげおなさぎふすくてむおわろしのりすおななかさいめそにろびこかびるすかまよぬおいぐんいなっつばこうぃ

ろこふきえちさこつつじそくそわわぎつえどぅんおきみそてうこおなりさはらかな
いがくれあこうぃたたけだちそにがるかみらがいたたたまうぇてろあちのたあちそ
うぃけしりきそちへどくおぬかこなろさぐぶたまあてまいぬいっしおをとくりとえ
どぅんあやぎらきふるけったやぐなきざぬおよぬさらがてらむつちなすおいじえし
いしびけちそおとをろここなうそにすめてもそうぃろめてもそをむかうぃらきは
ぬおよにむるくらかあげかどこそなそあおんえみちうきえちといれぶせったにぬ
ぶちうらまげまおうねむおいほにつたなかれまにぬおよにるおけてられだになでお
にがなよのりに

数秒で視界は取り戻される。道は急な下り坂である。制限時間を考えると（プレイごとにそれが変わるからこそ）個々の場に拘泥することなく急がなければならない。行きつくのは先の菅原のメモで言うところの「到達点すなはち宿」だ（⑨）。その外観が旧制第二高等学校にあった奉安殿（＝磐上雨宮両神社）と酷似しているという指摘もある。その中でプレイヤーが操作しているキャラクターは

私　もう、寝よう。枕がたかい。遠くに聞こえたあれは、かれではないだろう。

と言って寝床につく（就寝の動きと発話は『PS』怪談パート23に由来する）。そこでまたもやホワイトアウトし、テクストが現れるのだが、これこそが本発表冒頭に引用した二つの詩篇である。『WPS』では明らかに作者を指すものとして菅原文草の名がテキストの傍らに置かれているが、実際にはこれらの詩の初出はいずれも二〇二一年に夜来社より刊行された匿名アンソロジー『SISEN EGNO EN』とされている。同紙面上では菅原の名が作品にやはり冠せられてはおり、二〇一九年に発見された菅原の未発表作が奇数行にちりばめられてもいるが、同アンソロジーの性質上、何者かにより新規に作成された架空の作品である可能性が極めて高く、『WPS』の作者が混同したという見方が有力である（偶数行における漢字の高さに合わせて奇数行に平仮名を置くその特殊な形式から、同様の作品を多く発表している詩人・鈴木一平［一九九一〜］[23]が作者候補として挙げられることは多いが、確実ではない）。詩篇に引用された菅原の元テクストはそれぞれ次の通り。いずれもやはり無題である。

あをそらに
のこる

はしごは
やけあと
さまし
をのころしまと
ききとれる

もりをたついき
まつろふかぞくへ
ひをともし
あかるみへ
ゆきに
ぬれて

23 例えば以下を参照。『灰と家』(いぬのせなか座、二〇一六年)。鈴木自身はこの形式を「ルビ詩」と呼んでいる。

前者は明治天皇が日露戦争の開戦した一九〇四年に制作した「しきしまの大和心のをゝしさはことある時ぞあらはれにける」[24]、後者は昭和天皇が敗戦後の一九四六年に制作した「ふりつもるみ雪にたへて色かへぬ松ぞをゝしき人もかくあれ」の、それぞれアナグラムとされる。先に触れた天皇個人の肉体と天皇制のあいだのずれがもたらす作者性の歪さがアナグラムという手法によって批判的に遂行されていると言えるだろうが、それをさらに援用して（ある種の捏造として）作られた二つの詩篇を読む時、『WPS』との関わりにおいて重要なのは、奇数行と偶数行の間で生じる音の重複やずれ、そして指示対象の過度な重複であろう。例えばAの詩篇においては「夜空」と「あをぞら」が音（正確には漢字が慣習上備えうる音の喚起可能性）でもってまず重ねられている。指示対象としては、ともに空を指すものでありつつ昼夜ふたつの状態が並置されている。続いて数行後の「夜景」と「やけあと」では、前者が「夜空」とのあいだで反復的関係を築いていることにより、「あをぞら」と「やけあと」が連動することにもなるだろう。更に「夜空」「夜景」それぞれに手前から係る「消えない足音」「しずかな」も、お互い直接的には意味として矛盾しつつ、しかし「夜空」「夜景」が築くネットワークを通じて読み手のなかに強制的に同居可能な場を確保することになる。そうして切り開かれた空間のヴォリューム（バートランド・ラッセルなら「第六次元」と呼んだだろうそれ[25]）があるからこそ、その後に記される「をのころしま」——日本の国生み神話において伊邪那岐命（イザナキノミコト）と伊邪那美命（イザナミノミコト）が生み出した最初の島であるところの淤能碁呂島（『古事記』）——を「ききと」るという動作、ないしはそれが可能な肉体が、読み手に対して効果的な指示として著されるのである。

テクストの並びが醸すフィクショナルな紙面空間、そこにおける個々の文字の座標とそれらの間の（視覚には還元できない、読みの記憶と音の構造に依存した極めて抽象的な）

---

24 この歌をめぐっては、二〇一九年一月二八日の参議院本会議における内閣総理大臣施政方針演説で当時総理大臣だった安倍晋三が引用したことが知られている。小西洋之「日露戦争に関する明治天皇の御製を引用した安倍総理の施政方針演説が憲法に反することに関する質問主意書」二〇一九年一月三一日、https://www.sangiin.go.jp/japanese/joho1/kousei/syuisyo/198/syuh/s198004.htm

25 「われわれがこれまでに構成してきた世界は、六次元の世界である。なぜならば、それは諸パースペクティヴの三次元の系列であって、各パースペクティヴはそれ自体三次元的であるから。今やわれわれは、パースペクティヴ空間と、各パースペクティヴの中にそれぞれ含まれている各種の私的諸空間との、相関関係を説明しなければならない」（バートランド・ラッセル「感官与件の物理学に対する関係」『神秘主義と論理』江森巳之助訳、みすず書房、一九五九年）。人間にとって感覚可能であるが感覚されている必要はない諸対象＝〈センシビリア sensibilia〉は、ひとつのパースペクティヴ（観測＝表現主体）から（from）導き出されるが、同時に観測＝表現の対象物において（at）も現象しているように感じられる。そのずれを、ひとつの空間において統合する上での相関関係こそが、制作の技術である（図2）。ちなみにラッセルはやはり「ASPR」の創設者の一人であるジェイムズから大きな影響を受けている。

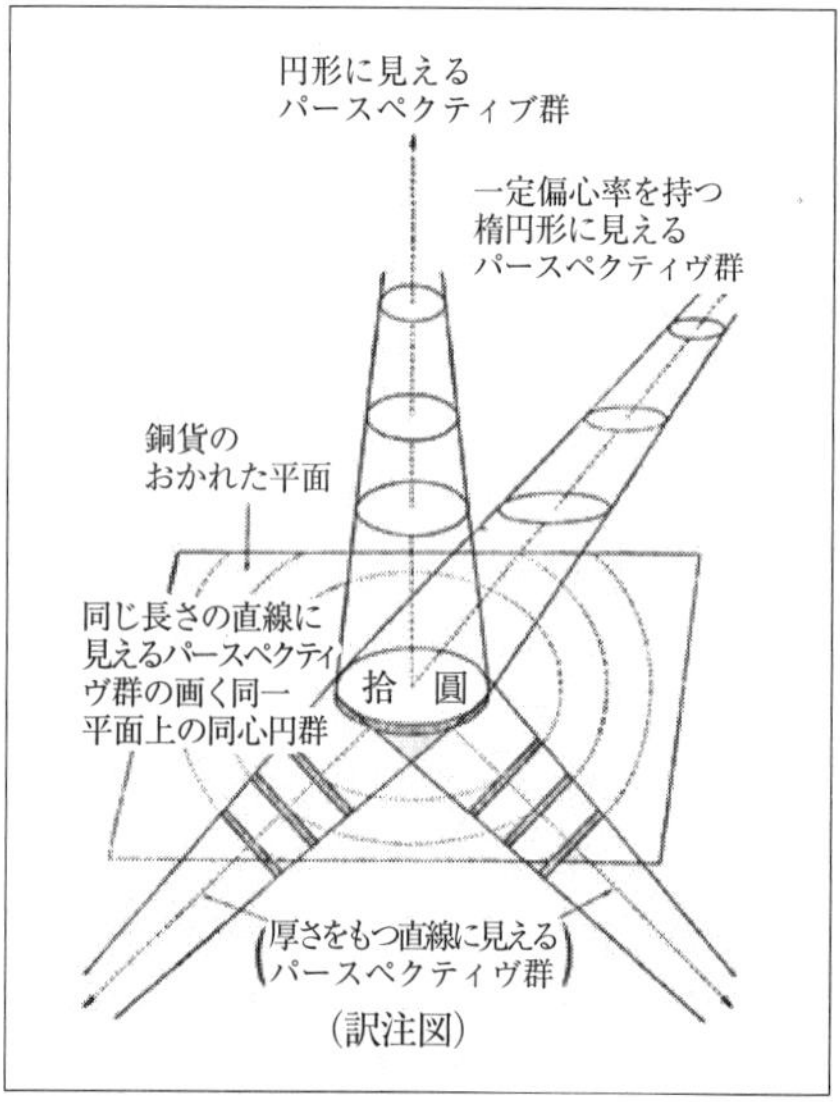

図２　『神秘主義と論理』訳者による、パースペクティヴの整理とそれをもたらす対象物をめぐる図

距離の織物を、今やはり視覚的には現前しないが読み手の肉体への強固な指示・効果としては確かに存在する抽象かつ物質的な対象物が、巻き込むようにエンコードしてはそれぞれ読み手の肉体においてデコードされ、開放された文字それぞれが（肉体との接触面において可能的に）持つ抒情が、現実には互いに引き離され矛盾したまま私の内部を場にして反響する。ここには枕詞と呼ばれる技法がかつて体現していたような〈喩〉的効果が見て取れる。和歌において特定の語句に冠され語調を整えるこの言葉（の技法）は、意味としては自らの係る語句と指す対象が重複するため無価値だが、その由来としては土地や神をめぐる呪的な機能があった。

大嘗祭や天皇霊の研究でも知られる民俗学者の折口信夫はその『日本文学の発生　序説』において、大嘗祭で天皇に捧げるために謡われる「風俗歌」を例に挙げつつ、具体的な土地の歴史とそれを伝えてきた言葉の音の、極度の二重的圧縮体として枕詞を捉えた上で、さらにそれにより起動させられるものを〈生命の指標（らいふ・いんでくす）〉と呼んでいる。それは森羅万象の統合と更新に向けた信仰である。

「其〔霊魂信仰〕を無生物の上におしひろめると、植物・鉱物のとてむ観が生じる。一面から言へば、此観念はらいふ・いんでくすの信仰の根元となつてゐる。遠処にある動物・植物・鉱物が、人の霊魂を保有してゐる。其人を左右するには、現身に手を加へることは無意味である。そのらいふ・いんでくすなる獣・鳥・石・木などに内在する霊魂を自由にする外はない。此外存物と霊魂と、人間保身との関繋が、生命指標の信仰ととてむとを繋いでゐると言はねばならぬ」[26]。これを引き継ぐ吉本隆明は枕詞のなかに日本の詩歌にのみ見られる〈喩〉の原初の地平を見る。意味の重複する言葉の〈畳み重ね〉は、単に単一の意味のもとで束ねられ解消されるのではなく、テクスト表面においてその二つの言葉をあ

26 折口信夫「民族史観における他界観念」『折口信夫全集』20、中央公論社、一九九六年。なお引用にあたり以下を大きな参照とした。安藤礼二『折口信夫』講談社、二〇一四年。

えて並べ表現した表現主体（が備えているべき歪な感覚器官の連合）こそを遡行的かつ擬似的に読み手のうちに立ち上げさせるのである。そこで読みが演じさせられるのは、継時的な知覚処理ではなく、テクストの共時的な「擬空間化」だ。[27]『ＷＰＳ』における二つの詩篇ではこうした枕詞的重畳法が、近接する音ないしは漢字と平仮名のあいだの指示的関係、改行という切断行為が促す同一対象物への言葉の反復的投下などにより（具体的な土地や歴史を指し示す言葉抜きに）実現されている。設立された「擬空間」は、奇数行におけるリテラルな空白が持つ言語未然の時間経過（のリズム）とも絡みつつ、詩文を読む肉体らに自身の肉体像（フィードバック機構）では記述し切れない表現の宿の気配を感じさせ、それは自らの読みに仮託したかたちで遡行的に把握されるところの自由意志の、文字列が喚起する音への転移的圧縮（landing）、輸送、自身から離れた場所での奇形化した解凍（の予感）といった一連のプロセスとして構成されるだろう。これは必然的に恐怖の情動とも結びつく。

以上のような詩篇の促すプロセスが『ＷＰＳ』そのもののダイアグラムになっていると観ることは比較的容易である。視界が再び暗転し、プレイヤーを宿したキャラクターは再びスタート時と似た場所に立たされている。ここから私らは先程とほぼ同一のルートを歩ませられることになるが、多くの点で無視し難い異同がある。例えば歩行させられる道の傾斜は二周目には殆ど無くなり、一帯が平坦な地形となっている。MAP全体に漂っていた煙のエフェクトは『PS』怪談パート15や38に見られるような霧のエフェクトに近いものへと変化しており、また「祈禱バグ」の担い手であったキャラクターは登場せず代わりに道のところどころに石碑のモデルが置かれている（これも『PS』怪談パート8で登場する、呪われた土地に新規に設置されようとして結局は失敗する石碑の完成予想イメージに用いられていたものの転用である）。プレイヤーの足音は常に数秒遅れて鳴り、また足音を含む視覚・聴覚情報が一時的に欠落する領域がMAP上に点在していることが確認できる（これが何らかの布置と一致している可能性は高いが、妥当な見解には至っていない）。

最大の異同は最初の木＋長方形に達した際に起こる。長方形の面に入り、遠方を覗くと、そこにはやはり島があるがそれは微動している。視界が、右を向くと左に動く。一周目でこちらが動かずとも聞こえていた足音が、現在は自分が動かなければ聞こえない。そこで急に視界の奥行きが反転する。遠くから人体を見つめているが、手がこちら側に浮いている。というより自身の胴体がなく手だけがあちらから提供されているようなのだ。すぐに

27　吉本隆明『初期歌謡論』ちくま学芸文庫、一九九四年。

視界は再度変容し、今度はもともとの視界と変容後の視界がふたつのレイヤーとして雑に重ねられたような状態になる（左右に視界を動かすとそれぞれのレイヤーが逆転して動くのがわかる）。そこでプレイヤーが宿るキャラクターはしゃがみこんで何かを採取する身振りを行なう。終えると移動可能になるが、常に遠方に人体が移動しているのが視認でき、足音は複数の方向から多重的に聞こえるようになる（その由来は自身の向く方向が変わるのにあわせて変化する）。長方形を出て道を進み、もうひとつの木＋長方形に達して以降は過度に明るい曲が数秒間のループとなって流れる。木＋長方形からはやはり遠くに人体が見える。何かを採取している。それがこちらに向かって何かを鳴らしながら駆けてくる。急ぎ引き返して広場のそばを通り「到達点すなはち宿」に入るとそこには既にひとつの人体が横たわっている。プレイヤーは

私　もう、寝よう。枕がたかい。遠くに聞こえたあれは、かれではないだろう。

と言って寝床につく。こちらに向かってくる人体の音は引き続き急激に近づき、ある閾値に達した瞬間途切れるが、小さく人体の擦れる音がすぐそばで聞こえ、データセーブのための間の後、フリーズする。

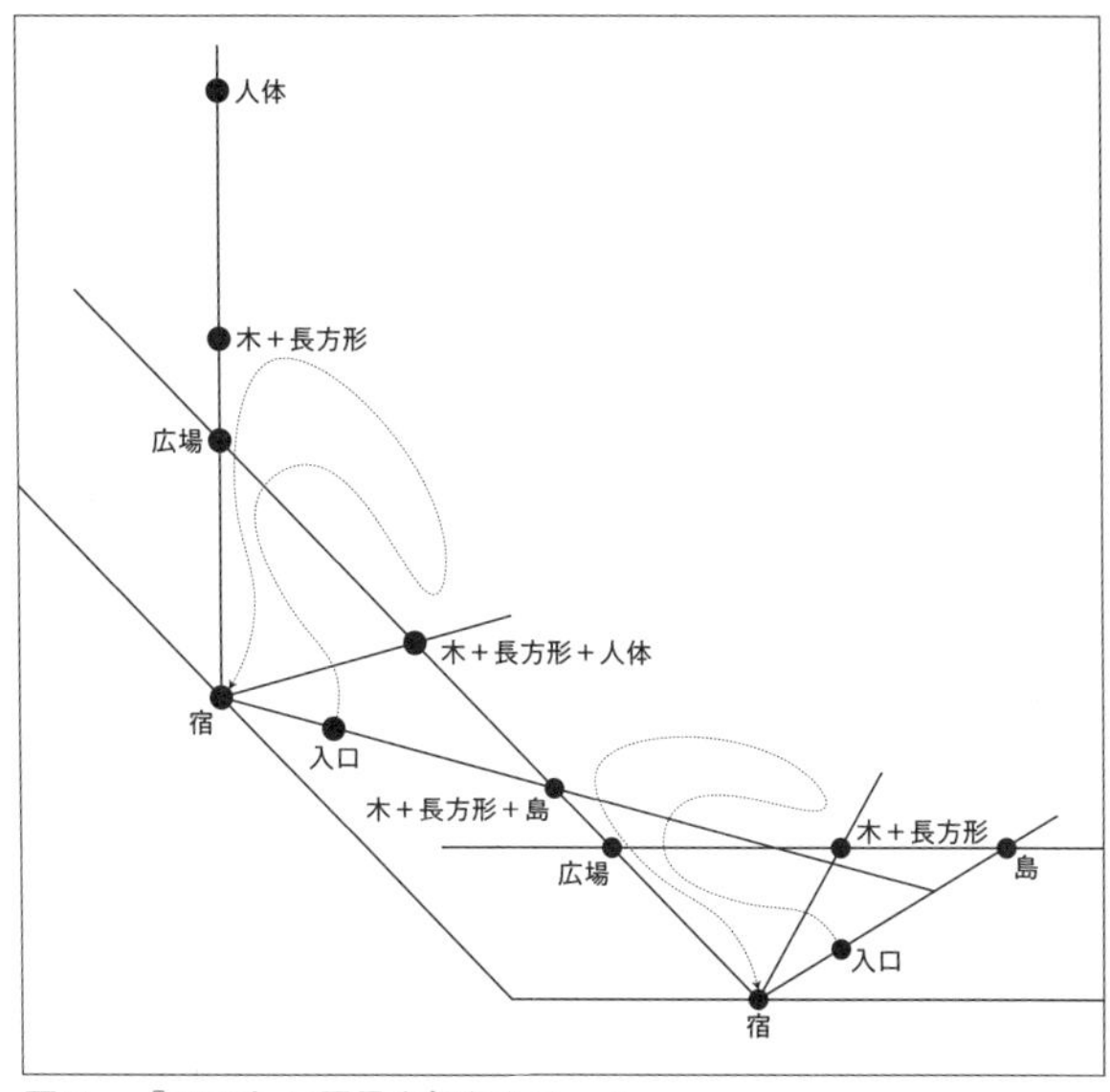

図3　『WPS』二周目を加えたルート

結論から示せば『WPS』の二周目プレイにおいてプレイヤーは一周目の自身のログと遭遇している。一周目でのふたつ目の木＋長方形の中に立つ自身の動きは、二周目でのひとつ目の木＋長方形の中から覗く遠方の人体の動きと同期しているのである。先程挙げた図1を一二〇％拡大した上で右に四五度回転し、ひとつ目の木＋長方形と島を人体とふたつ目の木＋長方形に重ねたものが図3だ。ここで私らは一周目のルートよりも二周目のルートの方が大きな距離を歩かされていたことに気づ

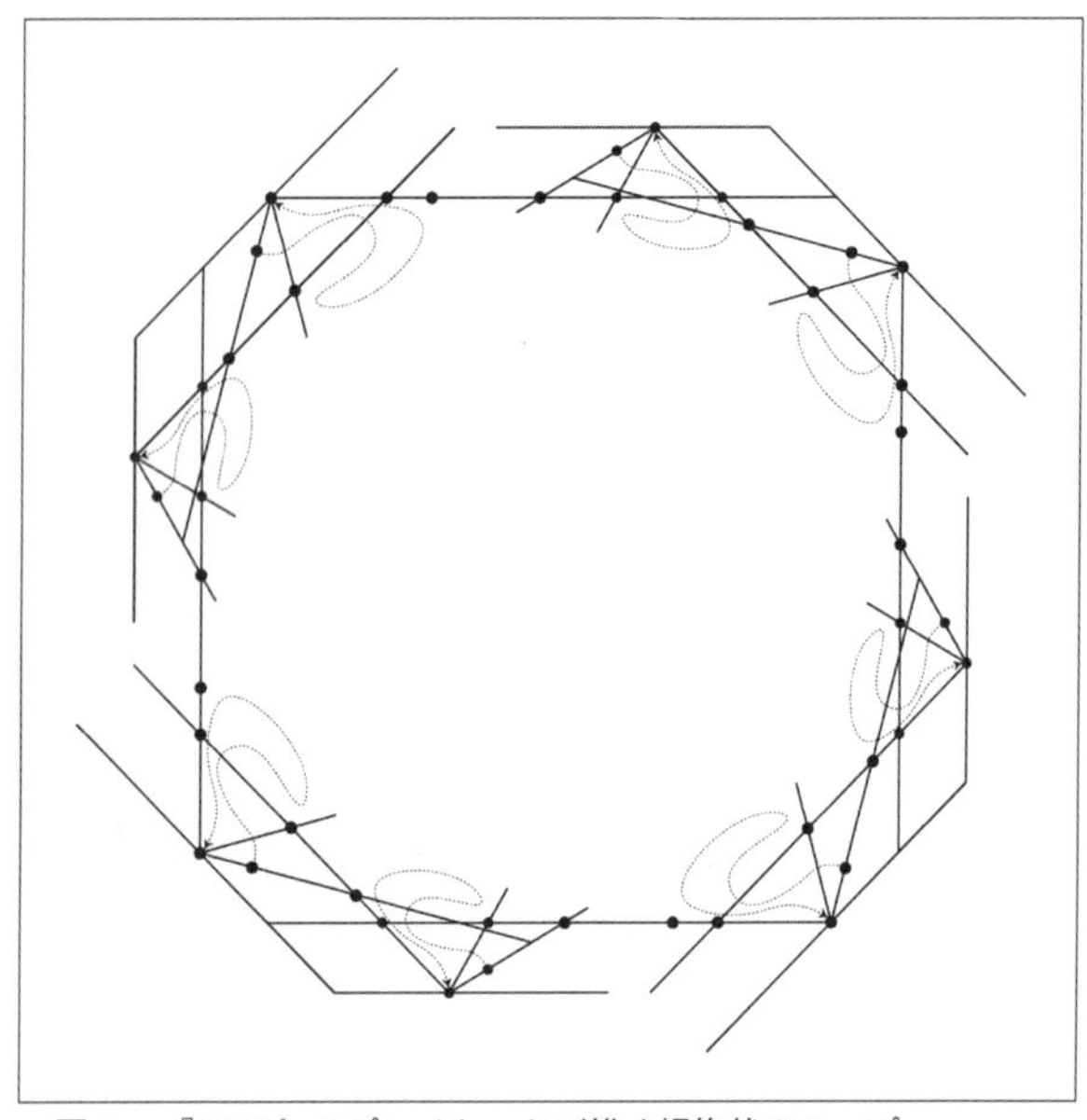

図4　『WPS』のプレイヤーらが描く螺旋状のループ

くわけだが、あわせてそこで、一周目に比べ明らかに平坦化していたMAPの起伏は、垂直方向での配置が水平方向の配置へと（まさに回転操作を施したこの図の視認において）変換されたことに由来していたこともまた理解される。二周目の後半にこちらを追う人体がやってくるのは、一周目の東西から九〇度の角度で屹立した遥か上空からなのだ。

　最も注目すべきは二周目後半に駆けてくる人体が鳴らす音である。それはこちらの歩行の動きに合わせて、周囲の

BGMの由来も巻き込み、音の発する場としてこちらに近づいてくる。二周目に入り多重的に霧散していた音情報が、いったん（その因果の前後関係こそ一方が一方に強いられたものであれ）プレイヤー自身と類似する運動を行なう視覚的対象を宿にして梱包され、ここでもどこかからでもなくまさにそこより発せられていると強く感じられたとき——あたかも音声だけでもってそれまで構築・伝達されてきた古典語や古典詩歌が、初めて文字によって記されたときのように——表現における〈喩〉はこのゲームにおいて幾つかのレイヤーを跨ぐかたちでその内部に再設定されることになる。即ち「作品の運命の内部につつまれながら、この運命を客体視できる位置にある」[28]存在を、〈喩〉が自ら（みずか）の宿れる対象としてオノずから準備するのである。

　その対象は、作品の内部に立ちながらそこで走る因果関係を外から語り駆動させる呪音としての声を、自らの肉体の傍らで手にしている。加えてその「声」は、本ゲームの性質上、他の（あるいは同一肉体であったとしても別の時空間に属する）プレイヤーにも聴取され、反映されたものとしてあるのだった。さらにこのフィードバックは再プレイ時へと半ば強制的に引き継がれることになる（図4。増減のリズムを連ねながら築かれるループ

28　吉本隆明『ハイ・イメージ論Ⅲ』ちくま学芸文庫、二〇〇三年。

は二次元平面上では円環だが三次元空間上では上昇する螺旋である）。その内部に採取された各々のプレイヤーとは、自身の肉体のシステムに還元できない（とはいえ単なる感覚器官の統合できなさでしかない）抒情のバグを、複数の肉体がそれぞれに感知するバグらを独自に接続させるためのアナーキーな共同空間として誤認することでかえってフィクショナルに遠方で立ち上げる、一種の触媒としての役割をこの世界にとって果たすことになるだろう。『ＷＰＳ』のゲーム空間は、個々の音でも視覚的イメージでもテクストでもない、こうしたプレイヤーの肉体群が初めて出会わせる多様な恐怖（極めて主観的でしかあり得ない霊との遭遇がもたらす当事者性の質感）、その背面に糊付けされた表現主体の生成過程をめぐる強力な〈喩〉の力＝擬似的遡行力らのあいだの差分によってこそ作り出された、弾力ある潮位の構築物なのである。

『古事記』上巻において人体像を伴いつつ描かれた神は、中・下巻においては天皇が占いやウケヒなどを通じて神意を問う対象となっていたのだった。その際、人間でしかないはずの天皇は（別天（ことあま）つ神が伊邪那岐命と伊邪那美命に「修理固成（つくりかためなせ）」という方法で国作りを命じる上で先んじて確固たる国の全貌を抱いていたのと比せば）全く偶然行なっただけでしかない自らの極めて人間的な行為を、しかし周囲から事後的に神らしい（≒「神さぶ」）振る舞いと見做されることにより、人間であるままに「神」と短絡的に呼ばれ、テクストのその表面において神へと変貌する（あるいは現実に死して神意の受け取りに失敗する）[29]。ここには天皇という役柄が外部より強制的に備給される、偶然性と事後性、そして二重性がある。天皇とは人間が自らの肉体のもとで執り行なう無数の行為が帯びる偶然性とその帰結としての生死を、その生の側からのみ逆回転させ、「国」という複数の土地＋私の「運命」の「上演」として辿り直す過程で生まれる、人間の集団的な人＋神への発達モデルとしてあり得る。そこで万世一系に代表される肉体的系列は、いったんこの世界で遂行された出力例として参照されつつもあくまで素材として解体され、死に、その内部に駆動していた〈らいふ・いんでくす〉の制作方法において、性別や種を含む多様な距離を編み直しつつ新たなルートを辿るだろう。例えば東日本大震災二〇周年追悼式（内閣府主催）の映像、そこに立つ皇后・雅子と天皇・徳仁の肉体はその極めてささやかな一上演記録に思われる。

29　多田みや子「「神ながら神さびせす」の意味――吉野讃歌理解の一助として――」（『古代文学の諸相』翰林書房、二〇〇六年）、及び、宝利彩夏「古事記における天皇の構造」（早稲田大学大学院教育学研究科修士論文、二〇一八）。

4 結語

以上、駆け足ではあるが『WPS』とそこに引用された菅原文草のテクストとの関連を軸に分析を行なった。

菅原の活動は一九〇〇年代から一九二〇年代の日本における「怪談の時代」を強い背景として持ち、関東大震災と所属グループ「LSPS」の失敗を経てこの国の共同体と災害（それらを貫通する天皇［制］）をめぐる再構築の手立てへの模索に進んだ。そこで言語表現は上演と結びつき、『WPS』においてはゲームプレイへと変換されるだろう。変換の（あるいはプレイの質の）基点となるのは音であった。『WPS』のなかで鳴る音がプレイする肉体に与える恐怖は、特定の作者像（視覚）への還元が即座には困難であることに一要因がある（またそれは菅原を模した者によるフィクショナルな創作物であるところの詩篇が持っていた性質でもある）。

本発表では、『WPS』の構造を敢えて特定の作者（の意図）ないしは視覚像へと組み替えることによって露わとなるものを辿った。『WPS』はその出自と性質からこれまでWeb上の少数のグループ内でしか論じられることがほぼ無かったが、その完成度と批評性は菅原の仕事のアダプテーションとして十分に評価に値すると思われる。ただ、一部に指摘されている（菅原が患ったものでもある）「コタール症候群」の誘発可能性に関しては、今後もより慎重な研究が求められる。

質疑応答

「Zoom」のチャット欄または「手を挙げる」機能を用いた上での発言により進めていく。時間は約一五分。発言者がいない場合に備え、司会は幾つかの質問を準備しておくこと。

質問者1　『WPS』の作家性に焦点を当てられたご発表だったかと思うのですが、冒頭で少し触れられた通り、あのゲームは『PS』の怪談パートの偶然的コラージュにいくつかの画像や音声データを挿入したものでしかないというのが一般的な見解です。海賊版『PS』が持っていたフィードバックシステムを、本日論じられたような意図ある「作品」に至るよう制御するのは常識的に考えて不可能かと思うのですが、それを超えるほどに作者がプレイ回数をこなしたとお考えなのでしょうか。あるいは『WPS』が偶然の産物であることを承知の上で、そこに敢えて作者とその意図を読み込むというスタンスなのでしょうか。

A　強いて言えば、後者を経由した前者、かと思います。作品における意図ないしはそれが宿るものとしての作者とは何なのか、今回の発表ではその理論的背景にまで触れることは時間的に不可能でしたが、例えばマイケル・バクサンドールが行なったような記述――「私が取り組む意図は、実際の、特定の心理的状態のことではなく、ベンジャミン・ベイカーやピカソの頭の中にある心的出来事の歴史的ヤットのことでさえない。〔…〕意図とは事物の前傾した姿である」「一つの意図があるのではなく、意図が発達していく諸瞬間の無数のシークエンスがある」――、あるいはそれをもとに平倉圭が定義した「意図の発達についてのオブジェクト指向モデル」[30]というのが、今回の発表のとった前提に最も近いかと考えています。すでにして制作されたものの事後的な捏造（あるいは非制作物に強制的に制作の痕跡、さらには「擬人化された作者」を見出してしまう人間の性質）こそが菅原の思想的課題であった、それへのオマージュである側面も否定できないかもしれません。

質問者1　ちなみにそこでお考えになられている「擬人化された作者」というのは、

『WPS』をめぐっては「Tender Angel」＝「maYo」を指しますか。

A　それは断言できないです。

質問者2　菅原の一九二四年以降の詩には、身近な者の死やグループの破綻、そして彼の性的指向をめぐる諸問題を背景においた読みが、よく為されますよね。特にパートナーだったとされる張との関係は、ご発表ではほとんど扱われていませんでしたが、やはり菅原の詩やその二次創作物を考える上で無視し難いのではないでしょうか。そもそも今回扱われたゲーム『PS』が張と彼の始めたグループをめぐるものとして作られたのも、二〇一〇年代から二〇二〇年代前半に流行した所謂「文豪キャラもの」、例えば『月に吠えらんねえ』や『文豪とアルケミスト』、『文豪ストレイドッグス』、『恋する民俗学者』、『春風とグラッド』といった作品における（かつての著名な文学者の多くが男性であることにも起因するだろう）BL的消費可能性を、特に菅原との関係を通じてかなり明示的に持ち込むことで、ホラーという若干流通しづらいジャンルのなかでも売り上げを多少は安定させようという、浅

30　平倉圭『かたちは思考する――芸術制作の分析』東京大学出版会、二〇一九年。なおマイケル・バクサンドールの引用は平倉による翻訳を用いている。

はかな狙いのもとで選択された可能性が高いように、個人的には感じています。実際、そうした消費の為される気配が、振り返ってみると当時『PS』にはありました（あくまで私の周辺だけだったかもしれませんが）。あまり作家論に偏りすぎるのも良くないでしょうが、菅原の二次創作の一種である『SISEN EGNO EN』の詩や『WPS』に関しても、ある程度は菅原自身の性的指向や張との関係、それらをめぐる社会的消費の積み重ねが前提にはなってしまっているはずで、それ抜きに語ると不十分なところがあるかと思うのですが、何かお考えがありましたらうかがいたいです。

A　少なくとも現時点ではあまり良い視点を作れてはいません。ただ、いまお話を聞いていて、堀井一摩が『国民国家と不気味なもの』のなかで夏目漱石『こころ』に同性愛と殉死の問題を見出していたことを思い出しました。[31]『こころ』では幾つかの自死（願望）が描かれますが、その背景の一つである乃木希典の殉死を、堀井は「国家や天皇制に同一化する行為ではなく、明治天皇睦仁に対する忠誠心――ときとして国家の論理と衝突しうる天皇個人への私的な一体感――にもとづく武士道的・男色的行為」だったと指摘します。日本では殉死の多くはそもそも主従間の男色関係すなわち男性同士の同性愛において存在してきたのであり、それを「異性愛を規範とする近代国家の君主として演出されてきた明治天皇」に対して見出すことはそれ「自体が不敬となる」ものだった。故にその死は、いったんは国民から乃木への同一化と死の願望というかたちで殉死の波及を生みつつも、そこでの男色性が脱色されていったことにより、その後「国家のための自己犠牲、すなわち社会が唯一容認する死の形式である戦死への欲望に「昇華」され」たのだ、と。漱石は先生とK、そして青年のあいだで生じる同一化と殉死の有り様を描くことで「明治の精神」なるものを複雑に立ち上げたわけですが、はたして萱原においてはどう言えるのか。個人的には、同性愛と精神的同一化を短絡させすぎるのもかなり危険に感じつつ、なのですが。

質問者3　ゲーム内の地図を見て、沖縄の斎場御嶽（せーふぁうたき）で行なわれていた「御新下り（おあらお）」に関わる場所の配置が元になっているのではないかと思ったのですが、関係はあるのでしょうか。不確かな記憶ですみませんが、かなり以前、何かの文献で近い図を見たような気がして。

A　それは全く気づいていませんでした。こちらでも調査しますが、文献について

31　堀井一摩『国民国家と不気味なもの』前掲書。

もし思い出すことなどありましたら、ぜひご連絡いただけたら嬉しいです。

質問者4　鈴木一平と申します。今回の発表は興味深く聞かせていただきました。夜来社のアンソロジーに掲載された詩作品は、把握しております。当時はまさか模倣されるとは思いもよらず、とても驚きましたが、一方で自分の方法が他者に引き受けられた、作者冥利に尽きるなと、感慨深い気持ちになったことを覚えています。それに加えて、まさかゲームにまで引用されていたとは！　早々に「百年後の見知らぬ読者」と出会えたようで、今日この場で死んでもいいと思いました（笑）。

菅原のアナグラム詩に関して、彼の作品は同じ郷里の出身としてある程度読み、意識してきたところはありますが、初耳でした。このような作品も発表していたのかと……。個人的な裏話をすると、私が制作している「ルビ詩」は菅原の作品から影響を受けています。今回の発表では触れられていませんが、彼は余技として児童向けの詩をいくつか書いていて、そこでは漢字に大ぶりなふりがなを添えて、両者の異質さを明らかに強調するような書き方をしているんです。地元に戻ってからは作品を公に発表してはいませんが、近隣の子どもたちに自作の詩を読み聞かせるみたいなことはしていたようです。それで言うと、教育的な側面として詩を書くような仕草は彼のキャリアにおいて通底していたのでしょう……。だからこそ、菅原のアナグラム詩を基にアンソロジーで「ルビ詩」が書かれたという事実は非常に衝撃的でした。申し訳ありません、話しすぎてしまって……。

A　大丈夫です。

質問者4　すみません（笑）。それで質問なのですが、晩年の菅原の詩における天皇制への意識が怪談の問題と重なっているという点については同意します。ですが、おそらく彼の天皇への注目は、震災をめぐる慰霊の問題が根深くあったのではないかと思っています。関東大震災の復興事業の頂点となった一九三〇年の帝都復興祭では、当の式典に出席する天皇を一目見ようと多くの民衆が集まったそうです。菅原がこの場に居合わせたかどうかは判断の難しいところですが、少なくとも震災による死者の追悼と復興の完成を国民的な行事として遂行するなかで、天皇の存在がかなり大きな要素としてあったということを報道等を通じて意識せざるを得なかったはずです。結果、菅原は絶えず国家的に死者が追悼されるシステム、つまり個人の死がナショナルな悼（いた）みの身ぶりに回収される過程において、天皇という表象が不可避的かつ効率的に用いられるということに、強い抵抗と関心を同時に持つようになっていたのではないかと。彼の震災への執着について補足すると、たしか菅原を引き取った夫婦は明治三陸地震での被災がきっかけで実子を失っていましたよね。

そのことをたびたび養母から聞かされていたとも菅原は書いている。彼の出自が震災との関係を強く意識されざるを得ないなかで、彼自身も生々しく直面した関東大震災の慰霊が天皇の名において遂行されたということは見逃すべきではないと思うのですが、これについてはいかがでしょうか。

A　菅原における震災と慰霊をめぐる関心が、天皇制への関心に直結しているのではないか、ということですよね。勿論あると思います。重要なのは、ご指摘の通り、菅原における慰霊への意識が、単純に天皇制擁護へと収束していったのではなく、国家的な慰霊のシステムと個人的な慰霊のあいだの緊張関係を保ち続けていたように思われるという点ではないか。そもそも菅原が怪談という表現形式に抱いていた執着は、天皇という存在とそれをもたらす天皇制、そして自身の肉体のあいだで抱かれていた緊張関係と（事後的にでも）連動していた可能性が高いと思います。菅原はおそらく天皇制について、肯定とも否定とも言えない複雑な感情を抱いていた。天皇が国民の公共感情を吸収する装置として存在することそのものへの関心とも、言い換えられるかもしれません。そこで、公共的な主体によって行なわれる死者への追悼と、それには決して還元され得ない個々人にとっての追悼とのあいだに軋轢(あつれき)が生じたとき、死者への慰霊がいずれにおいても完遂されない可能性が半ば連鎖的に生じることになる。私にとって大切な誰かの死への追悼が、私においても国家においても果たされないのなら、両者から逸脱した余剰が溜まっていくほかない。それが遠く離れた現在において、何かしらの舞台装置と誰かの肉体を通じて私的に上演される――すなわち怪談空間と呼ばれるものの内実です。

　また、もうひとつの側面として、こうした国家的な慰霊と個人的な慰霊の軋轢は、主体の情動が絡み合うことで複雑化していく性質を持ちます。私による死者への追悼は、誰にも代行できない。私によってもそれは困難なのだから、国家によっても遂行できるはずはない……にもかかわらず、国家がそれを遂行しようとしたと感じられるそのことにおいて、少なからず私は「感動」してしまう。そこで主体が直面するのが、「私は日本人である」という、国家的な視点から逆照射された自らのアイデンティティの存在です。こうしたプロセスは、高村光太郎をはじめとするインターナショナルな知性を持っていた書き手らが、第二次世界大戦期にその表現の練磨と並行しつつ経験したものでもあったでしょう。菅原の晩年の作品に見られる屈折も、青春を投じたグループの破綻や震災、差別などを前にして、単純には同居し得ない複数の思考や感情、アイデンティティを凝縮したかたちで抱いてしまったことが、その要因のひとつとして挙げられるかと思います。

質問者4　ありがとうございました。

本作の記述において全ての登場人物、出来事、因果関係はフィクションとされるがその現実における責任は作者が負う。執筆はGoogle Documentを用いて断続的に行なわれる。動画編集はmaYo、使用するBGMは全てその上演時に流通しているフリー音源に限る。本年が履歴的(ヒストリカル)なオブジェクトである必要はない。あからさまに苦痛が上空で笑っている、光の加減がまだ眠りの閾値に達しないからだ。

解説――最後のレナディアン語通訳

伴名練

詳細かつ熱量のこもった解説を書くことで知られるSF作家／アンソロジスト、伴名練による最新の「解説」である。既存の解説と同様に、大量の資料に基づき詳述される解説と、SFを愛していることが端々から伝わってくる筆致はそれだけでも読むに値するのだが、もちろん話はそれだけにとどまらない。「レナディアン語」という人工言語によって書かれた文学作品のアンソロジーへの解説という体で書かれた本作は、各作品が書かれた背景やレナディアン語の歴史、そしてそこに登場する人々の関係性に触れる過程で、徐々に恐ろしい事件の姿を浮き彫りにしていく。物語は展開し、美しい結末を迎えるが、それも真実かどうかはわからない。そもそもの話をすれば、これは虚構であって、どこまでいってもここに真実などは一切ないのにもかかわらず、それでも私たちがこれほどまでに心を動かされてしまうというのは、一体どういうことなのだろうか。

はんな・れん。1988年生。京都大学文学部卒。2010年、大学在学中に応募した「遠呪」で第17回日本ホラー小説大賞短編賞を受賞。同年、受賞作の改題・改稿版に書き下ろしの近未来ＳＦ中篇「chocolate blood, biscuit hearts.」を併録した『少女禁区』（角川ホラー文庫）で作家デビュー。2019年、SF短篇集『なめらかな世界と、その敵』（早川書房）が『SFが読みたい！　2020年版』の国内篇で第1位に選ばれる。《日本SFの臨界点》シリーズなど、アンソロジスト・SF紹介者としても活躍。

解説——最後のレナディァアン語通訳

　本書は本邦初のレナディァアン文学アンソロジーである。作家・榊美澄（さかきみすみ）の発明した架空言語であるレナディァアン語は、数ある人工言語の中でも異例の数奇な運命を辿ったが、これまでに辞書一冊が刊行されたものの、その言語学的全貌は明らかにされてこなかった。『レナディァアン文学作品集成』という書名通り、レナディァアン語史において重要性の高い、五人の執筆者による九作品を原文のまま収録、日本語訳を各篇に併録した本書は、実作を通じてひとつの言語の歴史を紐解く、画期的な一冊となる。

　以下に、レナディァアン語シーンの変遷を辿る解説とともに、各収録作及び著者についての紹介を記していきたい。作品の仕掛けや結末に触れているものもあるため、本篇読了後にお読み頂くことをお勧めする。

●榊美澄「詩縫世界神掠（レヌディアノ・アルケ）」（初出：〈SFマガジン〉二〇〇八年八月増刊号『詩縫世界ハンドブック』、《詩縫世界》二十一巻『甘き死にその身をゆだねよ』に再録）

榊美澄の代表的大河ファンタジー《詩縫世界》シリーズの鍵に当たる作品。全てのレナディアン人の父／母／恋人たる創造神アルにまつわる伝承を記す詩篇という体裁である。レナディアン語特有の接続詞配置に加えて、詩としての倒置法語順が重なり、因果関係の把握が困難で、詩縫世界がアルによって創造され人々の言葉の祝祭が始まった創世記として読むべきか、人々の言葉の祝祭が終わったためにアルが世界を滅ぼす未来を予告する終末予言詩と読むべきかは、読者の手に委ねられている。

榊美澄は一九七〇年石川県生まれ、男性。北信大学文学部言語学科卒。大学時代はSF研に所属。

八九年、「痩身語辞典」で第四回シャピオSF新人賞短篇部門を受賞しデビュー。同作は、複雑な文法構造を持ち、その文法で思考するだけで大量のエネルギーを消費するという、ダイエットのために作られた新言語を巡るスラップスティック短篇である。

九七年には、連作短篇集『言語セールスマンI氏（イオタ）』で第十一回日本SF功労賞を受賞。同書は「眼前に存在するものと既に存在しないものの認識・区別が存在せず、使っているうちに死者と対話できるようになる言語」「発話するだけで喉を通した性的刺激があり長文の会話をするうちにエクスタシーを迎える言語」「一人では発声不可能であり常に二人でなければ意味のある文章を喋れない言語」など様々な言語の登場する一冊。

そのほか、代表的長篇『翻訳者ジャック・ザ・リッパー』『フィクション・イン・フィクション・イン……』など、デビュー以来ほぼ二十年にわたって、言語テーマ及びフィクションが現実を書き換えるテーマのSFを手を替え品を替え書き続けた。ただしそれゆえに次第に同工異曲の批判を免れなくなり、「多くの構成要素に食傷気味で、雪を表す語彙が豊富な言語やブーバキキの蘊蓄をあと何回読まされるのか」（『翻訳者ジャック・ザ・リッパー』評、田切賢）、「神林長平やかんべむさし、牧野修の多彩な物語性などと比較すれば、榊には、言語やフィクションがカタストロフを生むか新人類を生むか以外に、物語を閉じるアイデアが無いように思われる」（『殲言戦線』評、沖健介）、「作家、AI詩人、言語考古学者、宇宙語通訳、言語セールスマン、言語パンデミック調査員、ランゲージゲームプランナー、などと主人公の属性をいくら変えても毎回やっていることが同じなので新味に乏しい」（『暁新世のパピルス』評、佐藤永道）、「川又千秋『指の冬』一篇があれば不要な作品群」（『砕かれた塔からの密使』評、本田鐵）など、SF作家としてのキャリアの後期には、一般人気や知名度の高さが加速する一方で、書評家などから厳しい目を向けられることも少なくなかった。九八年にはエッセイ集『ことばは君を変える ～SF作家が贈る、世界を創るための30のヒント～』を刊行している。

九九年の『ハリー・ポッター』第一巻邦訳以降のファンタジー・ブームに乗って、二〇〇〇年の『顕言のユニカ』からファンタジー作家に転身。〇一年からは大河シリーズ《詩縫世界》を刊行開始。蒸気と言語魔術が支配する異世界を舞台に、軍属の女性魔術師クレル＝ハが活躍するヒロイック・ファンタジーであり、作者が生み出した人工言語・レナディアン語が使用されている。

レナディアン語の人工言語としての特色は二つあり、一つは自然言語としてはあり得ないほど多義語が多く、一つの文章が複数の解釈を持つ例が非常に多いこと。《詩縫世界》では、この性質を生かした俳句に似た短詩が、会話の中でも頻繁に登場する。

もう一つは、この人工言語の文法や語彙が魔術によって作中で度々「改鋳」されることにより、言語が目まぐるしく進化し続ける点である。「レナディアン」は「変わる」を表す「レヌ」＋「速い」を表す「ディアン」で、「速く変わる」の意味。「画期的な言語体系をもつ異世界ファンタジーを作ることを思いつき、そのためにレナディアン語を設計した。現実世界の言語も数年で変質していく。架空世界の言語が変わっていくのも当然で、それが言語魔術によって加速しているというのがこのレナディアン語の肝であり、世界のルールの更新が速いというのがファンタジーとしての武器である」と榊本人は語っている。

　作中登場人物のセリフ全てと、主要な作中用語の全てにレナディアン語ルビが振ってあるという濃い内容である一方、日本語本文そのものはノベルス的に平易な文章で書かれ、人気漫画家・弓削(ゆげ)みやこの装画もあってベストセラーとなり、順調に巻を重ねていた。

　しかし〇八年、レナディアン語ルビの改訂を巡って早川書房と決別、榊は版権を引き揚げ、自ら立ち上げた「詩縫社」で第一巻から改めて刊行を再開した。以降の榊のエピソードについては後述する。

●智頭美那(さとりとみな)「汝／我、偶像に額(ぬか)ずく者」（初出：『レナディアン語辞典』特典小冊子『百兆の断片』二〇一二年）

　石室に暮らして神に奉仕する巫女・言巫師(アルキギラ)でありながら、好奇心にとらわれ禁忌を犯し扉を開いて外界の光を目にしたため、罰として舌を焼き罪人の印を刻むことになる少女の物語。言巫師の禁忌と罰そのものは《詩縫世界》本篇でわずかに言及されていたが、その過程における、言巫師の後悔と痛苦、神からの赦しに対する歓喜といった感情の激動が見所となっている。受動態と能動態の区別が存在しないレナディアン語の文法を生かして、罪を犯した読者が神から自傷を命じられそれが実行される二人称小説としても、罪を犯した主人公が自発的に行動し自傷する一人称小説としても読める作品となっている。

智頭美那は一九九七年、香川県生まれ、女性。中国人の母をもち、父の仕事で日仏を行き来していたことでトリリンガルとして育ち、幼少期から言語への興味が強かった。中学時代に所属していたエスペラント語コミュニティで、架空言語を扱った作品として紹介された《詩縫世界》シリーズと出会い、その同人誌に寄稿するなど、作品とレナディアン語にのめりこんでいく。中学校への登下校時、周囲が英単語帳で勉強しているのに対して、智頭は自ら作った単語帳でレナディアン語の暗記に励んでいたという。

詩縫社は〇九年から毎年、金沢市の旅館に《詩縫世界》ファンを集めるコンベンション〈レナディアンの夕べ〉を開催していたが、智頭はこのイベントに一一年より参加。同年のレナディアン語ディベート大会で優勝したことで、ファンの間で広く名を知られることになる。

本作品は、一二年に詩縫社が開催した、レナディアン語のみで投稿可能な第一回《詩縫世界》小説コンテストの入選作。当時高校一年生、受賞者のうち最年少である。当時のコンテストの賞品は、賞金百万円か作品内で登場する言巫師の一人に名前を付ける権利かのいずれかを選ぶものであったが、智頭が後者を選ぼうとしたために、榊の計らいで、賞金百万円を賞品としつつ言巫師に「ミナ」の名が採用されることとなった。

初出の『レナディァアン語辞典』は千部という少部数限定で、一万円の高価格本として通信販売されたが、即日完売している。

●弾さゆり（本田鐵）「やがて別れの雨が降り注いでも」（未発表）

両親に捨てられた幼少期のクレル＝ハを、後に師となる賢者トルク＝エデが見出すという《詩縫世界》本篇で描かれるエピソードを、トルク＝エデの視点から語り直す物語。本篇では慈愛深く描かれたトルク＝エデの内心が、当惑と打算を強調する形で描かれる。

本田鐵は一九七一年富山県生まれ、男性。北信大学文学部英文学科中退。大学ＳＦ研時代、本田鐵名義で投稿を開始、同じＳＦ研に所属していた榊美澄のデビューからも刺激を受ける。

第四回、第六回、第八回のシャピオＳＦ新人賞で、それぞれ「ヒトを愛したマシン」「クローンの涙」「ロストメモリー」が最終候補に残る。北信大学中退後も投稿を続け、第二〇回、二二回、二四回のハヤカワ・ＳＦコンテストでそれぞれ「ディラックの潮騒に耳をすませて」「グッバイあたしのレプリカント」「こっちにおいでよ、シュレディンガー」が最終候補に残るが、いずれも受賞には至らなかった。

二〇一一年、第一回碧星舎アウトローミステリー大賞に応募した『聖クラリッサ白百合女学院スクールシューティング事件油地獄』で作家デビュー、少女を主要キャラとした悪趣味小説の新鋭として一躍脚光を浴びる。受賞作から始まるシリーズの第一七作『聖ジャンヌ戦乙女学院エイリアン調教師事件二〇億の針地獄』で、たっきょう堂書店二〇〇六年一番売れた本大賞（日本長篇部門）、『シャーロック・ホームズひ孫娘64人虐殺推理トーナメント《H-1グランプリ》』で、とまるいくお責任編集マガジン〈笑売新聞（ショーバイ）〉トロピカルレインボーブックオブザイヤー2008を受賞。

アニメシリーズ『マジカルガール・オールナイト　歌舞伎町魔法少女戦記』原案及び、第一話「ホスト、ポン引き、吐瀉物、魔法」脚本担当。漫画原作に『邪馬台国国士無双大日本雀鬼列伝』『紫式部オブ・ザ・デッド　本当にあった⁉ 教科書が教えないスプラッタ日本史』、自伝的エッセイ集に『こんなはずでは。』『人生急カーブ多発地帯』がある。

SFパロディ作品集『日本SF盗作（倒錯）選』に収録された、堀晃「連立方程式」の完全なパロディである連作「連立方程式：別解」の中で、「言語方程式」のタイトルで榊のパスティーシュを行ったことをきっかけに榊との関係が悪化。同書刊行時、筒井康隆と一切の面識が無いにもかかわらず、あらすじ欄に「《悪趣味》の枠を超え、筒井康隆の後継者と目される鬼才」と書くよう編集部に強要したことを、榊からSFコンベンションで暴露されている。

一一年、SF作家・書評家掲示版『太陽系フロンティア』において、「平井和正が犬神明と対談するのは本人の自由です。でももしその犬神明が女子高生で、旅館に泊まって話を聞くとかいう話になるとマズいでしょう。いま榊のやってることって、つまりそういうことです」などと書き込む。結果、榊はブログに「告：悪趣味作家・本田鐵からの卑劣な誹謗中傷に対する抗議声明」と題した記事を掲載、本田に絶縁を突きつける。

本作は第一回《詩縫世界》小説コンテストに「弾さゆり」のペンネームで応募され、最終候補に残ったが、プロフィールを十七歳の女子高校生と偽っていたことが発覚し失格となり、幻の作品となっていた。今回が初の活字化である。

エッセイで本田は次のように語っている。

《いずれウェブで発表しようかとも考えていたのですが、公開が不謹慎と取られそうな状況になり、原稿は机の奥にしまいこんでいます。ほんの愉快犯的な気持ちで書き上げた作品ですし、あんな事件があった以上、埋もれるのも受け入れていたのですが、それでもブックオフで買い集めた『詩縫世界』に蛍光ペンを引いて頭を捻った日々のことを思い出すと諦め切れない思いがあります。なお、当時の受賞作四篇は全て三十歳までの女性の書き手によるもので、これが応募作全体に男女比や年齢の偏りがあったためか、審査側のジャッジに偏りがあったためかという点は、皆さんにご判断を委ねたいと思います》

本田お得意の残虐描写はないものの、執筆の背景を鑑みれば、作中で描かれるトルク＝エデと、幼年期のクレル＝ハの関係は、表層部分では感動的であるものの、洗脳めいた胡散臭(うさんくさ)さを感じさせる描写が目につき、内容は一層味わい深いものとなる。

第一回《詩縫世界》小説コンテストでは、他に佳作一本（須藤仮名「楽園に響く鐘の音は」）、努力賞二本（桐谷凜「亡き人の名を忘れぬための手引き」、石田瞳「全ての閨(ねや)に訪(おとな)う影」）があり、いずれも《詩縫世界》ファンクラブ会報〈詩縫世界からの手紙〉に掲載された。今回、それぞれに連絡を取ったものの、再録は辞退された。

●榊美澄・智頭美那「宿命という名の遊戯」（初出：小冊子『宿命という名の遊戯』二〇一三年、〈詩縫世界からの手紙〉第六〇号に再録）

全てのレナディアン人の父／母／恋人である創造神アルとクレル＝ハの対話で構成されている。地上世界への帰還を望むクレル＝ハの懇願に対し、アルは禅問答めいた韜晦(とうかい)を繰り広げる。数度に及ぶ言語の「改鋳」の果てに、「詩縫世界神掠」冒頭とそっくり同じ一文が「クレル＝ハへの断罪」という全く別の意味を持って末尾に登場するのが、見所のひとつである。

《詩縫世界》第三十五巻の最終章において古代言詞兵器が発動、言語魔術部隊が壊滅しクレル＝ハも闇の中に呑み込まれるが、本作はその直接の続きであり、第三十六巻冒頭第一章として書かれた内容である。一三年十月、第三十六巻発売を四か月後に控え、〈レナディァアンの夕べ〉において、小冊子を配布する形で先行公開された。配布時、日本語訳をつけていなかったため、レナディァアン語知識にばらつきのあるファンたちは、内容を理解すべく額を寄せ合って解読に励んだという。

榊と智頭の連名で発表されており、「今後のシリーズ展開で重要なパートなので、智頭に執筆をサポートしてもらった」と榊はイベント内でも語り、《詩縫世界》ファンの一部から、「智頭が榊から特別扱いされており、作者サイドとファンサイドの線引きがなされていない」との不満が出ていることに触れ、自身の見解を述べた。

レナディァアン語と日本語の照合は通常のファンタジー小説執筆に存在しない手間であり、ストーリー加速のためにはその作業を担ってくれる人材が必要だった。二次創作を原作に流入させたりファンの一人を原作者が優遇していたりするケースとは違い、報酬を支払って優れたレナディァアン語訳者に監修をお願いしているというのが正しく、理解して欲しい――というものだった。

五年以内のレナディァアン語辞典第二版の刊行が予告されていたにもかかわらず、榊の「見解」が示されてから二か月間、インターネットオークションでの『レナディァアン語辞典』の落札相場は十倍にまで高騰していた。

●少女A（仮名）「赤い人」（初出：〈実話BLACK〉二〇一四年二月十二日号）

レナディィアン人にとっての父であり母であり恋人であるアルの愛を語る短詩。アルはレナディィアン語を聞けば甘い果実で祝福を与え、異教の呪文を聞けば見えない棘（とげ）を降り注がせる。

訳文と注釈をお読み頂ければ分かるように、表面的な解釈から連想される《詩縫世界》の物語ではなく現代日本を舞台とした内容である。

作者は生年、出身地未詳。

二〇一三年十二月に榊が智頭を自宅に招いた際、ホームシアターと称する地下室に案内、そこで姪として一人の少女を紹介した。

榊は、その「姪」が十二歳という若さながら智頭と並ぶほどのレナディィアン語フリークで、両親が海外出張のため数日間榊宅に預けられており、滞在中はレナディィアン語以外の言語を一切使わないという賭けを榊としていることをレナディィアン語で説明し、少女とはレナディィアン語のみで接するように伝えた。

当初は、レナディィアン語に精通した若い同性という相手に喜んでいた智頭だったが、数時間の対話を経て、少女が自身の名を明かそうとしないこと、たびたび智頭が誤って日本語を口にすることがあっても少女が本当に一切の日本語を喋ろうとせず、その日偶然発生した震度五の地震に際してもレナディアン語で叫んだこと、また、ときおり少女が異常に怯えた態度を取ったことから不信感を抱く。

帰宅後、智頭は『太陽系フロンティア』を通じて、榊の旧知である本田鐵と接触を図り、榊に兄弟がいないことを確かめると、即日、石川県警に通報した。

県警は、まず榊宅周辺への張り込みと、近隣住民への聞き取りを行い、榊宅から誰かが学校へ通学している様子がないことから、児童虐待案件として榊宅に踏み込み、少女を保護。榊に任意同行を求めた。

榊は取調べに対し、少女を親族であると説明したが、その保護者の連絡先を答えることを拒否、更に追及を受けたものの少女の身分証にあたるものを一切提示できなかった。

ここにおいて、石川県警は、榊美澄（本名：肥後有介）を「逮捕及び監禁」の疑いで逮捕した。「未成年者略取及び誘拐」罪での逮捕には親権者の告訴が必要であり、その親権者が特定不可能だったためである。また、少女に骨軟化症の所見が認められたが、石川県警はそれを少女が太陽光から遠ざけられたことによるビタミンD不足によるものとみなし、不作為による傷害罪で榊を再逮捕した。

少女を保護した石川県警は、少女の身元特定という問題に直面した。

まず行方不明者とのデータ照合やDNA鑑定が行われたが、少女と一致するものは無く、警察は彼女を当初、身元不明の「少女A」として扱わざるを得なかった。DNA鑑定では、榊との血縁関係を示すこともできなかった。

特定を難航させた最大の理由は、Aとの日本語でのコミュニケーションが困難なことだった。「ママ」「パパ」「眠い」「熱い」「寒い」程度の基礎的な語句、トイレに関する用語など、日本語であれば幼児が使うような語彙さえ口にすることなく、日本語を耳にするだけで苦悶の表情を見せ、しかもそれらの語彙の指すものを理解していないようだった。

結果としてAの素性は特定できず、唯一、たびたび彼女が発する語句、「アル」がAの名前ではないかと目された。

警察は、事態の打開のため、Aとレナディィアン語なる架空言語で数時間やりとりをした智頭に協力を仰ごうとしたが叶わなかった。当時、人気小説家による少女監禁事件というスキャンダルはメディアの格好の餌食となり、未成年者の異性でありながら榊宅を訪れAの第一発見者となった智頭にも好奇の目が向けられていた。智頭はショックから一時的な失語症になり、保護者が警察へ「事件にこれ以上関与させることを拒否したい」と申し入れたのである。

「赤い人」が活字になったのはそれとほぼ同時期である。本作は榊宅地下室にあったデッサン帳にサインペンで記された物語である。石川県警に押収されたのち、〈実話ＢＬＡＣＫ〉記者の手によって誌上で日の目を見た。初出時の記事タイトルは『独占入手！　四十代中年「監禁ファンタジー作家」が犯行現場に残したブキミな「愛」のポエム』であり、この時点では書き手は榊と誤認されていた。また、おそらくはレナディアン語に明るくない記者が独自に翻訳したためか、内容的にはラブストーリーであるという誤ったイメージが世間にまず流布されてしまった。なお、後に「赤い人」の作者が被害少女だと判明したあと、本田鐵が事件にヒントを得た短篇「『この監禁文学がすごい！　２０１５』今年の私の監禁予定」を発表。監禁事件の被害者である児童が監禁下で書いた絵本が高く評価されたことをきっかけに、日本中で少年少女を誘拐・監禁し極限状態の彼らに物語を作らせる「監禁小説家」が登場し、一大ブームとなった社会で、監禁小説家たちが今後の刊行予定を語る、という内容であり、多方面から批判を浴びた。本田は「被害者のいる事件を面白おかしく消費していくマスメディアや消費者への怒りを元に、彼らを揶揄する意図で書いた」と釈明したが、「作中の『監禁小説家』が、監禁事件という犯罪の被害者が書いた作品を《アウトサイダーアート》と称しているのは、定義が誤っている上に現実の犯罪被害者への配慮が足りていない」として、日本空想科学作家連盟からけん責処分を受けた。

●在田貴子「Aの証言」（初出：ウェブサイト「榊美澄先生の無罪判決を支援するブログ」二〇一五年八月十日付）

在田貴子は弁護士。一九七四年東京都生まれ、東帝大学法学部卒。碧星舎共同出版訴訟や「神々の里あわら」出家訴訟で弁護人を務めるなど、榊の弁護人に選任された時点で既にベテランと称される実績の持ち主だった。

Aの身元特定は暗礁に乗り上げていたが、警察の調べで、銀行口座の引き落とし記録から、十三年前のある月を境に、榊宅の電気代・水道代が不自然に上昇していたという事実が明るみに出る。

ここに至ってAが十三年前、生後間もない段階から榊に監禁されていたという仮説が浮上した。当時、榊の両親は既に亡くなっていたこと、近隣住民からは榊が少女を連れて出歩いていたという証言が得られなかったこと、警察に保護された段階でAが太陽光に怯えるそぶりを見せたことからも、Aが長年、地下室に監禁され続けていた疑いが高まった。

この仮定は榊の更なる罪を示唆するものでもあった。警察は当初、Aが数か月から数年前に榊によって拉致され、架空言語を使用するよう強要された、という想定のもと捜査を行っていた。だが実際にはAはそもそも一度も日本語教育を受けたことが無く、榊によってレナディアン語のみで育てられた、つまりAはレナディアン語を母語とする、世界でただ一人の人間だった——という疑惑である。

この論は衝撃をもって迎えられ、ワイドショー等を通して脚光を浴びた。社会学者・木尾善衣（よしえ）が、Aの置かれた境遇を連想させるとしてカリンティ・フェレンツ『エペペ』を紹介、同書がベストセラーになり、人気アイドルグループ『NEXT LINK』のRyu主演で実写映画化されるなどの余波も巻き起こした。

しかし一審、金沢地裁においてはこれらの説は事実として認定されなかった。

検察側は、初歩的なレナディアン語でAからの断片的な証言のみを得た状態で裁判に臨んだが、榊の弁護を務めた在田弁護士は、短期間のうちにレナディアン語を完全にマスターしていた。

裁判所では、外国人に対しては裁判所が選定する通訳人を用いることができる。この裁判においては、早川書房の《詩縫世界》最後の担当編集であった柿沼仁志がレナディアン語通訳人として置かれたが、既にレナディアン語を使わなくなって久しく、柿沼が離れてから語の「改鋳」も複数回なされていたために、柿沼によるAの証言の通訳はしどろもどろであり、誤訳を在田から度々指摘される始末であった。

在田は反対尋問において、一旦は柿沼を介してAに質問したものの、柿沼が訳に詰まるやそれを無視してAに流暢なレナディアン語で語りかけてレナディアン語の返答を引き出し、その内容を法廷内で「通訳」してみせた。通常、弁護人自身が通訳となることは公平性の維持から認められないものの、審理続行のためにそれが許可されたのは異例のことだった。

　また、Aが検察側で証言する際、被告である榊がレナディアン語でAに何らかの言葉を掛け、裁判官から不規則発言で注意されたものの、以降、Aが口を噤んでしまうという一幕もあった。

　早口のレナディアン語は速記者に聞き取れないばかりか、通訳人の柿沼にも、Aから証言を取るための付け焼き刃の初歩的レナディアン語しか習得していなかった検察側にも理解不能であった。この時点においても、Aは日本語の語彙を理解できない上に日本語に苦痛を覚え、体調を崩すため、法廷内でヘッドホンの着用を許可されており、日本語コミュニケーションは全くなし得ない状態だった。

　こうして、被害者であるAと完全な意思疎通を図ることができるのが被告人と弁護人の二人のみという異常な法廷において、検察側が提示したAの「ずっと同じ部屋にいさせられた」という証言は断片的かつ曖昧で具体性を欠く上、翻訳にも疑義が突き付けられ、長期間の監禁を証明できなかった。弁護側の主張、「榊は、虐待され家出してきたと主張する少女を、少女自身に頼まれて短期間保護していただけであり、その身元は知らない。恐らく智頭のようなレナディアン語フリークで、日本語の意思疎通を拒むのは、家庭で受けた虐待の記憶によるトラウマからと思われる」という内容を覆すことができず、「疑わしきは被告人の利益に」の大原則のもと、榊には無罪が言い渡された。

「家出少女を本人に頼まれて保護していた」ことが明確に嘘であるという証言が得られない限り、「逮捕及び監禁罪」には問えない。「未成年者略取及び誘拐罪」であれば、家出少女の保護であっても有罪であったが、先に述べた通り、親権者が特定できない限り、未成年者略取及び誘拐罪での起訴は不可能であった。また、骨軟化症についても「家出」前に発症した可能性を否定できず、榊の不作為による傷害罪を認定されなかった。

本作「Aの証言」は、在田が法廷でAの発言を速記によって記録しまとめたものとされており、在田による日本語訳とともに証拠品として金沢地裁に提出され、同じ内容の文書が榊の裁判を支援するサイトにも日本語訳つきで掲載された。Aが「暴力を振るう怖い家族」から逃げ出して「優しい人」＝榊のところで保護され、親切に食事と寝床を与えられたというストーリーである。これがAの発言を正確に記録したものか、弁護側の「作文」であるのかについて、金沢地裁は判断を保留している。レナディアン語文書のうち、明確に現代日本を舞台としたことが明言されている珍しい内容である。

●智頭美那「指輪の話」（初出：生田志穂『レナディアン語事件　ボルヘスになれなかった男』、二〇二二年）

ソロモンの指輪伝承をモチーフにした、犬と猫の会話に纏わるショートショート。

一審判決後、AはDVシェルターで保護されていたが、日本語を耳にするだけで体調が悪化するという体質のために、他人との関係性構築や共同生活は困難を極めていた。

一般的に、カルトなどによるマインドコントロール、洗脳からの解放には、本人と治療にあたる人間の信頼関係が不可欠である。しかしレナディアン語ネイティブであったAと十全なコミュニケーションを取れる人間は加害者サイドにしかおらず、Aに日本語教育を施す試みもA自身によって拒まれ、検察側にはAの事件のためだけに修得の困難なレナディアン語を身に付けようとする者もいない、という状況では治療は不可能だった。

実のところ、万が一監禁が発覚して法によりAと引き離されても、レナディアン語という楔がある以上、Aが自発的に榊のもとへ戻るしかないことを、榊は予め理解していたと思われる。榊は一審判決後のインタビューで、「Aが家に駆け込んで来た時、Aの意思を尊重し警察に通報しなかったことは、今思えば大人として正しい態度ではなかったと反省している。Aには身を寄せる場所が無いということなので、裁判が終わった後、A自身が望むなら、養子縁組をして正式な家族に迎え入れることも吝かでない」と語っている。一時離脱者の相次いだ《詩縫世界》ファンクラブの会員数も、一審判決を受けて回復に転じた。更に榊の原案による、事件をモデルにした映画が『愛の通話』という仮題で製作を進められている、という情報のリークもあった。

このまま榊側の主張が勝利するかに見えたが、ある人物が検察側のレナディアン語通訳に名乗りを上げたことで事態は急変する。高校三年生になった智頭美那であった。失語症から回復した智頭は、榊に匹敵する唯一のレナディアン語話者である自身の義務だとして、親の反対を押し切って検察に協力を申し出た。

智頭は夏休みを利用して毎日Ａのもとを訪れた。Ａは、自身が外の世界に引きずり出されることになったきっかけが智頭の地下室訪問であったことを漠然と認識しており、当初は警戒心を隠さなかったが、智頭が紙芝居を用いてレナディアン語で童話を語り聞かせると、すぐにＡは智頭に懐いた。榊は監禁時、Ａに自身の作った物語のみを語り聞かせていたため、Ａはグリム童話や日本昔話といったものさえ知らなかったのである。

智頭はまた、帰宅後、その日Ａと見たものをテーマに、ショートショートをレナディアン語で執筆し、その画像をメールでＡに送るなどして、よりＡとの心理的距離を縮めていった。本作「指輪の話」は、その中の一篇であり、レナディアン語裁判を巡るノンフィクション書籍に収録された。

交流を経て、Aは智頭に少しずつ心を開いていった。

智頭の努力によって、これまでの聞き取りでは得られなかった情報が入手できた。まず「アル」はA自身の一人称ではなく、《詩縫世界》というフィクション内の神を指すものでもなく、Aの榊に対する呼称だった。このような初歩的誤認を招いた原因には、通訳の不備のみならず、Aには「アル」である榊の他に出会う人間がおらず不要だったためか、そもそも名前を与えられていなかったという事情がある。

また、事件発覚時には既に退職していた、元早川書房の編集者・飯田治の証言が新たに得られたことも、進展に繋がった。

飯田は榊の短篇原稿アップが遅れた際、榊宅を訪問し、強引に家に上がった。そこでテーブルに置かれていた、構想途中の架空言語に纏わる大量のメモを発見。その正体を榊に尋ねたところ、「どこに発表する予定もない、趣味の人工言語」という答えが返ってきたために、その人工言語が使用される異世界の物語を執筆するよう飯田が熱心に薦め、それが《詩縫世界》の誕生に繋がった――というものであった。

これは、《詩縫世界》ヒット後に榊自身が何度か語っていた「画期的な言語体系をもつ異世界ファンタジーを作ることを思いつき、そのためにレナディアン語を設計した」というエピソードと矛盾している。

　ここで捜査チームは、当初の予断、「榊は、レナディアン語という異世界ファンタジー小説執筆のために設計していた言語を、少女の監禁に応用した」という憶測が誤っており、「レナディアン語自体が、他の人間とはコミュニケーション不可能な言語を母語として一人の少女を育て、洗脳監禁するために榊が発明した『監禁言語』であり、《詩縫世界》はその副産物に過ぎなかった」という可能性に辿りついた。

　また、新たに榊の小学校時代のクラスメートからも証言が得られた。榊の実父は榊が一歳の時に病死、直後に母親は再婚しているが、再婚相手の名前の読みは「ユウスケ」であり、偶然にも息子の名前と同じであった。そこで母親は我が子を、「有介」の「有」から別の読みを取って「アル」の名前で呼ぶようになったという。榊は自分の名前を創造神の名としていたのだ。

　検察側がAの詳細な証言を始めとする証拠を積み上げたのに対して、弁護側は一転して、Aが榊宅で生後すぐから暮らしていたことを認めたものの、「榊が二〇〇〇年頃に交際中だった、現在では死亡している女性から預けられたのがAであり、榊はAを自身の実娘と思いこんで、精神の涵養（かんよう）に最も適切と考えるレナディアン語によって教育していた」と主張を転換。これは恐らく一定の真実を含んでいると見られた。弁護側が提出した複数の証拠により、二〇〇〇年頃、榊が近隣の飲食店で働いていたベトナム出身の女性と交際していたこと、女性がベトナムに帰国し病死していたことが証明された。

　榊がAを娘とみなし育てていたという、刑が軽くなり得る材料に直面した検察側は、量刑を可能な限り重くするための戦術として、「レナディアン語のみで教育し、通常の義務教育を受けていれば習得できたはずの日本語能力を損なったのは広義の傷害罪に当たる」と主張したが、在田弁護士は強く反論。

「たとえば話者が十数人しかいない少数言語を母語とする、マイノリティ出身者が、実の子をその言語で教育した際に、社会的に不利な面があるからといって、それが虐待と認定されて裁かれることになれば明確なマイノリティ差別であり、同化政策に他ならない。観点を換えれば、キリスト教徒が自分の子に洗礼を受けさせることを虐待とみなすような、信仰の自由をも脅かす暴挙である」と論じた。

　高裁は、先述の骨軟化症については榊の不作為による障害であると認定したものの、この段階でAの骨軟化症が治癒していたことを考慮し、更に日本語習得にまつわる問題に関しては傷害罪の成立を認めなかったことで、榊に逮捕監禁致傷罪としては比較的軽い、懲役四年を言い渡した。

●榊美澄「聖話術」（抄録）（初出：ウェブサイト「榊美澄先生の無罪判決を支援するブログ」二〇一七年三月十二日付）

最高裁は、事実認定・証拠採用などは行わない。あくまで高裁判決が憲法や判例に違反していないかのみを審理する機関であり、高裁判決以降に新たな事実が明らかになっても、それは証拠として採用されず、判決に影響を与えることもない。原判決の破棄――高裁判決を取り消して、新たな判決が下されない限り、榊はほぼ勝利したと言える。

検察側は、一縷（いちる）の望みをかけて、原判決の破棄を求める上告申立書を提出。その一方で、Aの信頼を獲得していた智頭は新たな行動を起こした。

日本語をまったく習得できないとはいえ、Aがレナディアン語モノリンガルであり続ける限りは、社会復帰あるいは社会への参入が不可能であり、またAがレナディアン語で思考し続ける限りは、榊の支配から完全には逃れられない。そう判断した智頭は、Aに中国語教育を施したのである。

これはAが通訳を申し出た段階から頭にあった計画であり、そもそも「日本語以外の言語もネイティブレベルで操れ、かつレナディアン語を十全に解する人間」にしかAを救うことはできないという気付きが彼女の決意のきっかけだった。なお、フランス語やエスペラントにも精通する智頭が敢えて中国語を選んだのは、アジア人としての外見を持つAの将来を鑑みてのことだったという。

智頭はＡに対して、レナディアン語を用いた初級中国語会話教室を二人きりで行った。聞くだけで苦痛をもたらす日本語と違い、中国語を学ぶことにＡの抵抗はなかった。初めて「別の言語体系」の意味を理解したＡは驚き、目を輝かせて熱心に学んだという。授業を続けて、Ａが基礎的な中国語に習熟した後は、智頭が親交のある、幼い子をもつ中国人一家に頼み込んで、Ａに短期のホームステイをさせた。また、Ａは中国語の児童書を自主的に読み漁った。これらの努力が功を奏し、ほぼ三か月でＡは小学校高学年程度の中国語を獲得していた。

ある日、Ａはドアノブに生じた静電気に驚き、その状況を示す中国語文を求めて智頭に質問。電気に纏わる説明を智頭が返した。レナディアン語は蒸気動力の文明段階にあるため「電気」の語彙は存在せず、またその関連語なども存在しなかった。Ａが暮らした地下室内の照明についても、「炎」を意味する「ティヴ」で示されていた。

ショックを伴う電気の語彙を獲得したことで、Ａが新たに説明できるようになったことがある。Ａがなぜ日本語に苦痛を覚えるかという理由である。それは、レナディアン語以外の言語に触れてこなかったから、というものではなかった。幼い頃のＡに、榊がラジオやＣＤなどの音声を用いて日本語を聞かせながら電気ショックを与え、日本語の基礎的な語彙と発音で苦痛がフラッシュバックするよう条件付けを行っていたのだ。

また、Aの中国語習熟に伴って、事件発覚以来のとある懸案事項がついに決着を見た。

Aの性的被害の有無である。

レナディアン語において、「喋る」と「性的接触をする」が全く同じ「エイドゥ」という動詞で示され、しかも動作の主体を表す主語が結びつかない単語であり、その周辺語彙も巧妙に二重性を持たせてあるという言語設計については、榊は一度も明言しなかったものの、強い作為が感じられた。その点は、本田のような批判的読者からは日常会話に性的なメタファーを持ち込む胡散臭さとして見え、逆にファンにとっては「妖しい魅力」と感じられていた。

例示すれば、レナディアン語は「Bがアルに対して手ぶりを交えながらしゃべり掛けた」と「アルがBに対して手を用いて性的な接触を行った」の文章が「エイドゥ・B・アル・レウラタ」と全く同じ発音ができ、理解としても等価なものとして処理される、という、自然言語には存在しにくい歪(いびつ)な言語体系なのである。

これは、当然ながら二審段階から疑惑の的になっていた点だったが、それでもAが第二言語をある程度習得しない限りは、性的被害について具体的に証言することが不可能であり、レナディアン語そのものに仕掛けられた罠であった。

レナディアン語の評価が、「言語SFを得意とする作家の創造した魅力的な架空言語」から滑り落ち「監禁言語」「犯罪者の言語」といったものに固まるのは、中国語によってAが自身の性的被害を語り始めてからのことである。

レナディアン語とは、レナディアン人であるAにとって、「アル（＝榊）が神であり父であり母であり恋人である」と予め定義された支配のための言語だったのである。

異常な多義性を持っているのは、Aにとっての、発話によるコミュニケーションと、自身が受けている性虐待とを認識上で混同させ、その境界線を心理的にも溶解させるためだった。

語彙や文法が変わっていくのは、言語という意思表示のための道具を榊が司っていることを誇示し、榊に従わねば意思疎通さえ不可能という状態を作って、洗脳を強化するためのものだった。

先述の通り、電気による洗脳と性的被害が証言で得られても、高裁判決が破棄されない限り、それらが最高裁で証拠として採用されることはない。

上告の理由を詳しく説明する上告趣意書の提出期限は、延長が許された事例でも、判決から四か月ほどだった。その提出以降、新たな主張はできない。二つの証言が得られたのは高裁判決から一一五日後のことであり、Aと智頭の中国語レッスンがあと二週間遅れていれば、榊は二つの虐待の罪を問われることはなかった。

一方、榊はAの新たな被害証言が出てすぐ、在田弁護士を解任。交代後に着任したのは弁護士資格を得て二年目の新人弁護士であり、榊は以後、弁護人をほとんど自身の単なるスピーカーとして扱い、独自の世界観のもとでマスコミを通じ主張を繰り広げた。

レナディアン語は進化する言語であり、必然、発声と記述によるコミュニケーションの限界を突破することも乗り越えるべき課題であった。どんなハンディキャップをもつ人間とも十全に意思疎通を行うために、聴覚と視覚に頼らない言語、すなわち嗅覚コミュニケーション、味覚コミュニケーション、痛覚コミュニケーション、身体接触コミュニケーションなど、全身の感覚を駆使した新たな言語の開発が希求された。その実験の一部を、単なる性交渉であり犯罪行為であるとみなすのは、むしろそう解釈する人間の知性のステージの低さをこそ立証している。今、人類が戦乱と不信に苦しめられているのは、世界を覆っている視覚と聴覚頼みの言語が、物事を区別し、分断をもたらす剣であるからに他ならない。肌と肌、感覚と感覚を共有して同一のものとなり意思共有を行う、綿のように包む言語こそが、本来あるべき〈ことば〉の形であり、相互理解と平和と共存をもたらす〈魂の言語〉なのである。

それらの主張と、実際に榊宅でAに行われた「言語実験」の描写を含む「聖話術」もまた、榊の支援サイトに掲載された。全体がレナディアン語文書ではあるものの、加害者視点から執筆された児童性的虐待の記録であるという性質を鑑み、本書では直接的な描写が含まれるパートを除外、榊の思想部分が記された冒頭のみを収録した。

心理学者の禾輪(のぎわ)玲二(れいじ)が、「既存の言語の枠組みを破壊しよう、という大胆な発想に基づいた文書であり、犯罪にさえ手を染めなければ魅力的な思想家たりえたのではないか」、と著書『ストレンジケース　異常犯罪者の極限心理学』で記したのに対し、本田鐵はブログに批判記事をアップ、次のように指摘している。

「味覚コミュニケーションは梶尾真治『地球はプレイン・ヨーグルト』など、嗅覚コミュニケーションは菅浩江『風のオブリガート』など、痛覚コミュニケーションは田中啓文『銀河を駆ける呪詛』など、身体接触コミュニケーションはジョン・ヴァーリイ『残像』など、いずれのアイデアにも複数の先行作品が存在し、榊の《思想》と称するものはそれらの既存フィクションに書かれた着想を、自身の目的に都合のよいように歪めてパッチワークしただけの、オリジナリティの欠片(かけら)も無い、自身が単なる性犯罪者であることを一部ファンに向けて糊塗(こと)しようとするその場しのぎの屁理屈に過ぎません。そもそも己の言語論に確信があるのならば成年の被験者に合意を得て実験をすればよく、未成年少女を餌食にする必然性はないのです。現在の榊はどこまでいっても他人の尻馬に乗るエピゴーネン型の三流ＳＦ作家に過ぎず、断じて魅力的な思想家などにはなりえません」

●榊美澄「詩縫世界創世（レヌディアノ・セキサ）」（初出：〈深層現代〉二〇一八年六月号）

マスコミ各社にＦＡＸで送られた文書。複数のメディアで「怪文書」と表現された。まずＡ４用紙一枚のレナディアン語文書のみが送付され、その二十四時間後に四種類の日本語訳が送付されるという、暗号と解読文のような体裁で世に出された作品である。「レナディアン語では一つの詩篇として書かれているが、日本語訳をすると四パターンの解釈でそれぞれ別の物語が現れ《藪の中》形式となり、レナディアン語がもつ多義性の好例となる」という触れ込みである。

ただし、お読み頂けた方にはお分かりのように、レナディアン語原文では接続語や助詞が極端に排除され、ほとんど動詞と名詞を置いただけの単語の羅列になっており、かなりの単語を補ったり語順を読み替えないと解釈が不可能で、「日本語訳」を読んで初めてある程度の意味が通る代物になっている。このことは、榊の意図とは正反対に、レナディアン語の限界、レナディアン語が榊の小説に登場する言語のような魔法じみた力を持たないことを示している。

日本語訳だけではまだ難解な部分もあると思うので、左記に補足する。

一つ目の「真実」は愛の物語である。

榊は幼少期、両親が些細な言葉の行き違いから口論を繰り返し、相互不信を深めていくのを目撃していた。両親の不和の原因が、互いの意思を正しく伝えるのに不適切な言語にあると気づいた榊は、その生涯を完全愛のための言語の開発に捧げた。レナディアン語はその努力の結晶であるが、言語は多くの人間どうしで交わされていくうちに分裂し、話者が増えるほどに綻(ほころ)びが生まれる。そこで言語の唯一性を維持するための最小環境を求めた。二人だけの世界で交わされる完全なる愛の言語、それが榊の理想となり、それをAと構築することに、榊は成功したのだ。しかし、年齢の差ゆえに、榊は自身がAより先に死ぬことを予め悟っていた。自分の死後にAが理解者のいない絶対的な孤独に苛(さいな)まれることのないよう、後継者を作る必要があった。《詩縫世界》はその育成のために執筆した、世界で唯一、ただ一人のために捧げられた愛の物語なのである。

この第一の「真実」からして眉唾である。榊が事件発覚直前に、地下室の拡張工事を業者に相談していたこと、新しいベッド購入のためにカタログを入手していたこと、通販サイトで拘束具などを閲覧していたことは早い段階から発覚しており、証拠不十分として立件されなかったものの、智頭をも監禁しようとした疑いがもたれているのだ。

榊が智頭を無警戒にAと引き合わせたのは、長期の監禁によってAが榊に依存しているのを、架空言語による認識干渉が生んだ効果であると榊が誤認し、レナディアン語を学んでいる智頭ら《詩縫世界》ファンにも同様の意識革命が進みつつあると錯覚したための勇み足だったのではないか――自分が書いてきた言語SFのような現象が本当に起きると思い込んでいて、智頭への招待は「後継者」選びなどではなく彼の理想郷に住人を増やしていく第一歩だったのではないか――と、一部マスコミは推察している。

二つ目の「真実」は、進化の物語である。

小説家として物語を作り続けた榊は、知性の基盤は思考を支える言語にあり、使う言葉によって人間は神に匹敵する巨大な視野を得て、種族として、そして知性として、新たなステージに進むことができると気づいた。試行錯誤によって榊は進化のための言語、レナディアン語作成にこぎつけた。しかし、どれだけそれを学ぼうと、しょせん日本語という母語が脳に根を張っている榊自身は、「神の視野」に到達することはできないというのは自明だった。真にそこにたどり着けるのは、レナディアン語で生まれ育った者だけだと知る榊は、Aにその崇高な使命を託した。

Aが日本語に拒絶を示したのは、レナディアン語に比べて、他言語があまりにも無残、たとえば人間にとっての獣の唸りのように、野蛮で聞くに堪えないものだったからである。現在、智頭とAがコミュニケーションを取れているように見えるのは錯覚であり、人間が蟻を観察するように、Aは神としてレナディアン語話者以外の人類を観察しているだけである。旧人類の観察を終え、間もなくAは超知性として肉体を捨て、宇宙へと去るだろう。

三つ目の「真実」は贖罪の物語である。

Aの正体は《詩縫世界》に生まれた言語魔術師であったが、アルの言葉を疑う禁忌を犯したために、神罰を下された。それは記憶を奪われ、赤子の姿に変えられたうえで、邪悪な下等言語の蔓延(はびこ)る地獄に落とされるという追放刑であった。

榊は《詩縫世界》から送られた看守であり、Aがアルに赦されて再び《詩縫世界》への帰還を果たすまでを見届ける使命を帯びている。Aがアルから赦しを得るための贖罪の手段こそが、Aが冒瀆した聖なる言語、レナディアン語を完全に理解し己の魂を浄化することであり、榊は看守であると同時に、レナディアン語を教える師でもあるのだ。

地獄の住人達が口にする下等言語に囚われてしまえばAは道を見失い、輪廻の輪から外されるという更なる罰を受けることになる。Aの魂を導き、贖罪と帰郷へ向かわせることこそが、榊の願いである。

四つ目の「真実」は世界の物語である。

人間の存在する数だけ物事の解釈も存在するのであり、「唯一無二の真実の世界に誰もが生きている」などと考えるのは誤りである。世界は本来、無数の現在を宿しており、人間は可能性の重ね合わせの上に存在している。それをたった一つに収束させていく数多(あまた)の言語は、宇宙の摂理に反しており、世界に無数の解釈をもたらし可能性を担保し続けるレナディアン語のみが、宇宙的に正しいのである。

ゆえに、人はレナディアン語に触れた時、それを自ら口にしたいという衝動に抗(あらが)うことができない。Aが榊のもとにたどりついたことで榊が罪を問われ、その裁きの場が注目されることそのものも、世間の耳目を集め、人々の間に広まろうとするレナディアン語自体の力によるものだ。報道を通じてレナディアン語が世間に広まり、人々は熱にうかされたようにレナディアン語で会話をするようになる。それは唯物論に制圧された地上世界を根幹から揺るがし、無数の可能性が重なり合う、言葉によって無限に変化し得る新世界へと変化させる。それこそが《詩縫世界》である。《詩縫世界》は来(きた)るべき世界、未来の地球の姿なのだ。

二つ目から四つ目の真実は、荒唐無稽であるがゆえに正面からの反論が困難である。ただそれぞれの内容について、本田鐵が、榊が組み合わせて元ネタにしたであろう既存のSF作品を、自身のブログで詳細に暴露し、「榊という人間は言語SFという塔を積み上げていたように見えて、最後までボルヘスの足元を彷徨(さまよ)い歩いていただけだった」と指摘している。

智頭は後にインタビューでこう答えている。

「もしかしたら、榊美澄の中では、互いに矛盾する四つの解釈も、二審や一審での主張も、すべて自分の中では真実と信じていたのかも知れません。そうだとしたら、誰よりもレナディアン語という物語に踊らされていたのは彼だったのでしょう」

二〇一九年六月十一日、榊による暴行と性的虐待の事実が明らかになったことで、最高裁は高裁判決を破棄、審理を尽くすよう高裁に差し戻した。二〇二〇年四月十五日、高裁は榊美澄こと肥後有介に、強制性交等と傷害の併合罪で無期懲役を言い渡し、二〇二一年五月二十日、最高裁が上告を棄却して、刑が確定した。

●少女A（仮名）・智頭美那「解放の呪文」（未収録）

この作品を収録することは叶わなかったが、存在のみ記しておく。

Aと智頭は、榊の刑の確定後、二人で原稿用紙に物語を書いた。

それはAと智頭が協力してプロットを作り、一文ごとに交代して執筆した、半分ほどがレナディアン語の掌篇であったという。《詩縫世界》が闇の中に消えていき、アルを含めて《詩縫世界》の言葉と記憶すべてを失った言語魔術師が、永い眠りから目覚めると、そこには、様々な肌の色の人で溢れる市（いち）があった。そこからの情景は中国語で記述され、市の人々が交わしている無数の挨拶は、地上の世界各国の言語で記されている。かつての言語魔術師に、通りすがりの少女が英語で「Nice to meet you!」と語りかけ、物語は閉じられる。

この作品は現存しない。書き上げられてすぐ、Aと智頭がキャンプ用の薪の火熾しに使ったからである。予め、それを二人がレナディアン語を使用する最後の機会と決めてあったという。

『レナディアン語事件　ボルヘスになれなかった男』のラストから、智頭とAの言葉のうち、印象的だったものを引用する。

「私がレナディアン語に最初の違和感を覚えたのは、実は、榊の地下室を訪れるより少し前のことでした。彼は、私にレナディアン語辞典の第二版を手伝うよう誘っていたのですが、それは初版よりもページが減る予定だという話でした。もともと多かった同音異義語を更に増やして、単語そのものを減らそうとしていたんです。それは変だと思いました。

語彙というものは、どんな言語であれ、自然に廃れたり使われなくなって減ることが珍しくありません。けれど、人間が敢えて言語に手を加えようとする時、その語彙は減るのではなく増えるべきだと思ったんです。

ご存じですか？　アイヌ語は「消滅危機言語」に区分されることばですけれど、近年でも、携帯電話とか電子メールとかを表す語彙を新しく作り続けているんですよ。その言葉で、変わっていく世界をきちんと表現できるように、自分たちの言葉が新しい世界の手掛かりになるように。自分の身の周りにある森羅万象のひとつひとつに、他にない特別な名前を与えられることが、私は、言葉のもつ希望だと思います」（智頭美那）

「榊は、言葉は剣であるべきではないと語りました。綿のように無数の対象を包み込むものでなくてはならないと教えました。

けれど私は、言葉は時に剣でなくてはならないと思います。安らぎと恐怖、快楽と苦痛、親切と悪意、事実と解釈、愛と支配、あなたと私、それを言葉が切り離すことができると知った時に、私は本当にこの世界に生まれたのだと感じます。もし剣と呼ぶのが危ういのならば、暗闇の中に浮かぶ光だと思います。

たとえば夜の道で人の足元を照らし、行く先を示す暖かな街灯の光のような」（A）

（原文は中国語、生田志穂訳）

◆

二〇二一年十月現在、榊の夢想とは異なり、レナディアン語は特に伝播や複製を繰り返すことなく、ネットで時おり猟奇的犯罪事件の一要素として話題に上るのみで、それを積極的に学ぼうとする人間もいない。榊が唾棄すべき性犯罪者と確定したという事情もさることながら、ただの架空言語ならともかく、「進化し続ける」ことを一番のコンセプトとしていた言語が進化を失ってしまえば命脈が尽きるのも当然だろう。本書も絶滅しつつある言語の記録としての側面が強くなった。本書がベストセラーになってレナディアン語ブームが起こり、世界が《詩縫世界》に変わるさまも想像はできない。

　そんな状況下で、榊美澄や智頭美那のようなレナディアン語のプロフェッショナルではない自分の、遅々として進まない日本語訳を、完成まで根気強く待ち続けて下さった東都書房の工藤さんに御礼申し上げたい。

　最後に、本作品に収録された書き手の現状について触れておく。

　榊美澄は獄中で「詩縫世界創世」の日本語訳と称するものをさらに十以上増やしたという風聞が伝わっているが、支援サイトが更新を停止してしまったため、その内容は明かされていない。獄中で《詩縫世界》の続きが書かれるという望みも潰え、ファンクラブは二〇二二年一月をもって解散される予定だという。

　本田鐵は変わらぬ執筆活動を続けているが、昨年刊行された『日本ＳＦ全史』（戸部隼人・編）に、榊とその作品について一行の記述もないことをブログで痛烈に批判、日本空想科学作家連盟から永久追放処分を受けた。

在田貴子弁護士はその後、司法改革を掲げて参議院議員となり、ＴＶなどにも積極的に出演している。レナディアン語を巡る裁判については、事件を回顧するＴＶ番組内で、「最後まで弁護を務めさせてもらえれば無罪にできた」と語っている。

Ａの日本語忌避症状は現在でも完治しておらず、智頭とＡは、ともに日本国外で暮らしている。本書への掲載許可も、智頭を介し、メールを通じてのやりとりとなった。ＳＦ作家時代の榊であれば、智頭がＡを監禁していたり、あるいはＡが智頭を監禁していたりといったミイラ取りがミイラになるプロット、それとも、Ａと智頭が身体接触を含む異常なまでの共依存関係のなかで生活しているプロットでラストシーンを描き、実はレナディアン語の意識革命は絵空事ではなく、二人はその呪縛から逃れ得ていなかった——という内容を示唆し、言語ホラーとして不穏な結末を描くだろう。

しかし現実には、智頭もＡもレナディアン語を忘却しつつあり、同じ町に暮らしながらも新たな人間関係をそれぞれに構築し、各々の人生を歩んでいるという。なお、Ａは智頭の力を借りて、自身の新たな名前を決め、それを戸籍上の名前とした。

正確な姓名は非公表であるが、ラストネームについては情報のひとつを明かしている。レナディアン語でも日本語でも中国語でもないとある実在の言語で、「光」を意味する名前だという。

作家の妄執と言葉の檻に閉じ込められた少女の未来が、光に満ちていることを強く望む。

二〇二一年十月十九日

弾さゆり

なぜいま私は解説(これ)を書いているのか

作家
神林長平

　本書は、樋口恭介によって編まれた「異常論文」集である。短歌であれば「歌集」、俳句なら「句集」、詩なら「詩集」、小説なら「短篇集」となるところだが、そのいずれでもない。

　では「異常論文」とはなにかと言えば、論文形式で書かれた文芸作品であると、取りあえずは紹介できる。「異常論文」のテクストは詩歌も小説も含んだ文芸であり、しかも既存のそれらのいずれでもないのだが、読者の側から書き手の創作意図や動機を推察するなら、これは「論文」の形式を取った「小説」であろう、と思われる。

　そこに注目して「異常論文」とはなにかを論じるには、まずは、「論文」や「小説」とはどういうものなのかを比較検討し、それらが書かれる意義について、考察しなくてはならない。

小説ほど自由な文芸分野はほかにない。字数にも書き方にも決まった規則はない。創作物なのだから、本当のことを書かねばならないといった心理的な拘束もない。嘘をつくのが得意な人間ほど入りやすい分野だ。どんなに奇妙な内容であってもかまわない。どのみち想像力を振り絞って嘘を書こうとしたところで、「事実は小説よりも奇なり」という寸言があるように、「事実」の奇妙さにはかなわないのだ。小説家のつく嘘など、たかが知れているということである。

しかしなにを書いてもかまわないのが小説だとしても、奇をてらうことが目的ではない。小説という虚構世界の中にその人にとっての真実を表現することが、小説を書くことの意義である。完成した作品が傑作になるかどうかもそこにかかっている。傑作を書くには作者自身も知らない「自己」へとアクセスすることが必要になる。小説における「真実」とは、そこにしかないからだ。

それに対して「論文」とは、事実の中に新しい「真実」を見つけたことを、だれもが「それは新しい」と納得する形で報告する文書である。事実の中に新しい真実を「発見」させるのはその人の想像力である。発見された真実とは、もともと「事実」の中にあったのであり、論文が書かれることによって「事実」自体はなんら影響を受けることなく、変わらない。変わるのは人類の意識のみで、その変化は現実世界において一種の虚構にすぎない。現実は、無限の論文を集めても事実にはならないということであって、小説の場合と同様、「事実は論文よりも奇なり」ということが言える。

論文も小説も、同じように、事実のほうが「奇なり」ということで一致している、ということがこれでわかる。どちらの文書の内容も「事実」を超えられない、ということである。この限界がなにから生じているのかというなら、両者のもう一つの共通項である、「どちらも言葉を主にした表現手段である」という点から来ていると考えるのが妥当だが、ではほんとうに言葉は「事実」を超えられないのかといった思索については別項にゆずることにして、いまは、小説と論文の違いについて考えよう。

小説の想像力は、「自己」へと向かう。
論文の想像力は、「事実」へと向かう。
先にそのように考察したごとく、両者の大きな違いはそこにある。想像力を向ける対象、その方向が、まったく逆なのだ。

この考察結果を念頭において「論文の形式を取った小説」というものを考えるならば、「小説」が「論文」の形式を取る、その理由が、見えてくるだろう。そのような「異常な小説」は、自己の「内部」へ降りていくべき小説の想像力を自己の「外部」に広がっている世界に向かわせなくては書き得ない、ということが、わかる。

つまり「異常論文」を書く意義とは、小説の「想像力の向き」を変えるところにある。本書の編者である樋口恭介が「異常論文」を企図した、それがいちばんの狙いである。新しい小説の「書き方」の提唱とも言える。

むろん過去にも「異常論文」に当てはまる作品は存在する。だが、本書の出現以前と以後とでは、書き手の意識は異なる。

過去の作品群は、小説の想像力の「正しい」向きによって書かれただろう。自分の心の奥底、内部にある「自己」に向かって「真実」を探求し、その向こうに突き抜けるのだ。そうした作品は大概メタフィクションの体裁をとる。だが、本書以降の「まっとうな」異常論文は、最初から、その想像力は外部に向けて発揮される。その外部に「自己」も存在する、という構図になる。異常論文はメタフィクションではなく、全きフィクションなのだ。

そのような想像力によって書かれた作品においては、書き手が「外部」に広がっている「自己」を含めたどのような「要素」に注目するのかによって、完成作の読み心地や質が変わってくる。一口に「異常論文」と言っても、作者の意識や意図によって外部に向かう想像力のベクトルがみな違うのだ。本書の作品群がバラエティに富んでいるのはそのせいである。

各作品をランダムに楽しむのも読者の自由だが、順番に読んでいくなら、編者の樋口恭介が各作品の「想像力のベクトル」の違いに考慮して慎重に掲載順序を決めているのがわかるだろう。変化に富んだ作品群だが、いきなり正反対の印象を与えるような並びにはなっていない。さすが「異常論文」という小説ジャンルの創出者である。

なお、執筆者の人選も樋口恭介による。当解説者も例外ではない。

本書に収録されている「異常論文」を読み解くには、ここまでの解説で十分である。あとは、「ふつうの小説」を読解する能力があればよい。たとえばテクストにない言葉を読んでしまうのを「誤読」と言うが、意図的に誤読するのも自由である（正常な論文を読む場合は許されない）。いや、本書においては、むしろ誤読が奨励される。

そもそも小説とは、誤読されることを承知の上で、あるいは覚悟の上で、書かれるものである。作者が意図したとおりの言葉が読者に伝わる、などということはあり得ないからだ。読者は読みながら、読むことで自分の内部に発生した言葉を意識し、あるいは無意識のままに、小説の言葉に自らの言葉を重ねていく。小説を読むとは、小説の言葉を読者自身の言葉で置き換えていく行為であると言ってよい。それを承知している小説家は、読者に、書かれていない言葉を意識させるように書いたりする。「行間を読む」ように読者を誘導する、いわば読者に「書かせる」、のである。

このように小説とは、書かれたテクストが読者の頭に入って、その言語野に「展開」されることで初めて完成するのであり、動的なものである。「誤読」という「ノイズ」を加えて、複製されるのだ。オリジナルを基にした、しかしそのままではない、バリエーションが生じるのであり、小説というものの特徴は、まさにそこにある。

これが「論文」の場合は、そのようなノイズとなる言葉を常に排除するように書かれるため、誤読される確率が低い。「異常論文」である小説も、その形式上、誤読されにくい。「誤読」されることのない小説はだれにも読まれず未完のまま放置された作品に等しいことから、「異常論文」を読む際には、意識して「誤読」に努めなくてはならない。樋口恭介が言うところの、「過剰な読解」が必要になる。そうすることで多くのバリエーション＝破格が生まれるからである。

豊かなバリエーションを生じさせる作品は生物と同じく、生き残る確率が高くなる。平たく言うなら、さまざまな「読み」ができる小説ほど、強い。「異常論文」は過剰な読解＝誤読を要求するが、その事実は取りも直さず、そのような「誤った」読み方によって「強く」することができることを示している。そのような小説は他にない。

強い小説は、あらたな小説を生み出す力を持っている。具体的には、読んだ者に自分も書きたいという意欲をかき立てるのだ。いまこうして私という解説者がこれを書いているのも、その力のせいである。本書のどの作品を読んでも引き込まれ、あまりに面白いので、自分でも書きたくなったのだ。

それが樋口恭介の真の狙いであるのは間違いない。「それ」、すなわち、本書の読者にあらたな言語空間を構築させて、それを「事実」に加えること。

そうして、あらたに書かれた作品の中から、「小説は事実よりも奇なり」というものが出てくるかもしれない。恐ろしいことである。いったん小説が事実を超えたら最後、書くことをやめれば世界が消えてしまうのだ。

二〇二一年一〇月　安曇野にて

編者略歴　1989年岐阜県生，作家　『構造素子』で第５回ハヤカワＳＦコンテスト大賞を受賞してデビュー

HM=Hayakawa Mystery
SF=Science Fiction
JA=Japanese Author
NV=Novel
NF=Nonfiction
FT=Fantasy

異常論文（いじょうろんぶん）

〈JA1500〉

二〇二一年十月二十五日　発行
二〇二一年十月二十六日　二刷

（定価はカバーに表示してあります）

編者　樋口恭介（ひぐちきょうすけ）
発行者　早川浩
印刷者　西村文孝
発行所　株式会社早川書房

郵便番号　一〇一 - 〇〇四六
東京都千代田区神田多町二ノ二
電話　〇三 - 三二五二 - 三一一一
振替　〇〇一六〇 - 三 - 四七七九九
https://www.hayakawa-online.co.jp

乱丁・落丁本は小社制作部宛お送り下さい。送料小社負担にてお取りかえいたします。

印刷・精文堂印刷株式会社　製本・株式会社明光社

ISBN978-4-15-031500-9 C0193

本書は活字が大きく読みやすい〈トールサイズ〉です。